Kapitel 1

Als der Linkshänder mich fand, saß ich in meinem Lieblingssessel vor dem offenen Kamin und suchte die Wärme. Laut Kalender war es April, aber der April in Paradise ist noch so kalt, daß es weh tut, und ich konnte das Stechen an Händen und Gesicht spüren. Ich saß da vor dem Feuer, sah mir auf dem Fernseher über dem Tresen ein Baseballspiel an und genoß ein kaltes kanadisches Bier, während der Linkshänder in der Dunkelheit auf dem Weg war. Er wußte, wohin er wollte, denn er hatte eine von Hand gezeichnete Karte in seiner Hüfttasche, auf der ein kleiner Stern rechts von der Straße eingezeichnet war, die von Süden nach Paradise führt. Das Glasgow Inn, und das war sein Ziel. Er wußte, daß ich dort sein würde. Wo sonst könnte ich schon sein, an einem kalten Dienstagabend im April?

Seine Reise hatte früh am Morgen in Los Angeles begonnen. Er stieg in eine 747 und flog zum Detroit Metropolitan Airport. Dort mußte er zwei Stunden warten, dabei hatte er schon drei Stunden durch die Zeitzonen verloren. Deshalb ging die Sonne schon unter, als er schließlich in die kleine zweimotorige Maschine stieg, mit zwölf Passagieren, einem Piloten und einem Kopiloten, der zugleich als Steward fungierte. Dieser Flieger brachte ihn zunächst nach Alpina, wo er eine halbe Stunde auf dem Rollfeld stand, während die Hälfte der Passagiere ausstieg. Der Kopilot stieg ebenfalls aus und entfernte mit einem Spray das Eis von den Tragflächen, und dann war man wieder in der Luft. Das Flugzeug war laut und kalt, und es tanzte im Wind wie ein Papierdrache. Es war nach dreiundzwanzig Uhr, als sie endlich auf dem Chippewa County Airport landeten. Dort kommen nur zwei Flüge pro Tag an, zwei kleine Flugzeuge wie das, in dem der Linkshänder an diesem Abend saß. Lustig ist nur, daß diese kleinen Dinger auf einer Piste landen, die über vier Kilometer lang ist. Es ist eine der längsten Rollbahnen im ganzen Land, so lang, daß sie zu den Notlandepisten für den Space Shuttle gehört. Der Linkshänder fragte einen der anderen Passagiere, warum die Bahn so lang sei, denn das gehört zu den Dingen, die der Linkshänder tut. Er stellt Unbekannten Fragen, als ob er sie schon ein Leben lang kenne. Und jedesmal antworten sie ihm, denn er hat diese Art, die alles ganz selbstverständlich erscheinen läßt.

»Das hier war mal ein Fliegerhorst der Airforce, wissen Sie«, sagte der Fremde. Er war ein Einheimischer von der Oberen Halbinsel, deshalb hatte er diesen speziellen Akzent des Yooper, das leichte Anheben zum Satzende hin. »Kincheloe Air Force Base, damals im Zweiten Weltkrieg. Wußten Sie, daß die Schleusen im Soo damals die militärisch am stärksten geschützte Stelle in Amerika waren? Ich glaube, sie haben gedacht, wenn die Japse oder die Deutschen uns schon bombardieren, fangen sie bei den Schleusen an und schneiden den Erznachschub ab.«

»Wie interessant«, sagte der Linkshänder. Ich bin sicher, er hat das in einem Ton gesagt, der den Fremden absolut davon überzeugte, daß das wirklich interessant war und daß der Fremde deshalb auch ein interessanter Mann sein mußte. So was kriegt der Linkshänder hin, bloß mit zwei Wörtern.

Der Terminal des Flughafens ist eine Hütte mit gerade einem Raum direkt an der langen Rollbahn. Der Linkshänder ging hinein und holte sich sein Gepäck. Das dauerte nicht lange, denn der Kopilot packte sich jeweils zwei von den Koffern und trug sie höchstpersönlich. Falls der Linkshänder unsicher war, ob er um elf Uhr abends an so einem Winzflughafen auch seinen Leihwagen kriegen würde, gab es dafür keinen Grund. Eine Frau namens Eileen wartete schon auf ihn und hielt die Autoschlüssel in der Hand. Schließlich war das ihr Job. Wenn einer einen Wagen bestellt, bleibt sie an diesem Abend auf und wartet, bis das Flugzeug kommt. Der Linkshänder unterschrieb ein Formular, nahm die Schlüssel in Empfang und bedankte sich.

Er dankte Eileen mit einem Lächeln, das sie noch monatelang in Erinnerung behalten würde, da bin ich mir sicher. Dann ging sie nach Hause und zu Bett.

Er fand seinen Leihwagen auf dem Parkplatz. Auf der anderen Straßenseite, dem Flugplatz gegenüber, liegt eine Fabrik, die Autoteile aufarbeitet, Tag und Nacht. Von der Fabrik steigt ständig Rauch auf, und die Scheinwerfer des Flughafens lassen den Rauch vor dem Nachthimmel silbern erscheinen. Er muß einen Moment da gestanden und den Rauch betrachtet haben, die kalte Luft einsaugend. Der Mantel, den er soeben aus dem Koffer geholt hatte, war nicht warm genug. Er hatte seinen Tag in Kalifornien begonnen, und dort waren über zwanzig Grad gewesen ... Hier, auf Michigans Oberer Halbinsel, waren an einem Aprilabend, gut drei Wochen nach dem offiziellen Beginn des Frühlings, minus zehn Grad.

Er verließ den Flughafen und fuhr über eine einsame Straße ohne Beleuchtung. Es muß auf ihn gewirkt haben wie das Ende der Welt. Immer noch lagen an beiden Straßenrändern Haufen grauen Schnees, die Überreste der Berge, die die Schneepflüge dort angehäuft hatten. Als er die I-75 gefunden hatte, fuhr er auf ihr nach Norden Richtung Sault Ste. Marie. Dem Soo, wie die Einheimischen die Stadt nennen. Aber den Soo selbst würde er an diesem Abend nicht sehen, denn die Karte, die er auf dem Sitz neben sich ausgebreitet hatte, riet ihm, nach Westen auf die M-28 abzubiegen, mitten ins Herz des Hiawatha National Forest. Er fuhr durch zwei kleine Orte namens Raco und Strongs und kam dann auf die M-123. Die fuhr er nach Norden. Wenige Meilen später konnte er den Lake Superior im Mondlicht glänzen sehen. Am Ufer war noch Eis.

Als er das Schild sah, wußte er, daß er endlich Paradise erreicht hatte. WILLKOMMEN IN PARADISE! SCHÖN, DASS SIE ES GESCHAFFT HABEN! Er stoppte an dem einzigen roten Blinklicht in der Ortsmitte, und dann entdeckte er das Glasgow Inn hundert Meter weiter auf der rechten Seite. Er bog mit seinem Mietwagen ab und parkte ihn neben meinem zwölf Jahre alten Ford-Kleinlaster mit dem Holzofen auf der Ladefläche, verpackt in Plastikfolie.

Natürlich habe ich damals von alldem nichts gewußt. Vom Flugzeug nach Detroit und vom Flugzeug nach Chippewa County, von der Unterhaltung mit dem Fremden oder dem Lächeln für Eileen, die Dame mit dem Mietwagen. Ich wußte nicht, daß er den ganzen Weg hier hochgekommmen war, um mich an diesem Abend zu besuchen. Die Detroit Tigers hatten ein Abendspiel an der Westküste, an ebender Küste, von der Randy den ganzen Tag fortflog. Ich saß nun am Kamin im Glasgow Inn und sah dieses Spiel auf dem Fernseher, der über dem Tresen hing. Das Lokal soll einem schottischen Pub ähnlich sehen, mit seinen Sesseln und den Fußbänkchen. Es ist erheblich anheimelnder als die meisten Kneipen, die ich je gesehen habe. Und Jackie, der Inhaber des Lokals, macht sowieso alles falsch, wenn man ihn läßt, und da ist es meine Pflicht, jeden Abend reinzuschauen und ihn von meiner Überlegenheit profitieren zu lassen. Er hört zwar nicht auf mich, aber ich komme trotzdem immer wieder.

Die Straße hoch gehört mir ein Stück Land, mit sechs Hütten darauf, die mein Vater damals in den Sechzigern und Siebzigern gebaut hat. Ich wohne in der ersten Hütte, die, bei deren Bau ich 1968 geholfen habe. Die andern fünf vermiete ich an Touristen im Sommer, Jäger im Herbst und Schneemobilfahrer im Winter. Der Frühling ist in Paradise tote Zeit, da bringt man die Hütten in Ordnung und wartet, daß der Schnee schmilzt.

Es gab einmal eine Zeit, da hatte das Frühjahr eine andere Bedeutung für mich, die vier Jahre, in denen ich als Catcher in den unteren Ligen spielte. Das lag ein Menschenleben zurück. Ich dachte kaum noch an diese Tage. Viel Zeit war seitdem vergangen, und vieles war seitdem passiert. Acht Jahre als Polizist in Detroit. Ein toter Partner und eine Kugel, die immer noch in meiner Brust steckte. Und danach fünfzehn Jahre hier in Paradise, Abende, die ich verbrachte wie diesen und Baseball im Fernsehen sah und nicht einmal mehr an die Tage dachte, in denen ich selbst gespielt hatte. Mit Sicherheit dachte ich nicht an Randy Wilkins, einen Linkshänder, dessen Catcher ich seinerzeit beim Triple-A 1971 gewesen war. Als er die Tür öffnete und ins Lokal trat und meinen Namen rief, konnte ich nicht glauben, daß er es wirklich war. Wenn der Papst persönlich durch die Tür gekommen wäre und seinen großen Hut aufgehabt hätte, wäre ich nicht überraschter gewesen.

Fast dreißig Jahre danach hatte der Linkshänder mich gefunden.

Kapitel 2

»Wilkins«, sagte ich. »Randy Wilkins. Ich kann's nicht glauben.« Er wirkte zwanzig Pfund schwerer, und die schwarzen Locken, die er einst gehabt hatte, waren größtenteils verschwunden. Was noch da war, trug er äußerst kurz geschoren. Als wolle er den Verlust wettmachen, hatte er sich einen Schnauz und ein Kinnbärtchen wachsen lassen.

Die Augen, die hatten sich nicht verändert. Er hatte immer noch diesen Blick in seinen Augen. Zu gewissen Zeiten konnte man es als Funkeln bezeichnen, zu anderen als Wahnsinn. Was völlig in Ordnung war, zog man in Betracht, von welcher Seite der kleinen Erhebung auf dem Spielfeld er warf. Letztlich gibt es einige simple Grundwahrheiten beim Baseball. Eine davon ist – ob das nun heutzutage politisch korrekt klingt oder nicht –, daß linkshändige Pitcher nicht normal sind. Sie können, um nur eins herauszugreifen, keine geraden Bälle werfen. Alles, was ein Linkshänder wirft, hat einen kleinen Effet, egal wie sehr er sich bemüht, einen direkten Fastball zu werfen. Ein Linkshänder ist als Freak der Natur nahezu gebrechlich und neigt stärker dazu, sich selbst zu verletzen. Ein falscher Wurf, und der Arm ist für immer hin. Das habe ich selbst schon mitgekriegt.

Linkshänder denken auch anders. Sie können zum Beispiel leicht zerstreut wirken. Oder exzentrisch. Oder komplett verrückt.

»Alex McKnight«, sagte er. Er packte mich an den Schultern und ließ mich nicht mehr los. »Wie lang ist das jetzt her?«

»Das sind, warte mal, fast dreißig Jahre?« sagte ich. »Wie in aller Welt … Was machst du hier?«

»Ich war in der Gegend. Und da habe ich gedacht, schau doch mal vorbei.«

»In der Gegend, wie? Fällt dir nichts Besseres ein?«

»Nicht bevor ich was zu trinken kriege«, sagte er. »Das war ein verdammt langer Tag.«

»Was zu trinken«, sagte ich. »Klar.«

Ich stellte ihn Jackie vor. »Der Mann hier«, erklärte ich, »hat mit mir in Toledo Baseball gespielt, ob du's glaubst oder nicht. Er war Pitcher.«

»Nett, Sie kennenzulernen«, sagte Jackie und schüttelte ihm die Hand. »Was darf es sein?«

»Dasselbe, was Alex trinkt«, sagte Randy.

»Alex trinkt Bier«, erklärte Jackie. »Bier aus Kanada. Alex trinkt kein Bier, das in Amerika abgefüllt worden ist. Er zwingt mich, Woche für Woche den ganzen langen Weg über die Brükke zu machen, bloß um ihm eine Kiste Bier zu holen.«

»Ich glaube nicht, daß ihn deine herzzerreißenden Geschichten interessieren. Gib ihm lieber sein Bier.«

»Du siehst gut aus«, sagte Randy zu mir. »Du treibst wohl regelmäßig Sport?«

»Sport treiben, meine Fresse«, sagte Jackie hinter der Theke. »Alex McKnight und Sport treiben. Das war gut!«

»Eines sage ich Ihnen«, erklärte Randy. »Dieser Mann, wie er da steht, war ein verteufelt guter Catcher. Ich glaube nicht, daß ich jemals einen Passed Ball bei ihm gesehen habe.«

»Schade, daß er mit seinem Gewicht nicht so viel Glück hat«, sagte Jackie, als er mit dem Bier kam.

»Gib ihm doch einfach sein Bier«, meinte ich. Ich setzte mich an den Kamin und sah ihm zu, wie er einen tiefen Zug aus der Flasche nahm.

»Das also ist kanadisches Bier«, sagte er.

»Schmeckst du den Unterschied?«

»Doch, schon.«

»Du lügst«, sagte ich. »Egal, wie lange das jetzt her ist, ich merke immer noch, wenn du lügst.«

Er lachte. »Meinen Catcher kann ich nicht belügen.«

»Da hast du verdammt noch mal recht«, sagte ich. »Aber im Ernst. Es ist toll, dich wiederzusehen. Nur den Schnurrbart und das Ziegenbärtchen nicht.«

»Gibt mir so was Gerissenes, oder?«

»Ja, nachgerade satanisch, so wie ein Massenmörder. Was hast du da auf dem Arm, eine Tätowierung?«

Er betrachtete die Außenseite seines linken Unterarms. Sie zeigte drei parallele Linien. Die am weitesten von der Hand entfernte Linie war in der Mitte unterbrochen. »Das ist ein Trigramm«, erklärte er. »Weißt du, aus dem *I Ching*. Man nennt es ›den heiteren See‹. Ein tibetanischer Mönch hat das mit einer Nadel gemacht, die er in Spinnenblut getaucht hat.«

»Du lügst schon wieder«, sagte ich. »Ich hab dir doch gesagt, versuch es erst gar nicht. Ich kann immer noch durch dich durchsehen. Auch noch nach dreißig Jahren.«

»Und wie wäre es, wenn ich mich eines Abends in San Francisco total betrunken hätte?« sagte er. »Und als ich wieder wach wurde, hatte ich keine Brieftasche mehr, keine Schuhe, aber eine brandneue Tätowierung?«

»Das klingt schon wahrscheinlicher«, meinte ich.

Er lachte wieder. Es war dasselbe Lachen. Ein Jahr in meinem Leben hatte ich dieses Lachen mindestens zwanzigmal am Tage gehört.

»Nun sag schon«, sagte ich.

»Was?«

»Was ist los? Wie weit hast du es denn hierhin gehabt, zum Beispiel?«

»Nun, die letzten Jahre lebe ich in Los Angeles«, sagte er. »Vor zwei Wochen habe ich ein Spiel der Kaktus-Liga gesehen, und der Knabe im Fernsehen hielt sich dran, daß ein guter Catcher doch der beste Freund des Pitchers ist. Da hab ich mir gesagt ›Und ob das so ist‹, und ich mußte an die guten alten Tage in Toledo denken. Ich habe mir überlegt, was wohl aus dir geworden ist, und da habe ich im Internet rumgesucht, ob ich dich nicht finden könnte. Und da habe ich deine Website gesehen und gedacht, Mann, den besuchst du!«

»Hey«, sagte ich. »Halt mal. Meine Website?«

»Ja klar, ich habe nach Alex McKnight gesucht, und schon hatte ich sie.«

»Randy, ich habe keine Website. Ich hab' nicht mal 'nen Computer.«

»Ich spreche von deinem Geschäftseintrag, Alex. Prudell-McKnight, Ermittlungen.«

Lange Zeit sah ich ihn nur an. Und dann begriff ich. »Oh mein Gott. Was hat er jetzt bloß wieder gemacht?«

»Dein Partner, Leon?«

Ich schloß die Augen. »Ja, mein Partner, Leon.«

»Nun, es sieht ganz so aus, als habe er eine nette kleine Website veröffentlicht, in der er eure Dienste anpreist. Da ist so 'ne hübsche Zeichnung mit zwei Pistolen drauf, die aufeinander zielen. Sieht fast so aus, als schössen sie aufeinander.«

»Ja, ich weiß, was du meinst«, sagte ich. »Dasselbe Dings ist auf unseren Geschäftskarten.«

»Ich habe Leon einfach angerufen«, sagte er. »Ein wirklich netter Kerl. Er hat mir gesagt, ich würde dich hier finden. Er mußte mir versprechen, dir nichts von meinem Besuch zu erzählen. Es sollte eine Überraschung sein.«

»Nun, die ist dir jedenfalls gelungen. Aber warum ...«

»Da stand auch was, daß du eine Kugel in der Brust hast. Stimmt das?«

»Ich bring ihn um«, sagte ich. »Er ist schon jetzt ein toter Mann.«

»Dann hast du da drin wirklich eine Kugel?« Verstohlen sah er an meinem Körper herunter, so wie es alle tun, wenn sie zum erstenmal davon hören.

»Ja«, sagte ich. »Das ist eine lange Geschichte.«

»In Ordnung, die sparen wir auf für später. Bist du verheiratet? Hast du Kinder?«

»Zweimal nein«, erwiderte ich. »Verheiratet einstmals, geschieden. Keine Kinder. Wie steht es mit dir?«

Er sah einen Moment zur Decke. »Ich bin auch geschieden.

Drei Kinder. Jonathan hat vor kurzem seinen Abschluß in Jura gemacht. Er arbeitet als Anwalt in San Francisco. Seine Frau kriegt in Kürze ein Baby. Kannst du dir das vorstellen? Ich werde Großvater! Annie ist Köchin und hat gerade einen neuen Job in einem wirklich guten Restaurant in San Diego. Und Terry hat gerade mit dem Studium an der University of California in Santa Barbara angefangen. Und jetzt rate mal!« Er beugte sich vor und kniff mich ins Bein.

»Au! Was soll ich raten?«

»Terry spielt Baseball. In der Mannschaft der Erstsemester. Nun rat mal, welche Position?«

»Na toll. Noch ein Pitcher. Ich wette, ein verrückter Linkshänder.«

»Er ist Catcher. Jetzt sagst du nichts mehr.«

»Das ist ja noch schlimmer«, sagte ich. »Er muß für verrückte Linkshänder *fangen*.«

»Er ist ein Switch-hitter. Mein Gott, hat er einen Drive, Alex. Genau, wie du es gemacht hat.«

»Ich fürchte, dein Gedächtnis hat sich mit deinen Haaren verabschiedet.«

»Mann, du hast dich überhaupt nicht verändert, Alex.« Er nahm einen weiteren Schluck aus der Flasche. »Kanadisches Bier. Ich kann es nicht glauben, daß ich in Michigan bin und kanadisches Bier trinke. Ganz nebenbei, warum ist es hier so kalt? Habt ihr Jungs noch nichts vom Frühling gehört?«

»Und ob«, sagte ich. »Warte mal den Juni ab!«

»Hey, Jackie!« brüllte er. »Beweg deinen Hintern mal hierhin, damit ich dir ein paar Geschichten über deinen Kumpel Alex erzählen kann. Ich wette, so'n Zeug hast du noch nie gehört. Und wo du gerade dabei bist, bring noch was Bier mit.«

Wenn irgend jemand sonst zum erstenmal im Lokal gewesen wäre und hätte so mit Jackie gesprochen, läge er zehn Sekunden später auf dem Parkplatz und wischte sich den Schotter vom Arsch. Aber Randy hatte schon immer so was gehabt, daß man glaubt, man kennt ihn schon sein ganzes Leben, auch wenn man ihn gerade erst kennengelernt hat. Ich habe das dauernd mitgekriegt, als wir zusammen spielten, und viel mehr noch, als wir dann das Zimmer teilten. Randy hatte schon etliche Zimmergenossen verschlissen, als er auf mich stieß. Mußte mit der Art und Weise zu tun haben, wie er die ganze Nacht durch quatschte, auch wenn wir am nächsten Morgen früh aufstehen mußten und den ganzen Tag mit dem Bus zum nächsten Spiel zu fahren hatten.

Aber man konnte den Typen einfach nicht hassen. Wie gern man ihn auch manchmal erwürgt hätte, er wußte immer wieder etwas Lustiges und Entwaffnendes zu sagen, oder schlimmer noch – er nahm einen in den Arm und sang einem ins Ohr. »Du weißt, daß du mich liebst, Alex«, sagte er dann immer. »Du bist richtig wild auf mich. Die ganze Nacht träumst du von mir. Nur deshalb treibe ich dich in den Wahnsinn.«

Ein ganzer Bus voller Jungen Anfang zwanzig, die meisten von Farmen oder kleinen Städten im Mittelwesten, alle waren sie beinhart oder taten zumindest so. Und ich kriege Randy Williams als Zimmergenossen.

Und jetzt sind dreißig Jahre ins Land gegangen, und wie vom Himmel gefallen sitzt er im Glasgow Inn, an einem späten Dienstagabend im April. Exakt zwanzig Minuten hat er gebraucht, um sich wie zu Hause zu fühlen. Verdammt noch mal, nach zwanzig Minuten gehört ihm das Lokal. Sogar ein mürrischer alter Bock wie Jackie behandelt ihn wie ein Mitglied der königlichen Familie. Ich wartete immer noch darauf, daß er mir erzählen würde, warum er von so weit gekommen war, um mich zu sehen – nach all den Jahren; aber er erzählte immer nur vom Baseball, von den Spielen, in denen wir gespielt hatten, von alten Mannschaftskameraden, die ich nahezu vergessen hatte.

»Jetzt sag mal, Randy«, sagte Jackie plötzlich. »Hast du es je bis in die Großen Ligen geschafft?«

Das war es. Ich wußte, daß es irgendwann zur Sprache kommen würde. Ich selbst hätte es nie aufs Tapet gebracht.

»Na klar«, sagte Randy. »In der Tat habe ich es in die Großen Ligen geschafft. In einem Spiel habe ich als Pitcher gespielt.« Inzwischen hatte Jackie zwei Tische vor den Kamin gerückt, und wenigstens zwölf Gäste saßen da und hörten Randy zu. »Willst du die Geschichte erzählen, Alex?«

»Ich war nicht dabei«, sagte ich. Und mehr sagte ich nicht, weil ich das Thema nicht berühren wollte. Ich hatte auch vorher nie gehört, wie er darüber gesprochen hatte, weil ich ihn nach jener Aufstellung im September nie wieder gesehen hatte. Bis heute abend.

»September 1971«, sagte er. »Ihr Jungs wißt doch sicher, daß sie die Mannschaften in den Großen Ligen im September von fünfundzwanzig auf vierzig aufstocken, oder? Die Saison in den Amateurligen ist dann vorbei, und die meisten Clubs wollen neue Spieler für die großen Mannschaften, damit die da mal was erleben. Wer weiß, vielleicht verpflichtet man sie für das nächste Jahr. Kurz und gut, ich wurde 1971 von Detroit verpflichtet. Alex sollte auch einen Vertrag bekommen. Aber das hat irgendwer vergooft.«

Alle sahen mich an.

»Schon gut«, sagte ich. »Erzähl weiter.«

»Detroit hatte in dem Jahr eine gute Mannschaft. Sie haben, warte mal, zweiundneunzig Spiele gewonnen, so in dem Dreh. Aber die Saison ging an Baltimore, und die Tiger waren schon draußen, und die Saison dauerte noch zwei Wochen. Und da hat sich Billy Martin – der war damals der Manager – entschieden, daß er sich diesen supertollen Linkshänder aus Toledo mal ansieht, klar? Ne ganze Menge Manager setzt ’nen neuen Spieler nicht von Anfang an ein. Der darf gerade mal ’n paar Innings nach dem ersten Out absolvieren. Aber Martin stellt mich von Anfang an auf. Gott, denke ich, das ist es. Das ist meine Chance.«

Er machte eine Pause, um Luft zu holen und einen tiefen Schluck zu nehmen. Als er die Flasche absetzte, war sie leer. Jackie sprang auf, um ihm eine neue zu holen.

»Es ergab sich, daß wir gegen Baltimore spielten«, fuhr er fort. »Das beste Team in den großen Ligen. Und ich denke, schön, kein Problem. Wenn ich die Burschen fertigmache, habe ich nächstes Jahr bestimmt einen Stammplatz. Es war ein Tagesspiel. Ein Samstag. Ich bin zum Aufwärmen im Bullpen – das heißt, im Tiger Stadium haben sie nicht mal ein richtiges Bullpen. Nur diese Zone hinter der Linie für das dritte Base. Man ist direkt am Spielfeld. Jedenfalls wärme ich mich auf und kann das alles gar nicht glauben. So als ob man sich selbst zusieht. Und als das Spiel anfängt, gehe ich gleich aufs Feld, wir sind ja die Heimmannschaft, klar? Ich werfe noch mal zum Aufwärmen. Bill Freehan ist mein Catcher. Erinnert ihr Jungs euch noch an Bill Freehan?«

Natürlich tun wir das. Der beste Catcher in der Geschichte der Tiger. Und ein weiterer Grund, weshalb ich nie in die Großen Ligen gekommen bin. Nicht, solange Bill Freehan jedes Jahr in hundertfünfzig Spielen aufgestellt wurde.

»Okay, als erster war Don Buford dran. Den ersten Pitch, den ich als richtiger Ligaspieler werfe, erwischt er satt in der Mitte. Strike eins. Den nächsten ähnlich. Strike zwei. Zwei bringe ich soeben an ihm vorbei; Buford läßt sie aus. Jetzt steht es 2–2. Freehan fordert einen Curveball. Ich ignoriere ihn. Es gibt nur einen Pitch, den ich jetzt werfen werde. Stimmt's, Alex?«

Ich räusperte mich. »Den Slinky.«

»Den Slinky?« fragte Jackie. »Was zum Teufel ist das dann?«

»Mach du weiter, Alex«, meinte Randy. »Erzähl dem Mann vom Slinky.«

»Das war sein Pitch, wenn es um alles oder nichts ging«, sagte ich. »Eine Art harter Slider, aber er warf ihn von unten und von der Seite. Wenn er funktionierte, hatten linkshändige Batter keine Chance. Aber für Rechtshänder war er auch nicht gerade ein Grund zum Feiern. Er flog sozusagen ihre Hände an.« Hier hielt ich inne, weil ich seine Geschichte nicht ruinieren wollte. Ich erzählte auch nicht, daß der Slinky für mich einer meiner übelsten Alpträume war. Wenn er ihm nämlich außer Kontrolle geriet, ließ er ihn anderthalb Meter vor dem Plate auftitschen.

»Buford schlägt daneben«, sagte Randy. »Und ich denke, jetzt wird's leicht. Wenn das mit dem Slinky funktioniert, landet er keinen Schlag. Ich sehe schon die Schlagzeilen am nächsten Morgen in der Zeitung: ›Unbekannter Neuling wirft unschlagbar‹, irgend so was.«

»Mir gefällt das nicht«, sagte Jackie. »Ich habe ein ungutes Gefühl, was jetzt passieren wird.«

»Merv Rettenmund tritt an«, sagte Randy. »Ich werfe zwei an ihm vorbei, aber der Schiedsrichter entscheidet beide Male auf Fehlwurf. Ich bin ja ein Niemand, klar? Es gibt keine knappen Entscheidungen zu meinen Gunsten. Das macht mich etwas wütend. Also bringe ich den Slinky wieder, aber diesmal knallt er vor dem Plate auf. Der Slinky ist ein gewagter Pitch. Bisweilen gerät er außer Kontrolle.«

Das brauchst du mir nicht zu erzählen, dachte ich.

»Jetzt war ich doch etwas von der Rolle. Es steht 3–0. Ich denke, er läßt ihn vorbei, wenn ich direkt in die Mitte werfe. Zumindest sah es so aus wie direkt in die Mitte. Der Schiedsrichter gibt wieder Fehlwurf, und jetzt ist Rettenmund erster. Also brülle ich den Schiedsrichter an, und der Schiedsrichter sieht mich an, als ob er mich vom Platz stellen will. Erst zwei Batter, und ich stehe schon so dicht vorm Rauswurf. Also kommt Freehan zu mir und redet mir gut zu, sagt ›Alles in Ordnung. Beruhige dich, Junge, ganz locker. Reg dich doch nicht über den Schiedsrichter auf‹ und was man sonst so sagt.«

Was genau das Falsche war, was man ihm sagen konnte, wie ich wußte. Aber woher sollte das Freehan wissen? Er hatte den Knaben in seinem ganzen Leben noch nie gesehen. Wäre ich da gewesen, wäre ich zu dem kleinen Hügel gegangen, hätte ihn am Trikot gepackt und ihm gesagt, er solle endlich aufhören, sich wie ein Zweijähriger zu benehmen. Ihn wütend zu machen war der einzige Weg, ihn wieder zum Spiel zurückzuholen.

»Der nächste Batter ist Boog Powell. Mein Gott, ich wußte, daß er riesig war, aber nicht *so* riesig. Er wirkte so massig wie ein gottverdammtes Haus, wie er da am Plate stand. Aber er schlägt linkshändig, so denke ich mir, Teufel noch mal, der Slinky hat mich hierhin gebracht. Ich bleibe dabei. Freehan ruft nach einem Fastball; ich ignoriere ihn. Er verlangt einen Curveball, ich ignoriere ihn. Ich will den Slinky. Ich sehe, wie er einen Blick zur Bank wirft, wie ›Wer zum Teufel ist der Bursche eigentlich?‹ Aber schließlich gestattet er mir den Slinky. Und ich werfe ihn.«

Er hielt inne und nahm wieder einen Schluck. Das geborene Showtalent.

»Und was ist passiert?« wollte Jackie wissen.

»Boog Powell hat ihn in die obersten Ränge geschlagen.« Er nahm einen weiteren Schluck und gab jedermann die Möglichkeit aufzustöhnen.

»Hat man Sie aus dem Spiel genommen?«

»Nein«, sagte Randy. »Hat man nicht. Der Coach für die Pitcher kam aufs Feld und hat mit mir gesprochen. Dann kam Frank Robinson, und ich habe wieder den Slinky geworfen. Freehan hatte ihn nicht etwa verlangt. Ich habe ihn einfach geworfen. Robinson hat ihn links übers Dach geschlagen. Jetzt steht es drei zu null. Freehan kommt zu mir und reißt mir fast den Kopf ab. Sagt mir, wenn ich den Pitch noch einmal wage, reißt er mich in Stücke. Im Bullpen machen sich schon zwei Leute fertig, und ich bin inzwischen wie in einem Trancezustand. Ich lasse Hendricks zum Base gehen und dann Brooks Robinson, und alles war wie in einem Albtraum. Ich blicke immer wieder zur Bank und warte, daß Billy Martin kommt und mich vom Platz holt. Aber der sitzt nur da und sieht mich an. Mit einem Blick, als hätte er extremes Sodbrennen. Ich lasse Davey Johnson zum Base gehen, und jetzt sind alle Bases besetzt. Und Martin sitzt immer noch auf der Bank. Und dann kommt Mark Belanger. Und ich denke, okay, endlich kommt der einzige in der ganzen Prozession, der kein Hitter ist. Jetzt konzentriere ich mich, schaff diesen Kerl und zieh mich aus der Klemme. Erster Pitch. Belanger schlägt ihn hoch an der linken Spielfeldkante entlang. In jedem Stadion der Welt war der aus, aber wir sind in Detroit, und so rollt er noch über den Zaun. Grand Slam. Geschlagen von Mark Fucking Belanger. Und da kommt endlich Billy Martin aufs Feld und sagt zu mir: ›Okay, das ist genug, Junge. Wir haben bald keine Basebälle mehr.‹«

Als er schwieg, sagte niemand ein Wort. Es war fast dreißig Jahre her. Billy Martin war inzwischen gestorben. Aber man konnte sich immer noch lebhaft vorstellen, wie das gewirkt haben muß.

»So habe ich sieben Runs in einem Inning verloren«, sagte Randy. »Genauer gesagt, in einem Drittel eines Innings, weil ich nur ein Aus hatte. Mein Durchschnitt in meinem ganzen Leben ist 198. Das könnt ihr nachschlagen.«

Und dann lachte er. Die Spannung löste sich, und damit gab er jedem andern im Raum die Erlaubnis, in sein Lachen einzustimmen. Wir tranken noch ein paar Bier. Wir redeten noch etwas – über das, was er nach dem Baseball gemacht hatte. Irgendwas über den Handel mit Gewerbegrundstücken, irgendwas über eine Zeit als Baseball-Trainer bei irgendeiner High School. Mehr über seine Scheidung, seine Kinder, vor allem über seinen Jüngsten, den Catcher. Er hat in dieser Nacht viel erzählt. und jeder, der ihm zuhörte, war froh, daß er da war. Das war immer schon seine besondere Gabe gewesen.

Aber er hatte mir noch immer nicht erzählt, warum er hier war.

Ich mußte noch warten, bis ich das zu hören bekam. Zu Hause in meiner Hütte, wo Randy auf dem Sofa schlief und ich im Bett, weil er mich keinesfalls daraus vertreiben wollte. Und er wollte auch nicht in einer der anderen Hütten schlafen. Er wollte auf der Couch schlafen.

»Genau wie in den alten Zeiten, wie?« sagte er, als wir das Licht ausgeknipst hatten. »Nur du und ich.«

»Das ist keine sehr komfortable Couch, nicht wahr?«

»Sie ist perfekt. Genau so wie die Betten, in denen wir geschlafen haben, wenn wir auswärts gespielt haben. Weißt du noch?«

»Und ob ich das noch weiß«, sagte ich, und einen Moment lang war ich wieder in einem Motelzimmer in einer Kleinstadt und hörte zu, wie mein verrückter Zimmergenosse die halbe Nacht verquatschte.

»Willst du es jetzt hören?«

»Was hören?«

»Warum ich den weiten Weg hierher gemacht habe?«

»Ich habe mir gedacht, daß du es mir erzählen wirst, wenn du so weit bist.«

»Ich habe in letzter Zeit sehr viel über 1971 nachgedacht«, sagte er. Ich konnte ihn im Dunkeln nicht sehen. Es gab nichts außer dem Klang seiner Stimme. Vermutlich wollte er es so haben. Nur seine Stimme, und ich sah ihn nicht an, während er es mir sagte.

»Über das Spiel?«

»Nicht so viel über das Spiel«, sagte er. »Über alles, was sonst passiert ist. Weißt du, es war die beste Zeit in meinem Leben. Eine Einladung in die Großen Ligen, ins Tiger Stadium gehen, dieses Trikot tragen, da im Dugout auf der Bank sitzen. Weißt du, die Dugouts in Detroit sind *winzig*.«

»Ich glaube, ich habe davon schon einmal gehört.«

»Tut mir leid«, sagte er. »Ich wollte dich nicht …«

»Mach schon weiter«, sagte ich. »Erzähl mir, was du mir erzählen willst.«

»In der Woche war ungeheuer viel los. Ich meine außerhalb vom Stadion. Ich war vorher noch nie in Detroit gewesen. Es gab da so viel zu sehen.«

»In Detroit?«

»Detroit insgesamt«, sagte er. »Die haben da ein tolles Kunstmuseum und einen netten Zoo. Und es gibt da dieses – wie nennt ihr das noch mal, das Boblo-Boot?«

»Das Boblo-Boot. Da habe ich seit Jahren nicht mehr dran gedacht.«

»Bist du mal damit gefahren?«

»Klar, als kleiner Junge.« Es war ein großes altmodisches Flußschiff, das einen auf dem Detroit River zu einem Vergnügungspark auf einer Insel brachte.

»Und Greenfield Village? Und das Henry-Ford-Museum? Ich bin überall hingegangen, und es war so, daß alles einfach großartig war, weil ich als Baseballspieler aus den Großen Ligen da hingehe. Ich meine nicht, daß mich jeder um mein Autogramm gebeten hätte. Mich hat überhaupt keiner erkannt. Aber zum ersten Mal in meinem Leben hatte ich das Gefühl, jemand Wichtiges zu sein, verstehst du? Alles war einfach ... perfekt.«

»Wie war ihr Name?« sagte ich ...

Langes Schweigen. »Maria.«

»Laß mich raten«, sagte ich. »Die Museen, der Zoo, das Boblo-Boot ...«

»Mit Maria, ja.«

»Und was ist passiert?«

»Als ich in diesem Spiel so vorgeführt worden bin, war ich ein paar Tage lang nicht ich selber. Ich wollte sie nicht sehen. Ich wollte *niemanden* sehen.«

»Und dann hast du sie nicht wiedergesehen?«

»Nein.«

»Und jetzt, nach fast dreißig Jahren ...«

»Ich will sie finden.«

»Randy, das kann doch nicht dein Ernst sein.«

»Ich will, daß du sie findest, Alex.«

»Du hast den ganzen weiten Weg hierher gemacht ...«

»Um dich um Hilfe zu bitten, Alex. Du mußt mir helfen, Maria zu finden.«

Kapitel 3

Fast hätte ihn der Holzofen am nächsten Morgen umgebracht. Fünfhundert Pfund Gußeisen kamen von meinem Lastwagen herabgeschossen und machten Kleinholz aus den Brettern, die ich als Rampe hingelegt hatte. Eine halbe Sekunde langsamer, und Randy wäre platt gewesen wie Teig unter einem Teigroller.

»Hab doch gesagt, daß die Bretter viel zu dünn sind«, sagte er. »Nur gut, daß ich noch immer die Reflexe einer Urwaldkatze habe.«

Den alten Holzofen, nutzloser Müllhaufen, der er war, hatte ich schon aus meiner zweiten Hütte rausgerissen und zur Kippe gefahren. Als ich den neuen gekauft hatte, wollten sie dreihundert Dollar für Lieferung und Montage, und da hatte ich sie gebeten, ihn bloß auf meinen Laster zu laden. Zwei Wochen hatte er da unter einer Plastikfolie gestanden und gewartet, daß mir etwas einfiel, wie ich ihn da wieder runterkriegte. Für Jackie war das eine große Quelle der Erheiterung, und er ließ keine Gelegenheit aus, mich zu fragen, ob ich immer noch überall dies Ding mit hin nähme. Jackie wollte mir gerne helfen, wie er mir sagte, allerdings für 350 Dollar bar auf die Kralle.

Als Randy und ich das Ding endlich in die Hütte gestemmt hatten, stand er da, die Hände auf den Knien, und rang nach Atem. »Siehst du, Alex«, sagte er. »Ich wußte, daß es eine gute Idee war, hierher zu kommen. Schon jetzt lohnt es sich.«

Er hatte am Morgen noch kein Wort über Maria gesagt. Ich dachte mir, daß er schon wieder davon anfangen würde, wenn er so weit war.

»Das tut doch richtig gut, nicht wahr?« sagte er.

»Was tut gut?«

»So was wie das hier gerade. Mal wieder seinen Körper brauchen.«

»Ja, ich fühl mich toll.« Ich rieb mir die Schulter.

»Hast du deinen Handschuh noch?«

»Welchen Handschuh?«

»Deinen Catcherhandschuh.«

»Doch, im Schrank. Wieso?«

»Auch einen Ball?«

»Oh nein«, sagte ich. »Auf gar keinen Fall.«

»Nun mach schon, solange wir noch aufgewärmt sind. Laß uns ein paar werfen.«

»Das kann nicht dein Ernst sein.«

»Wann hast du zuletzt einen Baseball geworfen?«

Darüber mußte ich nachdenken. Bevor ich noch antworten konnte, war er schon durch die Tür.

»Komm raus, McKnight!« Er trabte schon die Straße runter. »Wir machen einen Wettlauf bis zu deiner Hütte.«

»Willst du vielleicht mal eine Minute warten«, sagte ich.

»Schon gut, wir gehen«, sagte er. »Wie weit ist es, volle vierhundert Meter?«

»So in etwa.«

»Und wie viele von diesen Hütten hast du?«

»Im ganzen sechs«, sagte ich. »Mein alter Herr hat sie gebaut.«

Wir gingen die Straße hinunter, einen ehemaligen Holzweg, durch den Kiefernwald. Die Sonne war durch die Wolken gekommen und mühte sich ordentlich ab, die schwere Luft zu erwärmen. Überall waren noch größere Flecken Eis, die während des Tages antauen würden, um dann nachts wieder zu gefrieren. Es würde Mitte Mai werden, bis sie verschwunden waren.

»Und du bist wann hierhin gekommen?«

»1984«, sagte ich. »Nachdem ich bei der Polizei ausgeschieden bin.«

Er nickte. »Nachdem man dich niedergeschossen hatte.«

»Ja«, sagte ich. »Nachdem man mich niedergeschossen hatte.«

»Und seitdem bist du immer hier gewesen?«

»Meine Winter verbringe ich in Monte Carlo«, sagte ich. »Ich habe da ein Anwesen.«

»Nein, im Ernst. Du bist die ganze Zeit hier gewesen?«

»Ja«, sagte ich. »Ist das so verwunderlich?«

Er schüttelte den Kopf. »Hast du noch einen anderen Handschuh außer dem Catcher's Mitt?«

»Ja, aber wir werden keine Bälle werfen und keine fangen, Randy.«

Fünf Minuten später hatte er meinen Catcher's Mitt hervorgekramt, zusammen mit meinem First Baseman's Mitt. Jeder Catcher hat so einen Handschuh oder einen für einen Outfielder, weil jeder Catcher von dem Tag träumt, an dem ihn der Manager aufs Feld schickt, wo er in aufrechter Stellung und ohne Körperschutz und Maske spielen kann. Wir standen zwölf Meter voneinander entfernt auf der Straße vor meiner Hütte, und er warf mir den Ball zu.

»Aber nur ein paar«, sagte ich. »Das ist Wahnsinn.« Als ich ihm den Ball zurückwarf, hatte ich das Gefühl, so was in meinem ganzen Leben noch nie getan zu haben.

»Seit wann wirfst du denn wie ein Mädchen?« fragte er.

»Das mußt du mir schon nachsehen«, sagte ich. »Sie haben mir eine Kugel aus den Muskeln am Schultergelenk und eine aus dem Schulterblatt geholt. Da verlierst du etwas Schmackes am Ball.«

Er warf ihn mir wieder zu. »Ist doch ein tolles Gefühl, was? Wieder mal einen Ball werfen?«

»Nein«, sagte ich. »Um ehrlich zu sein, tut es sehr weh.« Ich warf ihn zurück und versuchte, die Drehung meines Körpers einzusetzen, um meinen Arm zu entlasten.

»Du mußt nur warm werden.«

»Ja, vor dem Kamin, mit einem Bier.«

»Ich habe versucht, sie nachzuschlagen«, sagte er und warf mir den Ball zu. »Ich meine auf meinem Computer. Maria Valeska.«

»Randy, so lautete ihr Name 1971.« Ich warf den Ball. Der Schmerz begann nachzulassen. Ein wenig.

»Ja, ich weiß«, sagte er. »Sie könnte jetzt verheiratet sein.«

»Wenn sie verheiratet ist …«

»Alex, ich erwarte doch gar nicht, daß sie die ganzen Jahre auf mich gewartet hat. Ich weiß, daß sie nicht wie Rapunzel oder sonstwer in einem Turm hockt.«

»Warum dann um …«

»Rapunzel war doch die mit dem Haar, stimmt's? Mit dem langen Haar?«

Wir warfen uns weiter den Ball zu.

»Obwohl Rapunzels Haar blond war, stimmt's? Marias Haar war pechschwarz.«

»Randy …«

»Hast du jemals ein Mädchen mit dunklem Haar und dunklen Augen geliebt, Alex?«

Ich warf den Ball. »Gelten auch grüne Augen?«

»In Kalifornien gibt es überall Blondinen. Richtig tolle Frauen, Alex. Du siehst sie an, und es ist, als ob du direkt in die Sonne blickst. Aber dann mußt du blinzeln und siehst weg, und dann ist es, als ob du dich nicht einmal mehr erinnern könntest, wie sie ausgesehen haben. Jetzt aber ein Mädchen mit dunklen Augen, mit so Augen, die direkt durch dich durchgehen …«

»Randy …«

»Das ist die Sorte Mädchen, die dir unter die Haut geht.«

»Sie ist jetzt kein Mädchen mehr«, sagte ich. »Sie ist jetzt was? Eine Mittvierzigerin?«

»So ungefähr.«

»Also eine Frau um Mitte Vierzig, vielleicht schon lange verheiratet, hat vielleicht ein paar Kinder. Und da willst du vor ihrer Tür aufmarschieren und sagen: ›Hallo, erinnerst du dich noch an mich?‹«

»Sie wird sich an mich erinnern.«

»Und was dann?«

»Ich weiß es nicht«, sagte er. »Wirklich nicht, Alex.«

»Randy, hast du *überhaupt* eine Vorstellung, wie das klingt? Tut mir leid, aber es klingt so *dumm*.«

»Ja, ja«, sagte er. Er ging ein paar Schritte zurück und warf den Ball etwas schneller. Er traf auf meinen Handschuh mit einem satten Plopp, einem Geräusch, wie ich es einst tausendmal am Tage gehört hatte. Einst war das mein ganzes Leben gewesen, nur das – einen Baseball fangen und ihn wieder zurückwerfen, wieder und wieder.

»Mach mal halblang«, sagte ich. »Ich trage keine Maske.«

»Stell dir das nur mal vor«, sagte er. »Ich suche nach ihr und kann sie nicht finden, und statt dessen finde ich *dich*. Und wie es sich ergibt, bist du jetzt Privatdetektiv.« Wieder warf er den Ball. *Plopp*!

»Nein, kein richtiger«, sagte ich. Aber er hörte nicht zu. Ich warf den Ball zurück.

»Und du warst Polizist in Detroit, wo sie mal gelebt hat.«

»Vor langer Zeit.«

»Und du lebst immer noch in Michigan.« Ein weiterer Wurf, ein weiterer Plopp in meinem Handschuh.

»Detroit liegt sechs Stunden entfernt von hier, Randy.«

»Auf dich habe ich immer zählen können, Alex. Du warst mein Catcher, Mann. Ich meine, ich habe auch für andere Typen geworfen, aber du warst *mein Catcher*.«

Er ging noch einmal ein paar Schritte und warf sehr hart. Ich spürte ein Kribbeln in meiner linken Hand, als ich ihn fing.

»Okay, hier wären wir fertig«, sagte ich. Ich hätte den Ball in diesem Moment in die Tasche stecken sollen; statt dessen warf ich ihn zu ihm zurück.

»Glaubst du nicht an schicksalhafte Bestimmung, Alex? Wenn du und Leon mir helfen, bin ich sicher, daß es klappt.«

»Leon«, sagte ich. »Was Leon betrifft …«

»Leon erwartet uns übrigens heute«, sagte Randy. »Ich denke, nach dem Mittagessen können wir ihn besuchen.«

»Er erwartet uns?« fragte ich. »Wozu?«

»Um uns hinsichtlich des Falles up to date zu bringen«, sagte er. »Ich habe doch vor ein paar Tagen mit ihm gesprochen, weißt du, als er mir gesagt hat, wo ich dich finden kann.«

»Up to date? Hinsichtlich des Falles?«

»Ich glaube, da kommt ein Slinky, Alex.«

»Randy, laß das!«

»Ich muß einen werfen, Alex. Hier kommt der Slinky.« Langsam verdrehte er seinen Körper.

»Gott steh mir bei, Randy, wenn du einen Slinky wirfst ...«

»Runter mit dir, Alex. Hier kommt der Slinky ...«

Ich hätte die Hände hochheben können. Ich hätte ihm den Rücken zukehren können. Vielleicht hätte ihn das noch gestoppt. Ich weiß nicht, wieso ich meine Position eingenommen habe, den Handschuh vor mir, die rechte Hand auf dem Rücken. Vielleicht war es nur Instinkt. Oder wollte vielleicht doch ein Teil von mir ihn noch einmal einen Slinky werfen sehen, nur noch einmal?

Er warf den Ball, ganz in dieser Technik aus der Seite heraus. Wie in alten Tagen.

Und wie in alten Tagen titschte der Ball anderthalb Meter vor mir auf.

Ich habe den Ball nicht gefangen, aber ich habe ihn gestoppt. Das war das eine, worin ich immer gut gewesen bin. Was es mich auch kostete, welchen Körperteil ich auch opfern mußte, den Slinky konnte ich immer stoppen.

»Ich fürchte, ich habe mir den Arm verletzt«, sagte Randy. Wir saßen an der Theke in Jackies Restaurant, und vor uns standen zwei riesige Teller von seinem Corned Beef, das er mittwochs auf der Karte hatte.

Ich sagte nichts. Ich saß nur da mit einem Eisbeutel auf meinem rechten Auge.

»Jackie, das schmeckt verdammt gut«, sagte er.

Jackie kam zu uns, sah mich zum siebten Mal an, seit wir seinen Laden betreten hatten, und schüttelte den Kopf. »Alex, du mußt mir noch mal erzählen, wie das passiert ist.«

Ich sah ihn so gehässig an, wie man es mit einem zugeschwollenen Auge nur fertigbringen kann.

»Und es stimmt wirklich, Randy«, sagte er und sah mich immer noch an, »daß er dich regelrecht *gezwungen* hat, auf ihn zu werfen?«

»Er hat ein Nein von meiner Seite einfach nicht akzeptiert«, sagte Randy.

»Und er wollte unbedingt, daß du diesen bestimmten Pitch von dir noch mal ausprobierst? Wie hieß er noch mal?«

»Der Slinky«, sagte Randy. »Und das an einem kalten Tag, ohne vorheriges Aufwärmen. Ich hätte mir den Arm ruinieren können.«

»Das geschieht ihm recht«, sagte Jackie. »Er erntet das, was er gesät hat.«

»Wenn ihr Typen damit fertig seid«, sagte ich, »könnte ich noch was Eis gebrauchen.«

»Los, mach lieber voran und iß«, sagte Randy. »Wir sind mit deinem Partner verabredet.«

»Randy, ich hab dir das zu erklären versucht«, sagte ich. »Er ist nicht *wirklich* mein Partner. Ich meine, er ist es schon, aber nur, weil wir dieses Arrangement getroffen haben. Leon wollte sein ganzes Leben schon Privatdetektiv sein. Sein alter Arbeitgeber hat ihn gefeuert und mich überredet, den Job zu übernehmen. Bitte frag mich nicht nach Einzelheiten. Sagen wir einfach, es hat nicht allzu gut funktioniert.«

»Aber du bist doch immer noch Privatdetektiv«, meinte Randy.

»Ich habe noch meine Lizenz«, sagte ich. »Aber ich mache keinen Gebrauch davon. Leon hat mir mal aus der Klemme geholfen, und als Dank habe ich eingewilligt, sein Partner zu werden. Verstehst du, nur daß mein Name auf der Geschäftskarte steht.«

»Und im Telefonbuch.«

»Ja«, sagte ich. »Wir stehen auch im Telefonbuch. Was meinst du, was das hier oben die Kunden anzieht.«

»Und auf der Website.«

»Ja, die Website. Deshalb werde ich ihn mir noch vorknöpfen.«

»Ich habe viel Geld, Alex«, sagte er. »Ich habe die Absicht, deine Dienste zu bezahlen.«

»Es geht nicht ums Geld, Randy. Hörst du mir eigentlich gar nicht zu, wenn ich etwas sage? Ich bin nicht wirklich Privatdetektiv. Zweimal habe ich ernsthaft versucht, jemanden zu finden, und beide Male hat es in einem Desaster geendet. Ich bin einfach nicht gut bei so was.«

»Nach zwei Strikes warst du immer am besten.«

Ich ließ den Eisbeutel fallen und sah ihn an. »Sag das noch mal.«

»Nach zwei Strikes warst du immer am besten.«

»Randy, wir haben eine ganze Saison zusammen gespielt. Hast du jemals zugesehen, wenn ich zum Plate mußte?«

»Na klar.«

»Wie oft hast du erlebt, daß auf zwei Strikes trotz schlechtem Pitch ein dritter folgte und ich out war?«

»So direkt kann ich mich nicht erinnern, daß dir das jemals passiert ist.«

»Wie wär's mit mindestens einmal pro Spiel, bisweilen zweimal, gelegentlich auch dreimal. Scheiße, jetzt fällt mir ein, daß es mir einmal sogar viermal passiert ist. Ich schwinge den Schläger nach einem Ball dreißig Zentimeter von mir entfernt und bin out. In der Tat, wenn man einen Grund auswählen würde, warum ich es beim Baseball nicht geschafft habe, Randy, nur *einen* Grund, dann wäre es der.«

Alles war plötzlich wieder da, und nachdem es mich an diesem Tage schon am Auge erwischt hatte, hob das meine Stimmung keineswegs. Ich war gut hinter dem Plate, mit Pitchern war ich richtig Klasse, vor allem mit Geisteskranken wie Randy, und ich hatte einen ordentlichen Wurf zur Second Base. Aber geschlagen habe ich nie mehr als .240, vor allem, weil ich den Schläger zu stark schwang. Es dauerte nie lange, bis die Pitcher das spitz hatten. Wenn sie bei mir zwei Strikes erzielt hatten, war ich ein toter Mann.

Ich denke, das sagt etwas über mich aus. Nach zwei Strikes versuche ich übermäßig das Plate zu schützen. Dann schlage ich nach allem.

»Nun, okay, gut«, sagte Randy nach einer langen Pause. »Dann kriegst du jetzt die Chance, deine Fehler wieder gutzumachen.«

»Im Ernst«, sagte ich. »Wir müssen darüber reden.«

»Das tun wir gleich auch«, sagte er. »Ich muß vor unserer Abfahrt nur noch mal für kleine Jungs.« Er schraubte sich vom Barhocker und begann zu singen. *»L'amour, l'amour, oui,* ah da da ...«

»Wo ist Jackie?« sagte ich. »Ich brauche mehr Eis.«

»Wie geht das noch mal?« sagte Randy und fing wieder an zu singen. *»L'amour, l'amour, oui, son* ah was denn noch ... Wie geht die nächste Zeile?«

»Ich weiß es nicht.«

»Das ist die Arie des Romeo«, sagte er. »Aus der Oper, in Französisch. Sie ist wunderschön.«

»Ich kenne den Text nicht, Randy. Bestimmt nicht auf Französisch.«

»L'amour, l'amour ... Oui, son ardeur ... Ging das so?«

»Ich weiß es nicht, Randy.«

»Denk mal scharf nach, während ich auf der Toilette bin, Alex.«

Als er auf der Toilette verschwunden war, kam Jackie endlich mit einem neuen Eisbeutel.

»Was fange ich bloß mit ihm an?« sagte ich.

»Wie meinst du das?«

»Ich meine, was soll ich machen? Er will allen Ernstes dieses Mädchen wiederfinden, das er 1971 kennengelernt hat. Wie verrückt ist so was?«

»Das spielt keine Rolle«, sagte er. »Das ist eine rein akademische Frage. Du weißt genau, daß du ihm helfen wirst.«

»Wieso meinst du das?«

»Weil du mußt«, sagte er. »Du verbringst dein gesamtes Leben damit, mutterseelenallein in deiner Hütte zu sitzen. Du hast nicht mal 'nen Fernseher, verdammt noch mal. Du hast ein solch verzweifeltes Verlangen nach menschlichen Kontakten, daß du jeden Abend hierher kommst und *mich* unglücklich machst. Wenn ein neues Gesicht durch die Tür da kommt und dich um Hilfe bittet, machst du das, egal, worum es geht. Das haben wir doch schon mal erlebt, erinnerst du dich? Eines schönen Tages landet ein Raumschiff mit Außerirdischen hier auf dem Parkplatz, und zwei kleine grüne Männchen kommen hier rein und bitten dich, ihnen zu helfen, andere Außerirdische abzuwehren, die bei ihnen einfallen oder sonstwas. Und natürlich kriegst du wieder nur ein paar Tritte in den Arsch, aber das spielt keine Rolle. Denn *du wirst gehen.* Binnen zwei Minuten bist du durch die Tür und in diesem Raumschiff.«

Eine ganze Weile sah ich ihn nur an, während ich den frischen Eisbeutel gegen mein Auge preßte. »Das ist aber eine Geschichte, Jackie. Kleine grüne Männchen, wie?«

»Ja. Direkt hier auf dem Parkplatz.«

»Und sie kommen und bitten *mich* um Hilfe. Sie sprechen Englisch und all das.«

»Wenn sie hier sind, ja. Deshalb sind sie ja noch nicht gelandet. Noch studieren sie dich. Sie haben dich schon als den größten Trottel auf dem ganzen Planeten Erde ausgeguckt. Jetzt müssen sie alles über dich in Erfahrung bringen, bevor sie dich holen kommen. Teufel noch mal, ich wette, sie haben sogar 'ne Kiste kanadisches Bier da, das im Raumschiff auf dich wartet.«

Randy kam von der Toilette zurück und versuchte sich noch immer an seinem Lied. »Was sagst du, Alex? Alles klar zum Abmarsch?«

»Randy, schlepp ihn möglichst rasch ab. Solange er noch verfügbar ist.«

Als er lachend wegging, warf ich ihm den Eisbeutel an den Hinterkopf.

Ich fuhr hinter Randy her zum Flughafen, damit er seinen Mietwagen zurückgeben konnte, dann sprang er in meinen Laster, und wir fuhren zu Leons Haus.

Einige Minuten war er still, und er sah nur aus dem Fenster auf die vorbeifliegenden Bäume. »Sehr viel ist hier ja nicht«, sagte er schließlich.

»Außer Bäumen? In der Tat nicht.«

»Eigentlich hübsch«, meinte er. »Gewaltige Abwechslung gegenüber Los Angeles.«

»Kann ich mir denken.«

»Hey, wir fahren doch nach Sault Ste. Marie, stimmt's?«

»Ja, Leon lebt in einer kleinen Stadt namens Rosedale, direkt südlich vom Soo.«

»Ich habe noch nie die Schleusen vom Soo gesehen«, sagte er. »Ich glaube, wir sollten da erst mal hinfahren, solange es noch hell ist. Dann besuchen wir Leon.«

»Was? Hast du nicht gesagt, Leon wartet auf uns?«

»Der geht nirgendwo hin«, sagte er. »Komm schon, du mußt mir die weltberühmten Schleusen vom Soo einfach zeigen. Wann werde ich die jemals wiedersehen?«

»Randy, die Schleusen sind nicht mal offen. Nicht vor nächster Woche.«

»Es gibt noch einen anderen Grund, warum ich deinen Partner noch nicht sehen will. Irgendwie muß ich dir noch ein bißchen mehr über Maria erzählen.«

»Wieso? Wovon sprichst du?«

»Das ist nur … so'n Zeug. Ich will es dir selber erzählen, damit du keinen falschen Eindruck bekommst.«

»Dann erzähl's mir.«

»Fahr uns zu den Schleusen, Alex. Über manches kann man nicht sprechen, wenn man dabei nicht aufs Wasser sieht.«

Ich schüttelte den Kopf und fuhr weiter. »Wieso passiert das gerade mir?« sagte ich. »Womit habe ich das verdient?«

Zwanzig Minuten später parkte der Laster vor dem Soo Locks Park. Im Sommer würde der Parkplatz voll sein, und auf der Besucherplattform wären vielleicht vierzig Leute. An diesem verhangenen Aprilnachmittag, an dem ein kalter Wind von der Bay geradewegs den Fluß entlangstürmte, hatten wir den Ort für uns allein.

Randy stand auf der Besucherplattform und blickte auf die Schleusen hinunter. Auf dem Wasser trieben immer noch große Eisschollen. Er zitterte schon in diesem armseligen Mäntelchen, das er sich eng um den Körper gezogen hatte. Aber das war seine eigene gottverdammte Schuld, deshalb tat er mir nicht allzu leid.

»Das ist es also, oder?« meinte er. »Die Schiffe kommen direkt hierher, und was dann, läßt man sie dann in der Mitte runter?«

»Runter, wenn sie in den Lake Huron wollen«, erklärte ich. »Oder rauf, wenn es zum Lake Superior geht. Sieben Meter.«

»Und wie lange dauert das?«

»Zehn Minuten vielleicht.«

»Muß wohl ein eindrucksvoller Anblick sein.«

»Wenn gerade ein Zweihundertmeterfrachter hier durchkommt, ist das schon ganz schön eindrucksvoll, stimmt.«

»Und nächste Woche machen sie auf, sagst du?«

»Randy, erzählst du mir noch mehr von Maria, bevor du erfroren bist?«

Er ging weiter zu den Zuschauerrängen, wo man wenigstens ein wenig vor dem Wind geschützt war. »Das hört sich jetzt etwas verrückt an«, sagte er, als er sich setzte. »Verdammt, ist dieser Zement kalt am Arsch.«

»Es hört sich verrückt an? Wieviel verrückter kann das denn noch werden?«

»Also, es ist so«, sgte er. »Laß mich doch einfach die ganze Geschichte erzählen, bevor du etwas sagst, okay?«

»Ich bin ganz Ohr.«

»Okay.« Er holte tief Luft. »1971, als ich nach Detroit kam, waren wir zu mehreren, die alle einen Vertrag kriegen sollten. Du kennst bestimmt noch Marvin Lane, den Outfielder, und Chuck Seelbach, den anderen Pitcher. Zwei vom Double-A kamen noch dazu. Jedenfalls waren wir alle neu in der Stadt, und alles schien uns so überwältigend, und da haben wir schließlich unsere Zeit zusammen verbracht und haben nachmittags vor den Spielen da rumgehangen. Eines Tages aßen wir mittags im Lindell AC. Es war ein warmer Septembernachmittag in der großen Stadt, weißt du, und wir sind nur so in Corktown rumspaziert und fühlten uns wie King, weil wir ein paar Stunden später zum Abendspiel ins Stadion gehen würden. Und da sehen wir das Haus, mit einem Schild auf dem Gehweg. Eine große Hand, mit allen Linien drauf. MADAME VALESKA, SPIRITUELLE HANDLESEKUNST. Heute stünde da wohl eher esoterisch. Aber damals stand SPIRITUELLE HANDLESEKUNST auf dem Schild. Es war eins von diesen Häusern mit einer Treppe an der Seite. Da sind wir denn alle hochgegangen und wollten uns die Zukunft deuten lassen. Zum Beispiel, ob wir an diesem Abend aufgestellt würden. Es war ein Gag, weißt du. Ich sag dir, Alex, der Schuppen war schräg. Da war einmal diese unglaublich rote Tapete, und dann alle diese komischen Bilder an den Wänden. Auf einem hing ein Typ verkehrt herum, wie auf den Tarotkarten, und auf einem andern war ein Skelett in einem schwarzen Gewand – mit diesem großen Sicheldings, das es immer mit sich schleppt, um Seelen zu ernten. Jedenfalls, Madame Valeska saß im Hinterzimmer vor einer Kristallkugel, ich schwöre es dir, und einem nach dem anderen hat sie uns die Zukunft gedeutet. Als ich endlich zu ihr reingerufen wurde, war ich schon verliebt. Dieses Mädchen, in der Lobby, sie saß da an einem kleinen Tisch. Sie hatte schwarzes Haar. Und diese Augen, die geradewegs … Gott, ich weiß, wie das klingt, Alex. Ich weiß aber nicht, was ich anstellen soll, damit es anders klingt. Aber als sie mich ansah, war es, als ob plötzlich alles stehen blieb. Ich konnte nicht einmal mehr atmen. Schließlich habe ich sie nach ihrem Namen gefragt. Sie sagte, sie hieße Maria. Und das ist es schon. So habe ich sie getroffen.«

Lange Zeit saßen wir da. Der Wind frischte auf und pfiff über die Plattform. Die kalte Luft ließ mein Auge schmerzen.

»Was hat Madame Valeska denn gesagt?« fragte ich. »Wie sah deine Zukunft aus?«

Er lachte. »Allzugut habe ich nicht zugehört. Obwohl ich mich erinnere, daß einiges von dem, was sie gesagt hat, schon erstaunlich war. Sie wußte, daß ich vor der größten Prüfung meines Lebens stand.«

»Du bist mit einer Horde anderer junger Baseballspieler da gewesen«, meinte ich. »Natürlich mußte sie da so was sagen.«

»Nein, da steckte schon mehr hinter. Sie wußte auch so Sachen wie daß ich meinem Vater beweisen wollte, daß ich auch auf meinem eigenen Gebiet erfolgreich sein konnte, auch wenn ich nicht bei ihm ins Geschäft eintrat.«

»Ein Sohn, der seinem Vater imponieren will. Noch eine wundervolle Offenbarung.«

»Schon klar, Alex. Ich hab kapiert. Es ist ja auch nicht, als ob ich wirklich an das Zeugs geglaubt hätte. Bestimmt bin ich nicht deshalb am nächsten Tag zurückgekommen.«

»Laß mich raten.«

»Ich habe für Maria einen Brief abgegeben. Wie ein Bubi von der High School. Du weißt ja, ich war gerade zwanzig. Sie war neunzehn.«

»Wie oft hast du dich mit ihr getroffen?«

»Zehn Tage lang jeden Tag. Bis ich so vorgeführt worden bin und dann … na ja, da habe ich mich eine Zeitlang von der menschlichen Rasse verabschiedet.«

»Du hast dir zehn Tage lang jeden Tag die Zukunft deuten lassen?«

»Nein, nur ein paarmal«, sagte er. »Madame Valeska hätte mich umgebracht, wenn sie das mit Maria gewußt hätte. Und ihr Vater. Und, mein Gott, ihr großer Bruder. Er hieß Leopold. Er hat uns einmal gesehen, wie wir in der Stadt spazieren gingen, und er hätte mich fast an Ort und Stelle erwürgt. Maria mußte zu ihm gehen und mit ihm reden, ihn beruhigen. Sie muß ihm wohl das Versprechen abgenommen haben, den Eltern nichts zu sagen. Wir mußten uns immer irgendwo rumdrücken, weißt du, immer an einer anderen Stelle treffen. Ich habe sie jeden Tag gesehen, und wenn es nur für ein paar Minuten vor einem Spiel war.«

»Hast du mit ihr Sex gehabt?«

»Alex, komm schon.«

»Hast du?«

»Das war 1971. Jeder hatte doch damals Sex.«

»Ich nehme an, das heißt ja.«

»Ja«, sagte er. »Wir hatten Sex. Obwohl – so richtig war es nur einmal. Zweimal sonst haben wir nur …«

»In Ordnung«, sagte ich. »Einzelheiten brauche ich nicht. Gehen wir.«

»Wohin gehen wir?«

»Zu Leons Haus«, sagte ich, als ich aufstand. »Er wartet doch auf uns, oder nicht?«

»Heißt das, daß du mir helfen willst?«

»Was kann ich denn sonst machen? Bei deiner Geschichte wird einem doch richtig warm ums Herz.«

»Hab ich doch gesagt. Ich weiß, daß sie nicht so toll klingt.«

Ich ging auf dem Weg nach unten voraus. »Hast du nicht gesagt, daß Leon in dieser Angelegenheit schon für dich tätig geworden ist?«

»Ja«, sagte er, als er mich wieder eingeholt hatte. »Genau gesagt, hatte ich schon zwei von diesen Personensuchdiensten engagiert, aber alles, was ich hatte, war die Adresse von 1971. Ich kenne nicht mal ihren Geburtstag. Leon hat sich schon etwas umgetan und meint, wir würden vermutlich Recherchen vor Ort in Detroit durchführen müssen. Und in seinem Zustand …«

»Welchem Zustand?«

»Du weißt doch, mit dem Unfall. Willst du mir gerade weismachen, er ist dein Partner, und du hast noch nicht von seinem Unfall gehört?«

»Nein«, sagte ich.

»Er ist vom Dach gefallen. Er wollte gerade das Eis aus den Dachrinnen entfernen oder so was. Ich sag ja, ihr müßt ganz schön verrückt sein, hier oben zu leben.«

»Ja, wir sind verrückt«, sagte ich. »Komm, wir sehen mal, was er mit sich angestellt hat. Und sehen, ob ihm was eingefallen ist, wie wir sie aufstöbern können, die Tochter deiner Wahrsagerin.«

Kapitel 4

Leons Frau öffnete uns. Sie heißt Eleanor, und als erstes fällt einem an Eleanor auf, wie riesig sie ist. Man kommt einfach nicht umhin. Es gab eine Zeit, in der Leon mich gehaßt hat, damals, als er im tiefsten Herzen davon überzeugt war, daß ich ihn seinen Job als Privatdetektiv gekostet hatte. In dieser Zeit hatte ich ganz ehrlich mehr Angst vor Eleanor als vor Leon. Sie sind beide größer als ich, aber sie hat etwas an sich, daß ich immer denken mußte, sie sei erheblich schneller als ihr Gatte.

Inzwischen habe ich Eleanor ein wenig kennengelernt, genug um zu wissen, daß sie eine gute Frau mit einem raschen Verstand und Sinn für Humor ist. Und sehr viel Geduld mit ihres Mannes Traum von einem Dasein als praktizierender Privatdetektiv. Aber immer noch würde ich sie gegenüber Leon vorziehen, wenn ich Rückendeckung bei einer Kneipenschlägerei brauchte.

Randy küßte ihr die Hand, als ich ihn ihr vorstellte. Noch eine Frau, die sein Charme aus den Socken haute.

»Beachte ihn gar nicht«, sagte ich.

»Und ob ich ihn beachte, Alex«, erwiderte sie.

»Was zum Teufel hat dein Mann denn angestellt? Randy sagt, er ist vom Dach gefallen?«

Sie rollte mit den Augen und deutete hinter sich. In der Rückwand der Küche befand sich eine offen stehende Tür, und durch sie konnte ich Leon auf dem Bett liegen sehen, beide Füße auf Kissen hochgelegt. An beiden Fußgelenken waren Gipsverbände. »Alex!« rief er, als er mich sah. »Bring unseren Klienten rein!«

Im Schlafzimmer brannte kein Licht. Ein Computerbildschirm stand auf der einen Seite des Doppelbetts, und Leon schien völlig eingetaucht in das bläuliche Licht, das vom Schirm kam. Sein wirres rotes Haar wirkte geradezu furchteinflößend. Er trug ein kariertes Flanellhemd und graue Trainingshosen. Die Tastatur des Computers ruhte auf seinem Schoß.

»Sie müssen Mr. Wilkins sein«, sagte er und streckte seine rechte Hand aus.

»Nennen Sie mich Randy.« Er schüttelte Leon die Hand.

»Leon«, sagte ich, »bist du wirklich vom Dach gefallen und hast dir beide Fußgelenke gebrochen?«

»Ich wollte das Eis aus der Dachrinne entfernen«, sagte er. »Seit letzter Woche trägt Ellie mich rum. Schon gut, daß ich so leicht wie ein Ballettänzer bin.«

»Sagen wir lieber drei Ballettänzer«, meinte Eleanor, die gerade ins Zimmer kam. »Ich hätte ihn einfach draußen im Schnee lassen sollen.« In jeder Hand trug sie einen schweren hölzernen Küchenstuhl so selbstverständlich, als handele es sich um zwei Eßteller. »Ich bringe Ihnen mal Stühle«, sagte sie, »da mein Göttergatte hier nicht weg kann.«

Als wir zu beiden Seiten des Bettes Platz genommen hatten, beendete er sein Tippen auf der Tastatur. Irgendwo hinter mir sprang ein Drucker an.

»Okay, das wär's«, sagte er. »Ich habe über zwanzig Stunden in den Fall gesteckt, und das habe ich bis jetzt.«

»Zwanzig Stunden?« sagte ich.

»Mann, was soll ich denn sonst tun?«

»Ich bin froh, daß Sie die Stunden mithalten«, sagte Randy. »Ich will euch beide für den Zeitaufwand entschädigen.«

»Und Sie kriegen auch was für Ihr Geld, hoffe ich«, erklärte Leon. »Sie können sich darauf verlassen, daß wir unser Bestes tun.«

»Spar dir die Werbesprüche«, sagte ich. »Und wo wir gerade dabei sind, erinnere mich doch daran, daß wir uns noch über diese Website unterhalten müssen.«

Leon ließ die Augen zu Randy wandern und behielt sie dort. »Wie ich schon sagte, hier ist, was ich bis jetzt habe. Ich weiß, daß Sie schon zwei Personensuchdienste eingeschaltet haben.

Sowohl wegen Maria als auch wegen ihrem Bruder, Leopold. Sie können alle ihre Dateien nach den beiden Namen absuchen, aber die Informationen reichen einfach nicht. Alles, was wir haben, sind zwei Namen, ein ungefähres Geburtsjahr wenigstens für Maria – etwa 1952, geht man davon aus, daß sie 1971 neunzehn war –, und eine sehr alte Adresse, wo sie mit ihrer Mutter gearbeitet hat und … Sie sagen, daß sie dort auch gewohnt haben?«

»Ja«, sagte Randy, »im oberen Stock.«

»Und an die Vornamen der Eltern können Sie sich nicht erinnern?«

»Nein, kann ich nicht«, sagte Randy. »Ihre Mutter war für Maria einfach Mama und für alle anderen Madame Valeska. Und ich glaube nicht, daß ich jemals den Vornamen des Vaters gehört habe.«

»Und es gab nur den einen Bruder, meinen Sie? Keine weiteren Geschwister?«

»Ja«, sagte Randy. »Sie hat einmal gesagt, daß ihre Eltern ein schweres Leben hatten, bevor sie nach Amerika gekommen sind. Sie waren schon in den Vierzigern, als sie Leopold und Maria bekamen. Ich glaube, das hat dazu beigetragen, daß sie so auf sie aufgepaßt haben.«

»Und wie alt Leopold 1971 war, wissen Sie nicht?«

»Ich weiß nur, daß er älter als sie war«, sagte Randy. »Aber keine Ahnung, wieviel.«

»Diese Personensuchdienste«, sagte Leon, »die brauchen normalerweise ein Geburtsdatum, die Sozialversicherungsnummer oder eine Adresse jüngeren Datums. Ohne das kommen die nicht sehr weit. Aber das wissen Sie ja. Deshalb sind Sie ja hier.«

»Ganz genau«, sagte Randy.

»Fangen wir direkt mal mit der guten Nachricht an. Sie ist nicht tot. Nicht, wenn sie in der Sozialversicherung war. Vier Frauen mit dem Namen sind seit 1971 gestorben. Alle vier waren erheblich älter, als sie es gewesen wäre.«

»Okay«, sagte Randy. »Das ist doch schon mal gut.«

»Einen Leopold Valeska habe ich da auch nicht gefunden. Was auch immer das heißt.«

»Das ist doch auch erfreulich«, meinte Randy. »Auch wenn er mich gehaßt hat.«

»Im Gefängnis ist sie auch nicht. Nicht in einem Staatsgefängnis von Michigan oder in einem Bundesgefängnis. Auch hier gilt dasselbe für Leopold.«

»Schön.«

»Unser größtes Problem«, fuhr Leon fort, »ist die lange Zeit, die verstrichen ist, seit Sie sie zuletzt gesehen haben. In diesen fast dreißig Jahren kann sehr viel passiert sein. Eine Frau kann heiraten. Leopold hat noch denselben Nachnamen, sollte man annehmen, aber Marias Name kann jetzt ganz anders lauten. Sie kann aus der Gegend fortgezogen sein. Wie viele Leute kennen Sie, die heute noch im selben Viertel wohnen wie 1971? Was wir in der Tat tun müssen, ist in der Zeit zurückgehen und ihren Aufenthaltsort von 1971 bis heute rekonstruieren. Das wird nicht leicht sein, aber ich denke, es ist machbar. Das einzige, was für uns günstig ist, ist ihr Nachname. Wenn Sie eine Maria Smith suchten, sähe ich keine Chance. Mit Maria Valeska ist das schon anders. Das muß ein, was denn, ein osteuropäischer Name sein? Vielleicht aus Jugoslawien? Rumänien?«

»Das weiß ich nicht genau«, sage Randy. »Ich weiß nur, daß beide Eltern in Europa geboren waren.«

»Du hast sie nicht mal gefragt, wo sie herkamen?« sagte ich. »Oder warst du zu sehr beschäftigt mit – wie hast du es noch ausgedrückt? Mit dem, was 1971 alle taten?«

»Vielleicht habe ich sie gefragt«, sagte er. »Ich kann mich nicht erinnern.«

»Alex«, ermahnte mich Leon, »wenn sich der Mann in diesem Raum aufhält, ist er unser Klient, kapiert?«

»Allerdings«, meinte Randy, »behandle mich mithin mit Respekt.«

»Was ist übrigens mit deinem Auge passiert?« fragte Leon.

Bevor ich mich noch entschieden hatte, wen ich zuerst erwürgen sollte, bat Randy Leon fortzufahren.

»Diese Suchdienste werden Ihnen schon die Telefonnummern von jeder Maria Valeska gegeben haben, die momentan in den Telefonbüchern im ganzen Land steht. Bei flüchtiger Durchsicht habe ich fünf gefunden.«

»Stimmt, ich glaube, sie haben mir sieben Nummern gegeben. Ich habe sie alle angerufen, aber keine war die richtige.«

»Und Leopold ...«

»Sie hatten zwei Leopolds gefunden«, sagte Randy. »Keiner war der richtige.«

»So einfach ist das Leben meistens nicht«, sagte Leon. »Trotzdem sind die Telefonbücher noch immer ein denkbarer Weg. Der Name ist nach wie vor ein wichtiges Merkmal. Wenn wir jeden Valeska im Land anrufen, könnten wir auf einen weiteren Verwandten stoßen.«

»Jeden einzelnen Valeska?« sagte Randy. »Im ganzen Land?«

»Wenn man nur die rechnet, die auch im Telefonbuch stehen«, sagte Leon, »bin ich auf etwa dreihundert gekommen. Ich habe im nationalen Telefonbuch nachgesehen. Sie werden gerade ausgedruckt.«

»Und jeden davon müssen wir anrufen?«

»Nun, genau einunddreißig von ihnen leben in Michigan, also habe ich damit angefangen. Ich habe mich als Anwalt ausgegeben, der an einer Sammelklage arbeitet, und gesagt, daß ich eine Maria Valeska suche, die 1971 im Raum Detroit gelebt hat. Ich habe gesagt, sie hätte unter Umständen Anspruch auf eine größere Summe.«

»Konnten Sie denn nicht direkt und ohne Vorwand nach ihr fragen?« sagte Randy.

»Vielleicht, aber heutzutage weiß man nie. Die Leute sind so mißtrauisch. Erreicht habe ich nichts. Mithin können wir es noch bei den restlichen über zweihundertundsiebzig versuchen.

Das ist viel Arbeit. Ich denke, wie sollten sie vorher noch einzuengen versuchen.«

»Und wie machen wir das?«

»Nun, eine Geburtsurkunde wäre hilfreich, dann hätten wir wenigstens die Namen der Eltern. Wenn es Einwanderer waren, wie wir annehmen, muß es Akten geben. Das Problem ist nur, daß man in Michigan an Geburtsurkunden so schwer rankommt. In den meisten anderen Staaten braucht man nur zur Personenstandsbehörde zu gehen und danach zu fragen. In Michigan sind sie *gehalten*, sie nicht rauszugeben, außer man ist ein Elternteil oder ein Vertreter des Gerichts. Aber man kann nie wissen. Sie sind sich ziemlich sicher, daß sie in Detroit geboren ist?«

»Sie ist in Detroit aufgewachsen«, sagte Randy. »Da habe ich gedacht, daß sie da auch geboren ist.«

»Dann müßten die Unterlagen bei der Staatsverwaltung in Lensing sein. Auf eurem Weg nach Süden könnt ihr da vorbeischauen. Aber auch bei der Stadtverwaltung in Detroit. Einen Versuch ist das wert.«

»Wir gehen einfach zu der Behörde und fragen nach der Geburtsurkunde?«

»Ein wenig betteln müßt ihr schon, denke ich, und darauf hoffen, daß ihr an einen Sachbearbeiter geratet, der einen guten Tag hat.«

»Wir setzen einfach unseren gesamten Charme ein, was, Alex?«

Ich ließ das einfach so im Raume stehen.

»Wenn ihr dann in Detroit seid«, sagte Leon, »müßt ihr als allererstes zu dieser Adresse in der Leverette Street. Der Mann, der jetzt in dem Haus wohnt, heißt – wie war das noch mal?« Er griff nach einem Block mit gelbem Notizpapier neben dem Bett und blätterte ihn durch. »Hier steht es. Henry Shannon.«

»Wie haben Sie das denn rausgekriegt?« wollte Randy wissen.

»Das städtische Adreßbuch«, sagte Leon. »Ich habe die Detroit Public Library angerufen und gebeten, mal nachzusehen. Das ist das Besondere bei Bibliothekaren. Im Gegensatz zu anderen Beschäftigten im öffentlichen Dienst *mögen* sie ihren Beruf wirklich. In aller Regel sind sie deshalb auch viel hilfsbereiter. Die Bibliothekarin hat mir alles gesagt, was sie über den ganzen Block in der Leverette Street herausfinden konnte. Ich gebe Ihnen eine Kopie davon.«

»Was ist denn mit diesem Mr. Shannon? Haben Sie ihn schon angerufen?«

»Schon ein paarmal«, sagte Leon, »aber er war nicht zu Hause. Ich habe es dann noch mit ein paar anderen Nummern in dem Block versucht, aber sehr weit bin ich nicht gekommen. Da ruft jemand aus dem Nichts an und fragt, wer vielleicht vor dreißig Jahren da in dem Block gewohnt haben könnte ... das funktioniert einfach nicht am Telefon. So was muß man halt persönlich machen. Man geht an die Tür, sie sehen, was für ein netter Kerl man ist, erzählt ihnen, warum man da ist und wonach man sucht.«

»Das funktioniert«, meinte Randy. »Wir kriegen das hin.«

»Ich habe herausgefunden, wem das Haus 1971 gehört hat«, sagte Leon. »Einem Mann namens Michael Kowalski. Die Bibliothekarin von der Abteilung Handel und Finanzen hat mich mit der Burton Historical Collection verbunden. Die haben städtische Adreßbücher bis zurück zu den zwanziger Jahren.«

»Warten Sie mal«, sagte Randy. »Das macht Sinn. Sie müssen die obere Etage in dem Haus gemietet haben. Ich erinnere mich ...« Er hielt lange inne und starrte in die Vergangenheit. »Jetzt kommt es wieder. Sie hat erzählt, ihr Vater wolle etwas Geld zurücklegen, damit sie ein Haus kaufen könnten. Er liebte Amerika, aber alles war so teuer. Vor allem das Essen. Würste. Das fällt mir wieder ein. Er konnte es nicht fassen, daß er für Würste einen ganzen Dollar zahlen mußte.«

»Das mußt du unbedingt aufschreiben«, sagte ich. »Würste.«

»Ich brauche wohl nicht zu sagen«, fuhr Leon fort, indem er mich ignorierte, »daß es jede Menge Kowalskis in Detroit gibt. Alle Michaels habe ich versucht, aber ohne Erfolg. Ich denke, am sichersten ist es, wenn ihr in dem Viertel an den Türen lang geht. Dann findet ihr mit Sicherheit jemanden, der dort schon lange wohnt, oder der wenigstens sein Haus von jemandem *gekauft* hat, der dort lange gelebt hat.«

»Da haben wir doch wenigstens einen Plan«, meinte Randy. »Das macht ja richtig Spaß.«

»Und wie ich schon sagte, wenn ihr auf dem Weg bei den staatlichen Stellen nachfragt oder es bei der städtischen Behörde versucht, habt ihr vielleicht Glück und findet eine Geburtsurkunde. Oh, unbedingt müßt ihr zur Bibliothek. Hier ist der Name von der Bibliothekarin, mit der ich bei der Burton Historical Collection gesprochen habe. Sie hat gesagt, sie will sich was einfallen lassen, wie wir Maria finden können. Grüßt sie von mir, wenn ihr sie aufsucht. Und bringt ihr vielleicht ein paar Blumen oder so was mit.«

»Das ist es«, sagte Randy. »Mann, Sie beherrschen wirklich Ihren Job, Leon. Ich bin beeindruckt.«

»Das gehört zum Beruf«, meinte Leon. »Sorgt nur dafür, daß ihr mich jeden Tag anruft und mich auf dem Laufenden haltet.«

Randy zog eine Rolle Banknoten aus der Tasche. »Ich würde Sie gerne für das bezahlen, was Sie bislang getan haben.«

»Das muß aber nicht jetzt sein.«

»Ich bestehe darauf. Sie haben ja schon eine Menge Arbeit reingesteckt. Da sollen Sie auch nicht warten müssen. Ein paar hundert? Fünfhundert?« Er fing an, Zwanzigdollarnoten vom Bündel zu nehmen und aufs Bett zu blättern.

»Halt, das ist genug!« rief Leon. Aber ich fand, daß er sich das Geld verdient hatte. Ich würde Randy nicht davon abhalten, ihn zu bezahlen.

»Was ist mit dir, Alex?« fragte Randy.

»Ich habe noch keinen Schlag getan«, sagte ich. »Und wenn

ich mit dir runterfahre und dir helfe, mach ich das aus Spaß an der Freud', verstanden? Du bezahlst mir kein Geld. Wenn du mich bezahlst, muß ich mir von dir Vorschriften machen lassen.«

»Für mich zu arbeiten macht Laune«, sagte er. »Frag mal meine Ex-Frau.«

Der Auftritt von Leons beiden Kindern ersparte mir eine Antwort. Leon Junior und Melissa, neun und acht Jahre alt. Sie standen da und sahen Randy mit großen Augen an. »Haben Sie wirklich in einer Großen Liga Baseball gespielt?« fragte Leon junior schließlich.

»Und ob ich das habe, ihr beiden. Kommt mal rein.« Eine halbe Stunde später saßen wir alle um Leons Bett und aßen Pizza. Eleanor und die Kinder, Leon in der Mitte, sich mit Pizzasauce bekleckernd, lauschten alle, wie Randy wieder einmal seine Geschichte erzählte.

Und ich. Ich hörte kaum zu, sondern fragte mich, was zum Teufel ich hier tat, warum ich am nächsten Morgen in den Süden des Staates fahren würde, um Randy bei der Suche nach dieser Frau zu helfen, hinunterzufahren wie der Nordwind, der ›Jagdwind‹, wie die Ojibwas ihn nennen, auf der Jagd nach der verlorenen Liebe seines Lebens.

Jackie hatte schon recht. Ich war der größte Trottel auf dem Planeten.

Es war schon dunkel, als wir endlich gingen. Wenn es Randy kalt war, ließ er es sich nicht anmerken. Er summte den ganzen Weg zum Lastwagen vor sich hin.

»Und ihr habt hier oben tatsächlich Spielkasinos?« sagte er. »Richtige Kasinos?«

»Die Indianer haben sie«, sagte ich. »Der Sault-Stamm hat das Kewadin hier in der Stadt und der Bay-Mills-Stamm hat zwei im Reservat.«

»Was hältst du davon, wenn wir mal kurz vorbeischauen?«

»Wir müssen morgen früh raus«, sagte ich.

»Nun komm schon, Alex. Ich kriege hier Heimweh. Ich liebe es, durch die Wüste nach Vegas zu fahren. Das mache ich ständig.«

»Die Kasinos kann man mit Vegas überhaupt nicht vergleichen.«

»Ein Spiel«, sagte er. »Ein Spiel, um mein Glück zu testen.«

Ein Spiel, von wegen. Zwei Stunden später war er immer noch die Hauptattraktion am Würfeltisch. Ich gab es auf und ging zur Bar hinüber, um mir einen Drink zu genehmigen. Die Bar im Kewadin wirkt so lang wie ein Football-Feld. Es soll die längste im ganzen Land sein. Damit sie zur Landebahn auf unserm Flughafen paßt, nehme ich an.

Ich saß da und nahm ab und an einen kleinen Schluck Scotch mit Wasser, bei dem das Wasser stark die Überhand hatte, und wünschte, die Bar hätte einen Fernseher, so daß ich sehen könnte, ob die Tiger wieder verlören. Die Saison war erst drei Spiele alt, und bei ihnen sah schon alles nach ›ferner liefen‹ aus.

Aber nein. Keine Fernseher hier. Nichts, was dich daran erinnern könnte, daß es eine Welt draußen gab und daß es fast Mitternacht war. Nur Spieltische und Glücksspielautomaten und erheblich mehr Leute, als man an einem kalten Aprilabend erwartet hätte.

Eine weitere Stunde verging. Die Menge an Randys Tisch wuchs ständig. Ich konnte sie bis zur Bar hören.

Als er schließlich zu mir herüberkam, zeigte er einen leicht verlegenen Gesichtsausdruck. In einer plötzlichen Rückblende erkannte ich diesen Blick wieder. Nach all den Jahren, sogar mit dem Schnäuzer und dem Spitzbart, den er jetzt kultivierte, diesen Ausdruck erkannte ich wieder. Wenn er einen Wink ignorierte und den Batter statt dessen provozierte, und der Batter den Ball aus dem Stadion befördert hatte und ich ihm einen neuen Ball zuwarf, während der Batter die Bases ablief, dann zeigte er diesen Ausdruck. Die meisten Spieler sind dann wütend auf sich selber. Quatsch, *jeder* andere Pitcher, der je dieses Spiel gespielt hat, ist dann wütend auf sich selbst. Aber Randy sah mich dann immer nur an wie der Hund, der soeben auf den neuen Teppich geschissen hat.

»Sorry, Partner«, sagte er. »Ich hatte eine kleine Glückssträhne.«

»Wieviel hast du gewonnen?«

»Irgendwann dreitausend Dollar«, sagte er. »Aber dann habe ich alles wieder hergegeben.«

»Au!«

»Kein Problem, weißt du. Das war Spielgeld.«

»Laß uns gehen«, sagte ich.

Eine ganze Weile war er still, den ganzen Weg auf der I-75 zur M-28. Als wir durch die großen Kiefernwälder fuhren, begann er wieder zu summen. Ein paar Minuten später lachte er. »Das wird toll«, sagte er. »Das ist alles wie ein großes Abenteuer.«

»Randy, laß mich dich etwas fragen«, sagte ich. »Hast du das alles bis zu Ende durchdacht? Nehmen wir an, du kriegst raus, wo sie jetzt wohnt. Du gehst zu ihrer Haustür und klopfst. Wie – mit einem Blumenstrauß in der Hand? Sie öffnet die Tür, und hinter ihr siehst du drei Kinder, und ihr Mann sitzt am Tisch und ißt zu Abend. Was sagst du dann?«

Er sah aus dem Fenster auf eine große Hirschkuh, die neben der Straße stand. Das Weiß an ihrem Schwanz blitzte im Licht der Scheinwerfer. »Mann, Rotwild«, sagte er.

»Randy, was sagst du dann?«

»Wenn sie die Tür aufmacht und ich sehe drei Kinder und einen Ehemann, dann sage ich: ›Hallo, erinnerst du dich an mich? Irgendwie bin ich nicht dazu gekommen, dir diese Blumen zur Hochzeit zu überreichen.‹ Und dann bitte ich sie, mich ihm und den Kindern vorzustellen.«

»Okay«, sagte ich. »In Ordnung.«

»Aber weißt du was?« fragte er.

»Was?«

»So wird es nicht sein. Sie wird allein sein.«

»Woher willst du das wissen?«

»Ich weiß es einfach.«

»Oh Randy. Bitte.«

»Ich wette mit dir«, sagte er. »Um die drei Riesen, die ich soeben verloren habe. Ich wette, daß sie in diesem Moment alleine ist.«

Ich schüttelte den Kopf. Da fiel einem nichts mehr ein.

»Magst du nicht kurz bei Jackie anhalten? Für einen Absakker?«

»Wir müssen früh raus«, sagte ich. »Und bevor wir losfahren, will ich noch diesen Schneepflug abmontieren.«

»Warum hast du ihn überhaupt so lange dran? Wann hat es zuletzt geschneit?«

»An dem Tag, an dem ich ihn abmontiere«, erklärte ich. »In den nächsten vierundzwanzig Stunden schneit es dann. Garantiert.«

»Dann laß ihn dran.«

»Ich schleppe keinen zwölfhundert Pfund schweren Schneepflug den ganzen Weg nach Detroit und zurück.«

»Dann nimm ihn ab.«

Wir montierten den Schneepflug ab. Beim Licht einer einsamen Glühbirne vor meiner Hütte montierten wir den Schneepflug ab und brachten ihn zu seinem Frühjahrs-Rastplatz hinter dem kleinen Geräteschuppen, wo Holzböcke das Gerät vom Boden fernhielten und eine große Plastikplane es bedeckte.

Als wir zu Bett gingen, wirbelten schon die ersten Flocken.

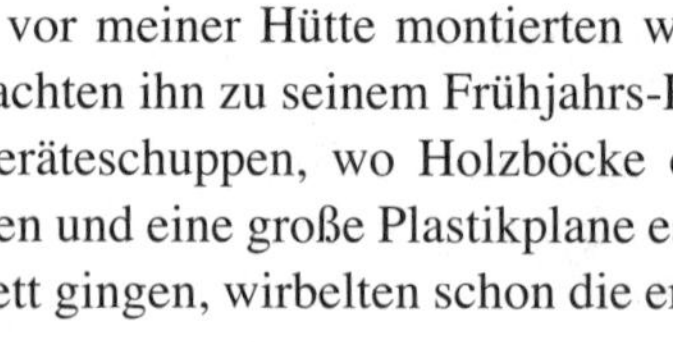

Kapitel 5

Am nächsten Morgen waren fünfundzwanzig Zentimeter Neuschnee gefallen. Nachdem Randy sich nach Herzenslust darin herumgewälzt hatte, half er mir, den Schneepflug wieder am Wagen anzubringen, was nur etwa vierzigmal so schwer ist wie das Abmontieren des verdammten Dings. Die Position muß ganz exakt stimmen, weil ich genau genommen vorne keine richtige Halterung für den Schneepflug habe. Nach einer Stunde Herumfummeln hatten wir das blöde Ding dran und pflügten die Straße frei. Dann rissen wir das doofe Ding wieder runter und verstauten es an seinem Platz hinter dem Schuppen. Inzwischen ging die Sonne auf. »Aber nun los«, sagte ich, als wir fertig waren. »Wir müssen hier weg sein, bevor es wieder anfängt zu schneien.«

»Willst du denn kein Frühstück?«

»Das holen wir uns unterwegs«, sagte ich. »Du weißt doch, wir wollen eine alte Flamme finden.«

Wir sprangen in den Lastwagen und bretterten durch Paradise. Die Sonne schien auf den Neuschnee und blendete uns. »Schnee im April!« sagte Randy. »Das gefällt mir!« Und dann fing er wieder an zu singen. »*L'amour, l'amour ... Oui, son ardeur ...* Verdammt noch mal, Alex, wie heißt die nächste Zeile von dem Lied?«

»Sing doch einfach immer die Zeile, die du kennst«, schlug ich vor. »Den ganzen Weg bis Detroit. Das macht mich richtig glücklich.«

Um 9.30 Uhr waren wir auf der Mackinac-Brücke, fuhren dann bei einem McDonalds vorbei und versorgten uns mit Frühstück und heißem Kaffee. Dann machten wir es uns für die lange Fahrt auf der I-75 bequem, immer geradewegs durch die Mitte der unteren Halbinsel nach Süden. Zehn Minuten hinter Mackinac war der Schnee verschwunden.

»Was hast du noch mal gesagt, was du jetzt machst?« fragte ich ihn. »Gewerbeimmobilien?«

»Ja, du weißt doch, Bürogebäude, Ladenflächen, so 'n Zeug. Mein Vater hat die Firma gegründet und ist damit gut über die Runden gekommen. Ich habe niemals daran gedacht, sie mal zu übernehmen, aber als er starb … Ich meine, da war es schon aus mit Baseball.«

»Was machst du genau? Baust du die Dinger?«

»Nee, ich verdiene nur Geld damit. Käufe und Verkäufe, Quatschen am Telefon, Mittagessen mit Investoren. Alles so 'n Zeug.«

»Klingt faszinierend.«

»Es hat seine Momente«, sagte er. »Gute und schlechte. Hey, ich hab dir doch von meinem jüngsten Sohn erzählt, Terry, oder? Dem Catcher?«

»Doch, du hast ihn erwähnt.«

»Mein Gott, du solltest sehen, wie er den Ball trifft, Alex.«

»Du hast erzählt, wie gut er als Hitter ist.«

»Er treibt die Bälle förmlich. Am Plate ist er auch nicht schlecht, aber er ist nicht so ein menschlicher Schwamm, wie du es mal warst.«

»Hmm.«

»Alex, das warst du. Der menschliche Schwamm.«

Ich rieb mir die Schwellung über meinem rechten Auge. In der Tat; ein menschlicher Schwamm.

»Wie lange brauchen wir noch bis Lansing?« fragte er.

»Vielleicht drei Stunden.«

»Mein Gott«, sagte er. »drei Stunden.« Er legte den Kopf gegen den Rücken des Sitzes. Binnen fünf Minuten schnarchte er. Ich fuhr weiter.

»Aufwachen!« sagte ich.

»Was? Was ist los?«

»Wir sind da«, erklärte ich. »Wir sind in Lansing.«

»Lansing?«

»Ja, Hauptstadt von Michigan. Hast du in der Schule nie die Hauptstädte aller Bundesstaaten gelernt?«

Er richtete sich auf und sah aus dem Fenster. Der Lastwagen parkte auf einem großen Platz neben einer Reihe hoher grauer Gebäude. »Mann, wir sind schon da?« sagte er. »Und ich habe die ganze Zeit geschlafen? Warum hast du mich nicht geweckt und mich mal fahren lassen?«

»Das waren für mich die einzigen Stunden der Ruhe und des Friedens in den letzten Tagen. Komm, beeilen wir uns.«

Wir stiegen aus und gingen in das erste Gebäude.

»Wo müssen wir hin?«

Ich blätterte in den Notizen, die Leon uns mitgegeben hatte. »Staatliches Amt für Personenstandsfragen«, sagte ich. Wir blickten auf die Tafel neben dem Aufzug und fanden es. PERSONENSTANDSFRAGEN ZWEITER STOCK. Während der Fahrt mit dem Aufzug begann Randy zu summen.

»Positives Denken«, sagte er. »Selbstvertrauen, Charme.«

»Vielen Dank«, sagte ich.

»Erwähne auf jeden Fall, daß du Privatdetektiv bist. Das muß doch hilfreich sein, oder?«

»Ich werde niemandem erzählen, daß ich Privatdetektiv bin«, erklärte ich.

»Nun gut, dann sieh ihm einfach tief in die Augen und lächle. Oder ihr.«

Es war ein ihr. Circa fünfzig Jahre alt, Brille an einer Kette um den Hals. Sie wirkte wie eine Beamtin, die den regelmäßigen Schulbesuch schulpflichtiger Kinder zu kontrollieren hat.

»Kann ich den Herren behilflich sein?« fragte sie.

»Ja, Ma'am«, sagte ich. »Ich bin Privatdetektiv und hätte gern eine Auskunft.«

Sie sah mich an.

»Hier ist meine Karte«, sagte ich. Ich nahm eine der Visitenkarten, die Leon mir gegeben hatte, eine der Karten mit den zwei Pistolen drauf. Ich legte sie vor die Frau auf die Theke.

Sie sah auf sie hinunter und dann zu mir auf. »Was haben Sie denn mit Ihrem Auge gemacht?« fragte sie.

»Ein kleiner Unfall«, sagte ich.

»Was für eine Auskunft?«

»Es geht um eine Frau«, sagte ich. »Wir glauben, daß sie 1952 in Detroit geboren ist. Maria Valeska ist der Name, oder war es. Vielleicht hat er sich ja geändert.«

»Hübscher Name«, meinte sie.

»Ja«, sagte ich. »Wir haben uns überlegt, ob wir vielleicht ihre Geburtsurkunde sehen könnten. Das wäre sehr wichtig.«

»Geburtsurkunden sind nicht öffentlich zugänglich«, sagte sie. »Nicht im Staate Michigan.«

»Das sehe ich ein. Ich dachte nur ...«

Sie sah mich nur an.

»Wissen Sie, es ist schon sehr wichtig ...«

Nichts. Sie war eine Bildsäule.

»Wir müssen sie unbedingt finden ...«

Eine Bildsäule, gemeißelt aus weißem Granit. Mit einem blauen Kaschmirpullover.

»Soviel ich weiß, sind Heiratsurkunden öffentlich«, sagte ich. »Könnten wir nicht das versuchen?«

»Jahr der Heirat?« sagte sie.

»Da bin ich mir nicht ganz sicher«, druckste ich und sah mich nach Randy um.

»Nach 1971«, sagte er.

»Nach 1971«, sagte ich.

»Die Suche in einem bestimmten Jahr kostet siebzehn Dollar«, sagte sie. »Jedes weitere Jahr vier Dollar.« Sie zog ein Formular heraus und legte es auf die Theke. »Füllen Sie das aus.«

»Vielen Dank.« Ich nahm das Formular und betrachtete es. Die erste Zeile war für den Namen der Braut vorgesehen, die zweite für den des Bräutigams. »Benötigen Sie den Namen des Bräutigams?«

»Ja«, sagte sie. »Wir benötigen den Namen des Bräutigams.«

»Wir kennen den Namen nicht«, sagte ich. »Wir sind nicht mal sicher, daß sie in Michigan geheiratet hat. Oder sonstwo, genau genommen. Wir haben nur gehofft ...«

Sie kehrte zu ihrer Routine als Bildsäule zurück.

»Bitte«, sagte ich. »Wenn Sie uns nicht helfen können, sagen Sie es uns einfach.«

»Ich kann Ihnen nicht helfen«, sagte sie.

Wir gingen also. Meine Karte ließ ich auf der Theke zurück, um sie mit ihrer Schuld zu quälen.

»Du hättest aber wenigstens versuchen können, mir zu helfen«, sagte ich, als wir im Aufzug nach unten fuhren. »Du hättest den legendären Randy-Wilkins-Charme in die Verhandlungen einbringen können.«

»Hätte nichts gebracht«, erklärte er. »Die Frau war für Charme unzugänglich. Du hast das übrigens gut gemacht. Gerissen, würde ich sagen.«

»Ich knall dir eine.«

Er lachte. »Komm. Ich lade dich zum Essen ein. Da feiern wir unsere erste totale Niederlage. Dann heißt es: Auf nach Detroit.«

Nachmittags gegen drei Uhr erreichten wir Detroit. Die Autobahn führt direkt in die Stadtmitte, schwingt dann weit nach Westen aus, bis hinters Tiger Stadium, besinnt sich dann auf ihre eigentliche Aufgabe und kehrt nach Süden in Richtung Toledo zurück. Zumindest hat sie das mal getan, bevor man anfing, alles für das neue Stadion auf- und abzureißen. Da ein großer Teil der I-75 geschlossen war, mußten wir in Gratiot abfahren und über Nebenstraßen zur Michigan Avenue fahren. Es war ein eigentümliches Gefühl, in meiner alten Heimatstadt herumzufahren. Auf der Oberen Halbinsel gibt es keinen Verkehr, keine Straßen, auf denen meilenweit auf beiden Seiten Häuser stehen.

»Da drüben kommt eins der neuen Spielkasinos hin«, sagte ich, als wir an der First Street vorbeifuhren.

»Spielkasinos in Detroit? Echt?«

»Das erste macht nicht vor diesem Sommer auf«, sagte ich. »Bleib ganz ruhig.«

»Und ein neues Stadion ebenfalls?«

»Nächstes Jahr«, sagte ich.

»Hört sich ja an, als ob sie die ganze Stadt abreißen und noch mal neu anfangen.«

»Wir können auch ein Motel in der Nähe von Corktown nehmen«, sagte ich. »Da ist schließlich die alte Adresse.«

»Laß uns was Ordentliches nehmen«, meinte er.

»Wir schlafen doch bloß da«, sagte ich. »Da muß es nicht das Hilton sein.«

»Nimm das Hilton«, sagte er. »Ich zahle.«

»Nächster Halt: Hilton«, verkündete ich. Sobald das Stadion zu sehen war, fuhr ich zum nächsten Motel an der Straße. Das Motor City Motor Court.

»Und was bitte soll das sein?« fragte er.

»Das Detroit Hilton«, erklärte ich. »Reservier uns ein Zimmer.«

Während er nach drinnen ging, stand ich auf dem Parkplatz und bemühte mich, mir alle Verkrampfungen von sechs Stunden Fahrt im Führerhaus eines Kleinlasters aus dem Körper zu schütteln. Auf der anderen Straßenseite, nur einen Block entfernt, ragte die Südostecke des Tiger Stadium wie ein graues Schlachtschiff in den nachmittäglichen Himmel. Zur Zeit verloren die Tiger ihre Spiele noch an der Westküste, würden dann nach Minnesota gehen, um dort auch ein paar Spiele zu verlieren, und schließlich würden sie hierhin nach Detroit zurückkehren, um ihre erste Heimniederlage einzustecken.

»Da ist es«, sagte Randy, als er zurück auf den Parkplatz kam. »Die werden das doch nicht ernsthaft abreißen wollen, oder?«

»Ich denke nicht, daß sie das können«, meinte ich. »Es steht auf der Liste der Nationalen Denkmäler. Aber sie werden da drin nie mehr Baseball spielen.«

Er schüttelte den Kopf. »Das tollste Baseball-Stadion, das ich jemals gesehen habe.«

»Ich weiß«, sagte ich. Von außen macht das Tiger Stadium nicht viel her. Bloß große graue Wände, an den Ecken abgerundet. Wenn du aber reinkommst, weißt du, warum das von außen so aussehen *muß*. Denn das Drinnen ist eine Welt für sich. Es ist vollständig überdacht, das einzige Stadium in den großen Ligen, dessen Oberdeck ums ganze Spielfeld herumführt. Mit dem Extradach im rechten Feld, wo Al Kaline gespielt hat. Die Lichttürme auf dem Dach, wohin Reggie Jackson den berühmten Ball im All-Star-Game 1972 geschlagen hat. Die Rundfunkkabinen hinter dem Home Plate, so dicht am Spielfeld, daß die Jungs da drin hören können, was der Schiedsrichter zum Catcher sagt. Noch einundachtzig Heimspiele, und alles ist vorbei.

»Mach schon«, sagte ich. »Noch ist es Tag. Zeig mir, wo sie gewohnt hat.«

Wir gingen auf der Michigan Avenue nach Osten. Dem Stadium gegenüber befand sich eine große Autohandlung, daneben eine Schnellreinigung und eine Eckkneipe. Wir gingen an einem Block mit kleinen Ziegelhäusern vorbei. In der Saison würden die Eigentümer auf ihren Gartenstühlen davorsitzen und den zum Stadion strebenden Leuten zusehen. Einige würden sich eine Kleinigkeit nebenbei verdienen, indem sie Leute in ihrer Einfahrt parken ließen. Wenn in der nächsten Saison das neue Stadion eröffnet wurde, war dies alles vorbei.

»Leverette Street«, sagte Randy. »Da hinten ist es. Mein Gott, Alex, ist das ein komisches Gefühl.«

»Das wundert mich aber.«

»Einen Block weiter liegt doch der Lindell AC, oder? Was meinst du, sollen wir uns erst einen genehmigen?«

»Das machen wir später«, erklärte ich. »Du zeigst mir jetzt das Haus.«

Wir gingen auf der Leverette nach Süden, mitten ins Herz des alten Corktown. Hier war einst ein polnisches Viertel, und diese Straße verlief damals vielleicht am oberen Ende des Marktplatzes. Die meisten Häuser waren zweistöckige viktorianische Bauten, und jedes wirkte restauriert und war frisch gestrichen. Auf einem Schild an der Ecke war zu lesen: CORKTOWN: DETROITS ÄLTESTES VIERTEL.

»Gott, wo ist es denn?« sagte er. »Die Endziffern waren 41. Daran erinnere ich mich. Hier auf der linken Seite, in der Mitte vom Block, so dicht an der Michigan Avenue, daß man das Schild sehen konnte.«

Wir kamen an einem Mann vorbei, der seinen Rasen mähte, was, ging man von der Größe des Rasens aus, gut drei Minuten dauern konnte. Es gab Tausende solcher Blocks überall in Detroit und seinen Vororten. Gerade genug Platz für ein Haus, eine Einfahrt und vielleicht knapp fünfzig Quadratmeter Rasen vor dem Haus und weitere hundert dahinter. Genauso wie das Haus drüben in Dearborn, in dem ich aufgewachsen war. Genauso wie das Haus drüben in Redford, das ich nach meiner Hochzeit gekauft hatte. Wäre ich hier geblieben, wohnte ich immer noch in solch einem Haus.

Einige Kinder spielten Nachlaufen. Ein Junge fuhr Fahrrad. Jetzt war die Straße überwiegend schwarz, die polnischen Einwanderer waren lange verschwunden. Wir hatten die einzigen weißen Gesichter auf der Straße, aber niemandem schien das aufzufallen. Randy ging langsam. Er versuchte sich die Umgebung so vorzustellen, wie sie vor fast dreißig Jahren gewesen war.

Die Hausnummern kletterten von 235 auf 237 auf 239. Und dann blieben wir vor 241 stehen. Randy stand da und betrachtete das Haus. Ein weiterer viktorianischer Bau, wie alle anderen in diesem Block. Er war in einem rosigen Pink gestrichen, die Verzierungen grün.

»Das ist es nicht«, sagte er.

»Wie bitte?«

»Das ist nicht das Haus. Es kann es nicht sein. Rechts war ein Treppenhaus angebaut, mit einem separaten Eingang.«

»Hast du nicht gesagt, das hier wäre die Adresse?«

»Ist sie auch«, sagte er. »Ich meine, sie war es. Zweihunderteinundvierzig Leverette. Ich bin sicher, daß sie das war.«

Eine junge schwarze Frau kam mit einem Kinderwagen aus dem Nachbarhaus. Sie wirkte nicht viel älter als siebzehn.

»Entschuldigen Sie bitte«, sagte ich. »Ist dies das Haus von Mr. Shannon?«

Sie sah uns kurze Zeit nur an. »Ja«, sagte sie schließlich.

»Kann ich sie etwas Merkwürdiges fragen?«

»Wie merkwürdig?« wollte sie wissen.

»Hatte das Haus da außen mal ein Treppenhaus?«

»Wovon sprechen Sie?«

Wir gingen zu ihr hinüber. »Es tut mir leid, daß wir Sie aufhalten«, sagte ich. »Ich bin Privatdetektiv.« Ich begann, nach einer meiner Karten zu fischen.

»Hat hier jemand eine Treppe geklaut?« sagte sie. »Und Sie untersuchen das?«

»Nein, Ma'am. Wir suchen nur jemanden, der vor etwa dreißig Jahren hier gelebt hat. Wir glauben, daß damals da außen eine Treppe gewesen ist.«

»Von so was hab ich beim besten Willen keine Ahnung«, meinte sie.

»Ich verstehe. Was ist mit Mr. Shannon? Wir haben versucht ihn zu erreichen.«

»Er besucht seinen Sohn in St. Louis«, sagte sie. »Er müßte heute zurückkommen, denke ich. Und ihr beide seid wirklich Privatdetektive?«

»Nee, nur er«, sagte Randy. »Ich bin ein ganz normaler Bürger.«

»Na, dann viel Glück beim Suchen Ihrer Treppe«, sagte sie.

Auf ihrem Gesicht erschien der Anflug eines Lächelns, als sie den Kinderwagen auf dem Bürgersteig weiterschob.

Ich schlug Randy auf die Schulter.

»Hey, komm mal her, Alex«, sagte er. Er führte mich zurück vor Mr. Shannons Haus. »Siehst du, daß da auf der rechten Seite etwas mehr Platz ist? Zwischen dem Haus und der Einfahrt?«

»Du meinst, sie haben irgendwann die Treppe abgerissen?«

»Kann doch sein«, sagte er. Er ging über die Einfahrt und zwei Stufen hinauf auf einen kleinen Vorplatz aus Beton. Er betrachtete die Tür und sah dann hoch zum Fenster im ersten Stock.

»Hier ist es. Das ist das Haus. Genau da oben hat Maria gewohnt.«

»Na schön.«

»Ich kann es nicht glauben, Alex. Da stehe ich wieder direkt unter ihrem Fenster.«

»Klar, ich kann dich hören«, sagte ich. »Aber komm von dem Kerl seinem Grundstück weg, bevor jemand die Polizei ruft.«

»Und was nun?« fragte er, als er wieder auf dem Gehweg stand. »Willst du jetzt die Türen abklappern?«

»Das könnten wir tun«, sagte ich. »Wir können aber auch warten, ob Mr. Shannon heute nach Hause kommt, und uns den Rest der Nachbarschaft morgen vorknüpfen, falls das nötig ist.«

»Wie spät ist es, etwa vier? Warum fahren wir nicht zur Stadtverwaltung und versuchen unser Glück mit der Geburtsurkunde? Vielleicht stoßen wir diesmal auf ein menschliches Wesen.«

»Da würde ich nicht drauf wetten. Aber es ist einen Versuch wert.«

»Wir könnten es auch bei der Bibliothek versuchen. Weißt du, wo die ist?«

»Randy, ich war in dieser Stadt acht Jahre lang Polizist.«

»Dann führe uns hin.«

Wir gingen den Block zurück, stiegen in den Wagen und fuhren nach Osten in die Innenstadt. Nachdem wir in die Woodward Avenue eingebogen waren, befanden wir uns mitten in meinem alten Revier.

Woodward Avenue. Als ich mir das sagte, fühlte ich, wie sich in mir plötzlich etwas regte. Woodward Avenue. Damit hätte ich rechnen müssen. Mein Bauch reagierte einfach. So was kann man nicht stoppen, wie sehr man sich auch anstrengt.

Woodward Avenue.

»Ist alles in Ordnung?« wollte Randy wissen.

»Doch«, sagte ich. »Hier ist nur alles voller Erinnerungen. Und hier sind wir. Das City-County Building.«

Das Gebäude lag unten am Ende der Woodward Avenue, in der Nähe des Ufers. Von unserm Standort aus konnten wir die fünf Türme des Renaissance Center sehen, die große eherne Faust von Joe Louis und den Brunnen der Hart Plaza. An einem schönen Tag würden die Gehwege voller Menschen sein, die am Fluß auf und ab spazierten. Heute war alles leer. Wir gingen in das Gebäude, vorbei an der Skulptur, die sich *Spirit of Detroit* nannte. Oder, wie mein alter Partner zu sagen pflegte, »der riesige große grüne Kerl, der in der einen Hand die Sonne hält und in der anderen die ganze Bevölkerung«. Als die Red Wings 1997 endlich einmal den Stanley Cup gewonnen hatten, hat man ihm ein riesiges Trikot angezogen. Darüber hätte sich mein alter Bekannter bestimmt riesig gefreut, wenn er das noch miterlebt hätte.

»Warum läßt du es zur Abwechslung nicht mal mich versuchen?« sagte Randy.

»Das liegt ganz bei dir«, meinte ich.

»Dann sieh mal gut hin und lern was, mein Freund.«

Sobald wir das Standesamt gefunden hatten, war mir klar, daß er einen unfairen Vorteil hatte. Mit seinen großen Fenstern, die die spätnachmittägliche Sonne hereinließen, und einer

Sammlung von Plakaten der Tigers und der Red Wings überall an den Wänden, war dieser Raum bei weitem erfreulicher als die Personenstandsbehörde des Staates. Die junge Frau an ihrem Schreibtisch wirkte so, als sei sie regelrecht glücklich, hier arbeiten zu dürfen. »Kann ich Ihnen helfen«, fragte sie. Sie lächelte dabei.

»Einen schönen guten Tag«, sagte Randy. »Da haben wir es doch geschafft! Haben Sie eine Vorstellung, wie lange wir schon unterwegs sind?«

Sie lächelte wieder. »Was kann ich …«

»Was machen sie bloß mit dieser Stadt?« sagte Randy. »Jede Straße ist gesperrt! Überall nur Baustellen!«

»Das müssen Sie mir nicht sagen«, sagte sie. »Zur Zeit brauche ich über eine Stunde, um morgens zur Arbeit zu kommen.« Diese Frau war viel zu freundlich, um für eine Behörde zu arbeiten. Wie sie es jemals geschafft hatte, durch die Auswahltests zu kommen, war mir ein komplettes Rätsel.

»Das letzte Mal war ich 1971 hier«, sagte er. »Ich war Pitcher bei den Tigers.«

»Wirklich?« sagte sie. Ihre Augen leuchteten auf.

»Lange habe ich mich in der Liga nicht gehalten«, sagte er. »Aber ich hab es wenigstens bis dahin geschafft.«

»Im Ernst? Sie haben für die Tigers als Pitcher gespielt?«

»Lang, lang ist's her«, sagte er. »So viel hat sich seitdem geändert. Bald soll es hier doch auch Spielkasinos geben, oder?«

»Ah«, sagte sie mit einer Handbewegung. »Bringen Sie mich nicht auf das Thema. Spielkasinos sind das letzte, was wir hier brauchen.«

»Offensichtlich sind Sie keine Spielerin, darf ich wohl annehmen«, sagte er. »Oh, Verzeihung, das hier ist mein Freund Alex.«

Ich erwachte aus meinem Trancezustand. Wenn man zusah, wie der Kerl seine Nummer abspulte, wurde man regelrecht hypnotisiert. »Schönen guten Tag«, sagte ich.

»Alex war hier in Detroit Polizeibeamter – wie lange noch mal, acht Jahre?«

»Ja«, nickte ich.

»Das war in den Achtzigern«, sagte er. »Sogar Alex kennt den Ort nicht wieder. Ist das nicht so, Alex?«

»Wie 'ne völlig neue Stadt«, sagte ich.

»Ich verrate Ihnen auch, warum wir hier sind«, sagte Randy. Er näherte sich ihrem Schreibtisch und senkte die Stimme. »Alex ist jetzt Privatdetektiv. Gib mir mal eine von deinen Karten, Alex.«

Ich holte eine Geschäftskarte heraus und gab sie ihm. Er legte sie ihr auf den Schreibtisch, während er sich kurz im Raum umsah. »Wir versuchen jemanden ausfindig zu machen«, sagte er. »Wir wollen ihr helfen, wissen Sie. Es geht um Leben und Tod.«

»Okay ...«

»Sie heißt Maria Valeska«, sagte er und ließ die Information nachklingen, als wäre sie eine internationale Agentin.

»Das ist ein hübscher Name«, sagte sie.

»Stimmt«, meinte er. »Das Problem ist, daß wir außer ihrem Namen nur eine alte Adresse haben. Und wir glauben, daß sie 1952 hier in Detroit geboren ist.«

»Ich verstehe nicht«, sagte sie. »Welche Akten wollen Sie denn da einsehen? Wir haben hier nur vier Kategorien. Geburten, Todesfälle, Heiraten, Scheidungen.«

»Die Geburtsurkunde würde uns enorm weiterhelfen«, sagte er. »Wenn wir die vielleicht ...«

»Sie können keine Einsicht in Geburtsurkunden nehmen«, sagte sie. »Es sei denn, sie sind ein direkter Verwandter oder ...«

»... offizieller Vertreter eines Gerichts«, sagte Randy. »Das weiß ich. Und ich bitte Sie natürlich nicht, gegen Ihre Vorschriften zu verstoßen. Aber wenn man bedenkt, wie *wichtig* die ganze Sache ist, dachte ich, *Sie* könnten vielleicht mal einen Blick auf die Urkunde werfen und uns das Datum nennen.«

»Das ist völlig unüblich«, meinte sie.

»Und den Namen der Eltern.«

»Nein, wirklich, ich denke …«

»Teresa, ich bitte Sie doch nicht um eine Kopie ihrer Geburtsurkunde. Das würde ich niemals von Ihnen verlangen.«

Teresa? Woher kannte er ihren Namen?

»Ich frage Sie doch nur, nein, ich bitte Sie inständig, sich selbst die Akte anzusehen, ohne daß wir dabei sind. Wir warten draußen im Gang, während Sie sie sich ansehen.«

Da, auf ihrem Schreibtisch. Ein Namensschild. Ich bin schon ein toller Detektiv.

»Ich bin noch nicht so lange hier«, sagte sie. »Ich bin mir nicht sicher, ob das zulässig ist.«

»Maria Valeska«, sagte er. »Wahrscheinlich 1952 geboren. In Detroit.« Und dann sah er sie nur an. Von da, wo ich stand, konnte ich sein Gesicht nicht sehen, und so weiß ich nicht, was er damit anstellte, aber irgendwie bewirkte er, daß sie aufstand.

»Ich bin gleich wieder da«, sagte sie.

»Wir warten hier.«

»Sie warten hier.«

»Exakt hier.«

Und dann verschwand sie im hinteren Raum.

Er wandte sich um und zwinkerte mir zu. »Was soll ich sagen, Alex?«

»Du bist der Größte.«

Randys Triumph als der Größte währte genau neunzig Sekunden. Dann kam Teresas Vorgesetzte aus dem Hinterzimmer herausgeschossen, eine Frau, die exakt so aussah wie Alex Karras, der alte Verteidiger bei den Detroit Lions. Na ja, Alex Karras mit extrem verunglückter Frisur.

Bevor sie noch mit Randy fertig war, war ich schon aus der Tür.

Es war fast fünf Uhr, als wir wieder auf der Woodward Avenue waren. Der Verkehr war zur Stoßzeit sehr dicht, und es war wenig hilfreich, daß die Hälfte der Straßen gerade aufgerissen wurde.

»Sag nichts, Alex.«

»Ich sage doch nichts.«

»Wir waren dicht dran«, sagte er. »Wir hatten's fast gepackt.«

»Auf der Ein-Yard-Linie noch erwischt.«

»Fährst du jetzt zur Bibliothek?« fragte er. »Da muß doch noch offen sein, oder?«

»Das werden wir sehen.«

Wir fuhren auf der Woodward nach Norden. Die Woodward Avenue. Die Bibliothek lag oben an der Kirby Street. Ich merkte, wie mein Magen sich verkrampfte. Noch einige wenige Blocks weiter nach Norden, und wir würden direkt daran vorbeifahren. An dem Gebäude, in dem es passiert war.

Wir fuhren am neuen Stadion vorbei, direkt gegenüber dem alten Fox Theater. Comerica Park wollten sie es nennen. Klingt irgendwie nicht so wie Tiger Stadium.

»Da ist es ja«, sagte er. »Wow, da kann man ja direkt reinsehen.«

»So baut man die Dinger eben heutzutage«, erklärte ich. »Man soll die Stadt sehen können, während man gleichzeitig das Spiel verfolgt.«

»Das verstehe ich nicht. Das ist doch bloß Detroit, was es da zu sehen gibt.«

Ich ließ das unkommentiert. Als wir die Bibliothek erreichten, hatte sie offensichtlich schon geschlossen.

»Wieso ist denn eine Bücherei schon um fünf Uhr zu?« fragte Randy.

»Etatkürzungen.«

»Vielleicht hat die Stadt ja mehr Geld, wenn erst die Spielkasinos offen sind.«

»Da hast du recht. Die Kasinos werden für die Bücherei ein Geschenk des Himmels sein.«

Er sah mich an. »Aber sonst geht es dir gut?«

»Das war ein langer Tag«, sagte ich. »Ich könnte jetzt einen Drink gebrauchen und was zu essen. Willst du immer noch ins Lindell?«

»Machen wir das«, sagte er. »Rumführen kannst du mich ja dann immer noch.«

»Und wo bitte?«

»In Detroit«, sagte er. »In *deinem* Detroit. Das ist doch deine Heimatstadt, stimmt's? Da mußt du doch jede Menge Erinnerungen dran haben.«

Ich fuhr nach Süden, zurück zum Motel. Ich sagte nichts.

Erinnerungen, sagt er. Da mußt du doch jede Menge Erinnerungen dran haben. Wenn der nur wüßte.

Kapitel 6

Der vollständige Name lautet Lindell Athletic Club, aber ich habe noch nie gehört, daß das einer gesagt hätte. Es ist der Lindell AC. Ursprünglich lag er ein paar Blocks weiter nach Osten, am alten Hudson's Kaufhaus, aber dann sind sie ins Erdgeschoß eines eigentümlich dreieckigen Gebäudes an der Ecke von Cess Street und Michigan Avenue umgezogen. Wüßte man es nicht besser, würde man schwören, er wäre schon immer da gewesen. Der Bau selbst sieht so aus, als ob seit dem Zweiten Weltkrieg niemand etwas dran getan hätte, bis hin zu den alten Metallbaldachinen über den Fenstern. Daneben liegt ein Friseurladen, wo man sich immer noch mit einem klassischen Barbiermesser und ein paar Spritzern Royal Bay Rum rasieren lassen kann.

Wenn man reinkommt, sieht man die Ernte an Photographien und Erinnerungsstücken aus fünfzig Jahren. Direkt über der Tür ist eine große Schwarz-Weiß-Photographie einer altmodischen Hockeyprügelei aus der guten alten Zeit, als jeder von der Reservebank mitprügeln konnte. Die Unterschrift lautet: »Detroit gegen Toronto, 1938.« Viele Sportbars versuchen, so wie der Lindell AC auszusehen, aber das gelingt ihnen nicht. Man kann nicht einfach eine Kneipe eröffnen und alles Sportszeug, das man auftreiben kann, über den Platz verteilen. So was muß sich mit den Jahren natürlich ergeben. In dieser Woche ein Schläger, in der nächsten ein Ball. Nächste Woche ein Suspensorium. Zweitausend Wochen später hat man dann den Lindell AC.

Wir saßen in einer Nische in der Ecke, direkt unter dem Photo, auf dem Mickey Stanley über die linke Begrenzungswand geht. Wir aßen unsere weltberühmten gegrillten Hamburger, während draußen die Sonne unterging. Ich sagte nicht viel. Randy war viel zu beschäftigt damit, das Lokal in sich aufzusaugen, als daß ihm das aufgefallen wäre.

»Mein Gott, der Schuppen hat sich überhaupt nicht verändert«, sagte er. »Da hinter dem Tresen steht Johnny Butsakaris. Meinst du, er erinnert sich an mich?«

»Du bist vor fast dreißig Jahren ein paarmal hier gewesen«, sagte ich. »Und da meinst du wirklich, daß er sich an dich erinnert?«

»Du hast recht«, sagte er und strich sich über Schnäuzer und Spitzbart. »Nicht mit dem Zeug im Gesicht.«

»Ich will mal sehen, ob Mr. Shannon inzwischen zu Hause ist.« Ich hatte seine Nummer auf einem der Zettel, die Leon uns gegeben hatte, mit einem Kreis markiert.

»Du willst ihn anrufen?«

»Nein, ich werde zu Fuß zu seinem Haus zurückgehen.«

»Ist da jemand leicht verärgert?« sagte er. »Ich hole dir noch ein Bier. Dann gehen wir, und du führst mich hier rum, ja? Du hast es mir versprochen.«

»Das habe ich niemals versprochen.«

»Ich möchte sehen, wo du aufgewachsen bist, Alex. Ich will den Parkplatz sehen, auf dem du deine Unschuld verloren hast.«

»Ich werde ihn jetzt anrufen«, sagte ich.

»Mach«, sagte er. »Bring's hinter dich.«

Ich ging zum Münzfernsprecher und wählte die Nummer. Ich hörte, wie es zweimal klingelte, dann sagte eine rauhe Stimme Hallo.

»Mr. Shannon?« sagte ich.

»Am Apparat.«

»Mein Name ist Alex McKnight. Ich bin Privatdetektiv. Ich habe eine Frage an Sie, und die klingt etwas merkwürdig.«

»Ein Privatwas? Um was geht es eigentlich?«

»Mr. Shannon, ich versuche jemanden ausfindig zu machen, der 1971 da gewohnt hat, wo Sie heute wohnen. Ich nehme an, Sie wissen nicht, wer damals der Eigentümer Ihres Hauses war?«

»1971? Ist das Ihr Ernst?«

»Doch, Sir. Es tut mir leid, Sie heute abend damit zu behelligen. Der Familienname war Valeska.«

»Nein, nein, hören Sie auf. 1971 war ich nicht mal irgendwo hier in der Nähe. In diesem Haus bin ich erst zwei Jahre.«

»Vielleicht weiß derjenige was, von dem Sie das Haus gekauft haben?«

»Nein, der hatte das Haus erst ... warten Sie mal, ein Jahr, denke ich. Und bevor er es gekauft hat, hat das Haus, wie er mir mal erzählt hat, lange leergestanden ...«

»Verstehe, Sir. Kann ich Sie noch fragen, ob Sie etwas über eine frühere Treppe wissen, die an der rechten Hauswand nach oben führte?«

»Das weiß ich in der Tat. Sieht ganz so aus, als ob da mal so was gewesen ist. Das ganze Haus ist mal umgebaut worden, dabei hat man die Rückseite völlig verändert. Ich glaube, damals ist auch die neue Treppe eingebaut worden.«

»Das klingt plausibel«, sagte ich. »Wir hatten uns schon so was gedacht.«

»Wenn Sie das mit der alten Treppe wissen«, meinte er, »dann scheinen Sie ja wirklich nach jemandem von damals zu suchen. Sind Sie wirklich Privatdetektiv?«

»Ja, Sir, das bin ich. Wenn ich noch eine Frage stellen dürfte ...«

»Schießen Sie los.«

»Gibt es jemanden in Ihrem Block, der vielleicht schon 1971 dort gewohnt hat?«

»Kann ich mir kaum denken. Hier hat sich sehr viel verändert.«

»Schön, das wär's denn. Ich bin Ihnen wirklich dankbar, daß Sie sich die Zeit genommen haben.«

»Andererseits, beschwören kann ich das nicht. Sie sollten doch mal fragen.«

»Vielleicht mache ich das, Sir.«

»Schauen Sie doch mal rein, falls Sie das wirklich tun. Ich habe noch nie einen Privatdetektiv gesehen. Ab drei bin ich meistens zu Hause.«

»Das werden wir machen, Sir. Und nochmals vielen Dank.« Ich hängte auf.

Als ich zu unserem Tisch zurückkam, hatte sich etwas verändert. Das milde pfiffige Lächeln, das Randy so gerne zur Schau stellte, als sei er über irgend etwas amüsiert, war völlig verschwunden. Seine Augen standen weit offen.

»Was ist passiert?« fragte ich.

»Ich habe uns noch eine Runde geholt«, sagte er und schob mir ein Bierglas zu. »Kein Problem.«

»Du hast ein Problem«, sagte ich. »Was ist los?«

»Ich habe kein Problem.«

»Du lügst«, sagte ich. »Ich habe dir doch gesagt, mich kannst du nicht belügen. Du bist der schlechteste Lügner der Welt.«

»Ich hatte eine kleine Auseinandersetzung, sonst nichts.«

Ich sah mich im Lokal um. An der Bar saßen zwei junge Männer und beobachteten uns. Weiße Jungs aus den Vororten, die in der verrufenen Autometropole etwas erleben wollten.

»Mit den Typen da drüben, nehme ich an?« Sie sahen nicht sehr glücklich aus. Und auch nicht allzu klein.

»Zwei lokale Größen mit irrigen Ansichten«, sagte er. »Sie sprachen davon, wie miserabel die Tiger spielten, was für dieses Jahr absolut zutrifft, weshalb ich ihnen auch nie widersprochen hätte. Aber dann redeten sie weiter, es mache sowieso nichts, schließlich sei Baseball kein richtiger Sport, und jeder könne es spielen.«

»Laß mich mal raten«, sagte ich. »Du hast versucht, ihre Ansichten zu korrigieren?«

»Ich habe sie nur gefragt, wann zuletzt jemand einen Baseball mit hundertfünfzig Stundenkilometern nach ihnen geworfen habe. Mehr habe ich nicht gesagt. Ich hab dann unsere Drinks bezahlt.«

»Ich wollte dir sowieso sagen, daß Detroit nicht das beste Pflaster ist, um mit dicken Geldbündeln herumzuwedeln.«

»Sie haben mich nach der Tätowierung auf meinem Arm gefragt. Ich habe ihnen erzählt, mein Zellengenosse hätte sie mir verpaßt, als ich das letzte Mal im Knast war. Er habe mir auch beigebracht, wie man einen Mann tötet, nur mit dem Zeigefinger.« Er zeigte mit dem fraglichen Finger an die Decke, natürlich dem an seiner linken Hand, und knallte ihn dann auf den Tisch, als wolle er ihn entzweischlagen. Irgendwie blieb der Tisch ganz.

»Eine tolle Geschichte«, meinte ich. »Das hat sie wohl gehörig beeindruckt?«

»Ich denke, es war der Slinky, der sie richtig in Fahrt gebracht hat«, sagte er und schüttelte seine Hand. Dann nahm er einen Schluck aus einem hohen Glas. Was auch immer er da trank, es war jedenfalls braun und schaumig.

»Du hast ihnen von deinem alten Pitch erzählt?« fragte ich.

»Nein, das ist ein Drink, den ich erfunden habe«, sagte er. »Wenn ich sie schon nicht mehr werfen kann, muß ich sie jetzt eben trinken.«

»Vielleicht bereue ich die Frage noch, aber was ist da drin?«

»Furchtbar einfach. Ein Teil Wodka und ein Teil Root Beer. Magst du mal probieren?«

»Da sage ich entschieden nein.«

»Mach mal, du wirst überrascht sein.«

»Nein, Randy, mich überrascht nichts mehr. Vermutlich werde ich in meinem ganzen weiteren Leben nie mehr überrascht sein.«

»Weißt du, wozu der Drink gut ist?«

»Nein. Als Rattengift?«

»Du siehst eine ganz tolle Frau an der Bar, gehst hin, stellst dich neben sie und bestellst einen Slinky. Funktioniert immer.«

Ich sagte nichts.

»Der Mann an der Bar kennt ihn nicht, also muß ich ihm erklären, wie's gemacht wird. Der beste Wodka, den sie haben, vorzugsweise Charodei, weil der nicht mit Kohle gefiltert wird wie andere Wodkas. Und sie steht da und hört zu. Wodka und Root Beer. Welcher Mann trinkt Wodka mit Root Beer? Sie wendet sich um, um mich anzusehen, und ich fahre mein Lächeln auf. Schließlich trinke ich den besten Wodka im Lokal, weil ich weiß, wo's langgeht, und Erfolg habe, und Root Beer, weil ich tief innen drin noch ein kleiner Junge bin. Und wenn sie mich dann fragt, warum es Slinky heißt, erzähle ich, daß ich mal in den Großen Ligen Baseball gespielt habe und daß das mein Verzweiflungswurf gewesen ist. Das wirkt immer.«

»Ah ja. Willst du das Spielchen auch versuchen, wenn du Maria gefunden hast? Einen Slinky bestellen?«

»Alex, nun komm schon. Ich mach doch nur Quatsch. Ich trinke das Zeugs, weil ich den Geschmack mag. Hier, versuch's mal.«

»Ich hab dir doch schon gesagt, daß ich das nicht trinke. Wodka und Root Beer, um Himmels willen! Was kommt als nächstes, Randy? Bist du eigentlich *andauernd* verrückt? Gibst du dir nicht mal wenigstens einen Tag frei?«

»Du wärst mir doch zu Hilfe gekommen, stimmt's? Wenn die Jungs was versucht hätten? Ganz wie in den guten alten Tagen? Entsinnst du dich noch an die Prügelei in dem einen Spiel, wo wir so kräftig mitgemischt haben? Wo war das noch, in Evansville?«

»Es war in Savannah«, sagte ich. Plötzlich war alles wieder da. Es gab noch eine andere Seite des Randy Wilkins. Sie zeigte sich nicht oft. Es dauerte lange, bis er die Kontrolle über sich verlor. Aber wenn er sie dann verlor, verlor er sie vollständig. »Du hast zwei erfolgreichen Battern eins übergebraten. Was hast du denn sonst erwartet?«

Er tat einen tiefen Zug und setzte dann das Glas ab. »Ich glaube, ich weiß, was dein Problem ist«, sagte er. Seine Stimme klang verändert.

»Wie bitte? Was ist mein Problem?«

»Das Problem ist, daß man mir eine Chance gegeben hat und dir nicht. Und daß ich gerade hier im Tiger Stadium spielen durfte, war auch nicht sehr hilfreich für dich. Wie oft warst du hier, um ein Spiel zu sehen, als du noch ein Junge warst? Wie oft hast du davon geräumt, selber mal in dem Stadion zu spielen?«

»Randy, glaubst du wirklich, ich bin sauer, weil du im Tiger Stadium spielen durftest und ich nicht?«

»Stören muß es dich schon«, meinte er. »*Irgendwas* stört dich.«

»Gehn wir«, sagte ich und stand auf.

»Wohin gehen wir?«

»Wolltest du nicht die Sehenswürdigkeiten besichtigen? Sehen, wo ich aufgewachsen bin und wo sonst alles Wichtige in meinem Leben passiert ist? Schön, ich zeig es dir.«

Ich war aufgestanden. Als ich nach draußen ging, hörte ich, wie Randy etwas zu den Jungs an der Bar sagte, irgendwas Nettes, daß sie jetzt auf ihn losgehen könnten, wo ich weg wäre. Ich wartete draußen auf der Michigan Avenue und atmete die Nachtluft ein. Ein Frühlingsabend in Detroit, kalt, aber nicht schmerzhaft. Ich wartete zwanzig Sekunden, stürzte dann wieder nach drinnen und dachte, jetzt käme die Kneipenschlägerei, ob ich wollte oder nicht. Aber Randy kam aus der Tür geschossen und rannte mich fast über den Haufen. Er war allein und ohne sichtbare Verletzung. Entweder hatte er sich wieder einmal verbal aus der Schlinge gezogen, oder er hatte die beiden mit seinem Zeigefinger getötet. In diesem Moment war mir das egal. Die ganze Eskapade sah mehr und mehr nach einem Fehler aus. Ich sah ihn lange an, ohne ein Wort zu sagen, und begann dann die Michigan Avenue runterzugehen. Er fiel neben mir in den gleichen Schritt und erwiderte mein Schweigen mit seinem.

Wir kamen an Leverette Street vorbei, der Straße, wo Randy

sich 1971 die Zukunft hatte deuten lassen und Maria getroffen und sich in sie verliebt hatte. Oder was sonst, Teufel noch mal, passiert sein mochte. Mr. Shannon, der Mann, mit dem ich telefoniert hatte, saß vermutlich in diesem Moment in seinem Wohnzimmer einen halben Block die Straße runter und sah das Spiel der Tiger im Fernsehen. Randy blickte in die Straße hinein, ohne seinen Schritt zu verlangsamen. Er sagte nichts.

Das Stadium ragte über uns auf. Es war völlig dunkel, bis auf eine blaue Neonschrift an der höchsten Stelle. DETROIT TIGERS in blauen Buchstaben. Tigerblau. Und ein Schild, das weiß schimmerte, mit schwarzen Buchstaben und der Botschaft BEGINN DER HEIMSAISON 19. APRIL CLEVELAND INDIANS.

Als wir den Parkplatz des Motels erreichten, öffnete ich die Tür am Fahrersitz und machte dann Randys Tür von innen auf. Randy stieg ein. Ich fuhr vom Parkplatz, bog nach rechts ab und wendete dann nach Westen. Vor langer Zeit hatte irgendwer entschieden, daß man auf Hauptstraßen im Raum Detroit nicht nach links abbiegen darf. Vierunddreißig Jahre hatte ich hier gelebt und vermutlich ein ganzes Jahr damit verbracht, nach rechts abzubiegen und dann nach links zu wenden.

Ich fuhr auf der Michigan Avenue durch ganz Detroit durch nach Westen, am Roosevelt Park vorbei nach Dearborn. Ich wechselte auf die Ford Road und fuhr am River Rouge Park und am Dearborn Country Club vorbei. Immer weiter bis zur Telegraph Road, wo ich wieder nach rechts und zu meiner Wende abbog, statt einfach nach links zu fahren. Ich fand die alte Straße, bog nach links ab, ehrlich und wahrhaftig nach links, weil ich jetzt die Hauptstraße verließ, und fuhr dann noch zweieinhalb Blocks weiter. Am Straßenrand hielt ich an.

Backsteinhäuser. Genau wie das Viertel vorhin in Detroit. Vielleicht etwas netter. Der Rasen wurde hier besser gesprengt. Die Gärten nach hinten heraus waren etwas größer. Aber der Plan war derselbe. Backsteinhäuser in einer Zeile, dazwischen gerade so viel Platz, daß man den Wagen in die frei daneben stehende Garage fahren konnte.

»Hier bin ich aufgewachsen«, sagte ich.

Randy sah aus dem Fenster. »Das Haus hier?«

»Ja.«

»Sieht hübsch aus, das Haus.«

»Das Haus ist hübsch«, sagte ich. »Als ich sieben Jahre alt war, kriegte meine Mutter Bauchspeicheldrüsenkrebs. Es hat dann noch anderthalb Jahre gedauert.«

Er sagte nichts. Er sah sich nur das Haus an.

»Meinst du, ein Siebenjähriger hat eine Ahnung, was Bauchspeicheldrüsenkrebs ist? Oder was eine Bauchspeicheldrüse ist? Wo man sie im Körper vielleicht finden kann?«

Er sagte nichts.

»Ich kriegte nur mit, daß meine Mutter ständig Gewicht verlor und immer kränker und kränker wurde und daß ich nichts dagegen tun konnte.«

»Tut mir leid«, sagte er.

»Mein Vater hat bei Ford gearbeitet«, sagte ich. »Das taten damals fast alle hier. Er stand jeden Morgen um fünf Uhr auf, versorgte sie, machte mir Frühstück und schickte mich zur Schule. Damals sind wir wirklich noch zu Fuß zur Schule gegangen. Wenn die Schule aus war, bin ich nach Hause gegangen. Für ein paar Stunden war ich dann allein mit meiner Mutter. Ich habe nur bei ihr gesessen. Zugeguckt, wie sie jeden Tag ein bißchen mehr gestorben ist. Und dann kam mein Vater nach Hause und machte Abendessen. Während ihrer ganzen Krankheit bin ich kein einziges Mal zu einem Baseballspiel gegangen, verstehst du? Ich habe nicht mal Baseball *gespielt*, solange sie krank war. Kein einziges Mal. Ein paar Monate, nachdem sie gestorben war, hat mein Vater dann schließlich die ganzen Baseballsachen aus der Garage geholt. Aus dem Handschuh war ich rausgewachsen. Er mußte mir einen neuen kaufen.«

Ein Auto fuhr die Straße entlang. Einen Moment lang waren wir von den Scheinwerfern geblendet. Dann war es wieder dunkel.

»Als ich in der High School war, hat mein Vater das Land oben in Paradise gekauft. Ich weiß noch, wie ich mich gewundert habe, warum er um Himmels willen so viel Geld für ein Stück Land ausgibt, das sechs Stunden entfernt hinter dem Ende der Welt liegt. Er hat mich dahin mitgenommen, und es gab nichts da außer Kiefern. Nichts. Da habe ich ihn schließlich gefragt, warum er das Land gekauft hat. Weißt du, was er gesagt hat? Er hat gesagt, er hat es gekauft, weil meine Mutter immer so den Duft der Weihnachtsbäume geliebt hat.«

Ich fuhr wieder los, zurück zur Telegraph Road. Im Licht der Straßenlaternen konnte ich Randys Gesicht sehen. Er blickte stur geradeaus.

»Ich denke, du bist nicht heiß darauf, meine Schule zu sehen. Oder den Sportplatz, wo ich den ersten Home Run geschafft habe. Als ich mit der Schule fertig war, bin ich gleich in die Jugendliga gekommen, aber das weißt du ja. Näher als in dieser Saison in Toledo bin ich nie an die Großen Ligen rangekommen. Ich war enttäuscht, daß ich im September kein Angebot bekommen habe. Ich war neidisch auf dich, das gebe ich zu. Aber ich bin drüber weggekommen. In der Tat sogar ziemlich schnell, meine ich. Im nächsten Jahr, als sie mich an die Pirates verkauft haben und ich die Saison in Columbus gespielt habe, wußte ich, daß es mit mir keinen Zweck mehr hatte. Am Ende der Saison wußte ich, daß es Zeit war, mein Leben wieder in die Hand zu nehmen. Wie viele Jahre bist du noch deinem Traum hinterhergelaufen?«

Er antwortete nicht. Das brauchte er auch nicht. Ich wußte, daß er sechs weitere Jahre zwischen Double-A und Triple-A hin und her getitschtwar, immer dieselben klapprigen Busse, immer dieselben miesen Motelzimmer. Die Tiger hatten ihn entlassen, aber dann zeigten die Athletics Interesse an ihm, dann die Dodgers und dann die White Sox.

Ich war Catcher, der mit Pitchern exzellent klarkam, aber selbst keine .240 treffen konnte; damit war mein Schicksal besiegelt. Aber Randy hatte ein unverzeihliches Talent. Er hatte einen tollen linken Arm, und wenn er gut warf, war er der Tod jedes linkshändigen Batters. Deshalb gab es immer noch eine Mannschaft, die ihm eine Chance gab.

Auf der Telegraph fuhr ich nach Norden, immer weiter, bis zur Grenze von Wayne County. Wieder bog ich nach rechts ab und wendete, um auf der Seven Mile Road nach Westen zu fahren. Wieder eine Seitenstraße. Wieder eine Zeile Backsteinhäuser. Diese Gegend lag auf einer Immobilienskala irgendwo zwischen dem Viertel in Detroit und dem in Dearborn.

»Hier haben wir gewohnt, als ich verheiratet war. Meine Frau hieß Jane. Weißt du, ich kann mich nicht mal mehr erinnern, wann ich ihren Namen zuletzt laut ausgesprochen habe. An unserem Hochzeitstag habe ich ihr versprochen, ich würde jeden Tag vom Rest meines Lebens mit ihr verbringen. Und jetzt könnte ich nicht mal sagen, in welchem Staat sie wohnt.«

»Ich war auch verheiratet, Alex.« Es war das erste Mal, daß er in der letzten Stunde etwas sagte. »Ich weiß, wie es ist, wenn man verheiratet ist.«

»Okay«, sagte ich, »den Teil kennst du dann.« Ich sah aus dem Fenster auf das Haus. Im Wohnzimmer brannte Licht. Die Familie saß da und sah fern. Vielleicht hockte ein Kind an seinen Hausaufgaben. Ein weiteres lag schon im Bett. Sie wußten nicht, daß wir hier draußen waren und das Haus betrachteten. Sie wußten nicht, daß das einst *mein* Haus gewesen war.

»Neun Jahre haben wir hier gewohnt«, sagte ich. »Die meiste Zeit davon war ich Polizeibeamter in Detroit. Wir wollten Kinder haben, und mit denen wäre ich dann im Sommer nach Paradise gefahren und hätte ihnen die Hütten gezeigt, die ihr Großvater da baute.«

»Und was ist dazwischengekommen?«

»Einmal ist sie schwanger gewesen«, sagte ich. »Aber sie hatte eine Fehlgeburt. Ich hatte gerade Dienst. Nachtschicht. Sie ist selbst ins Krankenhaus gefahren. Sie hätte mich anrufen können. Ich wäre gekommen, sogar mit dem Streifenwagen. Aber das hat sie nicht gemacht. Sie ist selbst gefahren und hat den ganzen Weg geblutet.«

»Das war nicht deine Schuld.«

»Ich weiß. Genau wie der Tod meiner Mutter, stimmt's? Es war nicht meine Schuld.«

»Ja, Alex. Beides war nicht deine Schuld.«

»Okay«, sagte ich. Wieder fuhr ich los, die Seven Mile Road runter zur Telegraph.

»Das hier war mein Weg zur Arbeit«, sagte ich. »Morgens oder abends, wann auch immer.« Diesmal fuhr ich auf die I-96, die einen südöstlich mitten in die Innenstadt von Detroit führt. »Acht Jahre lang bin ich Polizist in Detroit gewesen«, sagte ich. »Mein Partner hieß Franklin. Großer schwarzer Kerl, hatte früher für die University of Michigan Football gespielt. Die ganze Zeit haben wir uns über Sport gestritten. Weißt du, welcher Sport schwerer sei.«

»Das muß doch wohl Baseball sein«, meinte Randy.

»Merkwürdigerweise sah Franklin das anders. Stell dir das mal vor. Nun gut, eines Abends wurden wir in die Notaufnahme des Detroit Receiving Hospital gerufen. Da war dieser … gestörte Mann. Belästigte die Leute, versteckte sich hinter irgendwelchen Sachen. Verfolgte die Ärzte und Schwestern. Er trug eine große blonde Perücke. Einer der Sicherheitsleute vom Krankenhaus war ihm bis zu seiner Wohnung gefolgt.«

»Und?«

»Ich habe ganz vergessen, daß die I-75 gleich gesperrt ist«, sagte ich. »Diesen Weg bin ich immer zur Wache gefahren. Ich muß gleich abfahren und wieder auf die Michigan.«

»Was ist dann passiert?«

»Wenn du acht Jahre in dieser Stadt Polizist bist, erlebst du eine ganze Menge Dinge«, sagte ich. »Ich habe Frauen gesehen, die von ihren Ehemännern umgebracht worden sind. Oder von ihren Freunden. Oder von sonstwem. Ich habe jede Menge Prostituierte gesehen. Einige davon, mein Gott, waren kaum älter als vierzehn. Jede Menge Dealer auch. Einige davon waren sogar noch jünger.«

Randy ließ sich in seinen Sitz zurückfallen und stieß langsam die Luft aus.

»Ich habe Kinder gesehen, die von ihren Eltern mißbraucht worden sind. Oder vom Freund der Mutter. Oder von älteren Brüdern. Scheiße, beim schlimmsten Fall war es die eigene *Schwester*. Ein kleines Baby, gerade vier Monate alt ...«

»Okay, Alex«, sagte er. »Du brauchst mir das alles nicht zu erzählen.«

»Du bist einen Monat hier gewesen, Randy. Du mußtest das Trikot einer Mannschaft aus den Großen Ligen anziehen und im Tiger Stadium als Pitcher spielen. Madame Valeska hat dir die Zukunft gedeutet, und dann hat ihre wunderschöne Tochter dich so super gefickt, daß du noch nach dreißig Jahren daran denkst.«

Er sagte nichts.

»Für dich ist Detroit der schönste Traum, den du jemals gehabt hast. Es ist Disney World und Fantasy Island in einem.«

»Okay, Alex, ich habe verstanden.«

»Ich glaube nicht, daß du das hast.«

»Doch«, sagte er, »ich hab das total geschnallt. Detroit ist eine gräßliche beschissene Stadt. Mit Drogen und Verbrechen und Morden und den gottverdammt langweiligsten Backsteinhäusern, die ich jemals gesehen habe. Ist das so okay? Ich hab's verstanden.«

Ich ließ das eine Zeitlang so stehen. Ich fuhr die Michigan Avenue entlang, vorbei an den gespenstischen Ruinen des alten Bahnhofs. Groß wie ein Hotel hob er sich vom Nachthimmel ab, schwärzer als die Dunkelheit selber.

»Randy«, sagte ich, »beim nächsten Mal wo du so ’n Zeug über Detroit sagst, schlag ich dir in die Fresse. Das ist mein Ernst.«

Er sah mich an. »Organisierst du denn nicht gerade für mich die große Besichtigungstour aller Ursachen, weshalb ich Detroit für einen bitterbösen Ort halten soll?«

»Nein«, sagte ich. »Nein.«

»Und warum tust du es dann?«

Ich fuhr weiter auf die Lichter der Innenstadt zu.

»Ich weiß es nicht«, sagte ich schließlich. »Ich muß das tun. Ich muß dir das zeigen. Und zwar alles.«

»Okay«, sagte er, »ich mach mit. Vermutlich mußt du *dir* das alles zeigen. Noch einmal dein Leben Revue passieren lassen. Hast du dir darüber schon mal Gedanken gemacht?«

»Vielen Dank, Dr. Freud.«

»Das ist mir ernst, Alex. Warst du seit deiner Verwundung überhaupt mal wieder hier?«

Ich fuhr am Tiger Stadium vorbei, an unserm kleinen Motel und am Lindell AC, wo der Abend seinen Anfang genommen hatte.

»Wo ist es passiert?« fragte er. »Fahren wir da jetzt hin?«

»Der Mann in dem Krankenhaus«, sagte ich. »Er hat an der Woodward gewohnt. Wir sind zu ihm gefahren. Wir haben ihn aufgesucht, um ihm klarzumachen, daß er die Leute im Krankenhaus nicht belästigen kann. Das ist alles, was wir wollten.«

Ich fuhr auf der Woodward Avenue nach Norden, an der Stadt- und Kreisverwaltung vorbei, wo wir am Nachmittag gewesen waren, direkt zur Kreuzung mit der Seward Street.

»Er hat uns niedergeschossen«, sagte ich. »Zuerst Franklin. Dann mich. Ich habe zugesehen, wie Franklin auf dem Fußboden neben mir verblutet ist.«

Wir fuhren durch den Grand Circus Park, der an einem kalten Aprilabend völlig verlassen dalag.

»Ich hätte schneller die Waffe ziehen müssen«, sagte ich. »Ich habe es nicht mehr rechtzeitig geschafft.«

Wir hielten an einer roten Ampel an der Adams Street.

»Zwei Kugeln haben sie mir rausoperiert, die dritte mußten sie drin lassen«, sagte ich. »Franklin hatte eine Frau und zwei kleine Mädchen. Ich war nicht auf der Beerdigung. Da lag ich im Krankenhaus. Als ich entlassen wurde ...«

Die Ampel wurde grün. Ich blieb stehen.

»Ich habe viel getrunken. Jean reichte die Scheidung ein. Ich bekam eine Berufsunfähigkeitsrente und bin in die Hütten meines Vaters in Paradise gezogen. Vierzehn Jahre hat es gedauert, bis ich wieder ohne Pillen schlafen konnte.«

Hinter uns hupte jemand.

»Schließlich habe ich den Mann getroffen, der uns niedergeschossen hat«, sagte ich. »Im Gefängnis. Schließlich saß ich ihm von Angesicht zu Angesicht gegenüber.«

Die Hupe tönte wieder. Ich nahm meinen Fuß von der Bremse und wechselte zum Gas.

»Das ist das erste Mal, daß ich das Gebäude wiedersehe. Wo es passiert ist. Hier ist es passiert.«

Grand Boulevard. Nur wenige Blocks noch. Ich klammerte mich ans Lenkrad.

»Ich hätte die Waffe ziehen können, Randy. Ich hätte ihn erschießen können, bevor er auf uns geschossen hat. Ich war schuld daran, daß Franklin gestorben ist.«

Wir kamen zur Seward Street. Mitten auf der Kreuzung blieb ich stehen. Hinter uns ertönte wieder dieselbe Hupe. Ich kümmerte mich nicht drum.

Wo einstmals das Apartmenthaus gestanden hatte, war jetzt nur ein Bauzaun. Der Boden hinter dem Zaun war mit Stroh bedeckt.

»Es ist weg«, sagte ich. »Das Gebäude ist verdammt noch mal weg. Sie haben es abgerissen.«

Wir waren zwei Blocks von der Stelle entfernt, an der sie das neue Stadion bauten. Die ganze Ecke hatten sie niedergemäht. Den ganzen Block. Die halbe Stadt, so sah es aus. Abgerissen, um dem neuen Stadion und den Kasinos und Gott weiß was noch Platz zu machen.

Die Hupe hinter mir ertönte weiter.

»Können wir nicht hier weg, bevor uns jemand umbringt?« sagte Randy.

Ich fuhr über die Kreuzung, dann links in die Euclid Street und noch mal links auf die Cass Street und zurück zur Michigan Avenue. Zurück zu unserem Motel und zum Lincoln AC. Dieses Mal würden wir uns an die Bar setzen. Wenn die beiden Männer noch da waren, würde Randy ihnen Drinks spendieren. Wenn wir Glück hatten, würde Johnny Butsakaris in unsere Richtung sehen und wir könnten ihn heranwinken, und ich würde wieder einmal Randys Geschichte hören.

»Alex«, sagte er. »Es tut mir leid, daß ich das gesagt habe.«

»Mach dir deshalb keine Gedanken.«

»Tut mir leid, daß ich dich in der Bar angelogen habe. Ich will es auch nie wieder tun.«

»Okay.«

»Es tut mir leid, daß du Bälle mit Effet nie getroffen hast.«

»Randy«, sagte ich, »ich muß dich etwas fragen.«

»Nur zu, mein Freund.«

»War da wirklich Wodka und Root Beer in dem Glas?«

»Und ob. Der Slinky.«

»Du bist wirklich verrückt, weißt du das? Ich meine, ich habe das schon millionenmal gesagt, aber du bist in der Tat verrückt.«

»Natürlich bin ich verrückt«, sagte er. »Warum wäre ich sonst hier?«

Kapitel 7

Am nächsten Morgen standen wir nicht ganz so früh auf, wie wir geplant hatten. Aber wir hatten schließlich auch nicht geplant, so lange im Lindell AC zu bleiben. Mein Schädel brummte, als ich aufstand, und es sah nicht so aus, als ob sich Randy in irgendeiner Weise besser fühlte. Für mich sprach nur eines – die Tatsache, daß ich mich geweigert hatte, seinen blöden Slinky zu probieren. So verfolgte mich wenigstens nicht der Geschmack von Root Beer und Wodka durch den ganzen Tag.

Und alles, was am letzten Abend zwischen uns vor sich gegangen war, war wie weggeblasen. So wie wenn man an dem einen Abend ein schweres Spiel gehabt hat, und das alles ist vor dem Spiel am folgenden Tag schon vergessen.

Nach der heißen Dusche und einigen Aspirin waren wir neue Menschen. Wir starteten in einen weiteren Apriltag in Michigan, mit grauen Wolken und einem kalten Wind, der die Michigan Avenue durchpeitschte. Wir fuhren nach Osten zur Woodward Avenue, dann nordwärts zur Bibliothek. Wir hielten vor einem Blumengeschäft, und Leon ging hinein, um für die Dame, die Leon so reizend geholfen hatte, etwas Passendes auszusuchen. Randy kam zurück mit so viel Blumen, daß sie für einen Hochzeitsempfang gereicht hätten.

»Alles Erster Klasse ist meine Devise.« Ich schüttelte nur den Kopf und konzentrierte mich aufs Fahren. Einige Blocks weiter hielten wir vor der Detroit Public Library. Es war ein massiver Steinbau von derselben Farbe wie der Himmel. Als wir die große Eingangshalle betraten und nach der Burton Historical Collection fragten, schickte man uns zur gegenüberliegenden Seite, wo die Türen rechts und links von einer riesigen Weltkugel auf die Cass Avenue führten. Wir gingen nach rechts und fanden den Raum. Die Sammlung selbst, zumeist Nachschlagewerke aus einem ganzen Jahrhundert, war in Regalen im Erdgeschoß und darüber auf einer Galerie untergebracht, die an drei der Wände entlanglief. Die vierte bestand ganz aus Fenstern. Auf der anderen Straßenseite konnten wir das Detroit Institute of Arts sehen. Riesige Banner wiesen auf eine van-Gogh-Ausstellung hin. Irgendwo im Hinterkopf erinnerte ich mich gelesen zu haben, daß van Gogh Linkshänder war. Noch so ein Wahnsinniger.

Wir fanden die Bibliothekarin, die Leon am Telefon betreut hatte. Sie war eine adrette Schwarze in den Fünfzigern, mit der Brille und dem Haarknoten, der für Bibliothekarinnen Vorschrift zu sein scheint. Aber in ihren Augen war ein Funkeln, das eine ganz andere Geschichte erzählte. Randy hatte die arme Frau schon unter den Blumen begraben, bevor ich ihr überhaupt erzählen konnte, wer wir seien.

Als sie sich durch den Blumendschungel durchgekämpft hatte und wieder sichtbar war, stellte ich uns vor und richtete ihr Leons herzliche Grüße aus.

»Er war ein so reizender Herr«, meinte sie. »Es tut mir so leid, daß ich ihm nicht mehr behilflich sein konnte.«

»Das ist doch Unsinn«, sagte ich. »Sie haben ihm so viele Informationen gegeben.«

»Schon, aber ich habe versprochen, mir etwas einfallen zu lassen«, sagte sie. »Ich habe das als persönliche Herausforderung empfunden. Jemanden finden, den man dreißig Jahre lang nicht gesehen hat. Und bei einem so seltenen Namen wie Valeska war ich mir sicher, daß ich etwas finden würde. Ich fürchte, daß uns nur noch die Option bleibt, alte Zeitungen durchzusehen, ob wir eine Geburtsanzeige finden. Wie Mr. Prudell und ich schon erörtert haben, hätten wir mit den Namen der Eltern eine gute Chance, Einwanderungsakten zu finden.«

»Wir haben versucht, ihre Geburtsurkunde zu bekommen«, sagte Randy.

Darüber konnte sie nur lachen. »Nicht in diesem Staat«, sagte sie. »Das war reine Zeitverschwendung.«

Wenige Minuten später saßen wir im Mikrofilmraum und sahen uns alle Geburtsanzeigen von September 1951 bis Oktober 1952 durch. Wenn sie im September 1971 neunzehn war, hatten wir uns ausgerechnet, daß das der Zeitraum sein müßte. Ich übernahm die *Detroit News* und Randy die *Detroit Free Press*.

Zwei Stunden später kehrten wir beide blinzelnd wie die Maulwürfe ans Tageslicht zurück. Gefunden hatten wir nichts.

Wir gingen zu dem Schreibtisch zurück, um uns bei der Frau zu bedanken. Sie hatte irgendwo ein halbes Dutzend Vasen aufgetrieben und war damit beschäftigt, Randys Blumen darauf zu verteilen.

»Ich behalte das im Auge, Jungs«, sagte sie. »Eine gute Bibliothekarin kann nicht ruhig schlafen, bis sie das gefunden hat, wonach sie sucht.«

Auf unserem Weg zu einem Mittagessen rief ich Leon an. Viel war es nicht, was ich ihm zu erzählen hatte, aber ich war sicher, daß er da oben auf der Oberen Halbinsel hockte und sich fragte, was wir wohl gerade machten.

»Mr. Shannon wohnt noch nicht lange in seinem Haus«, erzählte ich ihm. »Und er hatte auch keine Hinweise, die länger als zwei Jahre zurücklagen. Nach dem Mittagessen nehmen wir uns den Rest des Viertels vor.«

»Ihr Jungs habt ja eine tolle Zeit da unten«, sagte er. »Hinweisen nachgehen, eine Fährte wieder aufnehmen, die dreißig Jahre alt ist. Mein Gott, wie gerne wäre ich dabei.«

»Hier ist aber auch jede Minute auf ihre Weise aufregend«, sagte ich. »Soeben haben wir einen ganzen Jahrgang alter Zeitungen durchgesehen, und jetzt klopfen wir bei Wildfremden an die Tür und fragen, ob sie sich an eine Wahrsagerin und ihre Familie aus dem Jahre 1971 erinnern können.«

»Genau das tut ein Privatdetektiv, Alex. Er gräbt im Dreck, bis er den Knochen findet.«

»Das ist zu schön, Leon. Das werde ich mir aufschreiben.«

»Aber dann ran, Partner«, sagte er. »Los, finde den Knochen.«

Mit diesen anfeuernden Worten im Ohr konnte ich den Rest des Tages auf die Hörner nehmen. »Los, Randy«, sagte ich. »Machen wir uns dreckig.«

In einem kleinen Restaurant am Ende der Straße nahmen wir ein rasches Mittagsmahl zu uns, fuhren dann zur Leverette Street und parkten den Wagen in der Mitte des Blocks am Bordstein. »Wie sollen wir vorgehen?« fragte ich. »Sollen wir uns aufteilen oder bleiben wir zusammen?«

»Teilen wir uns auf«, sagte er. »Ich nehme diese Seite.« Er wies auf die Straßenseite, auf der Maria einst gelebt hatte. »Um der alten Zeiten willen.«

»Das leuchtet ein«, sagte ich. »Das Haus daneben kannst du gleich auslassen.«

»Die Dame, die dachte, du versuchst das Geheimnis der verschwundenen Treppe zu lösen? Ich fand sie toll.«

»Wie schön. Dann trink doch Tee mit ihr. Ich fange einfach an und versuche nicht daran zu denken, wie blöd ich mich anhöre. Wenn mich jemand fragte, ob ich mich an eine Wahrsagerin erinnern könnte, die vor dreißig Jahren mal auf der anderen Straßenseite gewohnt hat, würde ich ihm die Tür ins Gesicht schlagen.«

»Alex, du lebst in einer Hütte mitten im Wald.«

»Du machst das mit Absicht, gib es zu«, sagte ich. »Fang endlich an.«

Ich ging bis ans Ende des Blocks und klopfte an die erste Tür. Ein schwarzer Teenager öffnete mir. Er trug Kopfhörer. Ich begann meinen Spruch. Als ich bei der ersten Frage angekommen war, starrte er mich nur an. Dann setzte er die Kopfhörer ab. Ich fing wieder von vorne an.

»Ich suche jemanden, der 1971 in diesem Block gelebt hat«, sagte ich. »Ich weiß, daß Sie damals noch nicht geboren waren, aber wohnt hier irgendwer, der vielleicht damals schon hier war?«

»Wir sind gerade eingezogen«, sagte er. »Letztes Jahr.«

»Ist Ihr Vater oder Ihre Mutter da? Kann ich sie fragen, ob sie sich an jemanden erinnern, der vor Ihnen hier gewohnt hat?«

»Keiner hier«, sagte er. »Die sind alle weg bis Montag.«

»Okay«, sagte ich. »Kann ich meine Karte dalassen?«

»Klar«, sagte er. Er nahm die Karte entgegen und sah sie sich an. »Sie sind Privatdetektiv, steht da.«

»Sozusagen«, meinte ich.

»Tragen Sie eine Waffe?«

»Nein.«

»Aber auf der Karte sind zwei Pistolen.«

»Das war nicht meine Idee«, sagte ich. »Sehen Sie, ich lasse Sie sich jetzt in Ruhe auf die Party vorbereiten. Ich will nicht länger stören.«

»Party?« sagte er. »Welche Party?«

»Sie haben gesagt, daß Ihre Familie bis Montag weg ist. Als Teenager allein zu Hause, da denke ich doch, daß die Party bei Sonnenuntergang abgeht, stimmt's?«

»Oh Mann«, sagte er. »Geht es *darum*? Meine Mom schickt mir einen Detektiv vorbei, um zu sehen, ob ich 'ne Party feiere, wenn sie weg ist?«

»Nein«, sagte ich. »Bitte. Ich suche wirklich nach jemandem, das schwöre ich.«

Als ich endlich ging, war er immer noch nicht ganz überzeugt. Was vielleicht seine Party ruinierte, weil er davon ausgehen würde, daß ich das Haus im Auge behielte. Nachdem ich ihm gründlich den Tag verdorben hatte, ging ich zum nächsten Haus.

Dieses Mal traf ich auf einen älteren schwarzen Mann und sah meine Chancen steigen. Er wirkte alt genug, um schon 1971 hier gelebt zu haben. Aber es stellte sich heraus, daß er erst 1994 eingezogen war. Und er konnte sich auch nicht erinnern, wer vor ihm dort gelebt hatte. Ich bedankte mich und ging weiter, und als ich das nächste Haus hinter mir hatte, zeichnete sich ein Muster ab. Jeder war neu hier im Viertel. Weniger als zehn

Jahre. Niemand hier hatte Bindungen an die Gegend, die vor 1990 zurückreichten.

Als ich mit meiner ganzen Seite fertig war, ging ich zurück zum Lastwagen und wartete auf Randy. Er brauchte erheblich länger für seine Seite, weil er sich natürlich überall hinstellen würde und über das Wetter plaudern, die Tätowierung auf seinem Arm und die Detroit Tigers, und es konnte durchaus sein, daß er auch dem allerletzten noch die Geschichte von seinem einzigen Inning im Tiger Stadium erzählen würde.

Ich sah an seiner Straßenseite auf und ab, konnte ihn aber nirgends sehen. Vielleicht ist er in einem der Häuser, dachte ich, und trinkt mit jemandem ein kaltes Bier. Ich hätte hingehen können und ihn suchen und ihm dann beim Rest seiner Seite helfen können. Aber meine Augen schmerzten noch vom Flirren der Mikrofilme. Ich setzte mich in den Wagen und wartete auf ihn. Und irgendwann begann ich einzudösen. Er erschreckte mich zu Tode, als er an mein Fenster klopfte.

»Warum zum Teufel hast du nur so lange gebraucht?« sagte ich, als er eingestiegen war. »Du mußtest doch nicht von jedem die Lebensgeschichte rauskriegen.«

»Man kommt so ins Gespräch«, sagte er. »Hier in der Straße wohnen viele nette Leute.«

»Hast du etwas rausgefunden?«

»Du meinst über Maria?«

»Randy, willst du Prügel?«

»Nein, Alex, ich habe überhaupt nichts herausgefunden. Niemand scheint hier seit längerem zu wohnen. Wie war es bei dir?«

»Dieselbe Geschichte«, sagte ich. »Allerdings habe ich einen Teenie daran gehindert, eine Party zu feiern und das Haus vollzumüllen.«

»Marias Haus habe ich ausgelassen. Du weißt, das Haus von Mr. Shannon. Und in einem Fall, zwei Häuser weiter, war niemand zu Hause ...«

»Mr. Shannon wünscht sich, daß wir vorbeischauen und Hallo sagen«, meinte ich. Ich sah auf meine Uhr. »Er sagte, nach drei sei er zu Hause. Magst du ihn jetzt sehen?«

»Klar«, sagte er. »Mal sehen, ob wir nach oben kommen. Dann zeige ich dir, wo alles passiert ist.«

»Irgend wie habe ich das Gefühl, daß es da jetzt anders aussieht«, sagte ich.

»Klar, aber ich wette, du kannst es noch fühlen. Weißt du, die schiere Kraft der Lokalität. Ich wette, daß Mr. Shannon sie ständig spürt. Er geht da oben her, vielleicht will er gerade Wäsche in den Korb tun oder so was, und mitten im Raum bleibt er stehen und sagt sich: ›Verdammt, in diesem Zimmer habe ich immer so ein eigentümliches Gefühl. Als ob mir hier mal was ganz Tolles und Wunderbares passiert wäre.‹«

»Da darfst du ihn gern nach fragen«, sagte ich. »Komm, gehn wir.«

Als wir ausstiegen, fuhr ein Wagen an uns vorbei und bog in eine Einfahrt ein.

»Hey, das ist das Haus, wo niemand da war«, sagte Randy.

Der Wagen hielt mitten in der Einfahrt. Ein Mann stieg aus dem Wagen und schmiß die Türe zu.

»Er wirkt nicht so, als sei er in der Stimmung, sich mit uns zu unterhalten«, meinte ich. Aber Randy lief schon auf dem Bürgersteig zu ihm hin.

»Entschuldigen Sie, Sir!« rief er ihm entgegen.

Der Mann stand schon auf dem Treppenabsatz vor seiner Tür, als er sich umwandte und uns ansah. Er sagte nichts.

»Darf ich Sie ganz schnell etwas fragen?« sagte Randy.

Der Mann verschränkte die Arme vor der Brust.

»Tut mir leid, Sie zu belästigen«, sagte Randy und blieb in der Einfahrt des Mannes stehen. Dort holte ich ihn endlich ein.

»Was wollt ihr zwei denn?« sagte der Mann. »Ich kaufe nichts, also verschwendet nicht eure Zeit.«

»Wir wollen Sie nur etwas fragen«, sagte Randy. »Haben Sie 1971 hier schon gewohnt?«

»Was ist das denn für eine Frage?« sagte der Mann. »Wieso geht Sie das etwas an, wo und wann ich mal gewohnt habe?«

»Wir suchen nach Leuten, die ein Stück die Straße runter gewohnt haben«, sagte Randy. »Wir dachten, Sie könnten sich vielleicht an sie erinnern. Wenn Sie damals hier gelebt hätten, meine ich. Wenn das nicht der Fall war, sagen Sie das einfach, und schon sind wir weg.«

»Dann sind Sie schon weg«, sagte der Mann. »Ich habe 1971 nicht hier gewohnt. Vermutlich hätte ich 1971 noch nicht mal durch diese Straße gehen dürfen.«

»Schön«, sagte Randy. »Tut uns leid, Sie belästigt zu haben. Ich wünsche Ihnen noch einen schönen Tag.«

Randy wandte sich zum Gehen. Ich sah den Mann noch einmal an und folgte dann Randy.

»Wartet mal, Jungs«, sagte der Mann. Er kam die Stufen hinunter hinter uns her.

Wir beide blieben auf dem Gehweg stehen.

»Hört mal, es tut mir leid. Ich hatte einen schlimmen Tag. Aber ich denke, das sollte ich Sie nicht entgelten lassen.«

»Ist schon gut«, sagte Randy.

»Im Ernst, ich wohne hier erst seit 1993«, sagte der Mann. »Mit 1971 kann ich Ihnen nicht dienen. Allerdings ...«

»Ja?«

»Das Ehepaar, von dem ich das Haus gekauft habe. An die kann ich mich gut erinnern. Sie waren ziemlich alt, das letzte weiße Paar in der Straße, meine ich. Die Frau wollte hier nicht weg, aber der Mann, nun, ich glaube, sie hatten schon lange darüber Streit gehabt. Noch beim Abschluß habe ich in der Tat immer gedacht, sie springen sich über den Tisch an den Hals.«

»Haben Sie eine Idee, wo sie jetzt sein könnten?« fragte ich.

»Sie haben gesagt, sie wollten in ein Apartment in Westland ziehen. In eins von diesen Häusern mit betreutem Wohnen. Fast schon ein Pflegeheim, Sie wissen, was ich meine. Mein Gott,

Mrs. Meisner haßte schon den Gedanken daran, das hat man gemerkt.«

»Das war ihr Name, Meisner?«

»Fred und Muriel Meisner«, sagte er. »Das muß man sich mal vorstellen, man heiratet und heißt dann Muriel Meisner.«

»Sie erinnern sich nicht zufällig, was genau das für eine Einrichtung war, in die sie gezogen sind?«

»Nein, aber ich bin sicher, daß es in Westland war. Ich erinnere mich noch, daß ich zu mir selbst gesagt habe: ›Westland, aufgepaßt. Du hast keine Ahnung, was da auf dich zukommt.‹ Sollten Sie sie jemals treffen, wissen Sie, was ich meine.«

Wir bedankten uns bei dem Mann, gingen dann zu Mr. Shannons Haus und klopften an die Tür. Als er aufmachte, stellten wir uns vor und beantworteten seine Fragen. Ja, ich war ein echter Privatdetektiv. Nein, ich trug keine Pistole bei mir. Randy? Nein, er war kein Privatdetektiv, aber er hatte für die Tiger als Pitcher gespielt. Während Mr. Shannon es sich gemütlich machte, um sich die Geschichte anzuhören, fragte ich, ob ich sein Telefonbuch benutzen dürfe. Und sein Telefon.

Ich sah in den Gelben Seiten unter »Betreutes Wohnen« nach. Dort stand »Siehe Pflegeheime«, und das tat ich dann auch. In Westland waren zwei angeführt, Azelia Park und Peach Tree Senior Community. Ich versuchte es erst im Azelia Park und bat, mich mit den Meisners zu verbinden. Sie wohnten nicht da. Als ich wissen wollte, ob in den letzten Jahren dort irgendwelche Meisners gewohnt hätten, ließ sich die Frau nicht darauf ein. Langsam war ich die Leute leid, die mir keine Informationen geben wollten, *bloß weil sie mir keine Informationen geben wollten.*

Also rief ich im Peach Tree Senior Community an und fragte nach den Meisners. Drei Sekunden später war mein Anruf durchgestellt. Sechsmal läuten später meldete sich eine Männerstimme.

»Hallo.«

»Mr. Meisner? Mr. Fred Meisner?«

»Am Apparat! Mit wem spreche ich?«

»Mein Name ist Alex McKnight. Ich bin Privatdetektiv.«

»Privat was? Muriel, stell um Himmels willen das Ding ab!«

»Ein Privatdetektiv, Sir. Ich wollte Sie fragen, ob Sie mir vielleicht helfen können. Ich suche nach ...«

»Muriel, hörst du mich nicht? Ich führe doch keine Selbstgespräche.«

»Mr. Meisner ...«

»Entschuldigen Sie bitte, was sagten Sie, seien Sie?«

»Privatdetektiv, Sir.«

»Muriel, bei allem, was mir heilig ist, kannst du bitte das blöde Ding mal für eine Sekunde abstellen! Ich habe hier jemanden am Telefon. Kannst du nicht sehen, daß ich hier stehe und den Hörer am Kopf habe? Meinst du vielleicht, ich tue das, weil ich das Gefühl am Ohr so schön finde?«

»Sir, vielleicht kommen wir einfach vorbei. Wäre Ihnen das vielleicht angenehmer? Wie ich sehe, ist das an der Cherry Hill.«

»Nein, es ist das Peach Tree! Dieses Peach Tree Dings! Nichts mit Cherries!«

»Ich weiß, aber es liegt an der Cherry Hill Road, nicht wahr. Ich entnehme das dem Telefonbuch hier.«

»Peach Tree Senior Community! Das ist vielleicht eine Einrichtung! Muriel, willst du, daß ich auf der Stelle tot umfalle? Ich schwöre bei Gott, wenn du das verdammte Ding nicht abstellst, kriege ich hier vor deinen Augen einen schweren Schlaganfall! Willst du das?«

»Mr. Meisner! Wir sind in zwanzig Minuten da!«

»Sie wollen hierher kommen? Wissen Sie denn auch, wie Sie hier herkommen? Es liegt an der Cherry Hill Road!«

»Wir sehen uns in zwanzig Minuten! Auf Wiedersehen!«

Ich legte auf. Als ich nach Randy und Mr. Shannon sehen wollte, waren sie nirgendwo zu finden. Und dann tönte eine Stimme aus der Höhe. »Wir sind hier oben, Alex!«

Ich ging die Treppe hoch und fand sie im Gästezimmer.

»Hier ist es, Alex. Das ist das Zimmer, in dem ich Maria das erste Mal gesehen habe. Sagen Sie die Wahrheit, Mr. Shannon, haben Sie manchmal ein seltsames Gefühl, wenn Sie in diesem Raum sind?«

»Zum Beispiel gerade jetzt?«

»Randy, wir müssen gehen«, sagte ich. »Ich habe die Meisners gefunden. Sie erwarten uns.«

»Du hast sie gefunden?« sagte er. »Die Leute, die ein Stück die Straße runter gewohnt haben?«

»Ja.«

»Ihre alten Nachbarn. Die erinnern sich bestimmt an sie. Wie könnten sie sie jemals vergessen? Und ihre ganze Familie.«

»Das werden wir sehen«, sagte ich.

Randy packte mich und drückte mich an sich. Er hob mich mit beiden Armen hoch und schwang mich in Mr. Shannons Gästezimmer einmal herum. Dann setzte er mich ab und wollte auf Mr. Shannon losgehen, aber der Blick voll genuinem Schrekken auf dessen Gesicht stoppte ihn.

Wir bedankten uns bei dem Mann und gingen. Was er inzwischen von uns denken mochte, wagte ich mir nicht vorzustellen.

Sobald wir draußen waren und im Lastwagen saßen, sang er wieder sein Lied: *»L'amour, l'amour ...Oui, son ardeur ...«*

»Randy, entweder lernst du noch den Rest von dem Text, oder du hörst mit Singen auf.«

»Wir kommen doch immer näher ran, oder? Ich habe in der Sache ein gutes Gefühl.«

In diesem Moment wußte ich das natürlich nicht, aber er hatte recht, wir kamen näher ran ... Das gute Gefühl aber würde lange vorbei sein, noch bevor der Tag vorüber war.

Kapitel 8

Das Peach Tree Senior Community lag an der Cherry Hill Road, wie der Mann uns gesagt hatte. Randy und ich schritten durch die Eingangstür direkt in einen großen Raum mit einem offenen Kamin und vielen verstreut herumstehenden Sofas und Sesseln. Wir sahen vielleicht fünfzig Senioren in dem Raum, die entweder an einem der Tische Karten spielten oder sich nur unterhielten. Jeder Kopf drehte sich in unsere Richtung, als wir hereinkamen.

»Scheint hübsch hier zu sein«, sagte ich.

»Erinnert mich an die Kneipe deines Freundes Jackie«, meinte Randy.

»Ich sehe da keinerlei Ähnlichkeit.«

»Ne Menge Leute sitzt um einen Kamin«, sagte er. »Du solltest dich schon mal anmelden, Alex. In ein paar Jahren bist du reif für diese Institution. Und du brauchst nicht mal deinen Lebensstil zu ändern.«

Ich dachte einen Moment lang darüber nach, während er herumging und nach jemandem von der Verwaltung suchte. Schließlich fand er an einem Tisch in einer Ecke eine Schwester. Sie hatte die *Detroit News* unter einer Leselampe ausgebreitet.

»Wir suchen die Meisners«, sagte er.

»Zweihundertsiebzehn«, antwortete sie. »Da lang geradeaus.«

Wir gingen durch den Flügel, auf den sie gewiesen hatte. Es sah aus wie im Flur eines Hotels, mit Türen auf beiden Seiten. Eine Frau mit einem Gehwagen kam an uns vorbei. Sie lächelte uns an.

»Guten Abend, Ma'am«, sagte Randy.

»Zwei so stattliche Herren«, sagte sie.

»Hey, sie hat dich mit gemeint, Alex.«

Ich sah ihn an. »Zweihundertsiebzehn ist gleich hier.«

Wir klopften an die Tür. Von drinnen tönten überlaute Stimmen, und schließlich ging die Tür auf. Der Mann, der dort stand, mußte hoch in den Achtzigern sein. Vielleicht neunzig. Und doch stand er da – ich konnte nur hoffen, eines Tages selbst dieses Glück zu haben.

»Mr. Meisner?« sagte ich. »Ich bin Alex McKnight. Und das hier ist Randy Wilkins. Wir haben miteinander telefoniert.«

»Sie sind der Privatdings?«

»Ja, der Privatdetektiv.«

Hinter ihm ertönte von irgendwoher eine Stimme. »Wer ist da?«

»Das ist der Mann vom Telefon«, erklärte Mr. Meisner.

»Welcher Mann?«

»Muriel, der Mann, der vorhin ...« Er brach ab und rollte mit den Augen. »Kommen Sie doch rein, meine Herren.«

Wir folgten ihm in die Wohnung. Sie war gut ausgestattet, mit einer kleinen praktischen Küche neben dem Hauptraum und einem separaten Schlafzimmer. Es mußten gut hundert gerahmte Bilder überall in der Wohnung sein, auf Regalen, auf dem Couchtisch und an den Wänden selbst. Mrs. Meisner saß in einem Rollstuhl vor dem Fernsehapparat. Die Fernbedienung lag in ihrem Schoß.

»Stell den Fernseher ab, Muriel! Wir haben Besuch!«

»Wer ist es?«

»Es ist ein Mr. ...« Er sah mich an.

»McKnight«, sagte ich. »Aber nennen Sie mich Alex.«

»Es ist Alex!« sagte er. »Und ...« Er sah Randy an.

»Nennen Sie mich Randy.«

»Und Randy! Alex und Randy!«

»Schön, Sie kennenzulernen!« sagte ich.

»Schreien Sie nicht so!« sagte sie. »Ich bin doch nicht taub!«

»Entschuldigung«, sagte ich.

»Kann ich den Herren etwas zu trinken anbieten?«

»Nein, vielen Dank.«

»Wir haben Bier im Kühlschrank!« sagte Mrs. Meisner.

»Nein, ist schon in Ordnung.«

»Uns ist das Bier ausgegangen!« sagte Mr. Meisner. »Ich wollte ihnen Kaffee anbieten!«

»Männer trinken doch keinen Kaffee!« meinte Mrs. Meisner. »Gib ihnen Bier!«

»Nein, wirklich, das ist in Ordnung so«, sagte ich.

»Natürlich trinken Männer Kaffee!« sagte Mr. Meisner. »Ich trinke jeden verdammten Tag Kaffee! Machst du endlich den Fernseher aus!«

»Ich bin sicher, daß sie lieber ein Bier hätten!« meinte Mrs. Meisner.

»Wir haben kein Bier!«

»Bitte,« sagte ich. »wir wollen Ihnen keinerlei Umstände machen. Wir wollten Sie nur etwas wegen der Leverette Street fragen.«

»Da haben wir mal gewohnt!« sagte Mr. Meisner. »Hier, nehmen Sie doch Platz! Sie machen mich nervös, wenn Sie da so rumstehen! Muriel, stell den Fernseher ab!«

Wir setzten uns auf die Couch. Mr. Meisner saß in einem Sessel neben Mrs. Meisners Rollstuhl.

»Mr. und Mrs. Meisner«, sagte ich. »1971 haben Sie in der Leverette Street gewohnt, stimmt das?«

»Ja«, sagte Mr. Meisner. Jetzt, wo er saß, war seine Stimme um zwei Striche schwächer im Volumen. »Wir haben das Haus 1934 gekauft, ob Sie das glauben oder nicht. Direkt nach unserer Heirat.« Er streckte den Arm aus und griff nach der Hand seiner Frau. »Vier Söhne haben wir da großgezogen. Hier, wollen Sie nicht die Fotos sehen?«

Die nächsten Minuten gingen wir alle vier Söhne durch, ihre Ehefrauen, die sieben Enkel und die elf Urenkel.

»Das alte Haus wurde uns schließlich zuviel«, sagte Mr. Meisner, als wir mit den Fotos fertig waren. »Wir mußten es verkaufen und sind hierhin gezogen.«

»Du redest vielleicht eine Scheiße«, sagte Mrs. Meisner.

»Muriel, bitte, wir haben Gäste.«

»Ich hasse dieses Ding«, sagte sie. »Peach Tree Senior Community? In hundert Meilen Umkreis gibt es hier keinen Pfirsichbaum. Und, wie bitte, Seniorenresidenz? Warum nennen Sie es nicht einfach Pflegeheim?«

»Es ist kein Pflegeheim, Muriel. Es ist ›betreutes Wohnen‹. Möchtest du wirklich, daß ich wieder in dem Haus wäre und den Rasen mähen müßte? Schnee schaufeln?«

»Du gibst einem Jungen Geld, und der mäht dir den Rasen! Und Schnee schaufelt der auch!«

»Das Eis ist in den Dachrinnen gefroren, weißt du nicht mehr? Ich mußte im Frühling hochklettern und es raushacken!«

»Alex' Partner ist gerade vom Dach gefallen, als er das machen wollte«, sagte Randy. »Er hat beide Knöchel gebrochen.«

»Hörst du?« sagte Mr. Meisner. »Hörst du, was passiert? Wünschst du das etwa mir, daß ich vom Dach falle und mir beide Knöchel breche?«

»Mr. Meisner«, sagte ich, »Mrs. Meisner. Erinnern Sie sich zufällig an eine Familie, die ein Stück die Straße runter gewohnt hat? Die Valeskas?«

»Valeskas?« sagte Mr. Meisner. »Muriel, erinnerst du dich an die Valeskas?«

»Sie wohnten über den Kowalskis. Sie hatten die obere Etage gemietet, meine ich.«

»Die Kowalskis«, sagte Mrs. Meisner. »Die Kowalskis kennen wir.«

»Mickey Kowalski«, sagte Mr. Meisner. »Und seine Frau, Martha. Wir kriegen immer noch Weihnachtskarten von ihnen.«

»Ich glaube, er ist krank, nicht wahr?«

»Wer, Mickey Kowalski? Der ist doch nicht krank.«

»Ich glaube, er ist krank.«

»Er ist nicht krank. Hören Sie nicht auf meine Frau.«

»Was ist mit den Valeskas?« fragte ich. »Die Leute, die das Obergeschoß gemietet hatten. Erinnern Sie sich an die?«

»Ich erinnere mich nicht an Valeskas«, sagte Mr. Meisner. »Muriel, erinnerst du dich an die Valeskas?«

»Valeska, Valeska, Valeska«, sagte sie. »Nein, da klingelt nichts bei mir.«

»Sie las einem aus der Hand«, sagte Randy. »Sie war Wahrsagerin.«

Das traf sie wie ein Blitz. »Die Wahrsagerin!« sagte Mrs. Meisner. »Oh, mein Gott, Fred! Die Wahrsagerin!«

»Ja! Ja!« rief Mr. Meisner. »Und diese Familie, wie hießen sie doch gleich?«

»Valeska«, sagte ich. »Sie erinnern sich an die Familie?«

»Guter Himmel, und ob!« sagte Mrs. Meisner. »Gott, war das eine Zeit! Mit dieser Familie in der Nachbarschaft. Und das Schild, das sie immer auf den Bürgersteig gestellt hat! Weißt du noch, mit der großen Hand drauf?«

»Ja! Die Hand!« sagte Mr. Meisner. »Mickey hatte die obere Etage an diese Leute vermietet. Ich glaube, sie haben da nur neun Monate gewohnt, vielleicht auch zehn. Und dann waren sie weg! Einfach so! Mickey glaubte, sie seien Zigeuner oder irgend so was.«

»Aber sie haben ihre Miete bezahlt«, sagte Mrs. Meisner. »Ich weiß, daß Martha mir das erzählt hat. Und sauber haben sie die Wohnung auch gehalten.«

»Ah, aber das waren die komischsten Leute«, sagte Mr. Meisner. »Der Mann – wie war noch mal sein Vorname?«

Jetzt kommt es, dachte ich. Deshalb sind wir hier. Randy und ich hingen jetzt beide an ihren Lippen.

»Es war ein interessanter Name«, sagte sie. »Irgendwie exotisch.«

»Die ganze Familie war exotisch. Wie hießen sie noch mal? Sie waren zu viert.«

»Der Mann hieß …«

Wir hielten den Atem an.

»Gregor!« sagte sie. »Das war sein Name! Ich weiß noch, daß ich mich gefragt habe, was wohl mit dem *y* am Ende passiert sein mochte.«

»Ja, Gregor«, sagte Mr. Meisner. »Und die Frau hieß … oh Gott, wie war denn ihr Name?«

»Arabella«, sagte sie. »Jetzt fällt es mir wieder ein. Es ist so ein hübscher Name, nicht wahr?«

»Ja«, sagte ich. Ich sah zu Randy hinüber. Er war in seine eigene Welt versunken, jetzt, wo er die Namen für seine Erinnerungen hatte.

»Sie hatten einen Sohn und eine Tochter«, sagte Mr. Meisner. »Der Name des Jungen war …«

»Leopold«, sagte Randy. »Er hieß doch Leopold, oder?«

»Ja«, sagte Mrs. Meisner. »So hieß er. Er war ein zäh wirkender kleiner Bursche, nicht wahr?«

»Ha! Jetzt fällt es mir wieder ein!« sagte Mr. Meisner. »Er hat für uns das Zimmer gestrichen, weißt du noch, Muriel? Das machten er und sein Vater – sie waren Anstreicher!«

»Stimmt!« sagte Randy. »Daran hätte ich mich erinnern sollen.«

»Und sie waren gut. Mit unserem Zimmer da haben sie saubere Arbeit verrichtet. Jedenfalls, als sie fertig waren, sage ich so was wie ›Vielen Dank, Leo!‹ Und er sagt zu mir – was hat er noch mal gesagt? Er sagt ›Mein Name ist Leopold! Mein Name ist nicht Leo! Leo ist ein Name für amerikanische Männer, die Bier trinken und in Unterhemden auf der Veranda vor ihren Häusern sitzen.‹ Gott, wie ich mich daran noch erinnere.«

»Er war schon ein ganz Seltsamer«, sagte Mrs. Meisner. »Ah, aber die Tochter …«

»Maria«, sagte Randy. Er sagte es so, daß sie innehielten. Alle beide.

»Ja, Maria«, sagte Mrs. Meisner. »Sie war ein so schönes Mädchen.«

»Ich suche sie«, sagte Randy. »Deshalb bin ich hier.«

Beide nickten nur. Offensichtlich erschien ihnen das nicht als eine verrückte Idee. Natürlich hatten beide Maria gesehen. Vielleicht genügte das ja als Erklärung. Vielleicht erscheint einem aber auch nach einem so langen Leben nichts mehr verrückt.

»Haben Sie irgendeine Idee, wohin sie vielleicht gegangen sein können?« fragte ich. »Nachdem sie aus Kowalskis Haus ausgezogen waren?«

»Nein«, sagte Mr. Meisner. »Sie waren einfach weg. Sie haben die Miete für den letzten Monat unter Mickeys Tür geschoben und waren verschwunden.«

»Nun, wir haben ja jetzt die Namen«, sagte ich. »Das hilft uns schon sehr weiter. Aber warten Sie mal – sagten Sie nicht, daß die Kowalskis Ihnen Weihnachtsgrüße schicken?«

»Mickey und Martha«, sagte er. »Ja, jedes Jahr. Wir rufen uns nicht an oder so, aber jedesmal kommt eine Karte zu Weihnachten.«

»Ich sag dir, er ist sehr krank«, sagte sie. »Das habe ich irgendwo gehört.«

»Unsinn, Muriel!«

»Haben Sie vielleicht ihre Adresse?« fragte ich.

»Ja klar«, meinte er. »Wir schicken Ihnen doch auch jedes Jahr eine Karte. Es wäre doch verdammt unhöflich, wenn wir das nicht täten, finden Sie nicht auch?«

»Ist es sehr lästig für Sie, mir die Adresse zu geben?«

»Nein, überhaupt nicht«, sagte er. Es dauerte zwar eine Weile, aber er kam aus seinem Sessel doch noch hoch. »Sie müssen schon entschuldigen. Nächsten Monat werde ich zweiundneunzig.«

»Wie lange sind Sie schon verheiratet?« fragte Randy.

Er sah auf seine Frau herab. Er strich ihr übers Haar. »Siebzig Jahre.«

»Aber irgendwann lassen wir uns doch noch scheiden«, sagte sie. »Wir warten, bis die Kinder tot sind.«

»Ha, das war gut, wie? Schön, wo hast du diese Adressen hingetan?«

»Sie sind in dem Kasten.«.

»Ich weiß, daß sie in dem Kasten sind. Aber wo ist der Kasten?«

»Wo er immer ist! Im Schlafzimmer, auf der Frisierkommode!«

»Nein, da stellst *du* ihn nur immer hin! Ach, ist egal. Ich finde ihn schon!« Er verschwand im Schlafzimmer.

»Ich kann Ihnen gar nicht sagen, wie sehr wir das zu schätzen wissen, Mrs. Meisner«, sagte Randy.

»Es ist so nett, Besuch zu haben. Es ist schon lange her, daß ich an unser altes Viertel gedacht habe.«

»Ich habe ihn!« rief Mr. Meisner von nebenan. »Genau da, wo ich ihn hingestellt habe.«

Mrs. Meisner schenkte uns ein Lächeln und schüttelte den Kopf.

»Hier ist er«, sagte er, als er in den Raum zurückgeschlurft kam. »Sie sind nach Arizona gezogen. Können Sie sich das vorstellen? Diesen weiten Weg und dann nur Wüste und Kaktusse. Sehen wir mal, Kowalski ...« Er sah die Karteikarten in dem Kasten durch. »Hier, Mickey und Martha Kowalski. In Tucson.«

Ich nahm ihm die Karte ab und notierte mir die Adresse. Eine Telefonnummer stand nicht dabei, aber die würden wir nachsehen können.

Wir blieben noch weitere dreißig Minuten und hörten uns noch mehr Geschichten über die alten Nachbarn an und wie wunderbar oder wie gräßlich die neue Wohnung war, je nachdem, wer sprach. Mr. Meisner erhob sich, um uns die Hand zu schütteln, als wir gingen. Beide beugten wir uns über Mrs. Meisner in ihrem Rollstuhl, nahmen sie in den Arm und gaben ihr einen Kuß. Wir versprachen, irgendwann wiederzukommen und sie zu besuchen.

Auf unserm Weg zurück ins Motel betrachtete Randy ständig die Adresse der Kowalskis in Arizona, die ich notiert hatte, obwohl er sie nicht lesen konnte, wenn wir nicht gerade unter einer Straßenlampe durchfuhren. Trotzdem hatte er sie vermutlich schon auswendig gelernt.

»Jetzt haben wir es doch fast geschafft, oder?« sagte er. »Das sind sie. Die Leute, die den ersten Stock an die Valeskas vermietet hatten.«

»Vielleicht sind sie keine große Hilfe«, sagte ich. »Du hast doch gehört, was die Meisners von Valeskas Verschwinden erzählt haben. Kann sein, daß sie keinen Schimmer haben, wohin sie gegangen sind.«

»Ich weiß«, sagte er. »Aber es wird auf jeden Fall gut sein, mit ihnen zu sprechen. Sie könnten mir helfen, mich an weitere Einzelheiten zu erinnern. So vieles fällt mir jetzt wieder ein. Zum Beispiel die Tatsache, daß sie Anstreicher waren. Es ist wie ein verschwommenes Bild, das langsam schärfer wird, wenn du weißt, was ich meine.«

»Ein Bild von den Dingen, wie sie 1971 waren«, sagte ich. »Das darfst du nicht vergessen.«

»Ich weiß, ich weiß«, sagte er. »Ich verstehe, was du mir sagen willst.«

Als wir wieder in unserem Motelzimmer waren, setzte ich mich auf das eine Bett, Randy auf das andere. Ich rief die Auskunft in Tucson an und bekam die Nummer der Kowalskis. Bevor ich noch wählen konnte, nahm mir Randy das Telefon ab.

»Laß mich das machen«, sagte er.

»Bedien dich nur.«

»Wie spät ist es, ungefähr neun? Dann ist es in Arizona doch sieben Uhr? Also kein Problem.«

Er wählte die Nummer und ließ es zweimal klingeln: »Hallo! Ich hätte gern einen Michael Kowalski gesprochen. Oder Mikkey, wie er sich wohl nennt.« Er hatte sein unwiderstehlichstes Lächeln aufgesetzt, was am Telefon allerdings nicht so recht funktioniert. Das Lächeln verschwand, und bevor er noch ein Wort sagen konnte, sah er das Telefon an, als habe es ihn soeben ins Ohr gebissen.

»Die haben aufgehängt«, sagte er. »Die haben gesagt, Mikkey sei tot, und dann haben sie aufgehängt.«

»Dann hatte Mrs. Meisner wohl doch recht«, meinte ich. »Mickey *war* krank.«

»Was soll ich denn jetzt machen?«

»Noch mal anrufen und dich entschuldigen?«

»Klar, das mache ich.« Er wählte erneut die Nummer. »Oh bitte, Ma'am, bitte, es tut mir sehr leid. Bitte, Ma'am, legen Sie nicht auf. Es tut mir leid, das von Ihrem Verlust zu hören und daß ich Sie störe. Ich bin gerade ein paar Stunden bei den Meisners gewesen, hier oben in Michigan. Sie waren gute Freunde von … äh, Entschuldigung, spreche ich mit Mrs. Kowalski? … Ihrer Tochter, ah, ich verstehe. Ich möchte mich nochmals entschuldigen, Ma'am. Die Meisners haben nicht gewußt … Ja, in Michigan. Bei den Meisners. Sie haben ein paar Häuser weiter gewohnt, in der Leverette Street … Ja … Ja … Und sie meinten, ich sollte Ihre Eltern doch mal anrufen, und … Oh, Ihre Mutter ist da? Das wäre dann … äh …«

Mit Panik in den Augen sah er mich an.

»Martha«, sagte ich.

»Martha«, sagte er. »Martha Kowalski. Ja, wir haben gerade noch von ihr gesprochen … Ja … Oh ja, bitte. Wenn ich sie vielleicht einen Moment sprechen könnte … Oh ja, das ist ganz reizend. Vielen Dank …«

Ich hörte seine Hälfte der Unterhaltung mit Martha Kowalski mit. Sie begann ganz einfach, mit den Meisners und dem alten Viertel und wie traurig Randy doch sei, von ihrem Verlust gehört zu haben. Als er dann auf die Valeskas zu sprechen kam, bewölkten sich seine Züge. »Sind Sie sich da sicher, Ma'am?« fragte er mindestens dreimal. Als er damit fertig war, bedankte er sich bei ihr, saß dann still auf der Bettkante und sah mich an.

»Was ist los?« fragte ich.

»Sie konnte sich gut an sie erinnern. Es war genau so, wie die Meisners erzählt haben. Sie haben genau neun Monate da gewohnt, und in der Mitte des zehnten sind sie plötzlich verschwunden.«

»Wo liegt da das Problem?«

»Sie hat gesagt, Valeska war gar nicht ihr richtiger Name. Der war Valenescu.«

»Valenescu?«

»Das hat sie gesagt. Das war der Name, der auf ihren Schecks stand. Sie hat gesagt, daß sie sich erinnern kann, Marias Mutter hätte sich ›Madame Valeska‹ genannt, weil der andere Name für Amerikaner zu schwer war.«

»Klar«, sagte ich. »Das klingt doch plausibel.«

»Tut es«, sagte er. »Das ist plausibel. Und so erklärt sich auch, daß wir sie bislang nicht gefunden haben. Oder ihre Eltern oder ihren Bruder. Wir hatten nicht den richtigen Namen.«

»Randy, das sagt dir doch hoffentlich was, oder?«

»Und was bitte?«

»Du hast nicht mal ihren richtigen Namen gekannt.«

»Und?«

»Du hast eine Woche mit ihr verbracht, und das vor fast dreißig Jahren, und du hast nicht mal ihren richtigen Namen gekannt.«

»Zehn Tage«, sagte er. Er griff nach dem Detroiter Telefonbuch. »Hier finde ich keine Valenescus. Was machen wir jetzt?«

»Ich weiß es nicht«, sagte ich. »Aber Randy …«

»Warte mal!« sagte er. Die Wolken waren verschwunden. »Wir rufen Leon an!«

Ich atmete tief aus und rief dann Leon an. Ich nannte ihm den neuen Namen. Maria Valenescu. Ihre Eltern Gregor und Arabella.

»Das ist ja eine phantastische Leistung!« sagte Leon. »Erzähl du mir noch mal, du seist kein richtiger Privatdetektiv!«

»So schwer war das nun auch wieder nicht, Leon.«

»Auf der Stelle bearbeite ich die Namen. Ihr müßt doch direkt euphorisch sein! Wir sind nah dran!«

»Da bin ich mir nicht so sicher«, sagte ich und sah zu Randy hinüber.

»Was ist denn los?«

»Ich werde mit ihm essen gehen und ihm einen Slinky spendieren«, sagte ich. »Ich muß mit ihm reden.«

»Was ist ein Slinky, Alex?«

»Wodka mit Root Beer, Leon. Frag mich bitte nicht weiter.« Ich wünschte ihm eine gute Nacht und legte auf.

»Und?« sage Randy.

»Leon bearbeitet die Namen«, sagte ich.

»Ausgezeichnet«, sagte er. »Wir haben wieder eine Spur. Komm, wir gehen ins Lindell.«

»Ich will woanders mit dir hin«, sagte ich. »Wo es etwas stiller ist.«

»Du bist hier zu Hause. Gehen wir.«

Ich ging mit ihm in ein Restaurant auf der Telegraph, an das ich mich erinnerte. Ich hoffte, er käme langsam selbst zu der Einsicht, daß die Angelegenheit immer lächerlicher wurde. Ich wartete ab, ob die Eindrücke des Tages sich bei ihm setzen würden. Nichts geschah.

Ich fuhr ihn ins Motel zurück. Als ich das Licht ausknipste, lag er noch wach und starrte die Decke an. Von draußen hörten wir den Verkehrslärm auf der Michigan Avenue. Dann fing er wieder an zu reden. Es gab nichts außer seiner Stimme im Dunkeln, ganz wie in der ersten Nacht, der Nacht, als er den weiten Weg nach Paradise auf sich genommen hatte, um mich zu finden, und gewartet hatte, bis er im Dunkeln auf meiner Couch lag, um mir zu erzählen, warum er den weiten Weg wirklich zurückgelegt hatte.

»Am Tag vor dem Spiel haben Maria und ich uns ein Hotelzimmer genommen. Maria hatte ihren Eltern erzählt, sie bliebe über Nacht bei einer Freundin. Wir nahmen uns dieses Zimmer und haben miteinander geschlafen. Zum ersten Mal. Zum ersten und einzigen Mal. Aber danach ... Das ist es, woran ich mich im Grunde erinnere, Alex. Ich saß auf dem Bett und dachte an das Spiel am nächsten Tag. Es war so, als ob meine ganze Zukunft auf dem Spiel stünde, verstehst du? Ich wußte, daß ich in der Nacht nicht viel schlafen würde. Und Maria saß in einem Sessel. Sie hat ein Porträt von mir gezeichnet. Sie hat überhaupt gern gezeichnet. Habe ich dir das schon erzählt?«

»Nein«, sagte ich.

»Sie wollte Künstlerin werden. Sie hatte immer diesen großen Block dabei und eine kleine Leinentasche mit Stiften, Kohle und so Zeug drin. Manchmal an den Nachmittagen sind wir am Ufer langgegangen und irgendwo stehen geblieben, haben uns einfach hingesetzt, und sie hat irgendwas gezeichnet. Aber vor dieser Nacht hatte sie noch nie eine Zeichnung von mir gemacht. Und ich war so angefüllt von dem Spiel am nächsten Tag, daß ich eigentlich gar nicht richtig daran gedacht habe, weißt du? Ich hab nur da gesessen, nichts gesagt, und sie machte ihre Zeichnung.«

Er verstummte. Draußen rumpelte ein schwerer Lastzug vorbei, so daß die Bilder an der Wand sich bewegten.

»Hast du jemals dieses Bild von – wer war es noch? Ich glaube, Toulouse-Lautrec – gesehen? Das Bild von dem Mädchen, das alleine in einer Bar auf einer Bank sitzt? Irgendwie weiß man, daß da eine Party oder so was ist, und daß da Leute ganz in ihrer Nähe sind. Aber sie sitzt einfach da und starrt ins Nichts, als habe sie sich in ihre eigene Welt verloren. Du weißt, welches Bild ich meine?«

»Ich glaube, ich habe es mal gesehen.«

»Also, worum es mir bei dem Bild geht, ist, man sieht und *fühlt* sofort, wie müde die Frau ist, weißt du? Wie *einsam* sie ist. Ich meine, verdammt noch mal, wenn sie damals schon Kameras gehabt hätten, und er hätte sie einfach fotografiert, dann hättest du nicht dasselbe gespürt. Es lag einfach an der Art, wie er es gemalt hat. Tut mir leid, es soll nicht so klingen, als wäre ich Kunstkritiker oder so was.«

»Ist schon in Ordnung«, sagte ich. »Ich weiß, was du sagen willst.«

»Okay, Maria hat mir also diese Zeichnung gezeigt, die sie von mir gemacht hat, wie ich da auf dem Bett sitze. Und wie ich sie gesehen habe, war ich einfach … mein Gott, es verschlug mir die Sprache. So wie sie mich gezeichnet hat, konnte man *spüren*, wieviel Angst ich hatte. Man sah meine absolute Panik, was am nächsten Tag passieren würde. Ich konnte es kaum glauben.«

Lange Zeit schwieg er. Vielleicht versuchte er sich die Zeichnung wieder ins Gedächtnis zu rufen. Ich sagte ebenfalls nichts.

»Es lag nicht nur daran, daß sie eine gute Künstlerin war«, sagte er schließlich. »Sie konnte das Bild so zeichnen, weil sie mich *kannte*. Du weißt, was ich sagen will, Alex? In diesem Moment hat sie mich besser gekannt als ich mich selber. Ich wußte gar nicht mal, daß ich solche Panik hatte, bis ich die Zeichnung gesehen habe. Wie oft im Leben kennt einen jemand so gut? Willst du wissen, wie oft mir das passiert ist?«

»Wie oft?« sagte ich.

»Zweimal. Da warst du. Und dann war da Maria. Nicht meine Frau. Nicht die Frau, neben der ich elf Jahre lang jede Nacht geschlafen habe. Und bei Gott nicht meine Eltern. Nicht mal meine Kinder. Das warst du und das war Maria. Ihr wart die beiden einzigen Menschen auf dieser Welt, die direkt durch mich durchgucken konnten. All die Witzchen und die Mätzchen und der ganze Scheiß. Ich weiß, daß wir nur eine Saison zusammen gespielt haben, aber wenn ich pitchte und du gecatcht hast, hatte ich das Gefühl, daß du alles gewußt hast, was in meinem Kopf vor sich ging. Alles. Sogar Sachen, die mir nicht bewußt waren. Du hast besser gewußt als ich selber, was ich werfen konnte. Das war der Grund, warum ich auch bei einem anderen Catcher nie mehr derselbe Pitcher gewesen bin. Ich bin den ganzen weiten Weg hierher gekommen und hab dich nach all den Jahren wiedergefunden, und es war, als wenn ich dich gestern zuletzt gesehen hätte. Oder?«

»Das kann ich nicht beurteilen«, sagte ich. »Vielleicht.«

»Und Maria«, sagte er. »Ich schwöre bei Gott, Alex, sie hat mich so gut gekannt wie du. Da spielte es keine Rolle, daß wir nur anderthalb Wochen zusammen gewesen sind. Und es spielt keine Rolle, wie lange das her sein mag. Teufel noch mal, es spielt nicht mal eine Rolle, daß ich nicht mal ihren wirklichen Namen gekannt habe.«

Wieder Schweigen, und wieder rumpelte ein schwerer Lastzug durch die Nacht.

»Sei mir nicht böse, Alex«, sagte er. »Ihr habt mich beide gut gekannt, aber letztlich gebührt ihr die Palme des Abends.«

Ich lachte. Was sollte ich auch sonst tun?

»Glaubst du, daß wir sie finden?« fragte er.

»Ich weiß es nicht. Im Moment würde ich noch nicht darauf wetten.«

»Meinst du denn, wir sollen die Suche nach ihr aufgeben?«

»Frag mich das nicht. Außer, du willst die Wahrheit von mir hören.«

»Sag sie mir.«

»Randy, ich sage dir die ganze Zeit schon, daß das verrückt ist. Ich weiß, du willst das nicht hören. Und ich weiß auch, daß du alleine hierher gekommen wärst, wenn ich zu Hause geblieben wäre. Also hab ich mir gedacht, daß ich nichts zu verlieren habe. Ein paar Tage mit einem alten Mannschaftskameraden rumhängen und einfach sehen, was passiert, was macht das schon? Aber jetzt bin ich der Meinung, daß du aufhören solltest. Das ist mein Ernst. Ich halte das für eine schlechte Idee.«

Wieder folgte langes Schweigen. Wieder fuhr ein Lastwagen vorbei, und dann hörte ich nur noch seinen Atem in der Dunkelheit.

Kapitel 9

Als ich am Morgen wach wurde, war Randy nicht da. Seine Tasche war noch im Zimmer, und als ich aus dem Fenster schaute, sah ich meinen Laster auf dem Parkplatz. Also dachte ich mir, daß er nicht weit weg sein könnte.

Ich duschte, zog mich an, ging runter in die Lobby des Motels und las eine Weile Zeitung. Dann gab ich es auf, auf ihn zu warten, und ging nach draußen. Es war ein verhangener Apriltag in Detroit, mit feinem Nebel in der Luft, der einem durch die Kleider und in die Lungen drang.

Ich fand ihn auf der Michigan Avenue, wo er auf einer Bank gegenüber vom Tiger Stadium saß.

»Guten Morgen«, sagte ich, als ich mich neben ihn setzte. »Kein schöner Tag, um hier draußen zu sitzen.«

»Ich wollte mir nur noch mal die Stelle ansehen«, sagte er.

»Dann willst du wohl bald woanders hin?«

Er lächelte und schüttelte den Kopf. »Ich will dich nach Hause lassen, Alex. Ich habe dich schon zu lange aufgehalten.«

»Ich bin sicher, daß Jackie ganz gut ohne mich zurechtkommt«, erwiderte ich. »Scheiße, vermutlich denkt er, er hat Ferien.«

Er sah noch einmal an der grauen Wand des Stadions hoch. »Weißt du, wenn ich Rettenmund geschafft hätte, statt ihm seinen Walk zu verschaffen, hätte ich zwei Outs gehabt, und dann wäre Boog Powel gekommen. Ich wäre in einer ganz anderen Verfassung gewesen. Das ganze Spiel hätte sich in diesem Moment noch zu meinen Gunsten wenden können.«

Ich sagte nichts. Ich wollte ihm nicht widersprechen und wollte ihm auch nicht erneut vorschlagen, das Ganze einfach zu vergessen.

»Und dann nach dem Spiel«, sagte er, »wäre ich mit Maria ausgegangen und hätte mit ihr gefeiert.«

»Randy …«

»Maria Valenescu«, sagte er. »Wie dem auch sei, die Vergangenheit kann man nicht ändern, stimmt's? Nur ein Idiot würde das versuchen.«

»Randy, gehn wir.«

Ich ging mit ihm ins Motel zurück, damit er sich was Trockenes anziehen konnte. Als wir ins Zimmer kamen, blinkte das Nachrichtenlämpchen an unserem Telefon. Ich rief an der Rezeption an. Ein Mr. Leon Prudell habe angerufen, sagten sie, und die Nachricht hinterlassen, ich möchte zurückrufen.

»Was hast du für uns, Leon?« sagte ich, als ich ihn an der Strippe hatte.

»Nicht gerade viel. Ich habe im ganzen Land nur drei Valenescus gefunden. Alle drei in New York City. Allerdings keinen Gregor, keine Arabella, keinen Leopold und keine Maria. Auf jeden Fall lohnt es sich, die Nummern anzurufen. Es könnte eine Verbindung bestehen. Willst du sie anrufen, oder soll ich das machen?«

»Ich bin mir nicht sicher, ob wir sie noch brauchen.«

»Wovon redest du?«

»Ach, Quatsch, gib mir die Namen«, sagte ich. »Ich ruf dich später wieder an.«

Ich bedankte mich und legte auf. Randy kam aus dem Bad mit einem Handtuch um den Nacken.

»Er hat drei Valenescus gefunden«, sagte ich. »Soll ich sie anrufen?«

»Das mußt du entscheiden.« Er setzte sich aufs Bett.

Ich wählte die erste Nummer und fragte, ob sie einen der vier Namen kennen würden. Sie kannten sie nicht.

Ich wählte die nächste Nummer. Dieselbe Frage. Nichts.

Ich wählte die nächste Nummer. Wen auch immer ich da am Apparat haben mochte – er konnte jedenfalls nicht sonderlich gut Englisch. Ich glaube aber, ich brachte meine Vorstellungen rüber, und die Antwort klang wie ein entschiedenes Nein.

»Absolut nichts«, sagte ich, als ich auflegte.

»Okay. Dann ist es Zeit, den Stecker rauszuziehen. Laß mich noch Leon anrufen und mich bedanken.«

Ich sagte nichts. Ich saß da und hatte das Telefon noch in der Hand.

»Das Spiel ist zu Ende«, sagte er. »Das war unsere letzte Karte. Was könnten wir denn jetzt überhaupt noch machen?«

»Jetzt warte mal«, sagte ich. »Gib mir noch eine Minute.« Ich griff nach den Gelben Seiten. »Wie alt müssen ihre Eltern jetzt sein?«

»In den Achtzigern. Vielleicht schon neunzig.«

»Wie die Meisners«, sagte ich. »Und deshalb leben sie vielleicht auch in so einem Ding.«

»Wenn man erstens davon ausgeht, daß sie noch leben und zweitens noch in der Gegend hier sind, könntest du recht haben.«

Wieder sah ich unter »Pflegeheimen« nach. Dieselben Seiten hatte ich schon am Tag zuvor studiert, als wir die Peach Tree Senior Community gefunden hatten.

»Alex, du warst es, der mir klargemacht hat, daß das ganze eine schlechte Idee sei.«

»Weiß ich. Ich will nur diese eine Sache noch versuchen. Sonst verfolgt sie mich.«

»Du willst jedes von den Dingern anrufen, Alex? Wie viele sind das denn?«

»'ne ganze Menge«, sagte ich. »Das kann eine Weile dauern. Warum holst du uns in der Zeit nicht unser Frühstück?«

Zwei Stunden später wählte ich die letzte Nummer. Zum hundertsten Mal wiederholte ich meine Routineübung. Nach Mrs. Valenescu fragen, weil ich mir dachte, daß die Chance, sie noch unter den Lebenden anzutreffen, größer war als bei ihrem Mann. In den Todesanzeigen werden die Männer immer von ihren sie liebenden Frauen überlebt. Die Frauen sterben alleine.

Und wenn ich unrecht haben sollte, würden sie mich vielleicht korrigieren und sagen, es gäbe zwar keine Mrs. Valenescu, aber sie hätten einen Mr. Valenescu. Der Name mußte doch in ihrem Kopf haften.

»Okay, ich danke Ihnen«, sagte ich und hängte ein. Ich stand auf und räkelte mich.

»Du bist schon einer, weißt du das?« sagte Randy.

»Es war den Versuch wert.«

»Danke, Alex. Jetzt können wir wirklich aufhören.«

»Nicht so hastig«, sagte ich. »Eine Idee habe ich noch.«

»Und die wäre?«

»Ihr Bruder. Womit verdiente er 1971 seinen Lebensunterhalt?«

»Er war Anstreicher. Genau wie sein Vater.«

»Mr. Meisner hat doch gesagt, daß er gute Arbeit geliefert hat, stimmt's?«

»Ja, und?«

»Und was meinst du, wovon er jetzt lebt?«

»Ich denke, er wird immer noch Anstreicher sein.«

»Nehmen wir mal an, er ist es. Meinst du, er wohnt noch hier in der Gegend?«

»Könnte sein.«

Wieder schnappte ich mir die Gelben Seiten. »Unter ›Malerunternehmen‹ ist er nicht aufgeführt, aber das heißt nicht viel. Die meisten in dem Job leben davon, daß man sie weiter empfiehlt. Sagen wir mal, daß er das auch tut. Was meinst du, macht er gerade jetzt?«

»Irgendwas anstreichen?«

»Okay«, sagte ich. »Glaubst du, er besteht immer noch drauf, daß ihn die Leute Leopold nennen?«

»Da würde ich drauf wetten, ja.«

»Und was passiert, wenn Leopold die Farbe ausgeht?«

»Dann kauft er neue.«

»Er kauft neue«, sagte ich. »Und wo kauft er die?«

»In einem Farbengeschäft?«

»Und wohin geht er nächste Woche«, sagte ich, »wenn er *mehr* Farbe braucht?«

»In ein Farbengeschäft?«

»Ins *selbe* Farbengeschäft«, sagte ich. »Ich finde hier etwa vierzig Eintragungen für das gesamte Einzugsgebiet von Detroit. Warum gehst du nicht los und holst uns was zum Mittagessen?«

Als er fort war, begann ich die Nummern abzuhaken. Es war eine sehr vage Möglichkeit, aber wenn ich sie nicht probierte, würde sie mich noch wochenlang verfolgen.

Als ich unter der ersten Nummer jemand erreicht hatte, begann ich mit meinem Sketch. »Hey, ist Leopold heute schon dagewesen?« Man danke Gott für ausgefallene Namen. Hieße er Al, hätte ich keine Chance.

»Leopold?« sagte der Mann. »Kenne keinen Leopold, Sir.«

»Ah, okay, hab ich was verwechselt. Entschuldigen Sie die Störung.«

Ich arbeitete mich durch zehn Nummern.

Ich arbeitete mich durch zwanzig.

Und dann bei Nummer einundzwanzig …

»Leopold?« sagte der Mann. »Nee, heute nicht. Ich glaube, er war Montag hier.«

Ich erstarrte. Mein Gott, er hat angebissen.

»Hello? Sir?«

Ich war drauf und dran, die Wahrheit zu sagen, ihm zu erzählen, wer ich sei und warum ich nach Leopold suchte. Aber dann dachte ich an Leopold und was Randy mir von ihm erzählt hatte. Wie sehr er Randy haßte. Daß er ihn 1971 fast auf offener Straße umgebracht hatte. Zwei Sekunden blieben mir, um mein Vorgehen festzulegen. Ich entschied mich fürs Theater.

»Äh, ja, tut mir leid«, sagte ich. »Hey, ich will mal ganz ehrlich zu Ihnen sein.« Ehrlich, von wegen. »Ich hab hier eine von Leopolds Zehnmeter-Leitern, und wenn ich sie ihm heute nicht zurückgebe, reißt er mir den Kopf ab. Sie wissen doch, wie er ist.«

»Oh Mann«, sagte er. »Wem sagen Sie das. Kann gar nicht glauben, daß er sie Ihnen überhaupt gegeben hat.«

»Hey, ich weiß, daß er an dem großen Auftrag da dran ist. Wo war das noch mal? Vielleicht kann ich sie ihm einfach vorbeibringen.«

»Mir hat er nichts gesagt.«

Verdammt. Denk nach! Denk nach!

»Oh Mann, das auch noch«, sagte ich. Okay, gehen wir aufs Ganze. »Hey, da fällt mir was ein. Vielleicht fahr ich einfach zu ihm nach Hause, wissen Sie? Ich stell sie ihm einfach hin. Vielleicht vergißt er ja sogar, daß er sie mir geliehen hat. Meinen Sie, das geht gut?«

»Ich kann immer noch nicht glauben, daß er sie Ihnen überhaupt geliehen hat.«

»Ja, das brauchen Sie mir nicht zu sagen. Ich muß ihn an 'nem Super-Duper-Tag erwischt haben. Einmal bin ich bei ihm gewesen. Mein Gott, wo war das noch? Es war da drüben in der …«

Ich ließ es in der Schwebe. Mir brach der Schweiß aus. Los, Junge, mach du weiter.

»Romney Street«, sagte er.

»Ja, stimmt, natürlich! Die Romney Street. Ich fahre gleich hin und stell die Leiter in seine Garage.«

Der Kerl fing an zu lachen. »Das geht niemals gut, Freundchen.«

»Da haben Sie recht«, sagte ich. »Aber auf diese Weise habe ich wenigstens eine kleine Chance.«

»Na, da wünsche ich Ihnen viel Glück«, sagte er.

»Hey, äh, da wär noch was. Ich finde es ganz toll, wie Sie mir aus der Klemme helfen. Ich überlege krampfhaft, welches Haus an der Romney Street seins war. Das war doch so ein weißes in der Art …«

»Wie zum Teufel soll ich das wissen?« sagte der Mann. »Ich

bin todsicher noch nie im Leben bei ihm zu Hause gewesen. Ich kenn das alles doch nur von der Anschrift auf den Rechnungen.«

»Ah ja, schon klar. Na schön, macht nix. Irgendwie find ich es.«

»Hier, warten Sie mal«, sagte der Mann. Gott segne diesen Mann. »Siebzehn vierzig Romney Street.«

»Kommt mir bekannt vor«, sagte ich. »Mann, Sie helfen mir echt aus der Klemme. Ich kann gar nicht sagen, wie dankbar ich Ihnen bin.«

»Hey, kein Problem. Sagen Sie ihm nur nicht, daß ich Ihnen bei der Leiterflucht geholfen habe.«

»Ha! Leiterflucht ist gut! Nochmals vielen Dank!«

Ich legte auf und atmete erst einmal tief aus.

Als Randy mit den Tüten von McDonald's zurückkam, hatte ich die Straße schon im Register nachgesehen und auf der Karte gefunden. Sie war in Farmington Hills, einem Vorort für die gehobene Mittelklasse im Nordwesten. »Sieht so aus, als habe Leopold sich ganz schön hochgearbeitet«, sagte ich.

»Wovon sprichst du?«

Ich hielt das Stück Papier in die Höhe, auf dem ich seine Adresse notiert hatte. »Los, gehen wir. Ich zeig es dir.«

Ich hatte Farmington Hills als einen der hübscheren Vororte Detroits in Erinnerung. Es war das, was man ›teils ländlich‹ nannte, mit großen Häusern auf Grundstücken von einem halben Morgen. An der Straße stand dann ein altmodischer Briefkasten mit der kleinen Blechfahne, die man hochklappte, wenn ein Brief mitgenommen werden sollte. Ich konnte nicht fassen, wie sich die Gegend verändert hatte.

»Ich kenne die Ecke«, sagte ich, als wir an einem langgestreckten Einkaufszentrum vorbeifuhren. Alle die üblichen Verdächtigen waren jetzt da aufgereiht: Blockbuster Video, Subway, TCBY. »Ich schwöre dir, hier war nichts außer einer Tankstelle.«

»Ja, und der Inhaber kam selbst raus, pumpte das Benzin persönlich von Hand, putzte dir die Windschutzscheibe und warf dann noch vorne am Auto die Kurbel an.«

»Randy, ich rede von vor fünfzehn Jahren. Jetzt ist das wie eine total andere Gegend.«

»Das ist der Fortschritt«, sagte er. »Das sagt man doch dann, oder?«

Auf der Halstead Road war dichter Verkehr. Früher war das eine gemächliche zweispurige Straße mit nichts als Unkraut und Dreck an den Seiten gewesen. Wir fanden das Neubaugebiet, das wir suchten, in unmittelbarer Nachbarschaft von fünf weiteren Neubaugebieten und fuhren hinein. Wir kamen an einigen Dutzend Häusern vorbei, die alle so aussahen, als seien sie an diesem Morgen gebaut worden. Wir überquerten die Corriedale Street und fanden dann die Romney Street.

»Schafe«, sagte er.

»Was?«

»Corriedale und Romney. Das sind Schafsrassen. Denen scheinen die Namen auszugehen.«

Wir verfolgten die Nummern auf den Briefkästen, bis wir zu Hausnummer 1740 kamen. Das Haus war im Stil einer Ranch gebaut und hatte gegeneinander versetzte Stockwerke. Es lag etwa dreißig Meter von der Straße entfernt.

»Schöner Rasen«, sagte Randy.

»Ich kann keinen Namen auf dem Briefkasten sehen«, sagte ich.

»Und was machen wir da?«

»Wir gehen hin, klopfen an die Tür und fragen«, sagte ich. »Pißeinfach.«

»Ja, da hast du recht«, sagte er. »Pißeinfach.«

Wir fuhren in die Einfahrt. Sie war aus Asphalt und glänzte, als sei sie neu versiegelt worden. Ich hielt meinen Laster hinter einem roten Mittelklassewagen an.

Wir stiegen aus. Wir gingen zur Tür und kamen dabei an Rhododendronbüschen vorbei, die noch einen langen Weg der Erholung von einem harten Winter vor sich hatten. Wir drückten auf die Klingel.

Ein junges Mädchen kam an die Tür. Sie war sechzehn oder siebzehn Jahre alt und trug ein Softball-Trikot, auf dem ein *F* stand. Farmington High School. Sie lächelte mich an. Dann wechselte ihr Blick zu Randy, und ihr Lächeln nahm noch etwas zu.

»Guten Tag«, sagte ich. »Wohnen hier die Valenescus?«

Ihr Lächeln verschwand. »Nein, tut mir leid«, sagte sie. »Hier wohnt keiner mit dem Namen.«

»Und es gibt niemanden in Ihrer Familie, der diesen Namen früher einmal getragen hat?« Ich klang jetzt wirklich tief bewegend. »Jemand, der Maria hieß? Und in Detroit gelebt hat? Ihre Eltern hießen Gregor und Arabella?«

»Nein«, sagte sie. »Tut mir leid.«

Ich schickte einen Blick zum Himmel. »Okay«, sagte ich. Plötzlich fühlte ich mich sehr müde. »Verzeihen Sie bitte die Störung. Sie spielen Softball, nicht wahr?«

»Ja«, nickte sie. »Ich bin Pitcher.«

»Hey«, sagte ich und stieß Randy in die Seite. »Noch ein Pitcher. Genau das, was die Welt braucht.«

Der Blick auf seinem Gesicht erschreckte mich.

»Randy?«

Er starrte das Mädchen an.

Ich sah sie an und dann wieder ihn. »Randy«, sagte ich. »Was ist los?«

Er wandte keinen Blick von ihr. »Wie ist Ihr Name?« sagte er schließlich.

Sie schluckte. »Delilah.«

»Das ist ein wunderschöner Name.«

»Vielen Dank.« Sie schielte zum Türknauf.

»Delilah«, sagte Randy. »Darf ich Sie etwas fragen?«

»Ich muß zum Training«, sagte sie. »Ich bin nur nach Hause gekommen, um mein Trikot zu holen.«

»Sie sind doch Marias Tochter, oder?« sagte er.

Sie schüttelte den Kopf. »Ich habe Ihnen doch gesagt, daß in der ganzen Familie niemand so heißt.«

»Dann sind Sie Leopolds Tochter. Das könnte sein. Dann sind Sie Marias Nichte.«

»Nein«, beharrte sie. »Nein, das habe ich Ihnen doch gesagt. Ich heiße Delilah Muller, und ich weiß überhaupt nicht, wovon Sie reden.« Allmählich wirkte sie ein wenig verängstigt.

»Es tut mir leid.« Ich trat zwischen sie. »Es tut mir leid; ich möchte mich für meinen Freund entschuldigen.« Ich sah ihn an. »Verdammt noch mal, was machst du hier?«

»Dieses Mädchen«, murmelte er und sah sie wieder über meine Schulter hinweg an. »Dieser wunderschöne Engel ...«

»Ist nicht die, für die du sie hältst. Du hast gehört, was sie gesagt hat. Was bitte veranstaltest du hier?«

»Alex, ich weiß, daß sie es ist.«

»Komm, wir gehen«, sagte ich und packte ihn am Arm. Ich zog ihn zum Lastwagen zurück. Als ich mich umwandte, um mich noch einmal zu entschuldigen, war die Tür schon zu.

Randy schüttelte sich los und stieg an der Beifahrerseite ein. Ich stieg ebenfalls ein, knallte die Tür zu und setzte über die ganze lange Einfahrt bis zur Straße hin zurück. Dann schaltete ich die Automatik auf »Drive« und sorgte dafür, daß wir wegkamen.

Ich war schon auf der I-275, als ich ihn erstmals wieder ansah. Er hielt die Hände zwischen die Knie gepreßt und starrte auf die Motorhaube des Lasters.

»Was zum Teufel stimmt mit dir nicht?« fragte ich.

Er sagte nichts.

»Du hast das Mädchen erschreckt«, sagte ich. »Du hast sie *richtig* erschreckt. Sie ist mutterseelenallein in dem Haus, und du führst dich auf wie ein Freak.«

Er sagte nichts, und so ließ ich ihn vor sich hin brüten. Die Interstate verengte sich auf eine Fahrbahn, und wir bewegten uns im Schneckentempo weiter. Noch eine Baustelle.

»Es ist ihre Tochter«, sagte er schließlich.

»Hast du überhaupt zugehört, was sie gesagt hat?«

»Mir ist egal, was sie gesagt hat. Das ist Marias Tochter.«

Ich hätte am liebsten angehalten, wenn das möglich gewesen wäre, aber wir bewegten uns sowieso kaum. Die 275 führt auf fünf Spuren nach Norden und auf fünf Spuren nach Süden. Wir fuhren auf der einzigen noch freien Bahn nach Süden, während die Bauarbeiter die anderen vier Spuren kurz und klein schlugen.

»Randy, wo sie dir doch *gesagt* hat, daß sie es nicht ist – was macht dich da so sicher, daß sie die Tochter von Maria sein soll?«

»Du hast schließlich das Haus gefunden, Alex. Ein Anstreicher mit Namen Leopold wohnt da. Ist das etwa ein Zufall?«

»In der Tat, genau das ist es.«

»Nein«, sagte er. »Nein.«

»Sie war was? Sechzehn? Siebzehn? Du hast Maria seit 1971 nicht mehr gesehen, richtig?«

»Richtig.«

»Du hast auch nichts von ihr gehört? Oder über sie? Du weißt überhaupt nichts mehr von Maria seit 1971?«

»Richtig ...«

»Und das Mädchen ist, sagen wir, um 1983 geboren?«

»Ja, das müßte hinkommen. Damals hat Maria dieses Mädchen geboren.«

Ich bewegte den Wagen einen weiteren guten Meter. Dann hielten wir wieder. Bei dem Tempo würden wir noch im September auf der 275 sein.

»Und warum sah es ganz so aus, als wisse sie das nicht? Man müßte doch annehmen, daß sie weiß, wer ihre Mutter ist, oder?«

»Das hat sie auch gewußt«, sagte er. »Sie hat gelogen.«

Ich sagte gar nichts. Mir fehlten die Worte. Der Mann war von Sinnen. Ich fuhr wieder einen guten Meter weiter.

»Alex, wir müssen zurückfahren.«

»Ach du guter Gott«, sagte ich. »Ich glaub es nicht.«

»Wir müssen einfach«, sagte er. »Wende bitte.«

»Ich wende nicht.«

»Nun wende den Laster schon.«

»Randy, ich denk nicht dran; ich werde nicht wenden. Nicht, daß wir uns im Moment überhaupt bewegen.« Ich hätte aus dem Wagen aussteigen und ausgiebig ans Hinterrad pissen können, wenn ich gewollt hätte. Ich sah, wie zwei Bauarbeiter an uns vorbeigingen.

»Ich muß noch einmal mit ihr sprechen«, sagte er. »Ich muß ihr unbedingt noch etwas sagen.«

»Und was? Was mußt du ihr unbedingt sagen?«

Er zögerte einen Moment. »Ich muß ihr sagen, daß das so in Ordnung ist. Wenn sie lügt, weil ihre Mutter ihr das so gesagt hat, habe ich Verständnis dafür. Das ist es.«

»Laß mich das mal festhalten«, sagte ich. »Du meinst, Maria hat ihrer Tochter gesagt, sie solle sich vor dir in acht nehmen, falls du dreißig Jahre später mal vorbeischaust? Und dann soll sie dir sagen, daß sie gar nicht ihre Tochter ist, um dich auf eine falsche Fährte zu locken?«

»Nein, so wird es wohl eher nicht gewesen sein.«

»Und warum nicht? Vielleicht hat sie ja noch heute morgen angerufen, um sie daran zu erinnern.«

»Alex, wir wenden. Wir fahren zurück. Ich entschuldige mich bei dem Mädchen. Und dann gehen wir. Du fährst mich zum Flughafen, und ich fliege nach Hause. Und Schluß.«

Ich hatte weitere zehn Minuten Zeit, darüber nachzudenken, während die Maschinen vier der nach Süden führenden Spuren in etwas verwandelten, was stark an die Oberfläche des Mondes erinnerte. Endlich kamen wir an eine Ausfahrt, und ich nahm sie.

»Vielen Dank«, sagte er.

»Du entschuldigst dich bei ihr dafür, daß du sie zu Tode erschreckt hast.Und dann hauen wir ab.«

»Du sagst es.«

»Ich mußte das ja tun«, sagte ich. »Ich mußte einfach noch

dieses eine versuchen. Die Farbgeschäfte anrufen. Was für eine tolle Idee!«

Wir arbeiteten uns zur Telegraph zurück und fuhren die ganze Strecke bis zur Nine Mile Road. Es gab einige Ampeln, an denen wir warten mußten, aber besser als die I-275 war es schon. Wir fanden dasselbe Neubaugebiet, dieselbe Straße, dasselbe Haus. Als wir in die Einfahrt einbogen, sahen wir denselben roten Mittelklassewagen und daneben einen weißen Lastwagen mit einem Gerüst für Leitern auf der Ladefläche.

»Sieht ganz so aus, als sei Leopold zu Hause«, sagte er. »Das ist gut. Verdammt noch mal, vielleicht erinnert er sich ja an mich.«

»Na ja, wir wissen doch, daß es nicht dieser Typ ist«, meinte ich. »Obwohl ich mir fast wünschte, er wäre es. Hi, erinnerst du dich denn nicht? Ich bin bei deiner Schwester gelandet, als sie neunzehn war.«

»Ja, Mann, das ist witzig.«

Wir stiegen aus dem Wagen und gingen zur Haustür. Randy überholte mich und drückte die Klingel.

Wir warteten.

Er klingelte noch einmal.

Wir warteten.

Schließlich wurde die Tür geöffnet. Ein Mann sah zu uns heraus. Er war von kleiner Statur und trug den weißen Overall eines Anstreichers.

»Leopold?« sagte Randy. »Bist du das?«

Der Mann sah uns nur an.

»Tut mir leid, daß wir schon wieder stören«, sagte Randy. »Wir waren vorhin schon mal hier. Wir haben mit … ja …«

Der Mann öffnete die Tür. »Sie haben mit Delilah gesprochen.«

»Ich glaube kaum, daß du dich an mich erinnerst.«

Er musterte Randy. Seine Augen waren dunkel. »Nein, in der Tat nicht.«

»Ich bin, nun …« Er räusperte sich und starrte einen Moment lang auf seine Schuhspitzen. »Leopold, ich bin eigentlich ein alter Freund von Maria. Von deiner Schwester.« Ich stand da, sah mir das Ganze an und konnte es nicht glauben.

Der Mann lächelte. Er öffnete die Innentür jetzt ganz und dann auch noch die äußere. »Meine Herren«, sagte er. »Bitte, kommen Sie rein.«

Randy putzte sich die Schuhe auf der kleinen Matte ab, und ich tat es ihm nach … Ich folgte ihm ins Haus, und als wir drinnen waren, konnte ich Leopold zum ersten Mal richtig sehen. Er konnte kaum mehr als hundertfünfzig Pfund wiegen, aber er hatte Arme wie ein Boxer. Genau so sah er aus, wie einer von diesen harten kleinen Bantamgewichtlern.

Er stand nur da und lächelte uns zu. Und dann bewegte sich die Tür. Ein weiterer Mann trat dahinter hervor. Er war jünger. Und erheblich größer.

Er schlug mich einmal, bevor ich überhaupt wußte, was hier vor sich ging. Vor dem nächsten Schlag wollte ich mich wegducken, aber er erwischte meinen Kopf noch an der Seite. Ich ging zu Boden, mit Rauschen in den Ohren und einem metallischen Geschmack im Mund, einer Mischung aus Blut, Adrenalin und plötzlicher Angst. Ich hatte keine Ahnung, was zur selben Zeit mit Randy geschah. Ich versuchte aufzustehen. Der Mann stand über mir, bereit, wieder zuzuschlagen, da war ich mir sicher. Also suchte ich mir eine Stelle mitten an seinem Körper aus und sprang ihm mit der Schulter hinein. Er wich zurück, aber kaum genug. Ich fühlte Hände an meinem Hals. Ein Griff von übermenschlicher Kraft.

Er erwürgt mich.

Ich griff nach seinen Händen, seinen Armen. Sinnlos. Du stirbst hier, Alex.

Nein, etwas kannst du noch tun. Einen Ausweg versuchen. Das hat dir irgendwer vor langer Zeit beigebracht …

Ich riß meinen rechten Arm hoch und über seine Handgelenke, setzte so viel Hebelkraft ein, wie ich konntc, und warf mich dann zu Boden. Er schlug mit mir hin, seine Unterarme gegen meine Brust gepreßt. Ich hörte ihn fluchen. Ich spürte seinen heißen Atem in meinem Gesicht. Er schlug mit seiner Stirn gegen meine und riß seine Arme frei.

Hatte es funktioniert? Hatte ich seine Gelenke gebrochen? Bevor ich wieder zu Atem kam, wußte ich die Antwort. Er schlug mich mit einer Faust oder sogar mit beiden ins Genick, vielleicht auch mit einem eisernen Geldschrank. Da kam es jetzt auch nicht mehr drauf an. Ich konnte mich nicht mehr wehren.

Eine Hand an meinem Hemdrücken. Eine andere an meinem Gürtel. Ich werde hochgehoben oder fortgezerrt oder Gott weiß was, und dann ist da eine lange Reihe von Stufen, die nach unten führen. Auf jeder einzelnen davon schlage ich auf, fünfhundert Stufen oder tausend. Und dann bin ich unten angekommen und liege mit dem Gesicht nach unten auf etwas Weichem. Das ist ein Teppich, ich danke dir Gott im Himmel für den Teppich am Fuße der Treppe, und dann bin ich weg.

Kapitel 10

Ich schlug die Augen auf. Weiße Deckenfliesen. Helles fluoreszierendes Licht. Ich dachte an das Krankenhaus, das Aufwachen dort und wie der Doktor auf mich herabsah. »Er hat sehr viel Blut verloren«, hörte ich sie sagen. »Eine von den Kugeln mußten wir drinlassen.«

Nein. Ich war nicht im Krankenhaus. Meine Augen machten Maschinen aus. Stapel von Metallscheiben, blitzende Stangen. Ein Spiegel an der gegenüberliegenden Wand.

Das Kellergeschoß. Ich war im Keller. Er war angefüllt mit allen erdenklichen Sorten von Hanteln und Gewichten und Kraftmaschinen. Alle Neonröhren über uns brannten, so grell, daß es schmerzte. Mein Rücken gegen die Wand. Mein linker Arm über mir an der Wand. Ich sah hoch. Eine Handschelle an meinem linken Handgelenk, durch einen D-förmigen, in die Wand eingedübelten Ring geführt. Eine Hand im zweiten Ring der Handschelle. Eine fremde Hand.

Randy saß unmittelbar neben mir. »Hey Kumpel«, sagte er. »Willkommen in der Wirklichkeit.«

»Randy«, sagte ich. Auf meiner Unterlippe war Blut. Ich fühlte mit der Zunge nach der Stelle, wo mir die Lippe aufgeplatzt war.

»Wie geht's denn so?« fragte er.

»Was ist passiert?«

»Allzugut siehst du nicht aus.«

»Randy, verdammt und zugenäht, was ist passiert?«

»Ich bin mir nicht ganz sicher.«

Ich holte tief Luft. Okay, atmen konnte ich. Ich bewegte meine Beine. Mein linkes Knie schmerzte, aber ich konnte es krümmen. Ich bewegte meine Arme, soweit es mit der halben Handschelle möglich war. Das Metall schnitt mir in die Haut. Ich hatte vergessen, wie sehr Handschellen schmerzten, wenn man sie zu eng anlegte. Ich bewegte den Kopf. »Mein Gott, tut das weh.«

»Kriegst du es gepackt?«

»Ich glaube schon«, meinte ich. »Was ist mit dir?« Ich sah ihn an. Er zeigte keinen Kratzer.

»Mir geht es gut. Mich haben sie nicht angerührt.«

»Warte mal. Der große Typ, der hinter der Tür …«

»Der ist dir auf die Figur gesprungen«, sagte Randy. »Leopold hat nur eine Schrotflinte genommen und damit auf meinen Kopf gezielt. Ich wollte den großen Typen davon abhalten, auf dir rumzutrampeln, aber da meinte Leopold, er würde uns beide erschießen.«

»Na großartig. Und mich sucht er aus, um mich durchzuprügeln und dann die Treppe runterzuwerfen.«

»Du warst näher an ihm dran. Pech gehabt, wie beim Pinnchenziehen.«

»Hast du rausgefunden, warum sie so wütend auf uns sind?« Mit meiner freien Hand rieb ich mir den Nacken.

»Ich habe keinen Schimmer«, sagte er. »Er kann doch nach dreißig Jahren nicht immer noch so sauer auf mich sein, oder?«

»Nun, wie dem auch sei«, meinte ich, »offensichtlich wollen sie uns noch eine ganze Weile dabehalten. Wo sind sie übrigens?«

»Sie sind nach oben gegangen. Sie haben uns diese Handschellen angelegt und sinngemäß gesagt, wir sollten uns ganz wie zu Hause fühlen.«

»Hast du irgendwas zu ihnen gesagt? Hast du sie gefragt, warum sie das machen?«

»Das habe ich. Sie meinten, daß ich das wohl nicht zu fragen brauchte.«

»Ich kapiere gar nichts«, sagte ich. »Kannst du irgendeinen Sinn darin sehen?«

»Hier muß man doch irgendwie rauskommen, oder?« Er schüttelte die Handschelle.

»Hör sofort damit auf. Das tut höllisch weh.«

»Irgendwie muß man doch das Schloß knacken können oder so was. Da kommt man doch immer raus.«

»Das sind echte Handschellen, Randy. Die kriegen wir nicht mit 'ner Büroklammer auf, die du zufällig in der Tasche hast. Wir sind hier nicht in einer Fernsehserie.«

»Du hast die Dinger doch gebraucht, als du Polizist warst, stimmt's? Du mußt die doch aufkriegen.«

»Die kriegt man nicht auf«, sagte ich. »Außer ... Können wir uns stellen?«

Ich drückte mich mit meinem Gewicht gegen die Wand und versuchte, die Füße unter meinen Körper zu kriegen. Mein Knie schmerzte, die Muskeln auf der Unterseite meines rechten Armes, mein Hals, mein Kopf. Mein Gott, der Kopf. Auf halbem Wege mußte ich pausieren, bis das Hämmern nachließ.

»Das Ding ist richtig fest eingedübelt«, sagte er und zog an dem D-förmigen Ring. »Wir brauchen einen Schraubenschlüssel, um ihn rauszustemmen. Siehst du hier irgendwo einen Schraubenschlüssel?«

»Ich werde bald wieder ohnmächtig, Randy.«

»Wenn wir einen Schraubenschlüssel sehen, und wenn sich dann einer von uns ganz weit ausstreckt ...«

Ich hob den Kopf. Ein Riesenfehler. »Oh Gott«, sagte ich. »das ist nicht gut.«

»Ich sehe keinen Werkzeugkasten. Siehst du einen?«

»Ich sehe nur Gewichte. Und Maschinen.«

»Deshalb ist der Junge wohl so kräftig«, sagte er. »Sieh dir das mal an. Der hat ja ein ganzes Fitneßstudio hier unten.«

»Das kannst du mir glauben, der hat nicht viele Übungen ausgelassen.«

»Dafür ist dann wohl auch der Ring in der Wand da, möchte ich wetten. Guck mal, da sind noch mehr. Muß auch irgendein Übungsgerät sein.«

»Ich werde mich wieder setzen«, sagte ich. »Ich muß mich

einfach setzen.« Ich rieb meinen linken Arm so lange, bis ich ihn wieder spürte, und ließ mich dann an der Wand niedergleiten.

Er setzte sich neben mich. Über uns hörten wir Stimmen, aber wir verstanden nicht, was sie sagten.

»Hübscher Keller«, meinte Randy.

Ich ließ das unkommentiert.

»Die haben hier unten gute Arbeit geleistet. Ich frage mich, ob sie das selber gemacht haben.«

»Randy, wovon zum Teufel sprichst du?«

»Ich habe nur gesagt, daß die hier einen schönen Raum geschaffen haben. Wenn du schon verprügelt werden und in einen Keller geworfen werden mußt, ist das doch die Sorte Keller, in der man gerne ist.«

»Randy, hältst du das hier für eine Art Witz?«

»Ich versuche nur, unsere Widerstandskraft zu stärken. Man kann doch gegenüber solchen Typen nicht klein beigeben.«

»›Wir können gegenüber solchen Typen nicht klein beigeben‹? Hast du das wirklich gesagt? Bist du noch bei Verstand? Das Klein-Beigeben haben wir längst hinter uns, Randy. Sie haben uns in ihrem Scheißkeller angekettet, und Gott weiß, was sie noch mit uns anstellen, wenn sie wieder hier runterkommen. Wir haben nur eine einzige Chance, hier wieder rauszukommen. Wir müssen sie davon überzeugen, daß sie einen Fehler gemacht haben. Sie haben doch einen Fehler gemacht, oder? Offensichtlich verwechseln sie uns doch mit jemandem. Habe ich recht?«

»Wir versuchen doch nur, seine Schwester zu finden. Was sollten sie sonst denken?«

»Das will ich ja gerade von dir hören«, sagte ich. Aber bevor er noch antworten konnte, hörten wir Schritte auf der Treppe.

Zuerst sahen wir die Beine, das Weiß von Leopolds Anstreicher-Overall, und dann den größeren Mann, der hinter ihm die Treppe hinunterging. Zum ersten Mal konnte ich ihn richtig sehen. Er war mindestens ein Meter neunzig groß, und ich hätte ihn auf zweihundertvierzig Pfund geschätzt. Genau konnte man das kaum sagen. Muskeln wiegen mehr als Fett, und der Typ hatte sehr viel davon. Er trug eine ausgebeulte graue Jogginghose und ein weißes Hemd mit offenem Kragen. Das Standardoutfit eines Bodybuilders.

»Meine Herren«, sagte Leopold, »ich nehme an, daß Sie es hier bequem haben.«

»Wir hätten jetzt gern die Rechnung«, sagte Randy. Ich hätte ihn dafür am liebsten in die Rippen geboxt, aber das hätte mir mehr weh getan als ihm.

»Das ist gut«, meinte Leopold. »Das ist echt gut.« Er hatte dunkle Augen und strahlte eine bestimmte mediterrane Intensität aus. Aber in seinen Worten hörte man nur den flachen Akzent des Mittelwestens. Die Schrotflinte hatte er unter den linken Arm geklemmt.

Der Größere der beiden setzte sich auf eine Kraftmaschine. Er hatte dieselben Augen, dasselbe schwarze Haar. Er mußte Leopolds Sohn sein. Er rieb sich die Handgelenke. Ich mußte ihm wehgetan haben, als ich den Trick mit dem Arm versuchte. Irgendwie empfand ich aber kein echtes Mitleid mit ihm.

»Das muß eine Verwechslung sein«, sagte ich. »Ich weiß nicht, für wen Sie uns halten, aber ...«

»Ich weiß genau, wer Sie sind«, sagte Leopold. Er legte die Schrotflinte auf eine weitere Kraftmaschine, suchte dann in den großen Taschen seines Overalls und holte schließlich zwei Brieftaschen heraus. »Wollen wir doch mal sehen«, murmelte er und öffnete die erste Brieftasche. »Alex McKnight. Da steht auch, Sie seien Privatdetektiv. Prudell-McKnight, Ermittlungen. Klingt irgendwie gut, aber diese Geschäftskarte hier ist zweitklassig, finden Sie nicht auch? Was ist das da, zwei Pistolen? Sieht so aus, als ob sie aufeinander schießen.«

»Ich werde es meinem Partner sagen«, sagte ich.

»Ja, Ihr Partner. Wo ist der überhaupt? Ich bin davon ausgegangen, daß der Mann da Ihr Partner wäre.« Er sah Randy an, während er die zweite Brieftasche öffnete. »Aber hier steht, es handle sich um einen gewissen Randall Wilkins. Aus Los Angeles. Sie hatten einen weiten Weg, Mr. Wilkins.«

»Das habe ich doch gesagt. Ich wollte doch nur Ihre Schwester finden.«

»Ja, richtig, das ist da ja auch noch. Erzählen Sie mir doch mal etwas ausführlicher, wieso Sie meine Schwester finden wollen.«

Randy zögerte. »Ich bin ihr in Detroit begegnet. Vor langer Zeit. Genauer 1971, als mir die Tiger einen Vertrag angeboten haben.«

»Sie haben Baseball gespielt? Für die Tiger?«

»Ja. Ich bin ihr begegnet, als sie ... als Sie alle in der Leverette Street gewohnt haben. Können Sie sich nicht erinnern, daß Sie uns mal zusammen gesehen haben? Auf der Straße unten am Ufer sind wir uns zufällig begegnet.«

»1971? Das ist verdammt lange her.«

»Ich wollte sie halt wiedersehen«, sagte Randy. »Allein deshalb bin ich nach Michigan gekommen. Und mein Freund Alex sollte mir dabei helfen.«

»Ihr Freund, der Privatdetektiv.«

»Er ist Privatdetektiv, ja«, sagte Randy. »Aber in erster Linie ist er ein netter Kerl, der einem alten Mannschaftskameraden hilft. Wir haben zusammen Baseball gespielt.«

Leopold sah mich an. »Sie waren also auch ein Detroit Tiger, nehme ich an?«

»Nein«, sagte ich, »mir haben sie keinen Vertrag angeboten.«

»Eine Schande ist das«, sagte er. »Ist das keine Schande, Anthony?«

»Eine wirkliche Schande«, nickte Anthony. Es waren seine ersten Worte.

»Anthony«, sagte Randy. »Sie sind Leopolds Sohn?«

»Das bin ich«, sagte er.

»Und Delilah? Ist sie Ihre Schwester oder ist sie ...«

Leopold trat einen Schritt auf uns zu. Seine Augen verdüsterten sich. »Sprechen Sie ihren Namen nicht noch mal aus!« sagte er. »Langt es denn nicht, daß Sie hierher kommen und sie terrorisieren? Sie quälen mit Fragen über …«

»Über ihre Mutter«, sagte Randy. »Sie ist doch Marias Tochter, oder?«

Leopold wandte sich von uns ab. Er sah einen Stapel mit Gewichten, Handschuhen und Gürteln durch und zog schließlich die Stange einer Hantel heraus. Sie war etwa einen halben Meter lang. Als er sie hochhielt, blitzte das polierte Metall.

Er hielt einen Moment inne und schloß die Augen. Dann gab er sich einen Ruck und kehrte zu uns zurück – ganz langsam –, die Stange hing in seiner rechten Hand.

»Er hat euch geschickt«, sagte er. »Oder etwa nicht?«

»Wer?« fragte ich.

»Sie wissen schon, wer.«

»Das wissen wir nicht«, sagte ich. »Randy sucht Maria. Wie er Ihnen gesagt hat. Er hat sie seit dreißig Jahren nicht mehr gesehen.«

»Das ist wahr«, sagte Randy. »Ich wollte nur …«

»Ihnen fällt wirklich nichts Besseres ein?« sagte Leopold. »Baseballspieler von vor dreißig Jahren? Laßt mich mal raten. An sich wolltet ihr beide erzählen, daß ihr in den Großen Ligen gespielt habt, aber das hätte zu unwahrscheinlich geklungen. Da habt ihr Pinnchen gezogen, wie?« Die Stange begann in seiner Hand zu pendeln. Er schwang sie langsam, wie einen Taktstock.

»Sie machen wirklich einen Fehler«, sagte ich.

»Wo ist er? Wo ist er in diesem Moment?«

»Wir wissen nicht einmal, von wem Sie sprechen«, sagte ich.

»In Los Angeles?« fragte Leopold. »Ist er in diesem Moment dort? Sie hat er geschickt, um sie zu finden. Und Sie haben diese Type angeheuert, damit er Ihnen hilft.«

»Nein«, sagte Randy. »Alles verhält sich genau so, wie wir gesagt haben.«

»Wie lange haben Sie unser Haus beobachtet? Wie lange sitzen Sie schon da draußen auf der Straße und beobachten uns?«

»Nein, nein«, sagte ich. »Das haben wir nicht getan.«

»Leopold«, sagte Randy. »Wir sagen Ihnen die Wahrheit.«

»Zuerst war es ein weißer Cadillac«, sagte Leopold. Er schwang die Stange jetzt etwas schneller. »Ein großer weißer Cadillac, der die ganze Zeit da draußen auf der Straße stand. Für wie blöd haltet ihr uns eigentlich? Meint ihr vielleicht, wir würden einen großen weißen Cadillac übersehen?«

»Das waren wir nicht«, beteuerte ich. »Wir haben Sie heute erst gefunden.«

»Das Ding hier wiegt fünf Pfund«, erläuterte Leopold. Er fing den Stab mit der anderen Hand auf. »Das zerbricht jeden Knochen, wenn ich damit zuschlage. Wieviel auch immer er euch bezahlen kann – euch ist doch klar, daß das nicht genug ist, um sich dafür jeden Knochen im Leibe zerschlagen zu lassen. Das solltet ihr Typen euch klarmachen. Wenn ich es nämlich muß, dann tue ich das auch. Ich will das zwar nicht, aber ich bin völlig verzweifelt. Wir spielen dieses Spielchen mit Harwood jetzt schon allzulange. Jetzt ist es Zeit zurückzuschlagen.«

»Beim allmächtigen Gott im Himmel«, sagte ich, »er hat uns nicht geschickt. Wer er auch sein mag. Harwood, sagten Sie. Heißt er so?«

Er schüttelte den Kopf. »Zwingen Sie mich nicht dazu. Ich bin kein gewalttätiger Mensch.«

Er hielt die Stange über seinen Kopf. Es sah ganz so aus, als sollte ich der erste sein. Ich spannte meinen Körper an und bereitete mich darauf vor auszuweichen. Aber er fixierte meinen linken Arm. In der Handschelle hatte ich keine Chance, dem Schlag zu entgehen. Ich wählte mir eine Stelle unterhalb seines Knies. Noch ein Schritt, und er wäre nahe genug, um ihm gegen das Schienbein zu treten.

Er ließ die Eisenstange fallen. Mit leisem Laut schlug sie auf dem Teppich auf.

»Ich habe da eine bessere Idee«, sagte er.

Ich schüttelte den Kopf. »Sie machen einen Fehler.«

Er ging zurück und griff nach der Schrotflinte. »Wer soll es als erster abkriegen?«

Keiner von uns sagte ein Wort. Es war eine klassische Schrotflinte, die man zum Laden in der Mitte klappen konnte, mit zwei großkalibrigen Läufen. Es war die Art von Flinte, bei der man schon nervös wird, wenn man sich mit ihr im selben Raum befindet.

»Wie steht's mit Ihnen?« sagte er und zielte auf Randy. »Wohin wollen Sie es?«

»Schießen Sie nicht auf ihn«, bat ich.

Statt dessen richtete er die Flinte jetzt auf mich. »Ich dachte, Sie sind hier bloß der gemietete Schläger. Was zahlt der Kerl Ihnen denn?«

»Er zahlt mir überhaupt nichts«, sagte ich. »Er sagt die Wahrheit.«

»Haben Sie jemals gesehen, was so 'ne Flinte mit einem Menschen anstellen kann?«

»Allerdings«, sagte ich. »Ich war Polizist.«

»Wenn ich dieses Gewehr auf Ihr Knie richtete und abdrückte, wieviel Knie hätten Sie dann noch?«

Ich sagte nichts. Ich blickte auf die beiden Läufe. Sehr bedächtig senkte er sie auf Höhe meines Knies.

»Ich denke, wir könnten ohne Übertreibung sagen, daß Ihr linkes Knie davon mehr oder weniger vollständig eliminiert würde. Sehen Sie das auch so?«

Ich schloß die Augen. Ich wartete auf die Explosion.

»Leopold!«

Die Stimme kam von oben. Ich öffnete die Augen.

»Leopold! Was machst du da unten?«

»Mein Gott«, sagte er. »Anthony, sieh mal nach, was deine Großmutter macht!«

Anthony sprang von der Kraftmaschine und sprang die Treppe hoch. Es klang so, als stoppe er auf halber Höhe. »Grandma, was machst du da?«

»Geh mir aus dem Weg«, sagte sie. »Wir gehen da jetzt runter.«

»Du kannst da nicht runter«, sagte er.

»Und ob ich das kann! Und jetzt gehst du aus dem Weg! Und zieh dir anständige Sachen an!«

Anthony kam rückwärts die Treppe herunter, die Arme in einer hilflosen Geste erhoben. Leopold stand einen Moment nur da und lauschte, wie über uns erst eine Stufe knarrte, dann eine andere. Wer auch immer dort die Treppe herunterkommen mochte, tat dies jedenfalls sehr langsam. Als er schließlich die Flinte senkte und selbst die Treppe hinauflief, kam er nicht weiter als bis zur dritten Stufe.

»Leopold! Wen hast du denn hier unten?«

»Mama, geh wieder nach oben! Delilah, bring deine Großmutter wieder hoch!«

»Das wird sie nicht tun! Was machst du da mit dem Gewehr? Was geht hier vor sich?«

»Mama, bitte! Ich bitte dich! Du solltest gar nicht auf sein!«

»Du reißt ja das Haus ab. Hast du dir mal das Wohnzimmer angesehen? Maria und Josef, was stimmt denn bloß mit dir nicht? Du machst ja einen Lärm, daß die Toten auferstehen!«

»Mama, ich *befehle* dir, auf der Stelle wieder nach oben zu gehen!«

Er stand da wie erstarrt. Wir hörten zwei weitere Stufen knarren und dann wieder die Stimme der Frau, jetzt sanfter: »Leopold, Lieber, geh uns aus dem Weg!«

Er trat zurück. Die Frau nahm die beiden letzten Stufen, wobei sie sich auf Delilah stützte. Sie mußte neunzig Jahre alt sein. Sie trug das weiße Haar zurückgekämmt, eine einzelne Strähne hing ihr ins Gesicht. Sie stützte sich auf ihre Enkelin, auch noch, als sie die Treppe hinter sich hatten. Mit ihr war ein scharfer Mentholgeruch in den Keller gekommen.

»Wer sind diese Männer?« fragte sie.

»Harwood hat sie geschickt«, sagte Leopold. »Sie suchen nach Maria.«

»Stimmt das?« fragte sie, an uns gewandt.

»Es stimmt, daß wir nach Maria suchen«, sagte Randy. »Sie sind Madame Valesca. Ich kann mich an Sie erinnern.«

»Aber diesen Harwood kennen wir nicht«, fügte ich hinzu.

»Sie lügen«, beharrte Leopold.

»Laß mich sie mal ansehen«, sagte die alte Frau.

»Geh nicht zu ihnen!«

»Leopold, schsch.«

Delilah blieb neben ihrer Großmutter, als sie zu uns herüberkam. Man sah, daß Delilah Angst vor uns hatte, aber das Gesicht der alten Frau war ruhig. Leopold stand hinter ihnen und biß sich auf die Unterlippe. Anthony hatte die Hantelstange ergriffen, stand jetzt da und hielt sie so, als wolle er sie auf uns schleudern, wenn wir nur mit der Wimper zuckten.

Die Frau blieb vor Randy stehen und sah auf ihn herunter. »Ihr Gesicht kenne ich«, sagte sie.

»Ich heiße Randy Wilkins.«

»An Namen kann ich mich nicht erinnern. An Ihr Gesicht erinnere ich mich.«

»Ich war 1971 bei Ihnen«, sagte er. »Um mir die Zukunft deuten zu lassen.«

»Sie …« sagte sie. Lange betrachtete sie ihn. »Sie waren einer von den Baseballspielern. Der, der wiedergekommen ist.«

»Ein paarmal, ja.«

Sie kam zwei Schritte näher und musterte mich. »Sie kenne ich nicht.«

»Nein«, sagte ich. »Wir sind uns nie begegnet.«

»Er ist mein Freund«, stellte Randy mich vor.

Sie kam noch einen Schritt näher, so dicht, daß sie mein Gesicht hätte berühren können. »Wer hat das gemacht? Hat mein Sohn Sie so zugerichtet?«

»Ich war das«, sagte Anthony. »Aber nicht das Auge. Das Auge war schon angeschwollen, als er zu uns kam.«

»Nicht das Auge, sagt er. Alles, aber nicht das Auge. Mein Enkel gäbe einen guten Anwalt ab, wenn er nicht die ganze Zeit in seinem Schlafanzug rumliefe.« Sie zwinkerte mir zu.

»Mama, das verstehst du nicht«, sagte Leopold.

»Laß die Männer gehen.«

»Mama, wir können doch nicht zulassen, daß sie Maria finden.«

»Wer sagt denn, daß wir das tun? Maria ist in Sicherheit. Das weißt du doch. Jetzt bring sie nach oben, damit wir ihnen Tee anbieten können.«

Fünf Minuten später saß ich am Eßzimmertisch, denselben Leuten gegenüber, die mich die Treppe hinuntergeworfen hatten und gedroht hatten, einen Teil meines Körpers wegzupusten. Ich kriegte das Adrenalin nicht unter Kontrolle. Meine Hände zitterten noch immer. Randy saß neben mir, und dieses eine Mal waren sein ganzer Charme, seine Scherze und sein Genius, der bewirkte, daß jedermann ihn liebte, wie ausgeknipst. Madame Valeska saß am Kopf des Tisches und beobachtete uns mit ihren dunklen bedächtigen Augen. Ein dünnes Stahlrohr lief von Madame Valeskas Nase zu einem Sauerstofftank auf dem Boden. Das leise Zischen des Tanks füllte die Stille.

Randy sagte schließlich etwas und bedachte Madame Valeska mit der Kurzversion, warum er da sei, ohne die Einzelheiten, wie intim er mit ihrer Tochter gewesen war. Er erzählte es wie ein Teenager, der seinen Eltern etwas erklärt, während Madame Valeskas Blick auf seinem Gesicht ruhte, wobei sie nicht einmal nickte. Delilah stand hinter ihr und massierte sanft die Schultern ihrer Großmutter. Als Randy mit seiner Geschichte fertig war, lehnte er sich im Stuhl zurück, die Hände im Schoß.

»Das ist ja eine Geschichte«, sagte sie. »Daß Sie nach all den Jahren noch an meine Tochter denken und versuchen sie zu finden. Sie wäre romantisch, wäre sie nicht so verrückt. So viel ist seit dieser Zeit passiert. Sie erwarten doch bestimmt nicht, dieselbe Person wiederzufinden?«

»Nein, natürlich nicht«, sagte er. »Das ist mir klar.«

»Das sagen Sie, und doch ist das Bild, das Sie in Ihrem Kopfe haben, das von Maria als einem jungen Mädchen, das das ganze Leben noch vor sich hat. Diese Geschichte mit Harwood, die hat Maria schon stark verändert. Er ist tief böse, dieser Mann. Er ist ein Dämon. Er hat ihren Gatten getötet, müssen Sie wissen.«

Sie griff hinter sich und berührte eine von Delilahs Händen. »Delilah ist sechs Monate nach Arthurs Tod geboren«, erläuterte sie. »Sie hat ihren eigenen Vater niemals kennengelernt.«

Delilah starrte uns an. Sie sagte kein Wort.

»Maria hat soviel Leid ertragen müssen«, sagte Madame Valeska. »Schönheit ist eine schwere Bürde, müssen Sie wissen. Die Götter strafen einen dafür. Und die Mitmenschen auch. Sogar Sie, Mr. Wilkins. Nach dreißig Jahren machen Sie sich auf den weiten Weg, nur um sie zu sehen. Und Sie, Mr. McKnight, haben ihm dabei geholfen? Sie sind ein wahrer Freund. Und das ist dann Ihre Belohnung! Sind Sie böse verletzt?«

»Das ist bald vorbei«, sagte ich.

»Ich denke, Sie haben stärkere Schmerzen, als Sie sich anmerken lassen. Wenn Sie jetzt auf der Stelle die Polizei riefen, könnte ich Ihnen keinen Vorwurf daraus machen.«

»Ich werde die Polizei nicht alarmieren«, sagte ich.

»Mein Sohn und mein Enkel schulden Ihnen mehr als nur eine Entschuldigung«, fuhr sie fort. »Aber ich hoffe, daß unter diesen Umständen eine Entschuldigung genügt. Die Erfahrungen, die meine Tochter mit diesem Mann machen mußte, haben uns alle betroffen. Vielleicht haben sie uns sogar ein wenig seltsam werden lassen. Vor allem die Männer. Sie wissen ja, wie Männer sind.« Sie sah Leopold und Anthony an. Sie erwiderten ihren Blick nicht. »Mein Ehemann, Gregor. Ich glaube, das hat auch ihn das Leben gekostet. Noch ein Mann, den Maria so verloren hat. Er konnte nachts nicht mehr schlafen, wenn er an Harwood dachte.«

Sie schwieg eine Zeitlang. Stille herrschte im Raum.

»Jedenfalls«, sagte sie dann, »ist Maria weit weg von hier. Es ist schwer für sie, von ihrer Tochter getrennt zu sein.« Wieder streichelte sie Delilahs Hand. »Aber im Moment ist es am besten so. Delilah wird hier ihre Schule beenden, und wer weiß, vielleicht hat sich dann mit der Zeit etwas geändert.«

»Ist das der Grund, warum Sie Ihren Namen geändert haben?« fragte ich. »Valeska. Valenescu. Heute hat uns Delilah gesagt, ihr Nachname sei Muller.«

»In Amerika ist es leicht, seinen Namen zu ändern«, erwiderte sie. »Ein Name auf einem Briefkasten besagt ohnehin nicht viel. Der wirkliche Name steht in deinem Herzen. Wir wissen, wer wir sind.«

»Wer ist dieser Harwood?« sagte ich. »Vielleicht können wir ja helfen.«

»Daß Sie das auch nur sagen nach all dem, was Ihnen in diesem Haus widerfahren ist! Sie sind sehr freundlich. Aber er ist unser Dämon, nicht der Ihre.«

»Sie werden uns nicht sagen, wo Maria ist«, sagte Randy.

»Ich kann es nicht«, sagte sie.

»Ich verstehe. Können Sie ihr wenigstens sagen, daß ich hier war?«

»Ich werde es ihr erzählen.«

»Ich weiß nicht, was ich sonst noch sagen soll«, murmelte Randy.

»Mehr gibt es wohl auch nicht«, meinte sie.

Und sie hatte recht. Kurz darauf gingen wir. Zwischen den männlichen Anwesenden hatte ein höchst unsicherer Friede geherrscht, bei dem Randy und ich versuchten, Leopold und Anthony zu vergeben, was sie uns angetan hatten, oder wenigstens ihren Gemütszustand in Rechnung zu stellen. Und Leopold und

Anthony versuchten, uns zu glauben, daß wir wirklich nichts mit dem Dämon namens Harwood zu tun hatten, daß unsere Motive unschuldig, wenn auch nicht vernünftig waren. Ich hatte das Gefühl, daß keiner der beiden restlos überzeugt war. Der leichte Regen hatte wieder eingesetzt, der gleiche leichte Regen wie am Morgen, der nun ein Jahr zurückzuliegen schien.

Ich fuhr zur nächsten Kneipe, die ich finden konnte. Wir tranken beide zwei Schnäpse, ohne ein Wort zu wechseln.

»Das war interessant«, sagte er schließlich. »Oder siehst du das anders?«

»*Interessant* ist ein interessanter Ausdruck dafür.«

»Gott, Alex ...«

»Und nun?«

»Magst du mich zum Flughafen bringen?«

Es war eine weitere Stunde Fahrt zum Detroit Metro, wenn man die Autobahn mied. Randy sah die ganze Zeit aus dem Fenster. Ich beschäftigte mich damit, die Scheibenwischer an- und auszustellen, so wie der Regen ein- und wieder aussetzte.

Am Terminal fuhr ich in die Ladezone und hielt den Wagen an. »Kennst du den Flugplan?« fragte ich. »Wann geht der nächste Flieger?«

»Ich bin mir nicht sicher. Aber ich werde es rauskriegen.«

»Soll ich mit dir reingehen?«

»Nein, so ist schon okay.«

»Vielleicht mußt du lange warten.«

»Du solltest endlich nach Hause kommen.«

»Ich bin nicht in Eile.«

»Alex, es tut mir leid. Es tut mir leid, daß ich dich da reingezogen habe.«

»Das muß dir nicht leid tun.«

»Wie arg haben sie dich zugerichtet? Kommst du wieder in Ordnung?«

»Das wird alles«, sagte ich. »Ich bin schon schlimmer zusammengeschlagen worden, glaub mir.«

»Ich bezahle dich«, sagte er. Er zog sein Bündel heraus. »Ich gebe dir … warte mal …«

»Nein, du gibst mir nichts«, sagte ich. »Du gibst mir überhaupt nichts.«

»Nun komm schon. Für all das, was du getan hast.«

»Wenn du Leon noch mehr Geld geben willst, schick es ihm. Was mich betrifft, ich habe nur meinem alten Pitcher geholfen.«

»Benzingeld«, sagte er. »Laß mich dir wenigstens Geld fürs Benzin geben. Und fürs Essen.«

»Hundert Dollar«, sagte ich. »Damit ist es aber auch gut.«

Er zählte fünf Zwanziger ab. »Terry hat heute ein Spiel«, erklärte er, und der Lebensfunke schien zurückzukehren. »Sie spielen gegen die University of California Los Angeles. Habe ich dir erzählt, daß er Catcher ist?«

»Du hast es erwähnt.«

»Der wird mal richtig gut.«

»Grüß ihn von mir«, sagte ich. »Sag ihm, er soll sich vor Linkshändern hüten.«

»Glaubst du, daß Marias Familie ihr wirklich erzählt, daß ich da war?«

»Ich denke schon.«

»Aber Konsequenzen wird das nicht haben. Kann ich mir nicht denken.«

»Vermutlich nicht«, sagte ich. »Klingt so, als hätte sie genug andere Sorgen. Aber man kann nie wissen. Eines Tages, vielleicht. Mensch, du weißt jetzt, wo ihre Familie wohnt. Vielleicht fährst du noch mal hin.«

»Ich glaube nicht«, sagte er. »Ich denke, das war mein einziger Versuch. So wie der einzige Versuch in den Großen Ligen. Wieder einmal im großen Stil versagt.«

Ich ließ das als Resümee stehen. Ich verabschiedete mich und sah ihm nach, wie er im Terminal verschwand. Dann begab ich mich auf den Heimweg.

Ich machte es mir für meine sechsstündige Fahrt bequem.

Ich wußte, es würde lange nach Einbruch der Dunkelheit sein, bis ich ankam, aber ich wollte am nächsten Morgen in meinem eigenen Bett aufwachen. Dieser Tag würde der schlimmste sein, das wußte ich. Mein Knie würde angeschwollen sein, mein Handgelenk von der Handschelle brennen, jeder Muskel an meinem Hals gespannt wie eine Klaviersaite, und der Kopf würde schlimmer schmerzen als der ganze restliche Körper zusammengenommen. Aber ich wäre wenigstens zu Hause mit meinem Aspirin, meiner Wärmflasche und meinem kanadischen Bier.

Vor Saginaw hielt ich an, um zu essen, und mein Körper war schon nach zwei Stunden Fahrt völlig steif. Es wurde kälter und kälter auf meiner Fahrt nach Norden, als führe ich gegen die Zeit vom Frühling zurück in den Winter. Als ich die Mackinac-Brücke erreichte, war die Temperatur schon unter dem Gefrierpunkt. Eine weitere Stunde Fahrt auf der Oberen Halbinsel lag noch immer Schnee, und schließlich war ich zu Hause. Ich ging in meine Hütte, machte den Holzofen an und fiel aufs Bett.

Nach einem bösen Tag, genau so böse, wie ich ihn mir ausgemalt hatte, aber auch nicht anders, wie ich es schon öfters erlebt hatte, und nach einer weiteren Nacht fing ich langsam an, wieder ich selbst zu sein. Ich besuchte Leon, der noch ans Bett gefesselt war. Ich erzählte ihm alles, was passiert war und in welche Situation wir hineingestolpert waren. Gleich wollte er sich auf den neuen Fall stürzen, Marias Familie anrufen und mehr über den Kerl mit dem Namen Harwood herausfinden. »Privatdetektive lösen Probleme, Alex! Wir helfen diesen Leuten!«

Ich sagte nur, ich wünschte, wir könnten das. Aber ich wüßte, daß sie unsere Hilfe nicht wollten.

Dann schaute ich im Glasgow vorbei und beantwortete alle Fragen Jackies. Nein, wir haben sie nicht gefunden. Doch, ich wurde zusammengeschlagen. Ja, du hast recht gehabt. Du hast mir gesagt, daß es wieder so kommen würde. Und das den ganzen Nachmittag und den ganzen Abend. Ein weiterer Apriltag in Paradise, vor einem offenen Kamin. Und doch war es irgendwie anders, ohne Randys ständige Kommentare im Ohr. Ein paar Tage mit ihm, und plötzlich war alles zu ruhig.

Und dann der Anruf. Mitten in der Nacht. Eine rauhe, kalte Nacht. Zum Telefon stolpern, auf dem rohen Holzfußboden stehen, einer Stimme aus weiter Ferne lauschen.

»Alex McKnight?«

»Ja. Wer spricht da?«

»Ich habe zuerst bei Ihrem Partner angerufen. Er meinte, ich solle Sie anrufen.«

»Mit wem spreche ich?«

»Kennen Sie einen Randall Wilkins?«

»Ja, den kenne ich. Mit wem spreche ich?«

»Mein Name ist Howard Rudiger. Ich bin der Polizeichef in Orcus Beach.«

»Ich weiß nicht, wo das ist.«

»Nun, zur Zeit bin ich im Butterworth Hospital in Grand Rapids. Wo Grand Rapids ist, wissen Sie?«

»Ja. Moment mal. Sie sind in einem Krankenhaus?«

»Im Butterworth Hospital«, sagte er. »Das ist wohl der alte Name, nehme ich an. Jetzt nennt es sich Spectrum Health oder sonstwie. Es liegt in der Innenstadt an der Michigan Street. Ihr Freund Mr. Wilkins befindet sich hier.«

»In Michigan? Randy ist in Michigan? Ich kapiere das nicht.«

»Ich erkläre es Ihnen, wenn Sie hier sind, Sir. Wie lange brauchen Sie – vier, fünf Stunden hierhin? Wir sehen uns dann um zehn.«

»Erzählen Sie mir wenigstens, was passiert ist«, sagte ich. »Wie schlimm ist es?«

»Sehr schlimm«, sagte er. »Mr. Wilkins wurde vor etwa sechs Stunden gefunden. Er hatte Schußwunden und sehr viel

Blut verloren. Wir haben ihn hierhin gebracht, weil es das Unfallzentrum für das westliche Michigan ist. Der Doktor meint, er habe immer noch einen Schock vom Blutverlust.«

»Man hat auf ihn geschossen?« sagte ich. »Randy war … Wer war das? Was ist passiert?«

»Das wissen wir im Moment noch nicht«, sagte er. »Wir haben keine Zeugen, und Mr. Wilkins kann uns natürlich selbst nichts sagen. Vielleicht sollte ich noch hinzufügen, daß es ganz so aussieht, als würde er nicht überleben.«

»Mein Gott, ich kann es nicht fassen.«

»Ich erwarte Sie um zehn, Mr. McKnight. Ich habe einige Fragen.«

»Wovon sprechen Sie? Fragen wonach?«

»Kommen Sie einfach her«, sagte er. Dann hängte er ein.

Kapitel 11

Es war noch dunkel, als ich losfuhr. Es war dunkel und es war kalt, und anstatt im Bett zu liegen, war ich irgendwie wach, unrasiert und ungeduscht, hatte Sodbrennen und fuhr nach Süden auf der I-75 Richtung Mackinac-Brücke. Ich erwischte mich immer wieder dabei, zu schnell zu fahren, mit dem Kleinlaster so zu brettern, daß er bei hundertdreißig sein Todesröcheln erklingen ließ. Dann atmete ich tief durch, ermahnte mich, langsamer zu fahren und Teufel noch mal darauf zu achten, wohin ich führe, nicht zuviel nachzudenken und mich nicht ständig zu fragen, warum er halbtot in Michigan im Krankenhaus lag und nicht am kalifornischen Strand.

Unmittelbar hinter Mackinac hielt ich an, um zu tanken. Zitternd stand ich da, als ein heftiger Windstoß vom Lake Michigan herüberwehte. Die Sonne ging gerade auf.

Bevor ich die Tankstelle verließ, holte ich mir noch einen Kaffe und breitete meine Karte auf dem Lenkrad aus. Auf der I-75 runter bis Grayling, dann ein Hopser rüber zur U. S. 131, und um zehn wäre ich dann in Grand Rapids.

Orcus Beach, hatte er gesagt. Ich versuchte es auf der Karte zu finden. Es war nicht drauf. Ich drehte die Karte um und suchte im Register nach. Kein Orcus Beach.

Als der Himmel heller wurde, war ich wieder auf der Straße. Als ich die I-75 verließ, wurde der kleine Hopser, den ich machen wollte, zu einer langsamen Kolonnenfahrt durch die Wälder hinter einem Tieflader mit einem transportablen Fertighaus als Ladung. Ein paar Autos wollten ihn überholen, aber der Laster schwankte jedesmal über die ganze Straßenbreite, sobald eine Bö ihn packte. Als wir die U. S. 131 erreichten, hatte ich eine gute halbe Stunde verloren.

Es war zehn, als ich die Stadtgrenze von Grand Rapids überquerte. Weitere zwanzig Minuten dauerte es, zum Krankenhaus an der Michigan Street zu kommen. Wer auch immer Chief Rudiger war – wenn er so war wie die meisten anderen Polizeichefs, die ich kennengelernt hatte, würde er unpünktliche Leute nicht mögen. Mithin hatte ich jetzt schon für einen traumhaften Beginn unserer künftigen Beziehung gesorgt.

Meilenweit sah man schon das riesige Schild in grünen Neonbuchstaben: SPECTRUM HEALTH. Als ich endlich dort angekommen war, folgte ich den Schildern und fuhr eine Rampe hoch bis zum obersten Deck, ging die Treppen runter und durch einen langen Tunnel aus gefärbtem Glas, bis ich in die Eingangshalle kam. Einige Leute hockten auf blauen Plastikstühlen und starrten auf einen hoch an der Wand angebrachten Fernsehapparat. Es gab einen kleinen Empfangsschalter, an dem ein Mann vom Wachpersonal vor einem Schwarzen Brett saß. Er mochte einundzwanzig Jahre alt sein, vielleicht aber auch nicht. Hätte er Alkohol kaufen wollen, hätte ich einen Ausweis verlangt.

»Ich suche nach Chief Rudiger«, sagte ich zu dem Knaben.

»Er ist gerade Kaffee holen. Er hat gesagt, Sie sollten in Raum eins neunzehn warten. Die Halle durch nach links.«

»Können Sie mir sagen, in welchem Zimmer Randy Wilkins liegt?«

»Der Chief hat gesagt, Sie sollten auf ihn warten. Raum eins neunzehn, die Halle durch nach links.« Er versuchte, seiner Stimme einen rauhen Klang zu geben, als trüge er einen echten Sheriffstern statt des Blechabzeichens eines Wachmanns.

»Nun hören Sie mal«, sagte ich. »Hier liegt ein Freund von mir. Ich muß ihn sehen. Er muß auf der Intensivstation sein. Können Sie mir verraten, wo die ist?«

»Sie müssen in Raum eins neunzehn warten«, sagte er.

»Die Halle durch nach links. Das habe ich kapiert.«

»Soll ich Sie vielleicht dort hinbringen?«

»Ich schaff das schon«, sagte ich. »Verlassen Sie bloß nicht Ihren Posten.«

Ich ging durch die Halle und steckte meinen Kopf in Raum 119. Ein Tisch, weitere blaue Plastikstühle. Eine kleine Spüle mit einer Kaffeemaschine daneben. Ein Körbchen mit Zucker- und Süßstoffpackungen. Eine Dose mit diesem Milchersatzpulver. Alles, was man zum Kaffeekochen braucht, außer dem Kaffee selbst. Das war der Grund, warum mein Mann losgezogen war, um danach zu fahnden, statt hier auf mich zu warten. Brillante Detektivarbeit von meiner Seite!

Ich sah nach dem Typen vom Wachdienst am anderen Ende der Halle. Er beobachtete mich. Ich winkte ihm zu und ging weiter, direkt in einen offenen Aufzug.

Im Aufzug befand sich eine Liste. Intensivstation Chirurgie 4. Etage. Das klang nach der richtigen Adresse. Ich drückte auf vier. Als sich die Türen schlossen, hörte ich noch, wie der Wachmann ›Hey‹ rief und dann noch irgendwelche Dinge, die ich nicht mehr verstand.

Als sich die Türen wieder öffneten, folgte ich den Pfeilen zur Intensivstation und öffnete eine Doppeltür. Eine Krankenschwester blickte zu mir hin, einen Telefonhörer am Ohr. Sie zeigte mit einer Hand auf mich, während sie jemand anderem am Ende der Leitung zuhörte. Ich stand vor ihrem Tisch und sah mich um. Zwei Krankenhausflure bildeten ein L, und die Schwester saß an ihrem Schnittpunkt. In beiden Fluren waren fast alle Türen geschlossen, Ständer für intravenöse Fusionen und fahrbare Tragen standen überall herum.

Dann sah ich, daß ein Mann in Uniform auf einem Stuhl vor einem der Zimmer saß, etwa in der Mitte des rechten Flurs. Er starrte vor sich hin ins Nichts, die Hände im Schoß gefaltet.

Ich hörte, wie die Schwester hinter mir irgendwelche Geräusche machte, als ich den Gang hinunterging. Ich hörte nicht hin. Als ich näherkam, sah ich, daß es sich um einen Deputy vom Kent County handelte.

Er betrachtete mich lange Zeit. »Kann ich Ihnen helfen, Sir?« sagte er schließlich.

»Wer liegt in diesem Zimmer?« fragte ich.

»Wieso fragen Sie?«

»Ich bin ein Freund«, sagte ich. Ich wußte, daß Randy da drinnen lag. Ich fühlte einfach, daß er in dem Zimmer war.

Der Deputy stand auf. »Niemand darf den Raum betreten«, verkündete er.

»Kennen Sie Chief Rudiger? Ich bin hier mit ihm verabredet.«

»Der wird aber gar nicht fröhlich sein, daß Sie hier hochgekommen sind.«

»Lassen Sie mich ihn kurz sehen«, sagte ich. »Eine Minute.«

»Niemand betritt dieses Zimmer«, sagte der Deputy.

Als wolle man ihm widersprechen, ging in diesem Moment die Tür auf, und ein Arzt kam heraus. Während die Tür offen war, konnte ich kurz ins Zimmer sehen. Ein Bett, darin ein Mann mit ganz vielen Verbänden um den Hals. Ein Schlauch im Mund. Es war Randy.

»Doktor«, sagte ich. »Er ist mein Freund. Was geht hier vor?«

»Sie kennen diesen Mann?« sagte der Arzt. Er trug einen grünen Kittel und grüne Hosen, am Hals baumelte ein Stethoskop. »Können Sie mir irgend etwas zu ihm sagen?«

»Er darf da nicht rein«, meldete sich der Deputy.

Der Arzt sah ihn an und dann wieder mich. »Wissen Sie etwas über seine Krankengeschichte? Seine Familie kann uns nicht helfen.«

»Ich glaube, niemand soll überhaupt wissen, wer da liegt«, bemerkte der Deputy.

»Zu spät«, sagte der Arzt. »Sie müssen uns jetzt entschuldigen.« Er griff nach meinem Arm und führte mich einige Schritte den Flur hinunter. Der Deputy sah einen Moment lang unglücklich aus und setzte sich dann einfach wieder auf seinen Stuhl.

»Warum sitzt da ein Polizist vom County vor der Tür?« fragte ich. »Was ist hier los?«

»Darüber weiß ich überhaupt nichts. Ich versuche nur, ihn

am Leben zu halten. Wissen Sie, ob er irgendwelche Allergien gegen bestimmte Medikamente hat?«

»Nein«, sagte ich. »Ich werde da auch keine große Hilfe sein. Sieht man von den letzten paar Tagen ab, habe ich ihn seit dreißig Jahren nicht gesehen. Warten Sie mal – was haben Sie da von seiner Familie gesagt? Wieso kriegen Sie keine Informationen von denen?«

»Ich weiß es nicht«, sagte er. »Ich erreiche da einfach niemanden.«

»Das kann ich nicht verstehen.«

Der Doktor schüttelte den Kopf. »Er wurde gestern abend mit einer Schrotschußverletzung im Hals eingeliefert. Er hatte etwa vierzig Prozent seines Blutes verloren und stand entsprechend unter Schock. Das ist nun« – er sah auf seine Uhr – »fast zwölf Stunden her. Sein Blutvolumen ist fast wieder normal, aber er ist immer noch bewußtlos. In der Tat gibt es sogar Anzeichen für eine Lähmung, obwohl keine der Schrotkugeln das Rückgrat getroffen hat.«

»Schrotkugeln? Jemand hat mit einer Schrotflinte auf ihn geschossen?«

»Offenbar nicht direkt«, sagte er. »Das meiste ist wohl am Hals vorbeigeflogen. Ein Stück weiter nach rechts und er hätte keinen Kopf mehr auf dem Körper gehabt. Er *müßte* eigentlich jetzt bei Bewußtsein sein und sich über sein Glück freuen.«

Ich dachte darüber nach. Er war in Michigan geblieben oder dorthin zurückgekehrt. Und dann hatte man auf ihn geschossen. Mit einer Schrotflinte.

»Wann werden Sie Gewißheit haben?« fragte ich. »Ich meine Gewißheit, daß er überlebt?«

»Das ist im Augenblick schwer zu sagen. Haben Sie eine Karte oder so was? Ich rufe Sie dann an, wenn sich sein Zustand verändert.«

Ich gab ihm eine meiner Karten. »Vielen Dank«, sagte ich. »Sie sind sehr entgegenkommend.«

Wir hörten beide die Schritte und sahen zur selben Zeit auf. Ein Mann kam den Flur entlang auf uns zu und ging dabei so schnell, daß die Aushänge am Schwarzen Brett raschelten.

»Haben Sie den Stolz von Orcus Beach schon kennengelernt?« fragte der Arzt.

»Ist er ein scharfer Hund?«

»Nein, aber er spielt einen im Fernsehen.«

Bevor ich nachfragen konnte, machte Chief Howard Rudiger halt vor uns; die Hände hingen an beiden Körperseiten herab wie bei einem Revolverhelden. Er atmete schwer, und auf seinem Gesicht waren hinreichend viele gefahrene Kilometer sichtbar, um ihn auf Ende Fünfzig oder Anfang Sechzig zu schätzen. Aber er hatte noch immer das Aussehen eines Filmstars und mehr Haare auf dem Kopf, als ein Mann seines Alters von Rechts wegen haben sollte. Es war schwarz, mit Haaröl zu einer Tolle frisiert und so makellos, daß es sich um eine Perücke hätte handeln können. Natürlich war es keine. Polizeichefs tragen keine Perücken.

Er sah den Doktor an und dann mich. An mir blieb sein Blick haften. »Sie«, sagte er und zeigte mit dem Finger auf mich, um ihn sodann zu einem einladenden Haken zu krümmen. »Folgen Sie mir.«

Fünf Minuten später war ich wieder im Erdgeschoß und saß im Raum 119, während Chief Rudiger Kaffee kochte. Er wandte mir die ganze Zeit den Rücken zu, während er die Maschine füllte und ihr zusah, wie sie etwa zwei Becher voll durchlaufen ließ. Weitere fünf Minuten lang hörte man im Raum kein anderes Geräusch als das stete Tropfen. Ich saß da und betrachtete all die kleinen Blümchen und Muscheln auf der Tapete. Offensichtlich versuchte der Raum fröhlich zu wirken – an einem Ort, wo die Nachrichten keineswegs immer gut sind. Als mir das langweilig wurde, sah ich mir seinen Polizistenhut an, der auf dem Tisch lag. ORCUS BEACH, MICHIGAN stand darauf, mit dem Bild einer Kanone auf einem Sandhügel.

Er läßt mich warten, dachte ich. Ich soll hier sitzen und mir überlegen, was er mich wohl fragen wird und *wann* er das tun wird. Ein altes Polizistenspielchen, aber mit einer besonderen Note.

»Wie trinken Sie ihn«, fragte er schließlich.

»Schwarz«, sagte ich.

Er füllte zwei Becher und stellte sie auf den Tisch. Dann setzte er sich mir gegenüber, nippte längere Zeit an seinem und sah mich über den Becherrand hinweg an. Ich revanchierte mich auf gleiche Weise.

»Vielen Dank«, sagte ich schließlich. »Den hatte ich nötig.«

Er nickte.

»Werden Sie mir jetzt wohl erzählen, was hier vor sich geht? sagte ich. »Wieso sitzt da ein Mann vom County vor der Tür?«

»Darüber sprechen wir noch, nachdem ich Ihnen einige Fragen gestellt habe. Wenn Sie nicht eigenmächtig da hochgegangen wären, hätten wir's schon hinter uns.«

»Chief, bitte«, sagte ich. »Spielen Sie doch mit mir nicht das Scharfer-Hund-Spiel, okay? Ich war acht Jahre lang Polizeibeamter in Detroit, und ich habe in dieser Rolle die allerbesten gesehen. Mein Gott, sogar bei uns oben im Soo haben wir einen Chief, der Ihnen noch ein paar Tricks beibringen könnte, glauben Sie mir.«

»Ich weiß nicht, wovon Sie sprechen.«

»Zum allerersten können Sie das nie in einem Raum wie dem hier spielen«, erklärte ich. »Sie brauchen dafür ein heruntergekommenes winziges Verhörzimmer. Auf Ihrer Wache. Sie wissen schon, von wegen Heimspiel. Und Sie sollten dabei rauchen, so daß Sie mir den Rauch ins Gesicht blasen können. Und, um Himmels willen, niemals für mich Kaffee kochen.«

»Wir haben keine Polizeiwache«, sagte er. »Wir haben einen einzelnen Raum auf der Rückseite vom Rathaus. Ich bin der einzige Vollzeitbeamte, mit vier Teilzeitkräften. Ich rauche nicht, und wenn ich es täte, bestimmt nicht in einem Krankenhaus. Und den Kaffee habe ich Ihnen gemacht, weil ich sowieso für mich selbst einen machte. Ich spiele auch kein ›Scharfer-Hund-Spiel‹ mit Ihnen, wie Sie es zu nennen belieben, Mr. McKnight. Wenn ich denke, es ist an der Zeit, ein scharfer Hund zu werden, glauben Sie mir, das werden Sie mitkriegen. Wenn wir nun mit Ihrer Kritik fertig sind, darf ich Ihnen dann einige Fragen stellen?«

»Ja, Chief. Stellen Sie Ihre Fragen.«

Er nippte erneut am Kaffee und zog dann eine Karte aus der Tasche seines Hemds. Seine Uniform war perfekt gebügelt, sein Schlips perfekt geknotet. »Ist das Ihre Karte«, fragte er und legte sie auf den Tisch.

»Ja.«

»Prudell-McKnight, Ermittlungen«, sagte er.

»Ja.«

»Sie wurde in Mr. Wilkins' Rocktasche gefunden. Ich nehme an, er hat Sie engagiert?«

»Nicht eigentlich«, erklärte ich. »Er war ein Freund von mir, vor urlanger Zeit. Ich wollte ihm helfen, jemanden zu finden.«

»Bleiben wir doch noch einen Moment bei Ihrem ›nicht eigentlich‹. Das ist nämlich wichtig. Falls er Sie nämlich engagiert hat, brauchen Sie nicht darüber auszusagen, was Sie für ihn tun sollten.«

»Er hat meinem Partner Geld gegeben, mir aber nicht.« Einen Moment lang dachte ich über meine Aussage nach. »Das heißt, etwas Geld hat er mir schon gegeben, aber nur fürs Benzin. Dafür, daß ich ihn rumgefahren habe.«

Er runzelte die Stirn. »Wenn er Ihrem Partner Geld gegeben hat, hat er Sie beide engagiert. Wenn Sie Ihr Geschäft gemeinsam betreiben.«

»Hören Sie, das spielt keine Rolle«, sagte ich. »Ich habe nichts vor Ihnen zu verbergen. Ich sollte ihm helfen, ein Mädchen wiederzufinden, das er vor langer Zeit einmal kennengelernt hat. In Detroit. Wir haben sie nicht gefunden, und so ist er wieder nach Hause geflogen. Das habe ich jedenfalls angenommen.«

»Ein Mädchen«, sagte er.

»1971 war sie ein Mädchen«, erklärte ich. »Jetzt ist sie über vierzig.«

»Er hat nach einem Mädchen gesucht, das er in Detroit mal getroffen hatte, 1971«, sagte er. Er holte einen Notizblock heraus und schreib darauf ›Detroit 1971‹. »Wie hieß sie?«

»Maria Sowieso.«

Er blickte auf und sah mich an.

»Ihren wirklichen Nachnamen kennen wir nicht«, sagte ich. »Es könnte Valeska oder Valenescu oder Muller sein.«

Er ließ mich alle drei Namen buchstabieren. Er schüttelte bedächtig den Kopf, während er sie niederschrieb.

»Wann haben Sie Mr. Wilkins zuletzt gesehen?«

»Vor drei Tagen. Ich habe ihn zum Flughafen gebracht.«

»Wohin wollte er?«

»Zurück nach Los Angeles.«

»Haben Sie selbst gesehen, wie er das Flugzeug bestiegen hat?«

»Nein«, sagte ich. »Ich habe ihn am Terminal abgesetzt.«

»Okay. Hat er jemals irgend etwas von Orcus Beach gesagt?«

»Nein.«

»Und Sie haben keine Idee, warum er hierhin zurückgekommen sein könnte?«

Ich zögerte, während ich mir überlegte, wie ich vorgehen sollte. »Eine Idee habe ich schon«, sagte ich.

»Sind Sie bereit, sie mit mir zu teilen?«

»Er könnte einen Grund zu der Annahme gehabt haben, daß Maria in Orcus Beach ist.«

»Sie beide haben in Detroit nach ihr gesucht«, sagte er. »Dann haben Sie aufgegeben, und Sie haben ihn zum Flugplatz gebracht. Wieso soll er dann plötzlich gedacht haben, sie sei hier oben in meiner winzigen kleinen Stadt?«

Ich holte tief Luft und sprang direkt ins kalte Wasser. »Wir haben mit ihrer Familie gesprochen. Sie haben uns gesagt, daß Maria sich vor irgendwem versteckt. Wo, wollten sie uns nicht sagen. Randy könnte zu ihrem Haus zurückgegangen sein und etwas herausgefunden haben. Chief, Sie sollten in der Tat dort mit Ihren Ermittlungen anfangen. Wenn Randy von einem Schrotschuß getroffen wurde.«

»Wer hat etwas von einem Schrotschuß gesagt?«

»Der Arzt. Als wir im Haus ihrer Familie in Farmington Hills waren, hat ihr Bruder uns mit einer Schrotflinte bedroht.«

»Und was soll eine Schrotflinte in Farmington Hills mit einer Schießerei in meiner Stadt zu tun haben?«

»Man hält ihm ein Schrotgewehr an den Kopf, und wenige Tage später wird er mit einem niedergeschossen.«

»Selbst falls es sich nicht um einen Zufall handeln sollte – bei Schrotschüssen kann man die Waffe nicht ermitteln. Es gibt keine Spuren vom Lauf, wie bei einer Kugel. Das wissen Sie.«

»Dann fragen Sie ihn doch einfach«, sagte ich. »Ich gebe Ihnen die Adresse.«

»Schreiben Sie sie auf.«

»Sie ist doch in Ihrer Stadt, nicht wahr«, sagte ich, während ich schrieb. »Sie ist in Orcus Beach.«

»Wer, Maria? Die Frau mit den drei Nachnamen?«

»Wenn der Ort so klein ist, wissen Sie über sie Bescheid. Verdammt noch mal, wenn Sie aufgrund richterlicher Anordnung offiziell Schutz vor diesem Kerl sucht, *müssen* Sie sogar von der Sache wissen.«

»Wissen Sie sonst etwas über Ihren Freund?« sagte er. »Wissen Sie, womit er zur Zeit seinen Lebensunterhalt bestreitet?«

»Sie haben meine Frage noch nicht beantwortet.«

»Womit verdient Randy Wilkins sein Geld, Mr. McKnight? Wissen Sie das?«

»Er sagte was von Gewerbeimmobilien.«

»Ist es das, was er Ihnen erzählt hat?«

»Ja«, sagte ich. »Aber warum fragen Sie das?«

»Ich versuche herauszufinden, was er in Orcus Beach gewollt hat«, sagte er.

»Ich würde sagen, Ihre höchste Priorität sollte doch wohl der Frage gelten, wer auf ihn geschossen hat, als er in Orcus Beach *war.*«

»Schon wieder bei der Kritik«, sagte er. »Ich sollte für Ihre ganzen Gratisratschläge richtig dankbar sein.«

»Was geht hier vor sich?« fragte ich. »Ist es Ihnen eigentlich egal, wer auf ihn geschossen hat?«

»Es wäre schon schön, das zu wissen«, sagte er. »Aber an der Straße, auf der man ihn gefunden hat, liegen zahlreiche private Anwesen. Jeder kann es getan haben, weil er sich vor kriminellen Elementen schützen wollte. Man könnte fast sagen, Mr. Wilkins hat bekommen, was ihm zustand.«

Ich sah ihm direkt in die Augen. Ganz langsam sagte ich: »Wovon reden Sie?«

Er sah auf seinen Block, schlug dann die Seite um und begann zu lesen, wobei er die Augen zusammenkniff wie jemand, der eine Brille braucht, aber keine tragen möchte. »Randall Wilkins, geboren 1951, aufgrund diverser Anklagen seitens der Vereinigten Staaten 1979 verurteilt wegen Unterschlagungen, Scheckfälschungen und mittels der Post begangener Betrugsdelikte, sechs Jahre Haft in Lompoc. 1985 entlassen, 1990 erneut verurteilt, diesmal aufgrund einer Staatsanklage wegen Unterschlagungen. Zwei Jahre in Avenal abgesessen, entlassen, 1994 erneut verurteilt, vier Jahre in Folsom. Zur Zeit gesucht vom Staate Kalifornien wegen neuer Anklagepunkte, ganz abgesehen von Bruch der Bewährungsauflagen und Flucht vor der Strafverfolgung.«

»Wollen Sie mir sagen ...«

»Ihr Freund ist Schwindler im großen Stil«, sagte er. »Seine Spezialität sind reiche Frauen. Er überredet sie, in nicht vorhandene Immobilien zu investieren, und verschwindet dann mit dem Geld. Ich nehme an, daß das die Gewerbeimmobilien sind, von denen er gesprochen hat.«

»Völlig unmöglich«, sagte ich.

»Sie hatten keinerlei Ahnung«, sagte er. »Sie sind völlig schockiert.«

»Ja«, sagte ich. »Und ob ich das bin.«

»Sollten Sie ihm geholfen haben, hier in Michigan einen Betrug vorzubereiten, sind Sie der Beihilfe schuldig.«

»Nein«, sagte ich. »Er wollte nur ... Nein. Das kann nicht sein.« Einige Sekunden mußte ich nachdenken. »Die Familie lebt in der Tat in einem schönen Haus, meine ich. Aber der Bruder arbeitet als Anstreicher, also kann er so viel Geld auch wieder nicht haben. Aber Maria ... verdammt noch mal, wer kann das wissen? Ich kann das alles nicht glauben.«

Er klappte den Block zu. »Glauben Sie mir.«

»Wieso? Wieso hat er den ganzen weiten Weg hierher gemacht?«

»Klingt ganz so, als sei es in Kalifornien für ihn momentan nicht so recht gemütlich. Vielleicht sind Sie ja der letzte übriggebliebene Freund, der noch nicht weiß, was er so alles angestellt hat.« Er pausierte einen Takt. »Jetzt, wo wir davon ausgehen können, daß Sie nichts gewußt haben, meine ich.«

Ich sah ihn an. »Wieso steht der Mann vom County da oben Wache? Randy geht zur Zeit nirgendwo hin.«

»Das habe ich ihnen auch schon klarmachen wollen«, sagte er. »Aber der Staat Kalifornien hat darauf bestanden. Ich habe ihnen gesagt, ich hätte keinen Mann verfügbar, der das machen könnte, und da haben sie mich angewiesen, einen Deputy vom County zu nehmen. Jetzt muß ich mich nur darum kümmern, daß sie ihn auch bezahlen.«

»Und wenn Randy überlebt?«

»Muß er zurück und vor Gericht. Und ich hab ihn aus den Füßen.«

»Völlig egal, wer auf ihn geschossen hat.«

»Ich arbeite an dem Fall«, sagte er und griff zu seinem Becher. »Machen Sie sich da mal keine Sorgen.«

Ich schob meinen Stuhl zurück und erhob mich. Nach einem Schritt aus dem Raum kam ich wieder zurück. »Was ist mit seiner Familie?«

»Was soll mit ihr sein?«

»Ich möchte gern mit ihnen sprechen.«

»Die wollen von der ganzen Sache nichts hören.«

»Er kann morgen schon tot sein«, protestierte ich.

»So wie seine Exfrau von ihm sprach, haben sie ihn schon vor langer Zeit aufgegeben. Für sie ist er schon seit vielen Jahren tot.«

»Ich möchte trotzdem mit ihnen sprechen«, sagte ich. »Ich muß das tun.«

Der Chief sah mich nur an.

»Ich bin der letzte Mensch, mit dem er gesprochen hat«, sagte ich. »Er hat mir alles über sie erzählt. Und wenn das das letzte sein sollte, was er über sie gesagt hat, müssen sie es hören. Was er getan hat, spielt da keine Rolle.«

Er seufzte tief auf und öffnete seinen Block wieder. Er blätterte in den Seiten und schrieb dann die Namen und Telefonnummern für mich ab. »Einmal können Sie da anrufen«, sagte er. »Sie sagen ihnen, wer Sie sind, und Sie erzählen ihnen, was er gesagt hat. Das ist dann aber auch alles.«

Ich nahm ihm das Stück Papier ab und studierte es. Vier Namen, vier Nummern. Seine Exfrau und drei Kinder. »Da wäre noch was«, sagte ich. »Wo liegt dieses Orcus Beach überhaupt?«

»Warum wollen Sie das wissen?«

»Es steht nicht auf meiner Karte. Und da frage ich mich, wo es wohl liegen mag.«

»Es gibt keinen Grund, warum Sie das wissen müßten.«

»Das ist doch kein Geheimnis, oder? Alles, was ich tun muß, ist doch eine bessere Karte kaufen?«

»McKnight, lassen Sie mich diesen Punkt klarstellen.« Er stand auf und blickte mir ins Auge. »Sie haben keinen Grund, nach Orcus Beach zu kommen. Fahren Sie nach Hause und machen Sie Ihre Anrufe. Falls ich Sie noch benötigen sollte, weiß ich, wo ich Sie finde.«

Ich weiß nicht, wie lange ich an die Brüstung gelehnt dagestanden habe. Dreißig Minuten mindestens. Vielleicht auch eine Stunde. Vom obersten Stock des Parkhauses sah ich auf den Eingang zur Ambulanz. Ich sah die Patienten kommen und gehen. Eine Frau kam im Rollstuhl herausgerollt, ein Bündel in den Armen. Ein Mann nahm ihr das Bündel ab und schnallte es in einem Spezialsitz fest, so langsam wie in Zeitlupe. Pfleger kamen heraus und rauchten, mit dem Rücken an die Wand gelehnt, und gingen dann wieder nach drinnen. Notfälle gab es keine. Keine Krankenwagen kamen zum Eingang gerast. Keine Unfallopfer, die blutige Handtücher an die Stirn drückten. Es war ein ruhiger Tag im Hospital.

Mein Magen lärmte. Ich sah auf die Uhr. Es war kurz nach Mittag. Seit acht Stunden war ich wach, mit nichts außer Kaffee als Betriebsstoff. Ich ging die Treppe hinunter zum Erdgeschoß, ging auf der Michigan Street in östlicher Richtung, fand ein Schnellrestaurant und aß einen Hamburger, ohne ihn zu schmecken. Dann fand ich eine Kneipe, in der niemand war außer dem Mann hinter der Theke, der Gläser spülte, und einer Frau, die sich im Fernsehen eine Seifenoper ansah. Der Mann bediente mich und kehrte dann zu seinen Gläsern zurück. Die Frau sah mich nicht einmal an.

Eine Zeitlang sah ich mir die Seifenoper an, weil es sonst nichts gab, was meine Aufmerksamkeit in Anspruch genommen hätte. Eine Frau in teuren Klamotten ging in einem vornehmen Büro auf und ab und quatschte einen Typen in teuren Klamotten völlig zu. Ich ließ die Seifenoper Seifenoper sein und ging zur Toilette, um mir kaltes Wasser ins Gesicht zu spritzen. Ich trocknete mich ab, ohne mein Gesicht im Spiegel zu betrachten. Auf meinem Weg nach draußen warf ich einige Geldscheine auf die Theke.

Ich ging zum Krankenhaus zurück. Der Mann vom Sicherheitsdienst streckte das Kinn in meine Richtung, als ich an ihm vorbeiging. Ich drückte den Knopf für den Aufzug, wartete, bis einer kam, stieg ein und drückte auf vier. Die Schwester von der Intensivstation war nicht auf ihrem Posten, als ich daran vorbeiging.

Der Mann vom County saß noch immer auf seinem Stuhl vor Randys Tür. Als er mich sah, verschränkte er die Arme.

»Sie schon wieder«, sagte er.

»Tut mir leid«, sagte ich. »Wegen vorhin. Sie tun schließlich nur Ihre Pflicht hier.«

»Und habe irre viel Spaß dabei«, sagte er. »Ich kann gar nicht fassen, daß ich dafür auch noch bezahlt werde.«

»Ich bin Polizeibeamter gewesen«, sagte ich. »Acht Jahre lang.«

»Aha.«

»Ich mußte damals auch so Zeug machen«, sagte ich. »Ich weiß, wie das ist.«

Er nickte nur.

»Wie schätzen Sie diesen Typ von Rudiger ein?«

»Der Chief mit dem tollen Haar?« sagte er. Was für 'n Pferdearsch. Waren Sie jemals in Orcus Beach?«

»Nie im Leben.«

»Eine Ampel«, sagte er. »Die hatten mal 'ne Möbelfabrik da, aber die hat dichtgemacht. Jetzt ist es eine Geisterstadt. Chief Rudiger ist der letzte Vollzeitpolizist im Ort.«

»Das hat er mir erzählt.«

»Überall sonst hätten sie längst auf eine eigene Truppe verzichtet und einen Vertrag mit dem Sheriff vom County abgeschlossen. Aber doch nicht Orcus Beach. Rudiger muß da jeden hypnotisiert haben oder sonst was.«

»Vielleicht liegt es am Haar.«

Jetzt mußte der Mann lachen. »Er hat genügend Öl auf'm Kopp, daß sie ihn besser nicht an den See lassen. Wie hieß das Schiff noch mal? Das in Alaska?«

»Die *Exxon Valdez*?«

»Genau die. Das hätten wir dann im Lake Michigan.«

»Hey, war das gut«, sagte ich. »Habe ich 'ne Chance, meinen Freund 'ne Minute lang zu sehen?«

Er steckte seine Zunge in die Backe und sah den Flur hinunter. »Beeilen Sie sich.«

»Das ist riesig nett von Ihnen.«

Ich ging in das Zimmer. Der Monitor beepte. Das Beatmungsgerät saugte Luft an, blies sie aus, sank in sich zusammen, immer und immer wieder. Ich trat näher an ihn heran. Seine Augen waren geschlossen. Auf seinem Gesicht waren Abschürfungen zu sehen. Der Atemschlauch war mit Pflastern an seinem Mund befestigt.

Und dann die Verbände, überall am Hals, an den Schultern. Er war eingepackt wie eine Mumie und wirkte genau so still. Als würde er sich nie wieder bewegen.

»Stirb noch nicht«, sagte ich laut. »Vorher möchte ich noch einige Antworten von dir.«

Der Monitor beepte weiter. Die Maschine pumpte ihm Luft in die Lungen und ließ sie wieder heraus.

»Außerdem«, sagte ich, »möchte ich dich höchstpersönlich umbringen.«

Kapitel 12

Ich betrachtete das Stück Papier, das der Chief mir gegeben hatte. Randys Exfrau, Sandra van Buren. Randy und Sandy. Das müssen sie ständig gehört haben. Van Buren war entweder ihr Mädchenname, oder sie hatte wieder geheiratet. Wie dem auch sein mochte, fragte ich mich, wie sie wohl auf meinen Anruf bei ihr reagieren würde. Ich würde es herausfinden.

Ich war wieder in meinem Laster, im Parkhaus. Ich wählte Sandras Nummer auf dem Handy, das ich im Wagen liegen habe, einem uralten analogen Scheißteil, das ich kaum benutze. Der Ruf kam nicht durch. Ich versuchte es noch mal. Die Verbindung knisterte und knackte und war dann ganz weg. Ich schmiß das Gerät auf den Sitz.

Ich stieg aus, ging die Straße entlang und dann wieder in dieselbe Kneipe. Der Mann hinter der Theke hatte ein paar mehr Gläser gespült. Die Frau sah sich noch immer ihre Seifenoper an. Sie beachtete mich auch diesmal nicht, nicht einmal, als ich direkt bei ihr vorbeiging. Im Flur vor den Toiletten hatte ich ein öffentliches Telefon entdeckt, mit einem zerfledderten Telefonbuch, das auf einem Holzstuhl lag. Ich legte das Telefonbuch auf den Boden und setzte mich auf den Stuhl. Er quietschte, als wolle er kollabieren, entschied sich dann aber dagegen.

Nachdem ich meine Telefonkarte eingeführt hatte, wählte ich Sandras Nummer. Über dreitausend Kilometer von mir entfernt klingelte ihr Telefon.

»Ms. van Buren«, sagte ich. Bis zu diesem Moment hatte ich mir keine Gedanken darüber gemacht, was ich ihr überhaupt sagen wollte. »Mein Name ist Alex McKnight. Ich bin ein Freund von Randy.«

Nach langem Schweigen räusperte sie sich. »Ja?«

»Ich komme gerade aus dem Krankenhaus. Ich habe ihn auf der Intensivstation besucht.«

»Was wünschen Sie?«

In der Leitung summte es leise quer über den Kontinent. »Ich wollte Ihnen nur sagen, daß ich letzte Woche ein paar Tage mit Randy verbracht habe. Er ist den ganzen Weg nach hier gekommen … nun, teils auch, um mich wiederzusehen, denke ich. Das hat er jedenfalls gesagt. Und wir …«

Wir was? Was hatten wir gemacht? Was davon konnte ich ihr erzählen?

»Es war das erste Mal, daß ich ihn seit fast dreißig Jahren wiedergesehen habe. Wir waren 1971 im selben Baseballteam.«

Sie sagte gar nichts.

»Ich habe natürlich nicht gewußt, was ihm seitdem passiert war.«

»Was meinen Sie mit ›ihm passiert war‹?« sagte sie. *»Ihm* ist nichts passiert. Er ist uns passiert, Mr. McKnight. Er hat alles und jeden um ihn herum zerstört.«

»Ich verstehe«, sagte ich. »Jetzt, wo ich weiß, ich meine … Ich wollte Ihnen nur eines sagen, weil ich mich dazu verpflichtet fühle. Als ich in der letzten Woche mit ihm zusammen war, hat er im Grunde immer nur über Ihre Kinder gesprochen.«

»Hören Sie bitte auf der Stelle auf«, sagte sie. »Sagen Sie mir so was nicht.«

»Es stimmt aber.«

»Wenn er Ihnen das erzählt hat, wollte er damit irgend etwas bei Ihnen erreichen. Was glauben Sie eigentlich, warum er in Ihre Gegend gekommen ist? Meinen Sie, er hat das gemacht, um ein paar Tage mit 'nem alten Baseballkumpel rumzuhängen?«

»Offensichtlich kenne ich Randy nicht so gut, wie ich geglaubt habe«, sagte ich. »Aber ich schwöre bei Gott, er sprach wie jemand, der auf seine Kinder sehr stolz ist. Das kann man nicht vortäuschen. Keiner kann das.«

»Der Polizist hat mir erzählt, er habe nach einer Frau gesucht. Was meinen Sie denn, was er gemacht hätte, wenn er sie gefunden hätte? *Ihr* erzählt, wie stolz er auf seine Kinder ist?«

»Ich wußte nicht, warum er sie finden wollte«, sagte ich. »Das heißt, ich dachte schon, daß ich es wüßte ...«

»Das paßt«, sagte sie. »Er mußte dreißig Jahre zurückgehen, um noch jemanden zu finden, der ihm glaubt.«

»Ms. van Buren ...«

»Ich bin Mrs. van Buren. Ich habe inzwischen wieder geheiratet. Ich versuche, nicht mehr an die Vergangenheit zu denken, okay? Ich habe den heutigen Anruf von dem Polizisten nicht gebraucht, und, offen gestanden, diesen hier auch nicht.«

»Es tut mir leid. Ich mußte Sie anrufen.«

»Okay, Sie haben mich angerufen. Sie haben getan, was Sie für Ihre Pflicht hielten.«

»Ja«, sagte ich. »Und ich überlege, ob ich nicht auch vielleicht Ihre Kinder anrufen soll.«

»Ich kann Sie nicht abhalten.«

»Wenn eine Veränderung in seinem Zustand eintreten sollte ...«

»Bemühen Sie sich nicht. Mir ist egal, was mit ihm ist. Völlig egal.«

»Nun«, sagte ich. »Ja, das war es denn wohl.«

»So sehe ich das auch.«

»Auf Wiederhören.«

Sie legte auf.

Ich saß da auf dem Stuhl, mit dem Hörer im Schoß, und starrte auf die Wand. Die Verkleidung war lose. Einmal feste gezogen, und ich hatte das Ganze auf der Figur.

Der nächste Name war Annette Wilkins. Ich wählte die Nummer und hatte einen Anrufbeantworter dran, der mir sagte, das Turtle Café sei ab 11.00 Uhr zum Lunch geöffnet. Ich blickte auf meine Uhr. 14.15 Michigan-Zeit machte 11.15 Uhr kalifornische Zeit. Da war jemand spät dran mit dem Öffnen des Restaurants.

Als nächstes versuchte ich es mit Jonathan Wilkins' Nummer. Ich hatte eine Sekretärin dran, die mir sagte, ich sei mit der

Anwaltskanzlei von circa sechs Namen verbunden, die ich alle nicht verstand. Als ich nach Mr. Wilkins fragte, bat sie mich zu warten.

Eine Weile hörte ich klassische Musik, dann eine Stimme: »John am Apparat.«

»Mr. Wilkins, mein Name ist Alex McKnight. Ich rufe wegen Ihres Vaters an.«

»Wegen dem Schwindler und Hochstapler? Um wieviel hat er Sie denn erleichtert?«

»Ich denke, Sie haben davon gehört, was ihm hier in Michigan zugestoßen ist.«

»Ja«, sagte er, »der Polizeichef von Orcus Beach hat gestern abend angerufen. Wo auch immer das liegen mag. Arbeiten Sie im Krankenhaus?«

»Nein«, sagte ich, »ich bin ein alter Freund von ihm. Ich habe soeben mit Ihrer Mutter gesprochen.«

»Ich kann mir kaum denken, daß das eine erfreuliche Unterredung war.«

»In der Tat«, sagte ich. »Aber ich mußte sie anrufen, und ich mußte auch Sie anrufen. Ihr Vater hat einiges über Sie erzählt, als ich ihn letzte Woche getroffen habe. Ich denke, Sie sollten das wissen.«

»Was hat er gesagt?«

»Er hat gesagt, Sie hätten gerade Ihr Abschlußexamen gemacht und Sie arbeiteten als Anwalt in San Francisco. Und daß Sie ein Baby erwarten.«

»Das ist aber erstaunlich. Nichts davon war gelogen. Das ist ein neuer Rekord für ihn.«

»Außerdem hat er gesagt, wie stolz er auf Sie sei.«

»Ah, sehen Sie, das war's dann. Schon vorbei mit der Strähne.«

»Vielleicht paßt es nicht zu Ihrem Bild von ihm, aber ich glaube, das war ihm ernst.«

»Mr. McKnight, was hat er Ihnen über seine Baseballkarriere erzählt? Hat er Ihnen von all den Spielen erzählt, die er damals in den Siebzigern für die Tiger gewonnen hat?«

»Nein, ich weiß, daß man ihn nur in einem Spiel als Pitcher aufgestellt hat.«

»Aha, Version B. Bei seinem einzigen Auftritt in den Großen Ligen hat er die Orioles besiegt. Dann hat er sich den Arm verletzt, als er bei einem Überfall eingeschritten ist, und konnte nie mehr pitchen.«

»Nein, ich weiß, was passiert ist. Ich weiß, daß er völlig versagt hat und das nie mehr wettmachen konnte.«

»Ah ja, dann konnte er Sie in dem Punkt nicht belügen. Welch grausamer Schicksalsschlag! Das muß ihn ja um den Verstand gebracht haben.«

»Mr. Wilkins ...«

»Tut mir leid, Sir. Ich sollte das alles nicht Sie entgelten lassen. Sie wissen nur nicht, was er uns angetan hat. Hat er Ihnen von der Firma seines Vaters erzählt?«

»Er erwähnte so etwas, daß sein Vater mit Gewerbeimmobilien gehandelt habe und er das Geschäft übernommen hat.«

»Das ist köstlich«, sagte er. »Das gefällt mir. Er hat in der Tat das Geschäft übernommen und es mitten in den Pazifik gesetzt. Im Grunde stimmt das sogar wörtlich – er ist aufgeflogen, als er genau dort Grundstücke verkaufen wollte. Für das, was er mit der Firma seines Vaters gemacht hat, hat er in einem Bundesgefängnis gesessen. Hat er Ihnen das auch erzählt?«

»Nein, aber der Chief hat mir von seinen Gefängnisaufenthalten erzählt.«

»Auch davon, was er gemacht hat, als er wieder draußen war? Sein neues Hobby? Reiche Frauen mit seinem Charme einwickeln und dann ihre Bankkonten abräumen? Ich kann mir denken, daß mein Vater Ihnen auch davon nichts erzählt hat.«

»Nein.«

»Habe ich es mir doch gedacht. Darin ist er etwas sonderbar.«

»Nun, ich glaube, hier gibt es nichts mehr zu sagen.«

»Nein, aber wissen Sie was? Unter uns Kindern bin ich der einzige, der ihm wirklich etwas verdankt.«

»Wie kommt das?«

»Ich bin Rechtsanwalt geworden, damit ich Typen wie meinen Vater vor Gericht bringen und zwingen kann, jeden Cent, den sie den Leuten stehlen, wieder zurückzugeben. Nur so kann ich wiedergutmachen, daß ich mit ihm verwandt bin.«

Darauf konnte ich nichts mehr erwidern. Nicht daß er es noch gehört hätte. Er hatte noch ›Guten Tag‹ gesagt und aufgehängt.

»Na, das läuft ja großartig«, sagte ich zur Wand. »Das war eine so brillante Idee. Wenn ich nur eine Spur Hirn im Kopf hätte, würde ich jetzt aufhören.«

Ich betrachtete den Namen des jüngsten Sohnes auf meiner Liste. Wenn ich weitermachte, wollte ich mir ihn bis zuletzt aufheben. So wählte ich erneut die Nummer der Tochter im Restaurant. Diesmal erwischte ich eine echte Stimme.

»Könnte ich bitte Annette Wilkins sprechen?« sagte ich.

»Die bin ich.«

»Mein Name ist Alex McKnight«, sagte ich. »Ich rufe wegen Ihres Vaters an.«

Klick. Und dann ein Tuten.

Okay, das war dann die Tochter, dachte ich. Das wird ja immer besser. Jetzt noch den letzten, solange ich so richtig heiß bin.

Auf dem Blatt stand nur der Name und die Nummer, aber ich erinnerte mich, daß Randy mir erzählt hatte, Terry sei im ersten Semester an der UC Santa Barbara. Ich wußte nicht mehr, was ich glauben sollte, aber ich nahm doch an, daß ich ihn dort anrief. Als der Hörer abgehoben wurde, hörte ich jede Menge Lärm und Musik um Hintergrund. Das klang mit Sicherheit nach Studentenwohnheim.

»Hallo«, sagte ich. »Ich suche nach Terry Wilkins.«

»Bleiben Sie dran.«

Eine Zeitlang hörte ich nur die Musik; dann nahm jemand den Hörer wieder auf.

»Hallo?«

»Terry, mein Name ist Alex McKnight«, sagte ich. »Ich rufe wegen Ihres Vater an.«

Eine lange Pause. »Was ist mit ihm?«

»Hören Sie, ich habe schon mit Ihrer Mutter und Ihrem Bruder gesprochen«, sagte ich. »Und Ihre Schwester hat mir soeben den Hörer aufgelegt. Ich weiß, daß keiner was von ihm hören will. Aber ich bin ein alter Freund von ihm, aus den Juniorligen.«

»Sie haben Baseball mit meinem Vater gespielt?«

»Ja«, sagte ich, »ich war sein Catcher. Er hat mir erzählt, daß Sie auch Catcher sind. Er hat gesagt, daß Sie die Bälle ausgezeichnet treffen.«

»Keine Ahnung, woher er das wissen will«, sagte er. »Er hat mich seit sieben Jahren nicht spielen sehen.«

»Moment mal ...«

»Doch, das letzte Mal war, bevor er nach Folsom kam. Das muß sieben Jahre her sein, damals, als ich in der Jugendliga war. Ich habe ihn seitdem nicht mal gesehen.«

»Er hat davon gesprochen, daß er Sie im Collegeteam hat spielen sehen«, sagte ich. »Sie seien gut hinterm Plate, wie ich es auch mal war, hat er gesagt. Und daß Sie einem Ball den richtigen Drive geben können. Um Gottes willen, Terry, sind Sie sich wirklich sicher, daß er Sie nie hat spielen sehen?«

»Wenn er mich gesehen hat, hat er das getan, ohne daß ich das wußte.«

Ich wußte nicht, was ich sagen sollte. Hatte er sogar in dieser Hinsicht gelogen? Was seine eigenen Kinder betraf?

»Es tut mir leid, Terry. Ich hatte nur das Gefühl, ich müßte Sie anrufen und mit Ihnen sprechen. Alles, was ich erreicht habe, ist, daß ich Ihre ganze Familie heute unglücklich gemacht habe.«

»Das ist schon in Ordnung«, sagte er. »Mich stört das nicht. Haben Sie ihn heute gesehen?«

»Ja, ich war bei ihm. Er ist momentan nicht bei Bewußtsein, deshalb … Ich weiß nicht, was passieren wird.«

Er sagte nichts.

»Warten Sie mal«, sagte ich. »UCLA. Sie hätten ein Spiel gegen die University of California Los Angeles, hat er mir gesagt. Als ich ihn am Flughafen abgesetzt habe, hat er das gesagt. Das müßte am …« Ich rechnete nach. »Samstag. Das Spiel muß Samstag gewesen sein.«

»Ja, wir haben Samstag gegen UCLA gespielt. Aber ich bin nicht zum Einsatz gekommen.«

»Aber ihr hattet das Spiel. Da hat er recht gehabt.«

»Ja, hat er wohl. Was immer das heißt.«

»Nun ja, wieviel es auch bedeuten mag, er hat ständig davon geredet, wie stolz er ist, daß Sie sein Sohn sind und daß Sie als Catcher spielen wie ich früher.«

Ein langes Schweigen.

»Terry? Sind Sie noch dran?«

»Ja, hier bin ich. Ich war nur … ja, danke für Ihren Anruf, okay? Ich muß weg.«

»Okay, Terry, machen Sie es gut.«

Ich saß da und klopfte mehrfach mit dem Hörer gegen meine Hand, dann knallte ich ihn an seinen Platz zurück und stand auf. Als ich in die Kneipe zurückkehrte, sah die Frau mich endlich an. Sie saß dicht genug am Flur, um meinen Teil der Gespräche mitgehört zu haben, und offensichtlich war ich interessanter als die Seifenoper.

Ich setzte mich an die Theke und trank noch ein Bier, während ich mir überlegte, was ich als nächstes tun sollte. Noch mal nach Randy zu sehen machte keinen Sinn. Mit Chief Rudiger gab es nichts zu besprechen. Vermutlich war er schon wieder zu Hause in Orcus Beach und ermittelte wegen der Schießerei.

Quatsch, als ob ihm das schlaflose Nächte bereiten würde. Ein kalifornischer Betrüger kommt in seine kleine Stadt, um einen Coup zu landen, und kriegt statt dessen einen Schlips aus Schrot. Der Chief wird hart an dem Fall arbeiten, bis er den Schützen hat oder bis es Zeit zum Abendessen ist, je nach dem, was zuerst kommt.

Was blieb übrig? Ich mußte rauszukriegen versuchen, was passiert war. Der Chief hatte recht. Er hatte bekommen, was er verdiente.

Und doch …

Irgend etwas. Ich weiß nicht was.

Hatte er mich wirklich nur benutzt, um sie zu finden? Damit er sie ausnehmen konnte? Nach all den Jahren?

Du hast sein Register gehört, Alex. Du hast gehört, was seine Familie gesagt hat. Seine eigene Familie. Randy hat dir ins Gesicht gesehen und gelogen. So einfach ist das.

Und warum glaube ich das nicht? Warum habe ich so ein Gefühl im Bauch, daß nicht alles gelogen war?

Weil dein Bauch sich irrt. Denkst du, du kennst ihn besser als seine eigene Familie? Bloß weil du 1971 eine Saison lang sein Catcher warst?

Du kannst mich nicht belügen, Randy. Das hatte ich zu ihm gesagt. Bevor ich es besser wußte.

Ich durchschaue dich sofort.

Es ist verrückt. Es ist der helle Wahnsinn. Laß die Finger davon.

»Hey, Herr Wirtschaft«, sagte ich, »haben Sie 'ne gute Karte vom County hier?«

»Irgendwo hab ich die«, sagte er und sah vom Spülbecken auf. »Was suchen Sie denn?«

»'ne kleine Stadt namens Orcus Beach. Kennen Sie sie?«

»Nicht viel los da«, sagte er. »Aber ich kann Ihnen sagen, wie Sie hinkommen.«

»Das wäre nett von Ihnen.«

»Hier, ich mache Ihnen eine Skizze. Wollen Sie jetzt gleich hin?«

»In Kürze. Vorher muß ich mir nur noch die Zukunft deuten lassen.«

Kapitel 13

Es sind etwas mehr als zwei Stunden von Grand Rapids nach Farmington. An einem Tag, an dem man schon vor dem Morgengrauen auf den Beinen war, werden es harte zwei Stunden. Ich fand das Haus auf der Romney Street, dasselbe Haus, in dem Randy und ich mit Handschellen im Keller gelandet waren und wo man uns den Doppellauf einer Schrotflinte präsentiert hatte. Es sah nicht anders aus als beim ersten Mal, an dem ich es gesehen hatte. Es war immer noch dasselbe Haus im Ranchstil auf zwei gegeneinander versetzten Ebenen in einem Viertel voller brandneuer Ranchhäuser mit versetzten Ebenen. Aber ich wußte, daß ich es nie wieder vergessen würde.

Es war nach vier, als ich dort ankam. Die Einfahrt war leer. Kein kleiner roter Wagen, kein Lastwagen mit Leitern drauf, das hieß keine Delilah und kein Leopold. Ich wußte nicht, ob Anthony ein Auto hatte oder ob er im Laster seines Vaters herumfuhr oder ob er den ganzen Tag zu Hause war und Gewichte stemmte. Wie dem auch sein mochte, jedenfalls war ich mir sicher, daß Madame Valeska, oder was zum Teufel ihr wirklicher Name war, nicht oft ausgehen würde, nicht, wenn sie immer einen Sauerstofftank mitzuschleppen hatte.

Als ich an die Tür klopfte, erschien keiner der oben Genannten. Ein alter Mann kämpfte beim Öffnen mit der Tür und versuchte verzweifelt, ihr aus dem Wege zu gehen, ohne hinzufallen. In der Linken trug er einen hölzernen Stock, ohne sich darauf zu stützen. Als er schließlich die innere Tür bewältigt hatte, stand er da und sah mich an. Einstmals mußte er ein großer Mann gewesen sein, vielleicht vor zwanzig Jahren. Jetzt war er stark vornübergebeugt und sicherlich zwanzig Zentimeter kleiner.

»Hallo!« sagte ich. »Ist sonst noch jemand zu Hause?«

Er stand nur da hinter der äußeren Windfangtür.

»Irgendwer?« fragte ich. »Ich muß mit jemandem sprechen. Ich bin ein Freund der Familie.«

Er schob den Kopf vor. Durch das Glas der Tür hindurch konnte der Mann kein Wort von dem, was ich sagte, verstehen. Also öffnete ich sie.

»Hallo!« sagte ich wieder.

Er versuchte den Türknopf zu packen. »Was machen Sie da?«

»Ich muß mit jemandem sprechen. Ist Leopold da? Oder seine Mutter?«

»Machen Sie die Tür zu!« sagte er.

»Entschuldigen Sie mich, Sir«, sagte ich und trat ins Haus. Ich hatte soeben Platz genug, um mich an ihm vorbeizuquetschen, ohne ihn umzuwerfen.

»Sie können hier nicht reinkommen!« sagte er. »Wer sind Sie?«

»Sir, seien Sie ganz ruhig. Ich heiße Alex. Ich muß wissen, wer zur Zeit im Hause ist.«

»Niemand!« sagte er. »Nur ich! Und Sie verschwinden gefälligst!«

»Wo ist Leopold? Auf der Arbeit?«

»Sie können hier nicht reinkommen!« sagte er. »Raus mit Ihnen! Raus!«

»Sir, wo ist Leopold?«

»Ich werde ihn auf der Stelle anrufen!« sagte er. »Ich sage ihm, daß Sie in seinem Haus sind!«

»Das ist gut. Tun Sie das bitte. Ich muß ihn sprechen.«

»Sie können doch nicht so einfach in sein Haus kommen!«

»Sir, würden Sie bitte ganz ruhig bleiben und ihn anrufen?«

»Ich werde ihn auf der Stelle anrufen!«

»Hören Sie, ich warte hier, und Sie rufen ihn an.«

»Raus mit Ihnen!« sagte er. »Sie können draußen auf ihn warten!«

»Hier drinnen ist es erheblich angenehmer«, sagte ich. »Und jetzt rufen Sie bitte Leopold an.«

»Das werde ich«, sagte er. Und dann bewegte er sich endlich von der Tür weg. Er schlurfte durch den Wohnraum ins Eßzimmer, wo Randy und ich vor ein paar Tagen gesessen hatten. Der alte Mann hielt sich an der Wand fest, sobald er sie erreichte, und wandte sich dann scharf nach rechts in die Küche. »Kommt hier einfach ins Haus rein«, sagt er zu sich selbst. »Als ob ihm das Haus gehört. Einfach so reinzukommen.«

Als er um die Ecke verschwunden war, öffnete ich die Flurgarderobe und spähte hinein. Da waren Mäntel und Regenschirme und alles, was man in einer Flurgarderobe erwartet, aber kein Schrotgewehr.

Ich tat einige Schritte ins Wohnzimmer und sah mich nach einem Waffenschrank um. Ich hörte, wie der alte Mann in der Küche immer noch mit sich selber sprach. Bei dem Tempo, mit dem er zum Telefon stürzte, würde er es noch innerhalb der nächsten Stunde erreichen.

Ich sah noch kurz ins Eßzimmer. Niemand bewahrt ein Schrotgewehr im Eßzimmer auf, aber nachschauen mußte ich schon. Der alte Mann bemerkte mich von der Küche aus und sagte mir tüchtig Bescheid: »Was zum Teufel stimmt mit Ihnen nicht? Wo wollen Sie hin?«

»Kümmern Sie sich gar nicht um mich«, sagte ich. »Ich fühle mich ganz wie zu Hause.«

»Auf der Stelle verlassen Sie das Haus!« sagte er. »Ich warne Sie!« Er hielt das Telefon in der Hand und schüttelte es drohend in meine Richtung.

»Haben Sie Leopold schon angerufen?« fragte ich ihn.

»Das werde ich! Auf der Stelle! Warten Sie nur, wenn er hier ist! Was der mit Ihnen anstellen wird!«

Ich schüttelte den Kopf und sah mir den Flur zu meiner Linken an. Es gab vier Türen im Flur. Eine davon war geschlossen. Als ich mich ihr näherte, begann ich ein zischendes Geräusch zu hören.

»Wagen Sie bloß nicht, dahin zu gehen!« sagte der alte Mann

hinter mir. »Hören Sie mich? Das ist ihr Zimmer, verdammt noch mal!«

»Nun rufen Sie endlich an.«

»Stören Sie diese Frau nicht! Ich schwöre bei Gott, das wird Ihnen noch leid tun! Sie hat den bösen Blick, und Sie werden am ganzen Leib eiternde Schwären bekommen!«

Das hielt mich gerade so lange auf, um mit den Augen rollen zu können. Dann klopfte ich behutsam an die Türe.

»Eiternde Schwären!« rief er. »Ich warne Sie!«

Ich klopfte noch einmal, jetzt etwas lauter.

»Herein«, sagte sie. Als ich die Tür öffnete, sah ich Madame Valeska in einem Schaukelstuhl neben ihrem Bett sitzen. Ein durchsichtiger Schlauch führte von der zischenden Sauerstoffflasche zu ihrer Nase, so wie ich es schon in der vorigen Woche bei ihr gesehen hatte. Derselbe Geruch nach Medizin und Menthol umgab sie auch jetzt. Eine Häkeldecke war um ihre Beine geschlungen, und ein Buch ruhte in ihrem Schoß.

»Sie hexen mir doch keine eiternden Schwären an, oder?« sagte ich.

»Ich hatte das Gefühl, daß ich Sie wiedersehen würde.«

»Es tut mir leid, so einfach bei Ihnen reinzuplatzen.«

»Wirkt ganz so, als hätten Sie den armen William in Aufregung versetzt«, sagte sie. »Ich hoffe nur, daß er jetzt hier bei uns keinen Herzanfall bekommt.«

»Er ruft Ihren Sohn an.«

»William kommt tagsüber zu uns, um mir Gesellschaft zu leisten«, erklärte sie. »Er hat einen ausgeprägten Beschützerinstinkt.«

»Ich würde Ihnen gern ein paar Fragen stellen«, sagte ich. »Wenn es Ihnen recht ist.«

»Kommen Sie doch näher«, sagte sie. »Ich möchte Ihre Hände sehen.«

Ich ging ins Zimmer. Es wirkte mehr als zehn Grad wärmer als der Rest des Hauses. Bei dem anderen Sessel, dem, den William benutzt haben mußte, um ihr Gesellschaft zu leisten, handelte es sich um einen großen alten Lehnstuhl auf der anderen Seite des Zimmers. Ich hatte keine Lust, ihn zu ihr hin zu schieben, deshalb ging ich zu ihr, stellte mich vor sie und streckte die Hände aus. So auf sie herunterzusehen war mir peinlich, deshalb ging ich in die Hocke wie einst als Catcher beim Baseball. Meinen Beinen gefiel das überhaupt nicht, und es half mir gar nichts, daß ich etliche Jahre meines Lebens damit zugebracht hatte, diese Haltung einige hundert Male am Tag einzunehmen.

Als ich so mit ihr auf Augenhöhe war, nahm sie meine Hände in die ihren. Es waren die Hände einer alten Frau, von neunzig Jahren Arbeit gekrümmt, aber ich spürte eine überraschende Kraft in ihnen. »Was ist denn so wichtig, daß Sie zu mir ins Haus kommen und William so furchtbar aufregen müssen?«

»Sie erinnern sich an Randy, den Mann, der mit mir hier war?«

»Den Baseballspieler«, sagte sie. »Sind Sie Rechtshänder?«

»Ja«, sagte ich.

»Ihre linke Hand zeigt ihr Herkommen«, sagte sie. »Das, was Ihnen bei der Geburt mitgegeben worden ist. Ihre rechte Hand zeigt Ihre gegenwärtige Natur und was die Zukunft Ihnen bringen mag.« Sie nahm meine rechte Hand und fuhr die Linien mit gekrümmtem Finger ab.

»Er wurde letzte Nacht niedergeschossen«, sagte ich.

»Das tut mir aber leid. Aber er lebt, oder? Ich hätte es an Ihrer Stimme gehört, wenn er getötet worden wäre.«

»Doch, er lebt.«

Sie nickte mit dem Kopf. Noch immer sah sie nicht von meinen Händen auf.

»Sie haben ein hartes Leben geführt«, sagte sie.

»Beim Baseball war ich Catcher«, sagte ich. »Deshalb sind meine Hände so mitgenommen.«

Einen Moment lang sah sie zu mir auf. »Darauf achte ich

nicht«, sagte sie. »Ihre Schicksalslinie ist zerrissen. Das zeigt, daß Sie viel Unglück hatten.«

»Er wurde in einer kleinen Stadt namens Orcus Beach niedergeschossen«, sagte ich. »Sagt der Name Ihnen irgend etwas?«

»Nein«, sagte sie. »Ihre Finger sind deutlich voneinander getrennt. Sie sind eine sehr unabhängige Persönlichkeit. Aber Ihr kleiner Finger sitzt sehr tief, und das zeigt, daß Sie sehr hart arbeiten mußten.«

Ich betrachtete ihr weißes Haupt, während sie meine Hände hielt. Der Sauerstofftank zischte in der Ecke.

»Sehen Sie, wie Ihr Zeigefinger sich Ihrem Mittelfinger zuneigt? Das zeigt, daß Sie ein sehr hartnäckiger Mensch sind. Geradezu stur. Und diese Trennung zwischen Ihrer Kopflinie und Ihrer Lebenslinie zeigt, daß es Sie sehr viel Mühe kostet, Ihr Temperament unter Kontrolle zu halten.«

»Orcus Beach«, sagte ich. »Dort hält sich Maria auf, nicht wahr?«

Sie sah zu mir auf. »Wenn das so ist, ist es mir neu.« Sie sah mir direkt in die Augen, als sie dies sagte. Wenn sie log, machte sie das verdammt gut.

»Ma'am, hier im Haus gibt es ein Schrotgewehr«, sagte ich. »Wissen Sie, wo es sich befindet?«

Schritte hinter mir und dann eine Stimme vom Eingang her. »Meinen Sie *dieses* Gewehr?« Es war William, zurück von seinem Telefonat, der mit dem Gewehr direkt auf meinen Kopf zielte.

»Was machen Sie da?« sagte ich und versuchte meine Stimme ruhig zu halten. »Tun Sie das Gewehr weg.«

»William, Lieber«, sagte sie. »Tun Sie doch, was der Mann sagt. Sie verletzen sonst noch jemanden.«

Jemanden verletzen, sagt sie. Wenn der bei dem Ding beide Läufe abfeuert, tut er erheblich mehr, als jemanden verletzen.

»William«, sagte ich, »wenn Sie diese Waffe abfeuern, bringen Sie uns beide um. Verstehen Sie das?«

»Sie können hier nicht einfach reinplatzen, ohne daß ich was dagegen unternehme.« Das Gewehr begann in seinen Händen zu zittern. Sein Gesicht lief rot an.

»Legen Sie es weg«, bat ich.

»Sie denken wohl, ich bin ein alter Mann, der niemanden mehr schützen kann?«

»Offenbar können Sie das sehr gut. Und jetzt legen Sie es weg.«

Er blickte auf das Gewehr. Sein Gesicht wurde noch röter.

Oh verdammt, dachte ich. Das Gewehr ist zu schwer. Es rutscht ihm aus der Hand und bläst uns beiden die Köpfe weg.

»William!« Ich spürte, wie mir der Schweiß den Rücken hinunterlief. »Ich schwöre bei Gott, wenn Sie aus der Entfernung ein Schrotgewehr abfeuern, töten Sie uns beide. Haben Sie mich verstanden?«

»Tut mir leid, Arabella«, sagte er. »Ich wußte nicht, was ich sonst machen sollte.«

Und dann senkte er das Gewehr. Ich erhob mich aus der Hokke und wäre fast vornübergefallen, als sich meine Beine verkrampften. Die Bewegung überraschte ihn, und er begann, das Gewehr wieder auf mich zu richten. Ich nahm es ihm ab. Einen kurzen Moment lang hätte ich ihm am liebsten mit dem Kolben den blöden alten Schädel eingeschlagen. Statt dessen zwang ich mich, tief durchzuatmen.

Ich hatte die Läufe jetzt mit beiden Händen gepackt. Das war keineswegs meine Absicht gewesen. Mit meinen Fingerabdrükken überall auf dem Ding würde ich ganz schön in Erklärungsnot kommen.

»Nun gut, wo ich es sowieso schon in der Hand halte«, sagte ich. Es war eine klassische Parker zum Klappen, die Art Schrotgewehr, die einige ältere Jäger immer noch bevorzugen. Ich klappte sie vorsichtig auf, damit die Patronen nicht ins Zimmer ausgeworfen würden. Es waren keine Schrotpatronen, wie ich sie erwartet hatte. Es waren Kugeln, was sinnvoll war, wenn der

Besitzer Jagd auf größere Tiere machen wollte, wie Rotwild oder Bären.

»Nun, hier kommt die gute Nachricht«, bemerkte ich. »Sie hätten uns doch nicht beide erschossen. Angenommen, Sie hätten getroffen.«

»Ich hätte getroffen«, sagte er. Er hielt sich mit beiden Händen am Türrahmen fest und rang nach Luft.

»Na toll«, sagte ich. »Und natürlich hätte es der Frau direkt neben mir nichts ausgemacht, wenn Sie mir zwei Kugeln durch den Kopf geschossen hätten.«

»William, Lieber«, sagte sie. »Sie müssen sich die Dinge wirklich gut überlegen, bevor Sie sie in die Tat umsetzen. Sie sind schon immer viel zu impulsiv gewesen. Das wissen Sie doch.«

»Setzen Sie sich doch wieder in den Sessel«, sagte ich. »Sie haben einen anstrengenden Tag gehabt.«

Ich sah mir noch einmal das Gewehr an. Falls Leopold dieses Gewehr benutzt hatte, um Randy niederzuschießen, versteckte er es wenigstens nicht, dachte ich. Er hatte es geputzt und mit Kugeln geladen. Das war möglich, aber nicht wahrscheinlich.

»Wo war Ihr Sohn letzte Nacht?« fragte ich sie.

»Fragen Sie ihn doch selber«, erwiderte William, während er sich langsam in den Sessel niederließ. »Er ist auf dem Weg hierher.«

»Das haben Sie gut gemacht«, sagte ich. »Wie lange braucht er wohl hierhin?«

»Nicht lange«, meinte er. »Und er wird nicht sehr erbaut sein.«

Ich wartete draußen auf ihn, als er endlich mit seinem Lastwagen vorfuhr. Er trat mit einem solchen Ruck auf die Bremse, daß eine der Leitern vom Gestell flog. Als er aus dem Führerhaus gestürmt kam, trat ich auf den kalten, harten Boden seines Rasens vorm Haus, die Hände in Schulterhöhe erhoben. Mit erhobenen Händen signalisiert man, daß man Frieden will, hat sie aber gleichzeitig für alles andere in Bereitschaft.

Er sagte kein Wort. Er ging direkt auf mich los und wollte mich mit Schwingern traktieren. Er erinnerte mich, wie schon beim ersten Mal, wieder an einen Hydranten, gedrungen wie er war, gebaut wie ein Bantamgewichtler. Heute trug er seinen weißen Maleroverall, komplett mit weißer Mütze.

Ich blockte einige seiner Schläge ab und landete dann einen in seinen Rippen. Ich hätte nicht solche Freude darüber empfinden dürfen, wie er daraufhin nach Luft schnappte, aber ich konnte nicht anders. Wenn man Sie eine komplette Treppe hinuntergeworfen, mit Handschellen an die Wand gefesselt und dann mit einer Schrotflinte bedroht hat, kommen Sie nicht so schnell darüber hinweg. Auch wenn der Typ dann zugibt, einen Fehler gemacht zu haben.

»Das ist schon eine andere Geschichte, was?« sagte ich, während ich einem harten Schwinger auswich. »Wenn man keine Schrotflinte hat und kein Muskelmonster von Sohn sich hinter der Türe versteckt.«

»Was zum Teufel machen Sie überhaupt hier?« sagte er, während er zurückwich, um sich neu zu sammeln. »Sie haben hier nichts zu suchen.«

»Randy wurde gestern niedergeschossen«, sagte ich.

Er hielt in seiner Bewegung inne. »Und was hat das mit uns zu tun?«

»Haben Sie denn nicht auf ihn geschossen?«

Er schüttelte den Kopf. »Nein, ich habe nicht geschossen.«

Seine kleine weiße Mütze war runtergefallen. Sie wurde weggeweht. Ich sah ihm in die Augen.

Er sagte die Wahrheit.

»Wieso nehmen Sie das überhaupt an?« fragte er. »Welchen Grund sollte ich haben, auf ihn zu schießen?«

»Weil er Ihre Schwester gefunden hat.«

»Wovon reden Sie da?«

»Ich weiß, wo sie ist.«

Seine Augen verengten sich.

Jetzt kommt es, dachte ich. Das verrät mir jetzt einiges.

»Ich weiß, daß sie in Orcus Beach ist«, sagte ich.

Die Augen. Wenn er nicht weiß, wovon ich spreche, sehe ich die Verwirrung in seinen Augen. Wenn es die Wahrheit ist, wird er wegsehen.

Er sah weg.

»Ich weiß nicht, wovon Sie sprechen«, sagte er. Aber es war zu spät.

»Wie hat Randy das rausgefunden?« fragte ich. »Ist er hierher zurückgekommen? Haben Sie ihm gesagt, wo sie ist?«

»Natürlich nicht.«

»Ihre Mutter? Ihr Sohn? Was ist mit ...« Ich hielt inne.

»Niemand hat ihm irgend etwas gesagt«, erklärte er.

»Marias Tochter«, sagte ich. »Wie war noch mal ihr Name, Delilah?«

»Nein.«

»Er ist gerissen. Er hat so ein gewisses Etwas, daß man ihm vertraut. Besonders Frauen.«

»Das ist unmöglich.«

»Denken Sie darüber nach«, sagte ich. »Er ist zurückgekommen, während Sie auf der Arbeit waren. Als Ihr Sohn unterwegs war und gemacht hat, was er halt macht. Er hat doch einen Job oder so was? Lassen Sie mich raten: Er arbeitet in einem Fitneßstudio.«

»Ja, das tut er.«

»Delilah war alleine hier«, sagte ich. »Er ist zurückgekommen. Er hat mit ihr gesprochen. Er hat ihr erzählt, wie intensiv er sich nach all den Jahren noch an ihre Mutter erinnert, daß er sie doch nur wiedersehen will, daß er versuchen wird, ihr zu helfen ...«

Leopold sagte überhaupt nichts. Er stand auf dem Rasen vor seinem Haus und schüttelte langsam den Kopf. »Nein«, sagte er so zaghaft, daß ich ihn kaum hören konnte. »Nein.«

Er stand noch auf dem Rasen, als ich abfuhr. Sein Bild, wie

er auf den toten Aprilrasen hinabsah und den Kopf schüttelte, blieb in meinem Kopf haften, den ganzen Weg zurück zur Autobahn, die ganze Fahrt quer durch den Staat mit der Karte, die der Kneipier für mich gezeichnet hatte, damit ich nach Orcus Beach käme.

Wenn Delilah an diesem Tag von der Schule kam, würde ihr Onkel schon mit einigen unangenehmen Fragen auf sie warten. Vielleicht würde es ja eine Erleichterung sein, ihm ihr Geheimnis zu erzählen – ja, der Mann war zurückgekommen und hatte sie nach Maria gefragt. Sie hatte gedacht, das Richtige zu tun. Sie hatte gedacht, sie könne ihm vertrauen.

Du hast schon wieder eine becirct, Randy. Vielleicht zum letzten Mal.

Kapitel 14

Ich fühlte mich, als hätte ich schon tausend Meilen an diesem Tag abgerissen, aber ich fuhr zurück quer durch den Staat, während die Sonne unterging, mitten durch Grand Rapids durch, bis ich auf den Lake Michigan stieß. In Muskegon fuhr ich nach rechts, die M-31 hoch zu den äußeren Rändern des Manistee National Forest. Ich fuhr durch zwei Städte namens Whitehall und Montague, die letzten wirklichen Städte, die es zu sehen gab, bevor man das Ufer erreichte. Ein Schild lud mich ein, die größte Wetterfahne der Welt zu besichtigen, aber meine Kapazität für Aufregungen war an diesem Tage erschöpft. Ich wählte eine kleine Straße mit Namen B-5 zu einem kleinen Ort namens Stony Lake, und ab dort nannte sich die Straße ›landschaftlich schöne Strecke‹. Wie auch immer man die Straße nannte, es spielte keine Rolle, weil man nicht auf ihr fahren würde, wenn man nicht genau wußte, wo man hin wollte. Es gab ein paar Sommerhäuser mit Blick aufs Wasser, dann lange Strecken Straße mit nichts als Kiefern. Die Kartenskizze des Kneipiers lag auf dem Sitz neben mir. Ich wußte, daß ich auf der richtigen Straße war, und ich begann mich gerade zu fragen, ob er mich wohl aus Scherz in ein Niemandsland geschickt hatte, als ich endlich an eine Kreuzung und die einzige Ampel kam, die ich seit dem Verlassen von Montague gesehen hatte. WILLKOMMEN IN ORCUS BEACH stand auf dem Schild. Unter den Wörtern prangte dasselbe Emblem, das ich auf Chief Rudigers Hut gesehen hatte, die Kanone auf dem Sandhügel.

Ich fuhr durch die Stadt. Sie war dunkel. Die einzigen Straßenlampen an der Hauptstraße standen, auf Holzpfählen montiert, vor den Geschäften – einer Tankstelle, einem IGA-Markt, einem kleinen Videoladen. Wohngebiete erstreckten sich beiderseits der Straße ins Dunkel, hinter den Geschäften. Nach dem wenigen, was ich erkennen konnte, sah es so aus, als lägen die größeren Häuser im Westen der Stadt, zum Wasser hin- oder von der Stadt abgewandt, je nachdem, wie man es sehen wollte.

Das Rathaus lag westlich der Straße, angebaut ans Feuerwehrhaus. Ich bog in den Parkplatz ein und umrundete einmal den Komplex, um vielleicht einen Streifenwagen zu sehen. Ich sah keinen. Ich hielt den Lastwagen an, stieg aus und ging zu der Tür auf der Rückseite mit der Aufschrift ORCUS BEACH POLICE DEPARTMENT. Als ich durch die Glastür sah, konnte ich einen Schreibtisch mit einem Funkgerät darauf erkennen, eine Karte an der Wand, ein Schwarzes Brett mit einem Kalender daran. Niemand war da. Vielleicht war ja Chief Rudiger auf seinem Weg nach Farmington, dachte ich mir. Vielleicht folgt er ja der heißen Spur, auf die ich ihn mit der Schrotflinte angesetzt habe.

Vielleicht war er auch zu Hause und las die Zeitung.

Ich ging zum Wagen zurück und schloß meine Stadtrundfahrt ab. Die letzte Straßenlaterne der Stadt brannte hoch auf ihrem Holzpfahl mitten auf einem leeren Parkplatz, von Unkraut überwachsen. Nördlich davon war nichts als die leere Straße, die ins Dunkel führte.

Ich wendete auf dem Parkplatz, wobei meine Scheinwerfer das Gebäude streiften. Es war ein simpler zweistöckiger Quader, grau und stumm, mit dicken Fenstern aus Glasbausteinen, die auf die Straße hinausgingen, hoch oben in der Wand. Mir fiel ein, daß der Deputy vom County etwas von der Schließung einer Möbelfabrik gesagt hatte. Das mußte sie gewesen sein.

Ich fuhr zurück zur Stadtmitte, zurück zur einzigen Tankstelle an der Ecke mit der Ampel. Es sah so aus, als habe es gegenüber mal eine zweite Tankstelle gegeben, aber jetzt war die Stelle so leer wie die Fabrik. Sogar die Zapfsäulen waren verschwunden.

Ich fuhr vor und tankte zum zweiten Male an diesem Tag. Es war eine Tankstelle alten Stils, ohne Dach über den Zapfsäulen, ohne Minimarkt, wo man dir kleine Snacks verkauft. Innen nur eine Registrierkasse, ein Regal voller Motoröl und ein Ständer mit Landkarten. Der Mann kam heraus und sah mir beim Tanken zu. Er trug einen Overall, auf dessen Brusttasche in roter Schrift STU stand.

»Hübsche Stadt hier«, meinte ich.

Er sah auf die Straße hinaus, als müsse er das selbst überprüfen.

»Diese Stadt?«

»Haben Sie Chief Rudiger gesehen?« fragte ich.

»Sie suchen ihn?«

Ich ließ mir mit meiner Antwort einige Sekunden Zeit. Ich wollte meine Gefühle über die Sorte Tag, die ich gehabt hatte, nicht an unschuldigen Zuschauern auslassen.

»Ja, ich suche ihn.«

»Hab ihn nicht gesehn …«

»Okay.« Ich sah die Zahlen auf der Säule hochschnellen. Ich stand im Begriff, einen neuen Rckord hinsichtlich der teuersten Tankfüllung für den Lastwagen aufzustellen, dank der völlig überzogenen Preise, die dieser Typ verlangte. Vermutlich hatte er auf diesem Markt das Monopol.

»Tankt jeder in der Stadt hier?«

»Natürlich«, sagte er und lehnte sich an die Säule. »Warum auch nicht?«

Weil einen ein Liter Bier billiger kommt als ein Liter Benzin, wie du es verzapfst. »Ich dachte eher daran, daß Sie dann doch jeden in der Stadt kennen müssen.« Ich schenkte ihm ein Lächeln.

»Ja, die meisten schon«, sagte er. »Nehme ich jedenfalls an.«

»Ich suche nach einer Frau mit dem Namen Maria«, sagte ich. »Kennen Sie hier in der Stadt eine, die Maria heißt?«

»Aus dem Stegreif wüßte ich nicht.«

»Okay, kein Problem.«

»Ich bin mir sogar ziemlich sicher, daß es in der ganzen Stadt keine mit dem Namen gibt.«

Ich war mit dem Tanken fertig und füllte noch bis zu einem

runden Dollarbetrag nach. »Richtig günstig«, sagte ich und holte das Geld für den Mann aus der Tasche.

Während er es entgegennahm, sah er mir lange in die Augen. »Haben Sie nicht gesagt, Sie suchen den Chief?«

»Ich treffe ihn bestimmt noch«, murmelte ich. »Bei Gelegenheit.«

»Ich könnte ihm etwas ausrichten. Ich meine nur, wenn Sie hier nicht warten wollen. Vielleicht kommt er 'ne ganze Weile nicht zurück. Manchmal ist er direkt für ein paar Tage weg.«

»Er müßte bald zurück sein«, erklärte ich. »Er arbeitet an einem Fall. Ich habe gehört, daß hier gestern jemand niedergeschossen wurde.«

»Oh ja«, sagte er. »So war es.«

»Muß doch jeden in der Stadt mächtig aufgeregt haben. Ich kann mir nicht denken, daß das hier oft vorkommt.«

»Nicht allzuoft.«

»Wo kann ich hier herum etwas zu essen kriegen?«

»In Whitehall gibt es ein richtig gutes Restaurant.«

»Das ist ja dreißig Kilometer weg. Hier in der Stadt gibt es so was überhaupt nicht?«

»Eigentlich nicht. Hier gibt es nichts, was ich Ihnen empfehlen könnte. Nicht zum Essen.«

»Was ist denn mit dem Schuppen da?« fragte ich und nickte mit dem Kopf in Richtung des einzigen zweistöckigen Gebäudes im ganzen Block. Über der Tür war ein Schild ROCKY'S.

»Oh, Rocky's«, sagte er. »Das ist aber mehr 'ne Kneipe. Wenn Sie was essen wollen, sollten Sie nach Whitehall rüberfahren.«

»Eigentlich wär 'ne Kneipe jetzt gerade das Richtige für mich.« Ich schlug ihm freundschaftlich auf den Rücken – ich konnte einfach nicht widerstehen. »Und vielen Dank für die Empfehlung, Stu.«

Er sagte nichts mehr. Er sah mir nur zu, wie ich in den Wagen stieg. Ich fuhr einen halben Block nach Süden und parkte draußen auf der Straße, weil der Parkplatz ziemlich voll war. Das war wohl der Ort, wo man an einem Abend in Orcus Beach einfach sein mußte, nahm ich an. Natürlich hatte man, wie bei der Tankstelle, wenig Auswahl.

Als ich ausstieg, blickte ich noch einmal die Straße entlang. Stu stand immer noch an der Zapfsäule und beobachtete mich. Ich winkte ihm zu. Er winkte nicht zurück.

Rocky's war ein großer Holzbau, der aussah wie ein Chalet in den Bergen, obwohl die nächsten Berge die Porcupines waren, mehr als fünfhundert Kilometer entfernt. Direkt über der Tür hing der riesige Plastikkopf eines Hirsches und sah mich an. Ich trat ein und sah eine Menge Männer in karierten Flanellhemden. Die meisten Frauen trugen blaue Jeansklamotten. Ich wählte einen Platz am Fenster. Ich konnte den Parkplatz sehen und die Straße, bis hin zur Tankstelle. Stu stand nicht mehr dort.

Eine Kellnerin kam zu mir und schenkte mir das erste echte Lächeln, das ich an diesem Tage gesehen hatte. Ich bestellte ein Bier und hoffte, daß sie es schnellstmöglich servieren würde. Während sie sich darum kümmerte, sah ich mich im Lokal um. An der gegenüberliegenden Wand befand sich eine hufeisenförmige Theke, Tische standen verstreut im Raum herum, bis sie in einer Ecke vor dem Billardtisch und den Dartscheiben endeten und in der anderen vor dem großen Fernsehschirm. Es lief ein Spiel der Tiger, aber wegen irgendwelchem Scheißgedudel aus der Jukebox konnte man kein Wort verstehen. Ein Knabe, der vielleicht fünfzehn Jahre alt sein mochte, beugte sich über sie und suchte weitere scheußliche Scheißmusik heraus, um uns alle damit zu unterhalten. Ein guter Grund, um Jackies Kneipe zu vermissen.

Die Kellnerin brachte ein Bier und ein Glas. Ich bestellte einen Cheeseburger, schüttete dann das Bier ins Glas und trank die Hälfte davon. Es war nicht schlecht, und ich hatte es weiß Gott nötig, aber es war kein kanadisches. Ein weiterer guter Grund, Jackies Kneipe zu vermissen.

Eine ganze Weile saß ich da und wartete darauf, daß das Essen auftauchte. Ich sah mir das Spiel an und versuchte, die Musik zu ignorieren. In der Luft hing eine schwere Rauchwolke. Die Hälfte der Leute im Raum schien zur selben Zeit Zigaretten zu rauchen. Wenn es eine Nichtraucherabteilung gab, war die sicher draußen auf dem Parkplatz.

Die Musik verstummte. Einige wohltuende Sekunden lang hörte man nichts außer dem Lachen und Schwatzen der Leute und Ernie Harwells Stimme aus dem Fernseher, der den Spielstand ansagte. Die Tiger führten tatsächlich.

Und dann sah ich sie. Sie saß an der Theke, am entfernteren Ende des Hufeisens. Sie war allein, die Barhocker links und rechts von ihr waren leer. Sie rauchte eine Zigarette und las etwas, das vor ihr auf der Theke lag.

Ich hatte Marias Tochter kennengelernt. Randy hatte recht. Die Verwandtschaft war nicht zu übersehen. Aber selbst ohne das …

Hätte ich sie erkannt? Hätte ich nach einem Blick auf sie gewußt, daß dies die Frau war, die Randy suchte?

Sie sah auf, als die Jukebox wieder einsetzte. Ich sah ihr Gesicht, dasselbe Gesicht, das Randy vor dreißig Jahren gesehen hatte. Ihr Haar war dunkel und hinter die Ohren zurückgekämmt. Ihre Augen waren dunkel, wie Randy gesagt hatte, aber noch etwas anderes lag in ihnen – etwas Ruhiges und Gelassenes, das Randy nicht hatte beschreiben können. Das mußte man selbst gesehen haben. Der Mann hinter der Theke sagte etwas zu ihr, sie lächelte und widmete sich dann wieder ihrer Lektüre.

Ich beobachtete sie eine Zeitlang. Die Tür ging auf, und ein Mann kam herein. Stu von der Tankstelle. Er sah sich im Raum um, entdeckte mich und sah dann weg. Er ging zu einem Mann, der an der Theke saß. Ich hätte jeden Betrag gewettet, daß dieser Typ Rocky war, der Inhaber des Lokals. Mit seiner Hand auf Rockys Rücken senkte Stu den Kopf und sagte etwas zu ihm. Rocky sah zu ihm auf und brachte es dann ganz professionell zustande, sich nach mir umzusehen, ohne eigentlich hinzusehen.

Ich beobachtete, wie Rocky sich über die Bar lehnte und etwas zum Mann an der Theke sagte. Dann sah ich, wie der zur Registrierkasse ging, die zufällig ganz in Marias Nähe war. Er sah sie nicht an, aber die Art, wie sie ihn ansah, verriet mir, daß er mit ihr sprach. Sie hörte ihm einige Sekunden lang zu und sah dann in meinen Teil des Raumes. Als sich unsere Blicke trafen, sah sie nicht weg. Für einen langen Moment starrte sie mich an. Ich starrte einfach zurück.

Wir hatten keine Zeit, herauszufinden, wer als erster blinzeln würde, weil Rocky plötzlich vor mir stand. Er hatte ungefähr meine Größe und wohl auch mein Alter, aber offensichtlich verwendete er erheblich mehr Zeit auf die eigene Pflege. Auf seinem linken Arm sah ich einen tätowierten Anker, vom Alter ausgebleicht.

»Hatten Sie den Cheeseburger bestellt?« fragte er.

»Ein nettes Lokal haben Sie hier«, sagte ich.

»Wir haben keinen Käse mehr.«

»Kein Problem.«

»Gehacktes haben wir auch nicht mehr.«

»Wie steht's mit dem Brötchen?« sagte ich. »Sind Ihnen auch die Brötchen ausgegangen?«

»Brötchen haben wir«, sagte er. »Sie können ein Brötchen mit Ketchup drauf haben. Vielleicht machen Sie sich aber auch auf den Weg und suchen sich ein anderes Lokal zum Essen.«

»Eins, dem der Käse und das Gehackte noch nicht ausgegangen sind?«

»Genau. Das würde ich an Ihrer Stelle machen.« Der Mann faltete seine kräftigen Arme und sah zu mir herunter. Drüben an der Bar sah ich, wie der Mann an der Theke mich beobachtete. Stu fixierte mich von der Eingangstür aus.

»Ich danke Ihnen für den Hinweis«, sagte ich. »Lassen Sie mich noch mein Bier austrinken, dann mache ich mich auf den Weg.«

Er blieb stehen, als müsse er meinen Vorschlag noch überdenken, dann trat er langsam von meinem Tisch zurück und ging wieder zur Theke. Er setzte sich auf einen Barhocker und wandte sich so, daß er mich im Auge behalten konnte. Stu warf mir einen letzten Blick zu und verschwand dann durch die Tür.

Fünf Minuten vergingen. Maria saß am entfernten Ende der Bar, ein merkwürdiges Lächeln auf dem Gesicht. Der Mann hinter der Theke stand dicht bei ihr. Er bewegte sich nicht, gleichgültig, wie viele Gäste einen Drink bei ihm ordern wollten. Rocky ließ mich nicht aus den Augen. Ich saß da, starrte aus dem Fenster in die Nacht und überlegte mir, was zum Teufel ich hier überhaupt wollte und was ich als nächstes tun würde. In meinen Lastwagen steigen und für immer von hier verschwinden, schien immer mehr die richtige Antwort zu sein.

Bevor ich mich entscheiden konnte, stand Rocky auf und ging zu Maria hinüber. Er beugte sich über sie und sagte etwas zu ihr. Als sie aufstand, bot er ihr seinen Arm an. Er geleitete sie zur Tür und holte ihren Mantel von einer Garderobe neben der Hauptkasse. Als er ihr hineinhalf, sah sie mich an und schenkte mir wieder ein kurzes Lächeln.

Ich sah ihnen durch das Fenster nach. Im schwachen Licht des Parkplatzes konnte ich sehen, wie sie zu einem Wagen gingen, einem roten Mustang-Kabriolett mit aufgeklapptem Dach. Rokky hielt ihr die Tür auf. Sie stieg ein und er schloß die Türe. Als sie losfuhr, holte ich meinen kleinen Block aus der Rocktasche und schrieb mir die Nummer auf ihrem Nummernschild auf.

Sie fuhr vom Parkplatz und bog nach links in die Hauptstraße ein. Dann sah ich, wie ein weiterer Wagen ihr nachfuhr. Es war ein weißer Cadillac.

Ein weißer Cadillac.

In meinem Kopf tönten Glöckchen. Wo hatte ich vor ganz kurzer Zeit etwas von einem weißen Cadillac gehört?

Ich erhob mich und sah aus dem Fenster. Die Autonummer. Konnte ich sie von hier aus erkennen? Ich las sie mir vor. SBV … Ist das ein *V* oder ein *Y*? Ach du Scheiße!

Ich schrieb mir die Nummer auf, so gut ich sie entziffern konnte. Über das V malte ich ein Fragezeichen.

Ein weißer Cadillac. Im Keller hatte Leopold etwas von einem weißen Cadillac vor ihrem Haus gesagt.

Ich warf zwei Banknoten auf den Tisch und ging zur Vordertür. Rocky kam gerade herein. »Warum so eilig?« sagte er. »Ich dachte, Sie wollten erst Ihr Bier austrinken.«

»Vielen Dank, alles war reichlich.«

»Dann bringe ich Ihnen die Rechnung«, sagte er. Er versperrte mir den Ausgang und machte das verdammt gut.

»Das Geld liegt auf dem Tisch.«

»Dann bringe ich Ihnen das Wechselgeld.«

»Behalten Sie es. Der Service hier ist so erstklassig.«

»Na schön«, sagte er. »Dann wünsche ich Ihnen eine angenehme Reise. Wo Sie auch hin wollen.«

Er warf mir einen letzten Blick zu, als wolle er sich mein Gesicht einprägen. Dann trat er zur Seite und ließ mich durch die Tür.

Als ich zu meinem Wagen kam, hatte ich den Eindruck, daß irgend etwas nicht stimmte. Ich stand da und musterte ihn von oben bis unten. Als ich zum Boden kam, sah ich mein Problem. Beide Reifen waren platt. Ich ging zur anderen Seite des Wagens. Die anderen beiden Reifen waren ebenfalls platt. Ich konnte nirgendwohin. Ich schlug mit der Faust auf die Kühlerhaube.

Als ich bis zehn gezählt hatte, kniete ich nieder und untersuchte die Reifen. Sie schienen nicht beschädigt worden zu sein. Irgendwer hatte bloß die Luft herausgelassen.

Ich stieg ein und fuhr auf den Felgen zur Tankstelle. Als ich ankam, saß mein guter Stu hinter seiner Theke und las die *Grand Rapids Press*. Er hatte sich in seinem Stuhl zurückgelehnt, als säße er seit mindestens zwei Stunden dort. Ich stand vor seinem Tisch und wartete darauf, daß er aufsah. Das tat er jedoch nicht.

»Ich hab da ein kleines Problem«, begann ich …

»Ist das so?« Er blätterte die Zeitung um.

»Ich habe vier platte Reifen.«

»Das *ist* ein Problem«, meinte er.

»Ich nehme an, ich sollte dankbar sein, daß man sie nicht zerstochen hat. Man hat nur die Luft rausgelassen.«

»Heute ist halt Ihr Glückstag.«

Ich stand da und sah ihm beim Zeitunglesen zu. Wieder zählte ich bis zehn. »Wo ist Ihre Druckluftanlage? Ich hab draußen keine gesehen.«

»Uns ist die Luft ausgegangen.«

»Wie bitte?«

»Keine Luft«, sagte er. »Soeben alle.«

Ich begann wieder bis zehn zu zählen. Ich kam bis drei, dann riß ich ihm die Zeitung aus den Händen. Ich zerknüllte sie und warf sie weg, dann stemmte ich beide Hände auf die Theke und beugte mich über ihn. »Jetzt hören Sie mal zu, *Stu*«, sagte ich und sah ihm ins Auge. »Ich weiß nicht, was hier vor sich geht. Oder für was Sie mich halten. Oder was Sie denken, was ich hier mache. Oder warum zum Teufel Sie meinen, Sie müßten mir die Luft aus meinen Reifen lassen. Das ist übrigens etwas, was ein zwölfjähriger Straßenjunge macht. Von einem, der an einer Tankstelle arbeitet, erwarte ich schon etwas mehr Einfallsreichtum.«

Er sagte nichts. Er sah mich nur an.

»Was kommt jetzt, Stu? Schmieren Sie mir Seife auf die Scheiben?«

Eine Stimme hinter mir: »Nein, das lassen wir aus.« Und dann das unverkennbare Geräusch, wenn jemand eine Schrotflinte spannt. »Wir gehen direkt hierzu über.«

Ich wandte mich um. Rocky stand hinter mir und hielt ein Schrotgewehr auf meinen Bauch. Seine Bedienung von der Theke stand gleich hinter ihm.

Ich schluckte. Es war zum zweiten Mal an diesem Tag, daß

einer mich mit einem Schrotgewehr bedrohte. Diesmal war es eine Remington mit kurzem Lauf, mit einem Hebel zum Laden und Auswerfen der Patronen, genau wie die, die ich einst im Kofferraum meines Streifenwagens zum Einsatz bei Krawallen mitführte, allerdings zum Schießen aus weiter Entfernung. Der Mann, der sie mir jetzt dicht vor den Bauch hielt, wußte offensichtlich, was er tat.

Das haben sie mit Randy gemacht. Das macht man mit Fremden in dieser Stadt. Sie spielen dir irgendeinen blöden Streich, drängen dich damit in eine Ecke, wie die, in der ich jetzt bin, und schießen dann auf dich.

»Würden Sie bitte das Gewehr senken«, sagte ich. Ich beobachtete seine Hände. Ich wartete darauf, daß sich die Muskeln anspannten, um den Abzug zu betätigen. Es wäre das letzte, was ich jemals sehen würde.

»Geben Sie mir Ihren Notizblock«, befahl er.

»Was?«

»Harry hat gesehen, wie Sie sich etwas auf einem Block notiert haben, als sie losfuhr.«

Ich fischte den Block aus meiner Rocktasche und warf ihn ihm zu. Er fing ihn mit einer Hand und gab ihn an Harry weiter, den Mann von der Bar, der ihn durchblätterte. Er brauchte nicht lange, bis er zur letzten Seite kam.

»Es ist ihre Autonummer«, sagte er. »Und noch eine Nummer.«

»Wer ist das?« fragte Rocky. »Wer ist die andere Nummer?«

»Der Kerl, der sie verfolgt«, sagte ich. »In einem weißen Cadillac. Der ist es, den Sie vor der Flinte haben sollten.«

»Wer sind Sie?« fragte er. »Was wollen Sie hier?«

»Ich suche nach Maria«, sagte ich. »Ich will nur mit ihr sprechen. Über den Mann, auf den man hier gestern geschossen hat.«

Rocky und Harry tauschten wegen dieser Information kurz Blicke aus. Ich plante intensiv meinen nächsten brillanten Diskussionsbeitrag, als draußen der Streifenwagen vorfuhr. Ohne Sirene, ohne Blinklicht. Chief Rudiger öffnete die Tür, stieg langsam aus. Ganz so, als wolle er tanken.

»Was ist los, Rock?« fragte er.

Rocky hielt das Gewehr nach unten. »Wir haben hier einen Mann, der Stu bedroht hat«, erklärte er. »Vermutlich war er gerade im Begriff, tätlich zu werden.«

Rudiger hob seine Augenbrauen, als er mich sah. »Na, wen haben wir denn da?« sagte er. »Das überrascht mich aber gar nicht.«

»Du kennst den Mann?« sagte Rocky.

»Und ob«, sagte der Chief. »Ich werde mich mit ihm unterhalten. Ihr könnt in die Kneipe zurück.«

»Du kannst ihn gerne haben«, sagte Rocky.

Als die beiden Männer gegangen waren, begann Stu seine Zeitung glattzustreichen. »Gehn wir, McKnight«, sagte Rudiger. »Steigen Sie ins Auto.«

»Wohin fahren wir?«

»Sie wollten doch mein Scharfer-Hund-Spiel mal sehen, nicht wahr? Das führe ich Ihnen jetzt vor.«

Es war eine kurze Fahrt, vielleicht fünfhundert Meter auf der Hauptstraße bis zum Rathaus. Ich saß hinten in seinem Streifenwagen. Es war einer der neueren, mit harten Plastiksitzen hinten, so daß ein Verdächtiger keine Stelle fand, wo er etwas verstecken konnte. Als wir hinter dem Gebäude parkten, öffnete er mir die Tür und führte mich zu der Hintertür, durch die ich geblickt hatte, als ich in die Stadt gekommen war. Er knipste das Licht an und zog einen Stuhl vor seinen Schreibtisch, auch aus hartem Plastikmaterial wie die Hintersitze des Streifenwagens. Dann ging er auf seine Seite des Tisches und setzte sich. Er nahm seinen Hut ab und legte ihn auf den Tisch. ORCUS BEACH, MICHIGAN, mit der Kanone im Sand.

Er wartete, daß ich mich ihm gegenüber hinsetzte. Als ich das getan hatte, sah er mich über eine Minute lang an, ohne etwas zu sagen. Wieder war ich erstaunt, wieviel Haare der Mann hatte. Man konnte über diese Stadt sagen, was man wollte, ihr Polizeichef hatte tolles Haar.

»Diesmal machen Sie mir keinen Kaffee«, sagte ich schließlich.

»Warum sind Sie hier?« fragte er.

»Ich bin gekommen, um Maria zu treffen.«

»Warum haben Sie Stu bedroht?«

»Ich habe Stu nicht bedroht«, sagte ich. »Und Sie können aufhören, mich wegen Maria anzulügen. Ich weiß, daß sie hier ist. Ich habe sie gesehen.«

Er schenkte mir ein kurzes Lächeln. »Wenn Sie das sagen«, McKnight.«

»Wo ist es passiert?«

»Das mit dem Schuß?« sagte er.

»Ja, das mit dem Schuß.«

»Warum wollen Sie das wissen?«

»Warum haben Sie den Fall nicht ans County abgegeben?« fragte ich. »Oder an den Staat? Es ist ein Schwerverbrechen.«

»Ich brauche das an niemanden abzugeben«, sagte er. »Hier habe ich die Polizeigewalt.«

»Sie sind der einzige Vollzeitbeamte«, sagte ich. »Das haben Sie mir selbst gesagt. Wieviel Teilzeitkräfte haben Sie noch mal?«

»Vier«, sagte er. »Zwei haben Sie gerade kennengelernt.«

Das ließ mich aufhorchen. »Wen?«

»Rocky und Harry«, sagte er.

»Die Männer, die mich mit einem Schrotgewehr soeben halbieren wollten?«

»Momentan ist jeder hier ein wenig nervös«, sagte er. »Vergessen Sie nicht, gestern wurde hier jemand niedergeschossen.

»Ach ja? Und wo war Rocky zu der Zeit?«

»Er hat nicht auf den Mann geschossen, McKnight. Er war im Lokal. Wie jeden Abend. Bis er den Anruf erhielt ...«

»Welchen Anruf?«

»Rocky nahm den Anruf entgegen, daß man einen Schuß gehört habe. Er hat dann Wilkins gefunden.«

»Das wird ja immer schöner.«

»Ich möchte Sie etwas fragen«, sagte er. »Sie haben gesagt, Sie waren Polizist in Detroit.«

»Ja.«

»Wie lange?«

»Acht Jahre.«

»Und dann? Einfach aufgehört?«

»Ich wurde niedergeschossen.«

»Ist mir auch schon passiert«, sagte er. »Ich habe nicht aufgehört.«

»Mancher lernt's eben nie«, sagte ich. »Worauf wollen Sie raus?«

»Ich will sagen, daß ich mein ganzes Leben lang Polizist gewesen bin«, sagt er. »Ich habe als Deputy unten im Oakland County angefangen. Dann war ich zwanzig Jahre lang bei der Staatspolizei. Dann bin ich in den Ruhestand gegangen und in meine Heimat in Orcus Beach zurückgekehrt. Sie haben mich gebeten, hier Chief der Polizei zu werden. Und auch, als dann die Möbelfabrik geschlossen hat und wir die Hälfte unserer Bevölkerung verloren haben, hat der Stadtrat die Polizei beibehalten. Und mich auch.«

»Sagen Sie nichts. Rocky und Harry sind doch auch im Stadtrat?«

Er ließ das unkommentiert. »Mein Großvater hat diese Stadt praktisch selbst erbaut«, sagte er. »Hier bin ich aufgewachsen. Ich habe überall im Staate schon gelebt, aber hierhin komme ich immer wieder zurück. Ich kenne jeden Menschen, der im Moment hier lebt. Und ich bin sicher, daß sie mich eines Tages auch hier begraben.«

»Warum erzählen Sie mir das alles?«

»Weil ich will, daß Sie mich verstehen, Mr. McKnight. Ich bin Polizist auf Lebenszeit, nicht so einer, der acht Jahre lang

Strafzettel verteilt hat und dann Privatdetektiv geworden ist. In meiner Stadt wurde einer niedergeschossen. Das ist mein Fall. Ich will die Jungs vom County nicht hier haben. Ich will die Typen vom Staat nicht. Und vor allem andern noch will ich *Sie* nicht hier haben. Drücke ich mich klar aus?«

»Und was, wenn ich über Informationen verfüge, die Sie brauchen?«

»Welche zum Beispiel?«

»Zum Beispiel einen weißen Cadillac«, sagte ich. »Die Nummer steht auf dem Block, den Ihr … Ihr Beamter mir abgenommen hat. Ich bin mir nicht sicher, ober einer von den Buchstaben ein Y oder ein V ist. Sie müssen beides überprüfen lassen.«

»Und was soll mir das sagen?«

»Den Namen von dem Typen, der sie verfolgt«, sagte ich. »Derselbe Typ, der das Haus ihrer Familie in Farmington ausspioniert hat. Sie haben doch mit ihrer Familie gesprochen, oder?«

»Wir hatten Kontakt«, sagte er. »Das habe ich Ihnen doch im Krankenhaus gesagt.«

»Dann haben Sie doch auch von diesem Harwood gehört?«

Er klopfte mit einem Finger auf den Tisch. »Sie sagen, daß Rocky die Nummer hat?«

»Ja«, sagte ich. »Ich frage Sie ja nicht mal, ob ich meinen Block zurückhaben kann.«

»Sie haben einen langen Tag gehabt, Mr. McKnight. Wir sollten Sie jetzt nach Hause gehen lassen.«

»Ich kann nirgendwo hingehen«, sagte ich. »Meine Reifen sind platt, und der Tankstelle ist die Luft ausgegangen.«

»Da wollen wir doch mal sehen, ob wir irgendwo welche finden«, sagte er. »Dann können Sie fahren.«

»Nach Hause ist eine weite Fahrt. Und ich bin seit vier Uhr morgens auf. Ich denke, ich suche mir hier ein Zimmer für die Nacht.«

»Hier finden Sie keines«, meinte er. »Das nächste Motel ist in Whitehall. Die werden aber wohl voll sein. Ihre beste Chance ist Grand Rapids.«

»Die Zimmer sind Ihnen also auch alle ausgegangen. April ist bei Ihnen touristische Hochsaison.«

Er sah mich nur an. Fast hätte er gelacht. »Sie sind ein spaßiger Mann«, sagte er. »Dann wollen wir mal gehen und Ihre Reifen aufpumpen.«

Diesmal ließ er mich auf der Fahrt zur Tankstelle vorne sitzen. Wir kamen an einem kleinen Motel mit dem Namen Orcus Arms vorbei. Es handelte sich um eine winzige Sechszimmer-Geschichte mit Blick auf den Lake Michigan. Der Chief bemerkte, wie ich hinblickte, vor allem auf den leeren Parkplatz. »Es hat geschlossen«, sagte er. »Öffnet nicht vor Juni.«

Das Schild vor dem Motel war mit einer großen Kanone auf einem Sandhügel geschmückt, genau wie die auf dem Hut des Sheriffs. »Was bedeutet übrigens das mit der Kanone?« fragte ich.

»Das geht zurück bis zur Jahrhundertwende«, erklärte er. »Wenn ein Schiff in einen Sturm geriet, versuchte es so dicht wie möglich an die Küste heranzukommen. Hier war dann eine Mannschaft zusammen, die die Kanone benutzt hat, um ein Seil zum Schiff zu schießen. Die konnten mit dem Ding über sechshundert Meter weit feuern, wenn sie richtig zielten.«

Ich versuchte mir das vorzustellen. Es mußte schon ein verteufelt guter Schuß sein, der ein so weit entferntes Schiff erreichen konnte.

»Das kann Sie was lehren«, sagte er. »Eine Kanone tötet einen nicht immer. Manchmal rettet sie einen auch.«

Während mir dieser Gedanke noch im Kopf herumging, hielten wir schon an der Tankstelle. Stu gelang es in der Tat, noch etwas Luft für meine Reifen zu finden. Er pumpte sie höchstpersönlich auf und stellte sich dann neben den Chief, während ich ins Führerhaus stieg. Als ich die Tür geschlossen hatte, kam der Chief noch einmal zum Wagen und klopfte mit dem Knöchel ans Fenster. Ich kurbelte es hinunter.

»Ich wünsche Ihnen für heute eine gute Nacht, Mr. McKnight«, sagte der Chief, »und für morgen früh eine sichere Heimfahrt. Ich hoffe, Ihnen hat Ihr Besuch in Orcus Beach gefallen.«

Es gab da das eine oder andere, was ich ihm gerne gesagt hätte, aber ich entschloß mich, den Mund zu halten. Ich drehte den Schlüssel und gab Gas.

»Im Ernst, Mr. McKnight«, sagte er. »Ich weiß, daß wir hier in der Gegend ein paar ganz schön ausgefallene Typen haben. Sie müssen schon verstehen – die Leute hier in der Stadt, die sind extrem vorsichtig mit ihren Sachen. Wenn Sie wissen, was ich meine. In der Tat, so im großen und ganzen würde ich sagen, Sie haben uns an einem guten Tag erwischt. Beim nächsten Mal könnten wir weniger freundlich sein.«

Ich fuhr los und ließ ihn im fahlen Licht der Tankstelle stehen. Im Rückspiegel wurde er kleiner und kleiner, als ich nach Süden fuhr, fort von Orcus Beach und allen, die dort lebten.

»Gute Nacht, Chief«, sagte ich, als er aus meinem Blick verschwand. »Man sieht sich.« Vor meinem geistigen Auge stellte ich mir den Block vor und die Autonummern, die ich darauf notiert hatte. Ich sagte mir die Nummern auf, um sicherzugehen, daß ich mich an sie erinnern würde. Eine für Maria. Und die andere für den Fahrer des weißen Cadillacs, wer immer das sein mochte.

Kapitel 15

Am nächsten Morgen erwachte ich in einem fremden Bett, in einem Motelzimmer in Whitehall, Michigan, dreißig Kilometer südlich von Orcus Beach. Gegen elf war ich angekommen, mit brennenden Augen von all der Fahrerei und mit leerem Magen. Das Motel hieß Whitehall Courtyard, und jedes Zimmer hatte ein strahlend grünes Licht über der Tür, das den Eindruck erweckte, man sei in einem Aquarium. Ich fragte den Mann an der Anmeldung, ob zu dieser Zeit noch ein Restaurant offen sei. Er hatte mich nur angesehen und gelacht. »In Whitehall?« hatte er gesagt. »Der war gut. ’nen besseren Witz habe ich heute noch nicht gehört.«

So hatte ich mich mit Käse, Cräckern und Oreo-Plätzchen aus dem Automaten begnügt, hatte die Vorhänge gegen das grelle Licht vorgezogen und mich hingelegt. In meinen Traumfetzen spielten Schrotgewehre eine Rolle, und ich erwachte plötzlich mitten in der Nacht mit dem sicheren Gefühl, jeden Moment die ganze Wucht eines Schrotschusses in der Brust zu spüren. Es dauerte ein paar Sekunden, bis mir einfiel, wo ich war und was ich hier machte. Für ein paar Stunden schlief ich wieder ein. Als der Morgen kam, saß ich im Bett und griff nach dem Telefon. Nach dem zweiten Klingeln war Leon dran.

»Alex!« sagte er. »Wo bist du?«

»Ich bin in einem Motel in einer Stadt namens Whitehall«, sagte ich. »Ich brauche deine Hilfe bei zwei Nummernschildern.«

»Whitehall? Wo ist das? Was ist los, Alex?«

Ich gab ihm die Fünf-Minuten-Version. Der Besuch bei Randy im Krankenhaus, die Rückkehr zu Leopolds Haus, dann meine Abenteuer in Orcus Beach.

»Und wie kannst du so sicher sein, daß es Maria ist? Du hast ja nicht mal mit ihr gesprochen.«

»Ich weiß, daß sie es ist«, sagte ich. »Sie muß es einfach sein. Ich gebe dir jetzt die Autonummern.«

»Du brauchst nur im Sekretariat des Staates anzurufen«, sagte er, »und ihnen deine Lizenznummer als Privatdetektiv zu nennen.«

»Stimmt«, sagte ich. »Jetzt fällt mir ein, daß du mir das schon mal gesagt hast.«

»Ich mach das schon. Du hast noch einen Anruf zu machen.«

»Wo?«

»Ein Dr. Havlin hat hier angerufen und nach dir gefragt«, sagte er. »Heute am frühen Morgen. Er hatte eine von unseren Geschäftskarten, und da hat er beide Nummern probiert.«

»Was hat er gesagt?«

»Sie wollen operieren.«

»Ist es … ich meine …«

»Das hat er nicht gesagt, Alex. Er hat nur gesagt, du sollst ihn anrufen.«

»Okay«, sagte ich. »Vielen Dank. Ich mach das dann.«

»Dann gib mir die Autokennzeichen.«

»Das ist Marias Nummer«, sagte ich. Ich schloß die Augen und rief mir die drei Buchstaben und die drei Zahlen ins Gedächtnis.

»So kommen wir vielleicht an ihre aktuelle Anschrift«, sagte er.

»Könnte sein. Und welchen Namen sie zur Zeit benutzt.«

»Okay, jetzt die andere.«

Ich nannte ihm die drei Buchstaben und die drei Zahlen des weißen Cadillac und sagte ihm dann, er müsse beides überprüfen, das mit dem *Y* und das mit dem *V*.

»Dieser weiße Cadillac«, meinte er. »Du glaubst wirklich, daß es derselbe Typ ist, der das Haus ihrer Familie observiert hat? Es gibt viele weiße Cadillacs auf der Welt.«

»Kann sein, daß es derselbe Typ ist«, sagte ich, »kann auch nicht sein. Wenn er es ist, hat er Maria irgendwie gefunden.«

»Vielleicht ist Randy erst zu Leopolds Haus und dann nach Orcus Beach gefahren, und der Typ ist ihm gefolgt.«

»Wenn das stimmt, habe ich dazu beigetragen.«

Leon sagte eine Weile gar nichts. »Ich frag nach den Nummern«, sagte er schließlich, »und ruf dich dann gleich wieder an.«

»Nein, laß mich dich anrufen. Sobald ich den Doktor gesprochen habe, muß ich dringend was essen, oder ich brauche selbst einen Doktor.«

Ich verabschiedete mich von ihm und tippte dann die Nummer des Arztes ein. Eine Frau im Krankenhaus von Grand Rapids war am Apparat. Sie sagte, Dr. Havlin sei im OP.

»Kennen Sie den Namen des Patienten, den er gerade operiert?« fragte ich. »Es kann sich um den Mann handeln, wegen dem ich anrufe.«

»Das müssen Sie mit dem Doktor direkt besprechen«, erklärte sie. »Ich kann das nicht am Telefon erörtern.«

Ich sagte ihr, ich würde es später noch einmal versuchen. Ich zog mich an und ging nach draußen, um herauszufinden, ob es in der Stadt Whitehall ein Lokal gäbe, wo man ein anständiges Frühstück bekommen konnte. Ich fand schließlich ein Restaurant mit einem Soviel-Sie-essen-können-Buffet für sieben Dollar, und ich aß genügend Rührei, Speck und Bratkartoffeln, um daraus die besten sieben Dollar zu machen, die ich je ausgegeben hatte. Der Mann, der mich zu meinem Tisch geleitete, die Frau, die mein Geld entgegennahm, der Junge, der meine leergegessenen Teller abräumte – sie alle wirkten ausgesprochen glücklich, daß ich ihre kleine Stadt eines Besuchs für würdig erachtet hatte. Das gab mir meinen Glauben an die Leute in Michigan zurück und ließ mich nachdenklich werden, warum Orcus Beach so anders war. Ich hatte einige Minuten Zeit, darüber nachzudenken, während ich die einsame zweispurige Straße zurückfuhr.

Unterwegs holte ich mein Handy heraus und versuchte Leon

anzurufen. Der Ruf ging nicht durch. Ich konnte kaum der Versuchung widerstehen, das Fenster runterzukurbeln und das Ding in den See zu werfen.

Diesmal bekam ich Orcus Beach im Hellen zu sehen. Es war eine verschlafene kleine Stadt, die sich hier am Ufer entlangzog, und sie hatte einst bessere Tage gesehen. Man hätte nicht gedacht, daß sie sich viel von tausend anderen Städten unterschied, bis man zufällig hier anhielt und eine Probe der hiesigen Gastfreundschaft zu kosten bekam.

Ich fuhr an Rockys Kneipe vorbei. Der Parkplatz war schon wieder voll. Entweder servierten sie dort ein gutes Frühstück, oder sie servierten das einzige Frühstück in der Stadt. Ich fuhr weiter nach Norden, vorbei an der Ampel und der Tankstelle. Ich konnte Stu an seiner Theke sitzen sehen, aber ich glaubte nicht, daß er bemerkte, wie ich vorbeifuhr.

Ich kam am Rathaus und an der Feuerwache vorbei. Ich fuhr nicht auf die Rückseite, um nachzusehen, ob Chief Rudiger da sei. Ich konnte mir nicht denken, daß es ihn allzu glücklich machen würde, mich wiederzusehen.

Ich fuhr weiter, vorbei an der alten Möbelfabrik. Wieder erstreckte sich die Straße ins Nichts, garniert mit Kiefern und gelegentlichen Blicken nach Westen hin auf den See. Ich fuhr noch etwa fünfzehn Kilometer weiter, nur um mir zu bestätigen, daß Orcus Beach wirklich mitten in einem Niemandsland lag. Ich hielt an und versuchte es noch einmal mit dem Telefon. Das Signal weckte sekundenlang neckisch meine Hoffnung und war dann wieder weg.

Ich fuhr in die Stadt zurück. Diesmal bog ich an der Ampel links ab und fuhr nach Osten, vom See weg. Ich überquerte irgendwelche Bahngleise und fuhr durch ein Viertel mit eng beieinander stehenden kleinen Häusern. Alles wirkte schwer und naß, als sei der Schnee soeben geschmolzen. An der nächsten Ecke lag ein leerer Baseballplatz, mit Holztribünen an der Seite. Während ich fuhr, hielt ich nach weißen Cadillacs Ausschau.

Ich sah einen, der vor einem kleinen Laden mit Angelbedarf parkte, aber die Nummer stimmte mit der von gestern nicht überein.

Während ich fuhr, konnte ich nicht umhin, darüber nachzudenken, wo genau man auf Randy geschossen hatte. Es war immerhin erst zwei Tage her, und es war eine solch kleine Stadt. Ich erwartete die ganze Zeit, irgendwo das gelbe Absperrband als Markierung eines Tatorts zu sehen, aber vergeblich.

Die Straße nach Osten führte über eine kleine Brücke und dann weiter nach Norden. Noch ein paar Häuser, und der Asphalt wurde zu Schotter. Ich hielt an und wendete. Als ich wieder in der Stadtmitte war, fuhr ich weiter nach Westen an der Ampel vorbei Richtung Ufer. Ich dachte mir, wenn ich schon hier war, konnte ich mir auch die ganze Stadt ansehen.

Die Straße führte direkt zu einer öffentlichen Bootslände. Der Platz hier war leer. Ich fuhr zur Seite und sah eine Minute lang aufs Wasser. Ich konnte hören, wie die Sandkörner den Laster trafen, getrieben vom Wind, der vom See her kam. Ich versuchte es noch einmal mit dem Telefon. Die Sterne mußten just in diesem Moment extrem günstig stehen, denn ich kriegte ein Signal, es blieb, und es war stark genug, um zwei Anrufe zu tätigen. Der erste galt Leon. Bei ihm war besetzt. Vielleicht telefoniert er gerade wegen der Nummernschilder, dachte ich. Danach rief ich im Krankenhaus an. Diesmal kam ich bis zu Dr. Havlin durch. Das Signal schwankte kurzzeitig und seine Stimme schien zu versagen, aber dann war die Verbindung klar, und ich lauschte seinem Bericht, was er gerade mit Randy angestellt hatte.

»Mr. Wilkins hatte, was wir eine Schrotembolie nennen«, sagte er. »Ein Kügelchen ist in die Blutbahn gelangt, von der Wunde weggewandert und hat den Weg zum Gehirn gefunden. Deshalb haben wir es nicht entdeckt, als wir seinen Hals behandelt haben.«

»Wie ernst ist das?« fragte ich. »Das wandert wirklich direkt ins Gehirn?«

»Nun, es ist steckengeblieben, wo die Hirnarterie ins Gehirn eintritt. Das Ergebnis war ein Schlaganfall, und das erklärt, wieso er nicht wieder zu Bewußtsein gekommen ist. Es muß beide Hemisphären ausgeschaltet haben,«

»Und was ist jetzt?« sagte ich. »Ist er jetzt bei Bewußtsein? Wird er für immer geschädigt sein?«

»Er ist nicht bei Bewußtsein, nein«, sagte er. »Was eine bleibende Schädigung angeht, können wir im Moment keine Prognose abgeben. Jede Stunde machen wir eine neurologische Untersuchung. Und die ganze Zeit haben wir immer noch einen Deputy vom County vor der Tür sitzen, jede Minute, Tag und Nacht. Ich weiß nicht, was die sich vorstellen, was Mr. Wilkins anstellen soll. Ich habe für alle Fälle Ihre Nummer, Mr. McKnight. Wenn sich etwas ändert, rufe ich Sie an.«

»Vielen Dank, das ist sehr liebenswürdig von Ihnen.«

Ich legte auf und fuhr in eine Nebenstraße, zunächst nach Süden, wo sie abrupt endete, dann nach Norden. Die zum See hin gelegenen Häuser an der Straße hatten Briefkästen, die an der Seite langer Einfahrten standen. Einige Häuser waren größer als die anderen, aber alle sahen von den langen Wintern und den Stürmen auf dem See etwas mitgenommen aus. Ich sah jede Menge Schilder mit BETRETEN VERBOTEN. Wie meist im unteren Teil der Großen Seen war das Ufergelände ausnahmslos Privateigentum.

Weiße Cadillacs sah ich keine. Auch Marias roten Mustang sah ich nirgends. Die Straße endete abrupt an einer kleinen Bucht des Sees, die ein Stück ins Land hineinreichte. Eine Planke dort sollte einen hindern, direkt in den See zu fahren, und dahinter befand sich ein Maschendrahtzaun, in dem sich der Dreck von vier Jahreszeiten verfangen hatte. Ich wendete den Laster und fuhr in die Stadtmitte zurück.

Und was nun, Alex? Entweder fährst du ins Krankenhaus und wartest ab, wie es mit Randy weitergeht. Oder du bleibst hier in der Stadt und begehst eine Dummheit.

Als ich wieder bei Rockys Kneipe war, entdeckte ich Marias Wagen auf dem Parkplatz. Ich probierte noch einmal mein Telefon, und irgendwie funktionierte es wieder. Schon jetzt hatte ich einen Tag voller Wunder durchlebt. Beim ersten Klingeln nahm Leon ab.

»Alex, ich habe ein paar Namen für dich«, sagte er. Ich konnte den Enthusiasmus in seiner Stimme hören. Das waren die Dinge, für die es sich lohnte zu leben. »Hast du was zum Schreiben?«

Da ich meinen kleinen Block nicht mehr hatte, schnappte ich mir einen Umschlag zum Einreichen von Schecks aus dem Handschuhfach. »Schieß los«, sagte ich.

»Zuerst den weißen Caddy«, sagte er. »Wenn das ein *V* war, was du auf dem Nummernschild gelesen hast, handelt es sich um eine Frau namens Ethel Birmingham aus Center Line, Michigan. Und dann war es auch kein weißer Cadillac, sondern ein brauner Buick.«

»Da wage ich mal die Vermutung, daß es doch kein *V* war.«

»Du bist Spitze. Wenn es ein *Y* war, haben wir einen Mr. Miles Whitley, der zufällig einen weißen Cadillac Baujahr 1983 besitzt und zudem Privatdetektiv aus Detroit ist.«

»Ein Privatdetektiv?«

»Überrascht dich das?«

»Ich weiß nicht«, sagte ich. »Eigentlich nicht. Nicht, wenn er ihr wirklich gefolgt ist. Vielleicht hat ihn ja dieser Typ von Harwood engagiert.«

»Genau das war auch meine Überlegung. Ich habe hier seine Telefonnummer, wenn du willst. Ich weiß nicht, ob wir den Kerl einfach anrufen sollen oder nicht. Was meinst du?«

»Gute Frage«, sagte ich. »Da sollten wir drüber nachdenken.«

»Okay, dann willst du jetzt bestimmt das andere Nummernschild. Es wird immer besser.«

»Wie kann da was besser werden?« fragte ich. »Wir wissen, daß es Maria ist, oder?«

»Der Wagen ist zugelassen auf Maria Zambelli«, sagte er. »Die zugehörige Adresse ist die Romney Street in Farmington.«

»Leopolds Haus.«

»Stimmt.«

»Dann wissen wir also den Namen, den sie derzeit benutzt. Wieso ist daran was ›besser‹?«

»Der Name, Alex. Zambelli. Er kam mir bekannt vor. Ich habe hier eine halbe Stunde gesessen, um mich zu erinnern, wo ich den schon mal gehört habe.«

»Und?«

»Du weißt doch noch, wie du zurückgekommen bist, nachdem du die Rumfahrerei mit Randy hinter dir hattest? Was hast du mir da erzählt?«

»Mein Gott, was weiß ich? Ich hab dir erzählt, was passiert ist. Und wie wir in Leopolds Haus gelandet sind.«

»Und wie man euch gefangengenommen hat und als Geiseln im Keller eingesperrt hat.«

»Stimmt, Leon. Aber ich muß das doch alles jetzt nicht Punkt für Punkt wiederholen. Worauf willst du hinaus?«

»Du hast mir doch gesagt, sie hätten gemeint, ihr arbeitet für diesen Typen namens Harwood, oder? Deshalb haben sie euch doch so malträtiert, oder?«

»Ja und?«

»Und wie du mir das erzählt hast, was habe ich da gesagt?«

»Du, das weiß ich ehrlich nicht mehr, tut mir leid.«

»Ich habe zu dir gesagt, daß wir diesen Harwood finden sollten und daß wir ihnen vielleicht helfen könnten.«

»Okay, ich entsinne mich wieder. Und ich hab dir gesagt, du sollst es vergessen.«

»Ganz genau. Und meinst du, ich hab das wirklich vergessen?«

»Wie ich dich kenne, nein«, sagte ich. »Jetzt, wo du es sagst.«

»Ich habe ein bißchen rumgewühlt, Alex. Im Internet, nach dem Namen Harwood gesucht.«

»Okay, Leon. Und was hast du gefunden?«

»Nichts«, sagte er. »Zumindest sah es damals nach nichts aus. Ich habe einen Datensatz mit alten Zeitungsartikeln durchsucht, nach Schlagzeilen über Harwood. Weißt du, ob ich einen Artikel fände, daß man Harwood wegen Belästigung verhaftet habe. So was in der Art. Aber ich habe nichts gefunden. Da habe ich es sein lassen. Aber dann ist mir eingefallen, daß ich bei der Sucherei irgendwo die beiden Namen zusammen gesehen habe. Harwood und Zambelli.«

»Wo hast du sie zusammen gesehen, Leon? Hast du die Stelle wiedergefunden?«

»Klar. Ich mußte doch nur zurückgehen und nach Artikeln suchen, in denen beide Namen auftauchten. Ich habe sie hier. Harwood-Zambelli, eingetragene Gesellschaft. Eine Bauentwicklungsgesellschaft, gegründet 1969. Sie wurden anläßlich öffentlicher Ermittlungen im Jahre 1977 erwähnt, nachdem sie ein Grundstück vom Staat gekauft hatten. Es bestand ein Verdacht auf verbotene Preisabsprachen, aber es ist nie zu einer Anklage gekommen.«

»Harwood-Zambelli«, sagte ich. »Standen irgendwo die Vornamen?«

»Nein, aber ich kann weitersuchen.«

»Grundstücke, soso? Rein aus Neugierde – wo liegt das Land, das sie gekauft hatten?«

»Irgendwo in der Nähe von Traverse City.«

»Das liegt zwei Stunden nördlich von hier. Hast du sonst noch was über die Sache?«

»Im Moment ist das alles. Ich dachte mir aber, daß du das wissen willst. Für den Fall, daß es eine Verbindung gibt.«

»Das wäre schon ein verdammt komischer Zufall, wenn es keine gäbe«, sagte ich. »Verdammt noch mal, Leon, du leistest exzellente Arbeit, auch wenn du den ganzen Tag nur auf deinem Arsch sitzt.«

»Und was wirst du jetzt machen?«

Ich sah auf Marias Wagen, weniger als zehn Meter von mir entfernt. »Ich habe so ein Trockenheitsgefühl«, sagte ich. »Ich glaube, ich muß was trinken.« Ich legte auf, stieg aus dem Wagen und ging geradewegs durch die Eingangstür.

Nichts passierte. Es war überhaupt nicht so wie die Szene im Saloon, wenn der gefürchtete Revolverheld die Schwingtür aufstößt, das Piano zu spielen aufhört, und jeder sieht zur Türe. Niemand nahm von mir Notiz. Alle kauten weiter an ihrem Frühstück oder ihrem Brunch oder tranken ihr frühes Bier.

Maria saß an derselben Stelle wie am letzten Abend. Sie saß da, las Zeitung, und vor ihr auf der Theke stand ein leerer Teller. Ich ging direkt zu ihr hin und setzte mich neben sie.

»Ms. Zambelli«, sagte ich. »Guten Morgen.«

Sie legte die Zeitung nieder und sah mich an. Ich hatte zum ersten Mal Gelegenheit, sie aus der Nähe zu sehen, und, bei meiner Seligkeit, sie hatte Augen, die einen Mann zum Dichten bringen konnten.

Oder, Teufel noch mal, dazu, Romeos Arie zu singen. Auf französisch.

Die letzte Frau mit solchen Augen, die ich gekannt hatte, war Sylvia Fulton gewesen, und diesen Augen war ich anderthalb Jahre lang verfallen gewesen, bis sie dann endlich verschwunden war. Marias Augen waren dunkler, aber sie hatten dieselbe Wirkung – man bekam das Gefühl, den Boden unter den Füßen zu verlieren, wenn man in diese Augen sah.

»Kenne ich Sie?« fragte sie.

Der Mann hinter der Theke mischte sich ein, bevor ich überhaupt etwas sagen konnte. Er lehnte sich so weit über den Tresen, daß sein Gesicht vielleicht noch dreißig Zentimeter von meinem entfernt war, und sagte: »Was zum Teufel machen Sie hier?«

Als ich gestern abend zum ersten Mal hier in die Stadt gekommen war, war es schon etwas komisch gewesen, daß ich Maria auf der Stelle gefunden hatte. Ich war bloß in die einzige

Kneipe gegangen, und schon saß sie da. Aber danach hatte es nicht sehr lange gedauert, um einzusehen, warum sie sich für jedermann sichtbar verstecken konnte. Mit Sicherheit gab es in ihrer Umgebung genügend viele Schwerbewaffnete, die ihr zu Hilfe kamen.

»Sie heißen doch Harry, wenn ich mich recht erinnere«, sagte ich. »Wo ist denn Rocky? Ich hätte ihm gerne Tach gesagt, als ich reinkam.«

»Sie haben zehn Sekunden, um von hier zu verschwinden.«

»Klar, und sie zählen jetzt bis zehn«, sagte ich. »Das wirkt bei mir immer.« Ich warf zwei Scheine auf den Tresen. »Und dann bringen Sie mir ein Bier.«

Er sah die Scheine nicht an. Er holte mir auch kein Bier. Statt dessen trat er genau einen Schritt zurück und griff dann, ohne mich aus den Augen zu lassen, zum Telefon, das an der Wand hing.

»Laß mal, Harry«, sagte sie. »Bevor du ihn verhaftest, wollen wir doch mal hören, was er zu sagen hat. Vielleicht ist es ja was zum Lachen.«

»Warum um Himmels willen sollten Sie mich denn verhaften«, fragte ich ihn. »Ich sitz doch bloß hier und versuche ein Bier zu kriegen.«

Er sagte nichts. Ich konnte sehen, wie seine Knöchel weiß wurden, während er den Hörer in der Hand hielt.

»Macht nichts«, sagte ich. »Ich bin sicher, daß euch Jungs schon was einfallen würde.«

»Wir warten auf Ihre Geschichte«, sagte sie. Sie griff nach ihrer Zigarettenpackung und nahm sich eine Zigarette. »Haben Sie Feuer?«

»Ich bin Nichtraucher.«

Harry hängte den Hörer wieder ein und hatte plötzlich ein Feuerzeug in der Hand. Während er es an die Spitze ihrer Zigarette hielt, nahm er wieder keine Sekunde den Blick von mir. Der Mann war begabt.

»Sie mögen wohl kräftige Männer um sich herum, die auf Sie aufpassen, wie?« bemerkte ich.

»Sie sind auch nicht gerade eine halbe Portion«, sagte sie. »Ich muß zugeben, Sie sind besser gebaut als irgendeiner von den anderen Männern, die Charles hinter mir hergeschickt hat.«

»Mit Charles, nehme ich an, meinen Sie Mr. Harwood.«

»Sind Sie denn nicht der Typ, der mir in den letzten Tagen in einem weißen Cadillac hinterhergefahren ist?«

»Nein, Ma'am, ich fahre einen Kleinlaster.«

»Wer zum Teufel sind Sie denn?« fragte sie. »Nein, warten Sie. Lassen Sie mich raten.« Sie zog energisch an ihrer Zigarette und blies den Rauch senkrecht zur Decke. »Ich wette, ich weiß es. Mein Bruder hat mir erzählt, letzte Woche seien zwei Männer in seinem Haus gewesen und hätten nach mir gefragt. Mutter hat ihn überzeugt, daß Charles sie nicht geschickt hat, aber so ganz will Leo das noch immer nicht glauben.«

»Ich denke, Ihr Bruder haßt es, wenn man ihn Leo nennt.«

»Aha, dann *waren* Sie also einer von den Männern«, sagte sie. »Ich dachte aber, er hat Sie weggeschickt, ohne Ihnen zu verraten, wo ich bin.«

»Ms. Zambelli,« sagte ich. »Maria.« Harry fuhr auf, als ich ihren Namen aussprach, als hätte ich etwas Schlüpfriges zu sagen gewagt. »Hat Ihr Bruder Ihnen nicht gesagt, wer wir sind?«

»Ich glaube, er hat zwei Namen genannt«, sagte sie und zog an ihrer Zigarette. »Aber ich kann mich nicht an sie erinnern.«

»Ich heiße Alex McKnight. Was Ihnen nichts sagen kann. Aber der Mann, mit dem ich da war, heißt Randy Wilkins.«

Sie sah mich an, ohne etwas zu sagen. Nach einer langen Weile sah sie wieder weg.

»Erinnern Sie sich an ihn?« fragte ich.

»Er war der Mann, der hier vor zwei Tagen niedergeschossen worden ist. In dem Zusammenhang habe ich den Namen gehört. Der Chief hat ihn erwähnt.« Sie sah zu Harry hinüber, aber der merkte es nicht. Er war viel zu sehr damit beschäftigt, mich im Auge zu behalten.

»Ja«, sagte ich. »Randy hat nach Ihnen gesucht. Können Sie sich an ihn erinnern? Von vor dreißig Jahren?«

»Nein«, sagte sie. »Das ist lange her.«

Ich zögerte. »Sie können sich nicht an ihn erinnern? Ihre Mutter konnte es. Sofort, als sie ihn gesehen hat.«

»Meine Mutter hat ein gutes Gedächtnis«, sagte sie. »Das ist eine ihrer vielfältigen Gaben. Unglücklicherweise habe ich die meisten davon nicht geerbt.«

»Mein Gott«, sagte ich. »Ich kann das nicht glauben. Sie erzählen mir, Sie erinnern sich nicht an ihn. Und er hat sie hier nicht gefunden? Ich meine, bevor man auf ihn geschossen hat? Er hat überhaupt nicht mit Ihnen gesprochen?«

»Harry«, sagte sie, »ich glaube, ein paar Gäste wollen was von dir.« Sie wies mit dem Kopf auf zwei Männer auf der anderen Seite der Theke. Sie hatten zwei leere Gläser vor sich und wirkten so, als seien sie mit ihrer Geduld am Ende.

Harry bewegte sich nicht. Er beobachtete mich weiter.

»Mach schon«, sagte sie. »Ich glaube, er ist harmlos. Du kannst ihn aber auch nach Waffen absuchen, wenn dich das beruhigt.«

Er wich langsam zurück und ging dann zu den beiden Männern. Er behielt mich weiter im Auge, während er zwei Bier zapfte.

Maria hielt die Hände vors Gesicht. Ohne mich anzusehen flüsterte sie etwas.

»Ich kann Sie nicht verstehen«, sagte ich.

»Psst«, sagte sie mit leiser Stimme. Sie hielt die Hände weiter vors Gesicht. »Verhalten Sie sich ganz natürlich. Sagen Sie, Sie hätten sich geirrt, und gehen Sie dann. In zwanzig Minuten gehe ich zu meinem Wagen. Folgen Sie mir einfach.«

Sie nahm die Hände vom Gesicht und drückte ihre Zigarette aus. Sie stampfte sie in den Aschenbecher, als wolle sie sie bestrafen. »Tut mir leid«, verkündete sie laut, als Harry zu uns zurückkam. »Ich kann mich an keinen Randy Wilkins erinnern. Der Name sagt mir überhaupt nichts.«

Kapitel 16

Zwanzig Minuten später saß ich in meinem Laster, starrte auf die Eingangstür und fragte mich, ob mein neuer Freund Harry wohl herauskäme, um mich zu fragen, warum ich mich immer noch auf dem Gelände herumtriebe. Die Sonne war gerade hinter den Wolken hervorgekommen, Mitte April ein seltenes Ereignis an Michigans Seeufern. Maria trat in die Sonne hinaus, hielt einen Moment inne und blinzelte. Sie war kurz und kompakt gebaut, wie ihr Bruder Leopold. Aber wo Leopold Muskeln hatte, waren bei Maria Kurven. Sie sah sich auf dem Parkplatz um und entdeckte, wie ich da auf meinem Sitz hockte. Lange sah sie mich an, den Kopf ein wenig zur Seite gelegt. Dann ging sie zu ihrem roten Mustang hinüber und stieg ein.

Sie fuhr vom Parkplatz herunter. Ich folgte ihr, als sie nach links Richtung Stadtmitte fuhr. An der Kreuzung sah ich, daß Stu draußen war und Benzin einfüllte, aber er blickte nicht auf und sah uns beide nicht. An der Ampel fuhr Maria nach links, Richtung Westen, auf das Ufer zu. Für einige Sekunden verlor ich sie aus dem Blick; als ich ihren Wagen dann wieder sah, parkte er vor der Bootslände. Ich stellte mich neben sie.

Sie sprang aus ihrem Wagen, öffnete meine Beifahrertür, glitt ins Führerhaus und schloß die Tür hinter sich. »Erzählen Sie mir alles, was Sie wissen«, sagte sie. Sie öffnete eine schwarze Lederhandtasche und ließ ihre rechte Hand darinnen.

»Sie verlieren nicht viel Zeit«, sagte ich. »Macht es Ihnen was aus, mir zu verraten, was für eine Pistole Sie da in Ihrer Tasche haben?«

»Man wird uns sehen«, sagte sie. »Erzählen Sie's mir. Kommt er mit dem Leben davon?«

»Ich weiß es nicht. Der Arzt sagt, sie müssen ihn operieren. Ein Splitter ist ins Gehirn gewandert.«

»Ich kann das alles nicht glauben.« Ihre rechte Hand blieb in ihrer Tasche. Ich stellte mir einen kleinen Revolver mit Perlmuttgriff vor. Wenigstens war es keine Schrotflinte.

»Ich soll später noch mal im Krankenhaus anrufen«, sagte ich. »Vielleicht sieht der Doktor dann schon klarer.«

»Woher kennen Sie Randy?« fragte sie. »Sind Sie ein Freund von ihm?«

»Ich bin sein alter Mannschaftskamerad. Letzte Woche ist er bei mir aufgetaucht und hat mich gebeten, ihm bei der Suche nach Ihnen zu helfen. Er hat mir alles erzählt, wie er Sie in Detroit getroffen hat, damals, 1971.«

»Waren Sie damals sein Mannschaftskamerad? In Detroit? Es tut mir leid, ich versuche mich an Sie zu erinnern …«

»Nein, wir haben in Toledo zusammen gespielt. Ihm hat man im September einen Vertrag angeboten, mir nicht. Deshalb war ich nicht dabei, als er Sie kennengelernt hat.«

»Hat er gesagt, warum er mich finden wollte?«

»Maria, ich mache Ihnen keinen Vorwurf daraus, daß Sie vorsichtig sind; aber in dieser Woche sind einfach zu viele Schußwaffen auf mich gerichtet worden. Ich kann das nicht mehr ab.«

»Sie ist nicht auf Sie gerichtet«, sagte sie. »Ich habe sie nur in der Hand.«

»Entweder Sie vertrauen mir, oder Sie lassen es bleiben. Wenn nicht, dann verlassen Sie mein Auto, und ich bin weg.«

Sie zog ihre rechte Hand aus der Tasche. Eine schreckliche Sekunde lang sah ich etwas Weißes in ihrer Hand blitzen.

Es war eine Haarbürste.

Ich holte tief Luft. »Denken Sie mit dran, daß ich niemals mit Ihnen Poker spiele.«

»Tut mir leid«, sagte sie. »Aber nach allem, was ich mitgemacht habe … Nun, es ist auch egal. Sagen Sie mir nur, was er gesagt hat. Warum wollte Randy mich finden?«

»Er hat ganz schön verrücktes Zeugs erzählt. Daß er Sie damals einfach so verlassen hat, und daß er nach all den Jahren immer noch an Sie denkt. Und daß er sich plötzlich entschlossen hat, Sie wiederzufinden.«

»Mein Gott«, sagte sie.

»Natürlich weiß ich jetzt, daß er Sie vielleicht nur übers Ohr hauen wollte.«

Sie sah mich an. Sie sagte nichts.

»Schließlich sind wir im Haus Ihres Bruders gelandet«, fuhr ich fort. »Die Geschichte kennen Sie. Ich dachte, damit sei alles vorbei. Ich dachte, er wäre zurück in Kalifornien. Dann habe ich gehört, daß er hierhin gekommen ist und niedergeschossen wurde.«

Sie sah aus dem Fenster. Die Sonne versteckte sich hinter einer Wolke, und der See nahm einen anderen Grünton an.

»Maria«, sagte ich. »Ich schwöre, ich hatte keine Ahnung, daß er ein Krimineller war. Nicht, bis der Chief es mir gesagt hat.«

»Sie haben ihn diese ganzen, Moment mal, dreißig Jahre nicht gesehen?« fragte sie. »Sie hatten keinerlei Kontakt zu ihm?«

»Nein.«

»Und dann kommt er einfach so zurück und bittet Sie, ihm zu helfen? Warum hat er das getan?«

»Ich weiß es nicht. Weil ich in Michigan wohne. Weil ich Detroit kenne.«

»Und warum haben Sie ihm geholfen?«

»Das weiß ich genausowenig«, sagte ich. »Weil er mich darum gebeten hat. Vielleicht, weil ich dachte, er sucht Sie aus einem guten Grund. Wenigstens aus einem harmlosen Grund. Ich hätte doch niemals daran gedacht, daß er Sie übers Ohr hauen wollte. Obwohl es jetzt vielleicht ganz plausibel klingt. Seine Spezialität war Grundstücksschwindel, und ich denke, das könnte etwas mit Zambelli-Harwood zu tun haben …«

Sie sah mir in die Augen. »Wieso wissen Sie davon?«

»Mein Partner«, sagte ich. »Er ist auf einen alten Zeitungsartikel gestoßen. Er hat mir gerade erst davon erzählt. Das Zambelli im Firmennamen, sind Sie das oder ...«

»Mein Mann. Mein verstorbener Mann. Harwood hat ihn umgebracht.«

Ich sagte nichts. Die Worte hingen in der Luft.

Ein Wagen fuhr hinter uns die Straße entlang. Maria rutschte tiefer in ihren Sitz.

»Vorhin in der Kneipe«, sagte ich, »warum sollte Harry da nicht mitkriegen, daß Sie Randys Namen erkannt haben?«

»Das ist eine lange Geschichte. Können Sie zu mir ins Haus kommen?«

»Das kann ich machen. Aber sind Sie sicher, daß Sie das auch wollen? Ihren Freunden aus der Kneipe würde das gar nicht gefallen, wenn sie das rausbekämen.«

»Ich habe Ihnen doch meine Pistole gezeigt, oder?« Sie steckte die Haarbürste in ihre Tasche zurück. »Ich bin nicht so gut wie meine Mutter, aber ich denke schon, daß ich einen gewissen Sinn dafür habe, was mit einem Menschen los ist, wenn ich ihm gegenübersitze. Ich glaube, daß Sie die Wahrheit sagen.«

»Ich fahre hinter Ihnen her«, sagte ich. »Fahren Sie vor.«

Sie kletterte aus dem Laster, ging zu ihrem eigenen Wagen, stieg ein und setzte auf die Straße zurück. Einen knappen Kilometer fuhr ich hinter ihr her, bis sie links in eine mit Kies bestreute Auffahrt fuhr, die tiefe Furchen aufwies. Ein alter Holzzaun umgab das Grundstück, so daß ich das Haus von der Straße aus nicht sehen konnte. Sobald ich es erblickte, wußte ich, daß es das größte Haus in der Stadt war.

Die Auffahrt schlängelte sich bis zum Haupteingang, aber sie hielt dort nicht. Sie fuhr weiter, bis die Auffahrt an der Seite des Hauses endete. Ich parkte hinter ihr, neben einem kleinen Boot auf einem Anhänger. Die Plastik-Persenning, die es verhüllte, war ausreichend vertäut, um einem Hurrikan standzuhalten.

Sie führte mich durch die Seitentür ins Haus. Davor war eine niedrige Veranda aus Beton; ein Pfad führte nach unten zu einem kleinen Bootshaus. Vom See her wehte ein später Morgenwind.

»Hübsches Haus«, sagte ich, als ich eintrat. Zuerst kam ein kleiner Raum, in dem man den Mantel ablegen konnte, und dann ein großes Wohnzimmer in Weißkiefer, mit großen, roh zubehauenen Deckenbalken. Ich entdeckte einige Seekarten in Rahmen an den Wänden und ein nautisches Barometer inmitten eines goldenen Rades. Irgendwie war mir klar, daß sie den Raum nicht selbst eingerichtet hatte.

»Ich habe es nur gemietet«, sagte sie. »Sie raten niemals, von wem.«

»Kapitän Nemo«, sagte ich.

»Chief Rudiger.«

»Das ist großartig. Wie der sich freuen wird, wenn er rauskriegt, daß ich hier war.«

»Für das, was der an Miete verlangt, dürfte ich hier wohl empfangen, wen ich will. Kann ich Ihnen etwas zu trinken anbieten?«

»Ein Bier?« sagte ich. »Irgendwie hat es im Rocky's mit der Bedienung nicht geklappt.«

Als sie gegangen war, sah ich durch das große Panoramafenster auf den Lake Michigan. Im Moment war er ruhig, aber ich wußte, das konnte sich ohne Vorwarnung plötzlich ändern. Ein Feldstecher stand auf der Fensterbank – eins dieser teuren Leicamodelle, die mindestens fünfhundert Dollar kosten. Ich nahm ihn, blickte auf den See hinaus und entdeckte auch einen Frachter in der Ferne. Er fuhr Richtung Norden, vielleicht von Chicago aus. Er würde unter der Mackinac-Brücke durchfahren, Drummond Island umfahren und dann stracks auf die Schleusen vom Soo zu. Wenn ich jetzt auf der Stelle nach Hause fahre, überlegte ich mir, werde ich ihn wiedersehen, wie er durch die Whitefish Bay fährt.

Maria kam mit zwei Flaschen Bier und zwei Gläsern in den

Raum zurück. Sie gehörte zu den Frauen, die einen immer wieder damit überraschen, wie gut sie aussehen, auch wenn sie nur dreißig Sekunden fort gewesen sind. Das Bier in ihren Händen beeinträchtigte den Effekt nicht im geringsten.

»Was Feldstecher angeht, hat er einen guten Geschmack«, sagte ich. »Warum vermietet er das Haus überhaupt? Wo lebt er denn jetzt?«

»Er hat ein kleines Anwesen in der Stadt«, sagte sie und stellte die Bierflaschen auf einen Couchtisch. »Er sagt, er braucht das große Haus jetzt nicht mehr, wo seine Frau tot ist und die Kinder weggezogen sind. Deshalb hat er es mir vermietet. Nicht als ob ich ein so großes Haus brauchte. Es ist nur eine Übergangslösung.«

»Für wie lange?« fragte ich.

Sie sah mich an. »Bis ich mich irgendwo endgültig niederlasse. Nun setzen Sie sich und erzählen Sie mir mehr über Randy.«

Ich gehorchte ihr. Ich setzte mich und goß mir ein Bier ein. Sie nahm neben mir auf der Couch Platz.

»Dann erinnern Sie sich doch an ihn«, sagte ich, »von damals, 1971?«

»Ja«, sagte sie, »natürlich erinnere ich mich an ihn.«

»Es ist fast dreißig Jahre her.«

»Es könnte achtzig Jahre her sein«, sagte sie. »Ich würde mich immer noch daran erinnern.«

»Er ist schon ein besonderer Typ, aber ...«

»Alex, ich weiß, daß ich Sie das schon gefragt habe«, sagte sie, »aber warum ist er wirklich hierher gekommen? Glauben Sie tatsächlich, er wollte – was sagten Sie noch? Mich übers Ohr hauen?«

Ich sah sie an. »Ich habe das vorhin schon gesagt. Zuerst habe ich gedacht, es ging ihm darum, Sie wiederzufinden. Weil er glaubte, Sie damals enttäuscht zu haben.«

»Sie haben ihm geglaubt?«

»Ja«, sagte ich. »Wenn ich Sie damals schon gekannt hätte, wäre mir das noch leichter gefallen.«

»Danke für die Blumen«, sagte sie. »Aber selbst wenn dem so ist, Alex – die meisten Leute wären nicht den ganzen Weg bis hierher gekommen, nur um ihm zu helfen.«

»Ich bin ein kompletter Idiot. Ich denke, das habe ich doch wohl hinreichend unter Beweis gestellt.«

»Nein«, sagte sie, »Sie haben ihm geglaubt, weil Sie diese Sorte Mensch sind.«

»Die idiotische Sorte.«

Sie lächelte. »Was glauben Sie denn jetzt? Denken Sie wirklich, er ist hierher gekommen, um an mein Geld zu kommen?«

»Das scheint sein Beruf zu sein. Ich denke, sein Vorstrafenregister spricht für sich.«

Sie blickte aus dem großen Fenster auf den See. »Ich besitze Geld zum Wegnehmen«, sagte sie. »Das Geschäft meines Mannes ist sehr gut gelaufen ... bevor er starb.«

»Sie sagen, Harwood hat ihn umgebracht?«

»Ja.«

»Mögen Sie es mir erzählen?«

Sie holte tief Luft. »Alex, als ich Randy kennengelernt habe, war ich sehr jung. Aber er war der erste, wenn Sie wissen, was ich meine. Als er verschwand, ohne ein Wort zu sagen, hat mich das sehr hart getroffen. Ich konnte mir nicht vorstellen, daß ich jemals wieder einen anderen Mann lieben könnte. Aber dann kam ein Mann, um meine Mutter zu konsultieren. Ein Mann namens Harwood. Er kam regelmäßig wieder, und er zahlte ihr für jede Sitzung hundert Dollar. Das war damals viel Geld. Zudem fuhr er ein großes Kabriolett. Mein Vater interessierte sich sehr für diesen Mann. Und dieser Mann, dieser Charles Harwood, war offensichtlich sehr an mir interessiert. Er lud mich des öfteren zu einer Spazierfahrt in seinem großen Kabriolett ein, aber ich wies ihn immer ab. Mein Vater war wütend auf mich. Schließlich hat er mich überredet, mit Harwood mitzufahren.

›Nur eine kleine Fahrt durch die Stadt‹, hat mein Vater gesagt. ›Was ist denn schon dabei, eine kurze Autofahrt? Mit dem Mann, der deiner Mutter jedesmal hundert Dollar gibt, wenn er sie aufsucht.‹ Also bin ich mit ihm gefahren, und er ist durch Detroit gefahren, mit aufgeklapptem Verdeck. Er hat mir alle möglichen Fragen gestellt, aber ich hatte keine Lust, mit ihm zu reden. Da war er dann endlich still und hat mich nur nach Hause gefahren. Ich dachte, das wär's gewesen, aber nächste Woche war er wieder da und lud mich wieder ein, mit ihm zu fahren. Ich bin noch mal mitgefahren, aber diesmal habe ich die ganze Zeit über kein Wort gesagt. Aber er kam immer wieder, und er gab weiterhin meiner Mutter für jedes Mal hundert Dollar, und er lud mich weiter in seinen Wagen ein. Ich fuhr dann mit, sagte aber kein Wort. Bis er dann eines Tages aus der Stadt hinausfuhr, durch alle Vororte hindurch bis ins platte Land. Ich war in Panik. Aber ich habe kein Wort gesagt. Er sollte nicht merken, daß ich in Panik war. Er fuhr die ganze Strecke bis zu einer Farm in Oakland County, zum Schluß auf einer unbefestigten Straße mitten in der Pampa, und als er dann anhielt, war ich sicher, daß er mir jetzt etwas Gräßliches antun würde. Aber das tat er nicht. Er saß nur da und sah auf die Farm, und dann erzählte er mir, er und sein Partner hätten das Gelände soeben gekauft, und daß sie einen Golfplatz daraus machen würden. Und dann würden sie nach einem weiteren Grundstück suchen und noch einen Golfplatz bauen und dann noch einen. Und sie beide würden schrecklich reich dabei. Er hat mich gefragt, ob ich jemals darüber nachgedacht hätte, wie es wäre, einen Haufen Geld zu haben, aber bevor ich noch antworten konnte, erschien sein Partner auf der Bildfläche. Er stand plötzlich hinter uns in seinem verbeulten kleinen Auto und wollte wissen, wer das junge Mädchen war, das da in Harwoods Kabriolett saß. Sein Name war Arthur Zambelli.«

Sie hielt inne, um einen tiefen Zug zu tun; dann sah sie wieder durch das Fenster auf den See und fuhr fort.

»Arthur Zambelli war all das, was Harwood nicht war. Er war sanft und freundlich. Und Geld war ihm im Grunde gleichgültig, auch wenn er schließlich viel davon hatte. Er dachte einfach nicht daran. Er wollte nur etwas gestalten. Und essen. Und anständigen Wein trinken. Und Champagner. Der Mann liebte Champagner. Er hat mir gesagt, daß jeder Tag in deinem Leben so besonders sein sollte, daß man ihn mit Champagner feiern kann. Was ein bißchen verrückt klingt, aber ihm glaubte man das. Zehn Jahre waren wir verheiratet, Alex. Fast zehn Jahre. Unser zehnter Hochzeitstag wäre am …«

Wieder hielt sie inne, und ein Lächeln huschte über ihr Gesicht, um sogleich wieder zu verschwinden.

»Harwood war nicht glücklich darüber, daß ich Arthur den Vorzug vor ihm gegeben habe. Er versuchte, sich nichts anmerken zu lassen. Die Partnerschaft hätte er lieber heute als morgen beendet, aber er war nicht bereit, dem Geschäft mit dem Golfplatz Adieu zu sagen. Und danach gab es ein neues lukratives Geschäft und danach wieder eines. Immer gab es ein weiteres Grundstück zu kaufen, ein weiteres Hotel oder einen weiteren Golfplatz oder eine weitere Ferienanlage zu errichten. Sie waren äußerst erfolgreich. Ich habe Arthur geheiratet, und irgendwann hat Harwood eine andere Frau geheiratet. Wir haben viel Zeit miteinander verbracht, wir alle vier. Das ergab sich zwangsläufig. Aber so wie Harwood mich ansah und so, wie er mit mir sprach, wenn wir alleine waren, wußte ich, daß er nichts vergessen hatte.

Harwoods Ehe hat nicht lange gehalten. Mich hat das nicht überrascht. Je besser ich ihn kennenlernte – ich meine, bei der vielen Zeit, die wir mit ihm verbringen mußten … mein Gott, Alex, er ist ein gräßlicher Kerl. Er hat Arthur so grenzenlos getäuscht. Jahrelang habe ich versucht, ihn zu warnen. Ich wollte ihn überzeugen, ihre Partnerschaft zu beenden. Ich glaube, er hätte das auch getan, wenn Harwood ihn nicht …«

Sie hielt inne.

»Was hat er gemacht?« fragte ich.

»Arthur war eines Abends auf einem ihrer Grundstücke. Er tat das gern – einfach ein paar Tage darauf herumwandern, um ein Gefühl für das Land zu entwickeln. Am nächsten Morgen hat man ihn auf dem Grund eines Drainagegrabens gefunden. Sein Genick war gebrochen. Es hieß, er müsse bei seiner einsamen Wanderung wohl gestürzt sein, aber ich wußte es besser. Harwood hat ihn umgebracht. Ich weiß, daß er das getan hat.«

»Wann war das?«

»Etwa sechs Monate, bevor Delilah geboren wurde«, sagte sie. »Wir hatten uns so lange gewünscht, Kinder zu bekommen. Können Sie sich das vorstellen? Er hat nie sein eigenes Baby gesehen. Ich bin jetzt seit achtzehn Jahren Witwe, und die ganze Zeit bin ich vor Harwood weggelaufen.«

»Wie können Sie so lange weglaufen?« fragte ich. »Achtzehn Jahre.«

»Nicht die ganze Zeit. Ich ziehe um, er findet mich. Ich ziehe wieder um, und nach ein paar Jahren findet er mich wieder …«

»Maria, was will er von Ihnen? Haßt er Sie so sehr, bloß weil Sie seinen Partner geheiratet haben und nicht ihn?«

»Das ist es nicht«, sagte sie. »Da steckt mehr hinter als ein privater Rachefeldzug. Ein paar Jahre, bevor Arthur starb, haben sie etwa siebenhundert Morgen Land in der Nähe von Traverse City gekauft. Damals gab es da überhaupt nichts, aber jetzt erlebt das County einen wahren Boom. Es gibt da oben jede Menge neuer Ferienorte, und das Land, das sie damals gekauft haben, liegt direkt neben einem dieser riesigen Golfplätze; sogar einen kleinen Berg zum Skilaufen gibt es dort. Wir könnten das Land dort heute mit Kußhand für zwanzig Millionen verkaufen.«

»Und warum tun Sie das nicht?«

»Alex, das Land gehört noch immer der alten Gesellschaft. Harwood-Zambelli. Und im Gesellschaftsvertrag steht eine

Klausel, daß beide Partner zustimmen müssen, bevor Eigentum aus dem Gesellschaftsbesitz verkauft werden kann.«

»Und Sie können nicht zustimmen? Warum sollten Sie denn nicht beide gleichermaßen an einem Verkauf interessiert sein?«

»So einfach ist das nicht«, erklärte sie. »Der Vertrag regelt im einzelnen, was passiert, wenn einer der Gesellschafter stirbt. Ein überlebender Ehepartner übernimmt das Stimmrecht des Partners und ist mit fünfzig Prozent am Gewinn beteiligt. Ein geschiedener Partner bekommt nur zwanzig Prozent und hat kein Stimmrecht. Harwoods Exfrau prozessiert gegen diese Bestimmung, obschon sie einen einschlägigen Ehevertrag unterzeichnet hat. Nach den Gesetzen von Michigan gilt in aller Regel die Zugewinngemeinschaft, und da versucht sie es halt.«

»Aber was hat das mit Ihnen zu tun?« fragte ich. »Sie sind überlebender Ehepartner. Das kann er nicht ändern. Es sei denn ...«

»Es sei denn, daß ich nicht länger überlebe. Auch dafür gibt es eine Bestimmung. Sie ist identisch mit der Scheidungsklausel. Zwanzig Prozent gehen an meine Erben, und sie haben kein Stimmrecht. Arthur hatte keine Ahnung davon, was er tat, als er diesen Gesellschaftsvertrag unterschrieben hat, Alex. Er wußte nicht, daß er mein Todesurteil unterschrieben hat.«

»Mithin zwanzig Prozent statt fünfzig. Von zwanzig Millionen. Würde er Sie wirklich wegen der Differenz von – wieviel? – sechs Millionen Dollar umbringen?«

»Ich denke, es ist keine Übertreibung zu sagen, daß er das wegen sechs Millionen Dollar tun würde.«

Ich trank mein Bier und dachte über diese Feststellung nach.

»Ich kann mir nicht vorstellen, daß Ihr Bruder flieht«, sagte ich. »Niemals. Wieso hat er diesen Typen nicht schon lange umgebracht?«

»Er hat es beinahe getan. Als Arthur gestorben ist, habe ich Leopold von meinem Verdacht erzählt. Er ist auf Harwood los und wollte ihn umbringen. Zum Glück ist ihm das nicht gelungen. Er wäre im Knast gelandet. Leopold wollte die Sache immer schon aussitzen, einfach an einem Ort bleiben und dann sehen, wie weit Harwood gehen wird. Das Haus in Farmington ist das erste Haus, das einem von uns richtig gehört. Delilah ist jetzt auf der High School. Ich will, daß sie sie dort auch beendet. Leopold hat mir versprochen, daß sie da in Sicherheit ist. Sie bewachen sie rund um die Uhr.«

»Ich weiß. Das habe ich am eigenen Leibe erfahren.«

»Das kann man wohl sagen«, nickte sie. »Das kann man wohl sagen. Und ich bin nahe genug bei ihr, daß ich sie ab und an sehen kann. Dabei sind wir äußerst vorsichtig. Wir treffen uns an Wochenenden. Wir achten darauf, daß niemand ihr folgt.«

»Randy war unvorsichtig«, sagte ich. »Dieser weiße Cadillac, der gehört einem Privatdetektiv.«

»Woher wissen Sie das?«

»Mein Partner hat das Nummernschild überprüfen lassen«, sagte ich. »Er heißt Whitley. Er operiert von Detroit aus.«

»Harwood muß ihn engagiert haben. Das hat er früher auch schon gemacht.«

»Nun gut, wir könnten selber Kontakt mit ihm aufnehmen. Ihm sagen, er soll die Finger davon lassen.«

»Dann schickt er jemand anders«, sagte sie. »Jetzt, wo er mich wieder gefunden hat. Oder er kommt selber …«

»Maria, warum verzichten Sie nicht einfach freiwillig auf ihren vollen Anteil an der Gesellschaft? Sagen ihm, Sie nehmen die zwanzig Prozent und verzichten auf den Rest?«

Sie sah mich an.

»Sie könnten dann aufhören zu fliehen.«

»Ich weiß nicht«, sagte sie. »Vermutlich haben Sie recht. Vermutlich sollte ich das tun.«

»Sie haben doch jetzt schon Geld. Das haben Sie doch selbst gesagt. Das Geld, das Ihnen Ihr Gatte hinterlassen hat, oder?«

Sie sah auf den See hinaus. »Vielleicht ist es aber auch schon zu spät«, sagte sie. »Ich hätte das vor achtzehn Jahren machen müssen. Vielleicht sogar noch vor zehn Jahren. Jetzt ist er regelrecht besessen von seinem Plan. Nach all den Jahren kann ich mir nicht denken, daß er sich mit weniger als mit allem zufrieden gibt. Er will jeden einzelnen Dollar, Alex.«

Als sie mich wieder anschaute, sah ich Tränen in ihren Augen. So wahr mir Gott helfe, ich hatte nur einen Gedanken – wie lieblich sie war. Das war das einzige Wort, das zu ihr paßte. Nicht schön, nicht hübsch. Maria war lieblich.

»Jeden einzelnen Dollar. Und mein Leben, Alex. Er will, daß ich sterbe.«

Ich wollte zu ihr hinüberreichen und ihre Hand nehmen. Aber ich tat es nicht. »Okay«, sagte ich. »Okay, tut mir leid. Mir ist klar, daß ich nicht ermessen kann, wie das die ganzen Jahre über gewesen ist.«

»Und jetzt taucht Randy auf. Es ist unglaublich.«

»Maria, Sie haben mir immer noch nicht erzählt, warum Sie das Zeugs da in der Kneipe gesagt haben, daß Sie sich nicht an ihn erinnern.«

Sie sah hinab auf das Glas in ihrer Hand. Es war leer.

»Maria?«

Sie sagte nichts.

»Maria, was ist los?«

»Ich war es«, sagte sie, und ihre Stimme war so leise, daß ich sie kaum hören konnte.

»Was meinen Sie damit?«

»Ich war es. Ich habe ihn niedergeschossen.«

Kapitel 17

Sie öffnete die Vordertür. Sie folgte mir nicht hinaus auf die kleine Veranda, sondern blieb stehen und lehnte sich gegen den Türrahmen, die Arme vor der Brust verschränkt. Die Veranda war mit bläulichem Sandstein verkleidet, mit großen Gewächsen auf beiden Seiten. Zu dieser Jahreszeit bildeten sie jedoch nur ein Gewirr nackter Äste. Die Luft war kalt. Ich hatte meinen Mantel drinnen gelassen, irgendwo im Wohnzimmer. Aber es war mir gleichgültig. Ich stand nur da und blickte auf die Treppe, während sie mir erzählte, was passiert war.

»Ich bin vor drei Tagen nach Hause gekommen«, sagte sie. »Sobald ich im Hause war, wußte ich, daß jemand dagewesen war. Alles stand da, wo es stehen sollte, aber nicht *genau* da. Irgend etwas stimmte nicht. Ich spürte es einfach. Ich habe Chief Rudiger angerufen, aber er hat geschworen, er sei hier nicht gewesen. Auch wenn er einen Schlüssel hat, würde er das nie tun. Nicht ohne mich zu fragen. Als ich dann immer wieder den weißen Cadillac in der Stadt sah, dauerte es nicht lange, bis ich im Bilde war. Harwood hatte mich wieder einmal gefunden. Wie auch immer. Und der Mann im weißen Cadillac, der war hier eingebrochen. Alles im Haus hat er angefaßt, Alex. Alles, was mir gehört, hat er in den Fingern gehabt. Ich habe sofort wieder den Chief angerufen. Er versprach mir, ihn im Auge zu behalten, aber mehr könne er auch nicht tun. Er ist der einzige Vollzeit-Polizist im Ort.«

»Das habe ich auch mitgekriegt«, sagte ich. »Ein Profi und ein Haufen Amateure mit Schrotflinten. Und was ist dann passiert? Ist der Wagen wiedergekommen?«

»Ja. Ich sah ihn am nächsten Tag. Im ersten Stock gibt es einen Raum, von wo aus man durch die Bäume auf die Straße sehen kann. Der Wagen stand einfach da. Ich habe den Chief angerufen, aber als er endlich hier war, war der Wagen weg.

Später war er dann wieder da, sobald es dunkel war. Ich war oben und habe auf ihn gewartet. Er parkte wieder auf derselben Stelle der Straße, da hinter den Bäumen, wo der Zaun anfängt. Ich wollte gerade wieder den Chief anrufen, als ich jemanden auf dem Fußweg hörte.«

Sie brach ab. Sie stand da, die Arme noch immer vor der Brust verschränkt, und starrte ins Nichts.

»Was ist dann passiert?« fragte ich.

»Ich hatte eine Waffe. Eines von Leopolds Schrotgewehren. Eins hat er immer im Haus, und er wollte unbedingt, daß ich das andere nähme. Ich war sicher, daß es Harwood war oder jemand, den Harwood angeheuert hatte, um mich zu töten. Ich holte das Gewehr, und als ich aus dem kleinen Fenster hier neben der Tür blickte, sah ich etwas in seiner Hand. Es war dunkel, aber ich konnte sehen, daß er etwas in der Hand hielt. Es ist eine Pistole, dachte ich. Es muß eine Pistole sein. Er kam auf mich zu, um mich umzubringen, Alex. Ob die Tür verschlossen war, spielte keine Rolle. Er war ja schon einmal ins Haus gekommen. Nichts würde ihn aufhalten. Ich konnte nichts machen, außer … die Tür öffnen und schießen. Ich habe auf ihn geschossen. Ich habe die Tür aufgerissen und habe auf ihn geschossen. Dann bin ich an ihm vorbeigelaufen, bin in mein Auto gesprungen und fortgefahren. Und als ich fuhr, begann ich langsam das Gesicht des Mannes zu sehen. Als hätte ich ihn zwar wahrgenommen, aber nicht richtig *gesehen*, erst später, als ich Zeit hatte, über das Geschehen nachzudenken. – Verstehen Sie, was ich meine? Ich konnte sein Gesicht noch regelrecht sehen, so wie es war, bevor der Schuß gefallen ist. Und ich *kannte* ihn. Ich kannte dieses Gesicht. Er trägt jetzt einen Bart und einen Schnäuzer, nicht wahr? Er sieht ganz anders aus. Und doch ist er noch immer derselbe. Nach all den Jahren ist er immer noch derselbe. Und ich habe ihn niedergeschossen.«

»Hat er eine Pistole gehabt?«

»Was?« Sie blickte zu mir auf.

»In der Hand. Sie sagten doch, sie hätten gedacht, er hätte eine Pistole. Hatte er tatsächlich eine?«

»Nein«, sagte sie, »es war ein Blumenstrauß. Flieder. Den hatte er in der Hand. Das sollte doch bestimmt etwas bedeuten, oder? Wenn man jemandem Flieder schenkt? Was mit Unschuld der Jugend. Wenn es etwas bedeuten sollte, hat er jedenfalls keine Chance bekommen, es mir zu erklären.«

Ich sah hinunter auf die Stufen. Jetzt lagen dort keine Blütenblätter vom Flieder. Es war auch kein Blut zu sehen, keine Spur des Geschehens.

»Er war der erste Mann, den ich jemals geliebt habe. Und ich habe auf ihn geschossen.«

Sie weinte nicht. Ich wußte nicht, ob sie wollte, daß ich sie in den Arm nähme, oder ob sie wünschte, daß ich wegginge und nie mehr wiederkäme. Ich stand nur da.

»Sie müssen es denen doch erzählen, nicht wahr?« sagte sie.

»Was muß ich ihnen erzählen?«

»Daß ich ihn niedergeschossen habe. Das müssen Sie doch dem Chief erzählen, und ich komme dann ins Gefängnis.«

Exakt zwei Sekunden dachte ich darüber nach. »Nicht notwendig«, sagte ich. »Es war ein Unfall. Sie sind in Panik geraten. Nebenbei: Was haben Sie mit der Flinte gemacht?«

»Ich habe sie in den Wald geworfen.«

»Wo?«

»Die Landstraße runter«, sagte sie. »Einige Kilometer von der Stadt entfernt.«

»Vielleicht nicht gerade die beste Stelle«, meinte ich. »Aber es hat keinen Zweck, sie jetzt noch da wegzuholen.«

»Werden Sie mir helfen, Alex?«

»Was soll ich denn für Sie tun?«

»Finden Sie heraus, warum er hierher gekommen ist. Ob er rausgekriegt hat, daß ich Geld habe, oder ob Harwood ihn irgendwie benutzt hat. Und dann helfen Sie mir, Harwood zu finden.

Wie auch immer, ich muß dafür sorgen, daß er aufgibt. Wollen Sie mir helfen?«

»Ich weiß nicht, ob ich das kann, Maria. Wie sollen wir ihn finden? Welche Hinweise haben wir?«

»Wir haben diesen Mann«, sagte sie. »Den Mann im weißen Cadillac. Ich bin sicher, Harwood hat ihn angeheuert.«

»Wir können nicht beweisen, daß er in Ihr Haus eingebrochen ist«, sagte ich. »Sieht man davon ab, fährt er nur hinter Ihnen her. Die Polizei kann ihn verwarnen, aber ich bezweifle, daß sie ihn wegen irgendwas belangen können. Und Sie können ihn ganz bestimmt nicht zwingen, seinen Auftraggeber zu nennen. Da gibt es sogar Gesetze, die diese Beziehung schützen.«

»Wie beim Arzt und seinem Patienten«, sagte sie. »Oder einem Rechtsanwalt und seinem Klienten.«

»Genau.«

»Oder einem Privatdetektiv«, sagte sie. »Wenn ich Sie engagiere, müssen auch Sie nichts sagen. Nichts von alldem hier.«

Mir war klar, worauf sie hinauswollte. Ich glaube, ich nahm es ihr nicht übel, daß sie sich schützen wollte, jetzt, wo sie mir gegenüber ihr Geständnis abgelegt hatte. Und ich nahm ihr auch nicht übel, daß ich für sie Harwood finden sollte, so daß sie alldem ein Ende bereiten konnte. Ich nahm ihr überhaupt nichts übel, nicht einmal den Schuß selber.

Ich war der Mann, der Randy geholfen hatte, sie zu finden. Wenn ich jemandem Vorwürfe machen wollte, müßte ich bei mir selbst anfangen.

»Maria, ich werde mit meinem Partner reden. Vielleicht fällt ihm etwas ein. Mit so was ist er gut.«

»Und worin sind *Sie* gut?«

»Nun ja, die Polizei kann diesen Privatdetektiv nicht zwingen, ihnen zu sagen, wer sein Klient ist oder *wo* er ist. Ich kann das vielleicht. Das ist der Vorteil, wenn man kein Polizeibeamter mehr ist. Ich brauche mich nicht immer an die Regeln zu halten.«

»Glauben Sie, Sie erwischen ihn?«

»Vielleicht brauche ich das gar nicht. Ich versuche ihn anzurufen und mich mit ihm zu verabreden. Ein Plausch von Privatdetektiv zu Privatdetektiv.«

»Heißt das, Sie übernehmen den Fall?«

»Wenn ich Ihnen helfen kann, werde ich das auch tun. Aber Sie sollten wissen, daß ich kein richtiger Privatdetektiv bin. Das war eher ein Zufall. Ich war früher mal Polizist, aber …«

»Heißt das, Sie übernehmen den Fall, Alex?«

Ich sah sie an. Mir fiel kein zwingender Grund ein, nein zu sagen.

Wir gingen zurück ins Haus, die Gesichter von der Kälte gerötet. Sie erzählte mir mehr über Harwood, über die Methoden, mit denen er in der Vergangenheit versucht hatte, sie aufzuspüren. Nach dem Tode ihres Mannes war sie nach Florida gezogen und hatte dort ihr Kind zur Welt gebracht. Vier Jahre hatte sie in Tampa gelebt, ohne je von ihm zu hören. Sie war schon bereit, selbst zu glauben, er habe aufgegeben, bis sie eines Tages auf dem Weg nach Hause stehen blieb, um ein paar Worte mit einer Nachbarin zu wechseln, bevor sie ins Haus ging. Die Nachbarin erzählte ihr, zwei Männer seien dagewesen, um ihren Kühlschrank zu reparieren. Der Vermieter habe ihnen den Schlüssel gegeben; das hätten sie wenigstens behauptet. Maria wußte es besser. Sie rief ihren Bruder an, der mit ihrer Mutter in Seattle lebte, und fuhr sofort zum Flughafen. Ihre gesamte Habe ließ sie zurück.

Drei Jahre verbrachte sie mit Leopold und ihrer Mutter in Seattle. Leopold war verheiratet. Sein Sohn Anthony war zwei Jahre älter als Delilah. Harwood fand sie. Sie zogen nach Cincinnati. Leopolds Frau verließ ihn und zog nach Seattle zurück. Sie ertrug es einfach nicht länger. Harwood fand sie in Cincinnati, und so zogen sie alle nach Seattle zurück. Leopold wollte sich mit seiner Exfrau aussöhnen. Das schlug fehl. Harwood fand sie wieder. Schließlich zogen sie zurück nach Michigan, wo alles begonnen hatte. Wie Leopold es formulierte, wollten sie hier die Sache aussitzen, ein für allemal.

Es war später Nachmittag, als ich das Haus verließ. Ich sagte ihr, ich hätte einige Anrufe zu tätigen. Sie bot mir ihr Telefon an, aber ich sagte ihr, im Motel in Whitehall warteten vielleicht Nachrichten auf mich, und auf jeden Fall läge dort meine Liste mit den einschlägigen Nummern. In Wahrheit wollte ich jedoch eine Zeitlang allein sein, um darüber nachzudenken, was ich da täte und warum ich es täte. Ich gab ihr die Nummer meines Handys und nahm ihr das Versprechen ab, mich anzurufen, wenn sie den weißen Cadillac sehe.

»Du hast den Fall übernommen«, sagte ich laut, nur um zu hören, wie es klang. »Du hast den Fall übernommen.« Ich schüttelte den Kopf und konzentrierte mich aufs Fahren.

Sobald ich rechts auf die Hauptstraße abgebogen war, sah ich die Blinklichter im Rückspiegel. Ich fuhr rechts ran, schloß die Augen und wartete darauf, daß Chief Rudiger seinen Kopf durch mein Fenster steckte.

Die Tür wurde aufgerissen. »Runter vom Wagen«, sagte er.

Ich sah ihn an.

»Ich sagte runter vom Wagen, Mr. McKnight.«

Sobald meine Füße den Boden berührten, riß er mich herum und drückte mich gegen die Seitenwand des Lasters.

»Chief, was zum Teufel denken Sie sich bei dem Quatsch?«

»Hände aufs Fahrzeugdach.«

»Sie erlauben sich doch wohl einen Scherz mit mir.«

»Hände aufs Dach, McKnight.«

Ich nahm meine Hände hoch. Er trat meine Beine auseinander und tastete mich ab. Dann zog er mir die Arme auf den Rükken und legte mir Handschellen an.

»Rudiger, sagen Sie mir endlich, was zum Teufel hier vor sich geht?«

Er stieß mich zu seinem Streifenwagen. Als er die Hintertür öffnete, versuchte er meinen Kopf nach unten zu drücken. Das war ein alter Polizistentrick. Du drückst den Kopf des Verdächtigen nach unten, als ob du ihm helfen wolltest, glatt durch die

Tür zu kommen. Natürlich kann dabei mal ein Unfall passieren, und wenn du dich bei der Öffnung verschätzt, kann es doch tatsächlich geschehen, daß er dabei mit dem Gesicht direkt gegen den Türrahmen knallt. Was natürlich eine Affenschande ist, besonders wenn der arme Kerl, dessen Nase du soeben gebrochen hast, zufällig ein Sexualverbrecher oder sogar ein Kinderschänder ist.

Ich dachte daran, ihn direkt in die *cojones* zu treten, überlegte es mir dann aber anders. Es hatte keinen Sinn, die Situation noch irgendwie zu verschlimmern. So setzte ich mich einfach auf den Rücksitz des Streifenwagens und zählte bis zehn. Ich hatte in den letzten paar Tagen sehr oft bis zehn gezählt, von der Zeit, die ich insgesamt in Handschellen verbracht hatte, ganz zu schweigen. Nahm man die Schrotflintenläufe dazu, in die ich geblickt hatte, war das beileibe keine eintönige Woche gewesen.

»Sie müssen mir sagen, was hier vor sich geht, Chief«, sagte ich, als er einstieg und die Türe schloß. »Sie können mir keine Handschellen anlegen, ohne einen Grund zu nennen.«

Er fuhr los, wendete und fuhr nach Norden.

»Wir fahren aufs Revier«, sagte ich. »Bin ich verhaftet?«

Er sagte kein Wort.

Ich lehnte mich zurück und machte es mir so bequem, wie es auf dem harten Plastiksitz nur möglich war. Ich konnte nichts machen – außer einer guten Miene zu einem bösen Spiel.

Zwei Minuten später hielt er hinter dem Rathaus. Er stieg aus, wobei seine Stiefel auf dem Kies des Parkplatzes knirschten, und öffnete meine Tür. »Raus.«

Ich stieg aus. Er schob mich in Richtung des Gebäudes. Ich ging. Er schloß die Tür auf, hielt sie für mich offen und folgte mir dann ins Büro. »Setzen.«

»Ich setze mich erst, wenn Sie mir diese Handschellen abgenommen haben.«

»Ganz wie Sie wünschen. Sie können stehen bleiben. Ich

werde mich setzen.« Er zog den Stuhl hinter seinem Schreibtisch hervor.

»Chief Rudiger, Sie gehen im Moment gewaltig zu weit. Soll ich Ihnen alle Rechtsverletzungen aufzählen?«

»Ms. Zambelli hat Anzeige erstattet«, sagte er und lehnte sich in seinem Stuhl zurück. »Ich habe Sie für eine Befragung aufs Revier gebracht, Handschellen tragen Sie, weil wir allein auf der Wache sind und Sie sich in der kurzen Zeit unserer Bekanntschaft als aggressiv und unkooperativ erwiesen haben.«

»Welche Anzeige? Wovon sprechen Sie?«

»In den letzten Tagen ist es Ms. Zambelli aufgefallen, daß sie von Unbekannten verfolgt wird. Heute hat einer meiner Teilzeitbeamten Sie beobachtet, als Sie auf dem Parkplatz auf Sie gewartet haben und ihr dann zu ihrem Haus gefolgt sind.«

»Der Mann, der sie verfolgt hat, fährt einen weißen Cadillac«, sagte ich. »Die Nummer habe ich Ihnen schon gegeben. Wenn Sie sich bequemen, sie zu überprüfen, werden Sie feststellen, daß sie einem Privatdetektiv aus Detroit gehört. Sein Name ist Whitley.«

»Ah, ihr folgen also zwei Privatdetektive? Ich nehme nicht an, daß Sie beide zusammenarbeiten.«

»Ich kenne ihn überhaupt nicht«, sagte ich. »Ich nehme an, daß er für Charles Harwood arbeitet, den Mann, der Maria seit achtzehn Jahren zu finden versucht.«

»Sie scheinen sehr viel über die Situation zu wissen. Ich meine für einen Mann, der angeblich nicht in die Sache verwikkelt ist.«

»Sie kennen meine Geschichte, Chief. Ich bin hierher gekommen, um Maria aufzusuchen, weil mein Freund nach ihr gesucht hat.«

»Ihr Freund, der Schwindler.«

»So sieht es aus.«

»Und heute sind Sie ihr gefolgt, weil …«

Ich zögerte.

»Zwanzig Minuten haben Sie auf dem Parkplatz gewartet«, sagte er. »Nachdem sie Ihnen in Gegenwart meines Beamten erklärt hat, sie habe keinerlei Erinnerung an diesen Freund von Ihnen, den Freund, der sie angeblich sucht.«

»Das hat sie gesagt, ja. Aber ich war damit nicht zufrieden. Ich wollte ihr weitere Fragen stellen.«

»Deshalb haben Sie auf dem Parkplatz gewartet. Zwanzig Minuten lang.«

»So ungefähr.«

»Und dann sind Sie ihr zu ihrem Haus gefolgt.«

Jetzt hatte er mich. Ich konnte ihm nicht sagen, daß sie mehr über Randy wissen wollte. Und noch viel weniger konnte ich ihm erzählen, was sie mir anvertraut hatte.

Es war an der Zeit, meine Trumpfkarte auszuspielen.

»Mehr kann ich Ihnen nicht sagen«, erklärte ich. »Es betrifft nur mich und meine Klientin.«

Lange sah er mich an. »So so«, sagte er schließlich. »Ihre Klientin.«

»Ja.«

»Das ist allerdings sehr praktisch.«

»Es war ihr Einfall. Sie hat mich gebeten, ihr zu helfen.«

»Was Sie nicht sagen.«

»Rufen Sie sie doch an, und fragen Sie sie selber.«

»Das könnte ich in der Tat tun«, sagte er. »Vielleicht später. Im Moment nehme ich Ihnen wohl besser diese Handschellen ab. Ich meine, wo ich jetzt kapiere, welch einen Riesenfehler ich gemacht habe.«

Er stand auf und nahm den Schlüssel aus seiner Tasche. Ich wandte mich um. Er schloß die Dinger auf, nahm sie ab und warf sie auf seinen Schreibtisch. Ich stand da und rieb mir die Gelenke, während er zu seinem Stuhl zurückging. Diesmal setzte er sich nicht. Er stützte seine Hände auf die Stuhllehne und beugte sich über den Tisch.

»Was für ein Spiel spielen Sie hier, McKnight?«

Ich schüttelte den Kopf. »Kein Spiel, Chief.«

»Ich denke, Sie sind genau so dreckig wie Ihr Freund. Ich denke, daß ihr eine sehr verängstigte Frau, die zufällig etwas Geld hat, über den Tisch ziehen wollt. Wie soll man so jemanden einstufen? Ich fürchte, so tief reicht meine Skala nicht.«

»Irgendwie werde ich weiterwursteln müssen, trotz Ihrer geringen Meinung von mir«, sagte ich. »Gibt es noch etwas, was Sie mir sagen wollen? Oder bin ich frei und kann gehen?«

»Und das ist alles, was Sie vorhaben? Einfach hier rausmarschieren? Nachdem ich Sie in dieser Weise hergeschleppt habe?«

»Ich habe Schlimmeres erlebt, Chief. Das können Sie mir glauben.«

»Wir sind allein, McKnight. Vielleicht wollen Sie mir ja doch einen Boxhieb versetzen.«

»Wenn Sie mich erschießen wollen, Chief«, sagte ich, »müssen Sie das kaltblütig machen. Ich werde Ihnen keinen Vorwand liefern.«

»Sie erschießen? Mann, haben Sie eine Phantasie.«

»Und ob«, sagte ich. »Genau deshalb legen Sie so viel Wert darauf, ein Stück von mir entfernt zu stehen und die Hände frei zu haben.«

Ich rechnete nicht wirklich damit, daß er auf mich schießen würde. Ich wollte ihn nur etwas durcheinanderbringen. Gestern hatte ich mir noch gewünscht, er würde endlich seinen Arsch bewegen und rausfinden, was mit Randy passiert war. Heute hoffte ich statt dessen, daß er die ganze Zeit nur über mich nachdenken würde. Es war mein Fall, und das gehörte zum Service.

Vielleicht *hätte* der Kerl mich erschossen, wenn er glauben konnte, damit ungeschoren davonzukommen. Oder wenn ich ihm einen guten Vorwand geliefert *hätte*. Oder wenn er schlicht genug Mumm dafür gehabt hätte.

Zum Teufel, vielleicht hätte er ja den Mut dazu aufgebracht, wenn er noch ein paar Minuten mit mir allein gewesen wäre. Er hätte auf mich geschossen und dann zugesehen, wie ich auf dem Boden lag und starb, und mein letzter Gedanke hätte dem vertrauten Gefühl gegolten, zu einer Decke emporzustarren und zu spüren, wie einem alles Blut aus dem Körper läuft. Aber just in diesem Moment erschien eine seiner Teilzeitkräfte an der Tür, und die Stimmung schlug um. Es war Rocky.

Der Chief bot mir an, mich zu meinem Wagen zurückzufahren. Ich lehnte ab.

»Es sind über drei Kilometer«, sagte er.

»Es ist ein schöner Tag für einen Spaziergang. Der gibt mir zugleich die Gelegenheit, den Ort etwas besser kennenzulernen. Immerhin arbeite ich ja jetzt hier.«

Nachdem ich einen knappen Kilometer die Straße entlanggegangen war, hörte ich ihn hinter mir. Ich sah mich um und beobachtete seinen Streifenwagen. Er raste an mir vorbei, ohne mich auch nur im geringsten zu beachten.

Verflixt und zugenäht, sagte ich mir im stillen. Ich hatte versäumt, ihm etwas Nettes über sein tolles Haus zu sagen.

Kapitel 18

Als ich ins Motel in Whitehall zurückkam, rief ich Leon an.

»Bezüglich dieses Privatdetektivs, dieses Whitley, habe ich nichts Neues«, sagte er. »Ich habe ein paarmal seine Nummer gewählt, aber es ist keiner drangegangen.«

»Er hat in Orcus Beach rumgehangen«, sagte ich.

»Ein guter Detektiv hätte einen Telefondienst beauftragt«, meinte er. »Oder seine Anrufe würden automatisch auf sein Handy durchgestellt.«

»Ich weiß nicht, ob es bei Whitley für einen Platz auf der Liste der ›Guten‹ reicht«, sagte ich. »Wenn er für Harwood arbeitet, hat er keinen guten Geschmack, was Klienten angeht. Außerdem haben wir gute Gründe für die Annahme, daß er in Marias Haus eingebrochen ist.«

»Er ist bei ihr eingebrochen? Das ist ja widerlich, Alex. So ein Mann wirft ein schlechtes Licht auf alle Privatdetektive.«

»Ich habe da so eine Erinnerung, als ob wir zwei das auch schon mal gemacht hätten«, sagte ich. »Sogar zweimal, um genau zu sein.«

»Das war doch ganz etwas anderes«, sagte er. »Bei beiden Malen trugen wir doch die weißen Hüte.«

»Wenn du es sagst.«

»Und warum hat er bei ihr eingebrochen?« fragte er. »Hat er etwas mitgenommen?«

»Nein, vermutlich ist er nur ihre Post durchgegangen, und was er sonst finden konnte. Informationen sammeln, verstehst du.«

»Er könnte eine Wanze angebracht haben«, sagte er.

»Das würde einiges erklären«, meinte ich. »Jedesmal, wenn er ihr auffällt und sie die Polizei anruft, verschwindet der Kerl … Ich werde ihr Telefon überprüfen, wenn ich wieder da bin.«

»Sei nicht allzu überrascht, wenn du nichts findest«, sagte er. »Das wäre zu offenkundig. Der Kerl ist mit zwei Ultrahochfrequenz-Geräten erheblich besser bedient. Die werden heute so produziert, daß sie wie Schreibstifte aussehen oder wie diese kleinen Mehrfachstecker, du weißt, was ich meine – man tut sie in die Steckdose und hat dann drei Anschlüsse. Da steckt dann der Sender drin. Auf die Weise hört man alles, was im Raum vor sich geht. Und zwar ständig, nicht nur beim Telefonieren.«

»Das ist doch wohl gesetzwidrig, oder? Ich weiß, daß man ihm nicht nachweisen kann, ins Haus eingebrochen zu sein, aber wenn sie ihn erwischen, wie er da in seinem Auto sitzt und sie belauscht?«

»Ich wette, er hat eine hübsche kleine Metallbox am Vordersitz«, sagte er. »Mit Schloß. Er sieht sie kommen und schmeißt alles da rein. Und die dürfen sie nicht ohne richterlichen Durchsuchungsbefehl öffnen.«

»Leon, um Himmels willen, woher weißt du all das Zeug?« sagte ich. »Sag nichts, ich habe ja alle diese Kataloge gesehen, die du ständig bekommst. Ich werde mich bei ihr im Haus umsehen und schauen, ob ich was finde.«

»Braver Junge.«

»Übrigens – wir sind in aller Form engagiert.«

»Ich komme sofort runter.«

»Leon, du hast zwei gebrochene Gelenke.«

»Meine Frau fährt mich.«

»Leon, du kommst nicht hierhin. Ich ruf dich an, wenn ich irgend etwas brauche.«

Als ich einhängte, malte ich mir aus, wie er im Bett saß und sich das Telefon an den Schädel schlug. Ich war sicher, daß er in den nächsten Stunden seine Frau in den Wahnsinn treiben würde.

Als nächstes rief ich Whitleys Nummer an. Wieder dieselbe monotone Stimme auf dem Anrufbeantworter, die mich bat, Name und Nummer zu hinterlassen. Im Telefon-Marketing hatte der Junge null Chance.

»Hier ist Alex McKnight«, sagte ich. »Ich bin Privatdetektiv und arbeite für Maria Zambelli. Wir wissen, daß Sie sie verfolgen, Whitley. Und noch ein paar andere Dinge dazu. Ich möchte mich gerne mit Ihnen treffen und über die Sache reden. Sie ist bereit, Ihrem Klienten ein äußerst großzügiges Angebot zu unterbreiten, und da sollten wir uns doch wie Erwachsene benehmen, klar? Kein weiteres Rumschleichen wie jugendliche Straftäter. Mein Partner meint, daß Sie den Ruf unserer Branche schädigen.« Ich nannte meine Nummer und hängte auf.

Fast im selben Moment klingelte das Handy in meiner Rocktasche. Ich grub es aus und drückte auf den Knopf.

»Alex, hier ist Maria.«

»Maria, hören Sie gut zu. Sagen Sie nichts. Klar? Ich meine, sagen Sie nur ja oder nein. Haben Sie das verstanden?«

»Ja.«

»Okay, sehen Sie sich mal ganz genau Ihr Telefon an. Versuchen Sie den Hörer auseinanderzubauen. Falls es eins dieser alten Modelle ist, meine ich. Wo man die Sprechmuschel abschrauben kann. Haben Sie so eins?«

»Ja.«

»Okay, dann versuchen Sie es aufzuschrauben, und sehen Sie nach, ob da außer der Membran noch was drin ist.«

Ich hörte das Kratzen des Plastikmaterials, als sie das Teil abschraubte. Wenige Augenblicke später schraubte sie es wieder an.

»Nein.«

»Okay. Mein Partner meint sowieso, es sei wahrscheinlicher, daß er einen Sender im Raum versteckt hat. Haben Sie so etwas wie einen begehbaren Schrank, in den Sie gehen können?«

»Ja.«

»Okay. Sagen Sie irgendwas und verabschieden Sie sich dann. Dann gehen Sie in den Schrank.«

»Das klingt gut. Wir sehen uns dann morgen. Ich freu mich drauf. Tschüss.«

Eine Minute verging. Dann war ihre Stimme wieder da – im Flüsterton.

»Glauben Sie wirklich, daß er das Haus verwanzt hat?«

»Das ist ziemlich wahrscheinlich. Warum sollte er sonst eingebrochen sein?«

»Mir gefällt das nicht, Alex.«

»Machen Sie sich keine Sorgen. Ich kümmere mich drum, sobald ich da bin.«

»Chief Rudiger ist vorbeigekommen«, sagte sie. »Was haben Sie denn mit dem gemacht?«

»Wir haben in aller Freundschaft ein wenig geplaudert. Nichts Aufregendes.«

»Er wollte wissen, wieso ich Sie engagiert habe. Ich habe gesagt, ich hätte Angst und Sie sollten Harwood für mich finden. Allzusehr schien ihm das nicht zu gefallen. Ich glaube nicht, daß er im Moment richtig glücklich darüber ist, daß ich in seinem Haus wohne.«

»Warum bleiben Sie denn überhaupt da?« fragte ich.

»Lassen Sie uns das noch zu Ende bringen, Alex. Dann verschwinde ich von hier.«

»Keine Spur von unserm Mann im Cadillac?«

»Nein, aber bald wird es dunkel. Ich mag hier nicht alleine sein. Ich will raus und etwas essen. Ich nehme an, Sie wollen mich nicht begleiten?«

»Gehen Sie wie immer ins Rocky's«, sagte ich. »Ich glaube nicht, daß ich dort willkommen bin. Ich mache noch einen Anruf und fahre dann zu Ihrem Haus. Ich meine, wenn Sie damit einverstanden sind ...«

»Ja«, sagte sie. Die Frau wußte, wie man ein Ja flüstert. Ich merkte, wie es mir durch und durch ging. Ich versuchte mir ihr Gesicht vorzustellen.

Eine schlechte Idee, Alex. Das ist exakt das, was du im Moment überhaupt nicht brauchen kannst.

»Wir treffen uns dann an Ihrem Haus«, sagte ich. »Seien Sie vorsichtig.«

Ich legte den Hörer auf und saß lange da, während ihre Stimme in meinem Kopf summte. Dann rief ich im Krankenhaus an. »Dr. Havlin bitte«, sagte ich. »Ich rufe an, um mich nach dem Befinden von Randy Wilkins zu erkundigen.«

Es dauerte einige Minuten. Dann war der Doktor in der Leitung.

»Mr. McKnight«, sagte er. »Mr. Wilkins ist auf dem Wege der Besserung.«

»Wie sieht es aus?«

»Ich habe das Fragment entfernen können«, sagte er. »Jetzt müssen wir abwarten. Wenn er wieder zu Bewußtsein kommt, sollte das in den nächsten achtundvierzig Stunden der Fall sein.«

Ich dankte dem Arzt und hängte ein.

Achtundvierzig Stunden, Randy. Hätte ich nicht andere Dinge zu erledigen, führe ich dorthin und würde warten. Ich wäre gern die erste Person, die du siehst, wenn du aufwachst.

Es war schon dunkel, als ich das Motel verließ. Es hätte nicht so spät werden dürfen, dachte ich. Ich sollte längst an ihrem Haus sein.

Alles mit der Ruhe. Sie ist nicht einmal dort. Sie ist in der Kneipe und ißt zu Abend.

Das Handy klingelte. Ich nahm es in die Hand und drückte auf den Knopf.

»Alex«, sagte sie, »wo sind Sie?« Ihre Stimme war wieder leise.

»Ich bin auf dem Weg.«

»Er ist hier.«

»Er ist wo?« fragte ich. »Wo sind Sie?«

»Ich bin zu Hause«, sagte sie. »Es war einfach zu gespenstisch, im Rocky's zu sein. Wie er mich angeguckt hat, als er erfahren hatte, daß ich Sie engagiert habe!«

»Sind Sie wieder im Schrank?« Ich gab ordentlich Gas. Es waren noch fast zwanzig Kilometer bis Orcus Beach.

»Ja. Ich bin gerade nach oben gegangen und habe ihn vom Fenster aus beobachtet. Ich habe den Feldstecher benutzt. Eine Sekunde hat er das Licht im Wagen angemacht. Ich konnte sehen, daß er Kopfhörer trug.«

»Okay, bleiben Sie ruhig«, sagte ich. »Ich bin auf dem Weg.«

»Er sah ziemlich groß aus, Alex. Und häßlich.«

»Halten Sie still. Ich bin gleich da.«

»Was ist, wenn er wieder ins Haus kommt? Wenn er hier einbricht?«

»Tut er nicht«, sagte ich. »Er weiß ja, daß Sie da sind.«

»Vielleicht *will* er dieses Mal ja, daß ich da bin«, sagte sie. »Alex, ich habe solche Angst.«

Die Verbindung wurde schlecht. Verdammtes blödes Scheißteil. »Maria, sind Sie noch da?«

»Ich bin hier.«

»Wollen Sie die Polizei verständigen? Wenn Sie das vom Schrank aus machen, kann er Sie nicht hören. Diesmal könnten sie ihn schnappen.«

»Ich denke, Sie können ihm nichts anhaben. Das haben Sie doch selbst gesagt.«

»Sie können ihn in die Mangel nehmen. Aber im letzten, nein – sie können ihm vermutlich nichts nachweisen. Mein Partner meint, er hat vermutlich eine verschließbare Kiste im Wagen, in der er alles verstecken kann.«

»Selbst wenn sie es könnten«, sagte sie, »hätten wir dann immer noch nicht Harwood gefunden.«

»Vermutlich nicht.«

»Es sei denn, Ihnen fiele etwas ein.«

»Vielleicht gibt es einen Weg. Ich könnte mich mit ihm unterhalten. Ich könnte ihn ganz freundlich fragen.«

»Vermutlich will ich gar nicht wissen, was ›ganz freundlich‹ heißt.«

Die Verbindung war weg, wieder da, weg.

»Maria?«

»Ich bin noch dran.«

»Wie rum steht sein Wagen?«

»Richtung ... Süden, glaube ich. Mit Himmelsrichtungen bin ich fürchterlich, Alex. Wenn Sie auf der Straße auf mein Haus zufahren, steht er so, daß er Sie kommen sieht.«

»Das macht Sinn«, sagte ich. »Schön, sehen Sie, daß alle Türen verschlossen sind. Ich werde dann einen Versuch machen.« Soeben hatte ich die M-31 verlassen und raste auf der B-15 am Seeufer entlang. Ich hing hinter einem Kombiwagen, der einen Anhänger mit einem Boot zog. Der Fahrer liebte es leicht und gemächlich, also raste ich hupend an ihm vorbei.

»Ich gehe zurück zum Fenster und sehe nach ihm«, sagte sie. »Ich werde weiterreden, als sei nichts passiert. In Wirklichkeit ...«

»Was? Was haben Sie vor?«

»Ich werde dafür sorgen, daß er zuhört.«

Ich hörte, wie eine Tür aufging. Sekunden vergingen. »Sind Sie das?« Ihre Stimme klang jetzt normal.

»Maria, was machen Sie?«

»Ich mußte an Sie denken. Ich weiß, daß wir kaum Zeit miteinander verbracht haben. Trotzdem mache ich mir so meine Gedanken.«

Ich sagte nichts. Ich ließ sie reden. Die Straße beschrieb plötzlich eine Kurve. Zwei Räder gerieten auf die Bankette. Ich trat auf die Bremsen, riß das Steuer nach rechts und dann gleich wieder nach links.

»Darf ich Ihnen etwas gestehen?« sagte sie. »Ich mußte an Sie denken, als ich heute ein Bad genommen habe. Das erinnert mich an eine Geschichte. Wollen Sie sie hören? Sie ist passiert, als ich sehr viel jünger war.«

Ich fuhr inzwischen fast hundertdreißig. Zwei Fahrspuren, die am Rand der Welt entlangführten, Wasser auf der einen, verschwommen vorbeihuschende Kiefern auf der anderen Seite.

»Als ich achtzehn war, kam die ganze Familie den Sommer über hier an den See. Das Wasser war immer wahnsinnig kalt, sogar Mitte Juli, aber nachts wirkte es nicht ganz so kalt. Es wirkte wärmer als die Luft. Deshalb habe ich mich manchmal nachts, wenn alle im Bett waren, an den Strand geschlichen, nur mit meinem Bademantel. Wenn ich mir ein Herz gefaßt hatte und sicher war, daß niemand da war, habe ich den Bademantel abgeworfen und bin ins Wasser gesprungen.«

Ich konzentrierte mich aufs Fahren.

»Eines Nachts war ich eine Zeitlang geschwommen und bin wieder an Land gegangen und zu der Stelle gelaufen, wo ich meinen Bademantel hingelegt hatte. Aber er war nicht mehr da.«

Eine lange Pause folgte.

»Maria?«

Nichts.

Ich sah zum Handy. Das Signal war weg.

»O nein, du blödes Stück Scheiße.« Ich nahm es in die Hand und schüttelte es, als ob ich es damit ernsthaft wieder zum Funktionieren brächte. »Nun mach schon, tu mir das nicht an.«

Ich versuchte ihre Nummer zu wählen, aber es sendete nicht. Das doofe kleine Display sagte immer nur dasselbe: Betriebsbereit.

»Betrieb kannst du haben«, sagte ich. Ich wollte es schon am Armaturenbrett in Stücke hauen, bezwang mich dann aber selber und warf es auf den Beifahrersitz.

Ich konzentrierte mich auf das Lenken des Lastwagens, darauf, schnellstmöglich zu ihr zu gelangen. Ich sah das Schild, das mich in Orcus Beach willkommen hieß, fuhr an Rocky's Kneipe vorbei, bog an der Ecke links ab, raste die Straße hinunter, über die Brücke, bis zu Marias Straße.

Ich bog nicht ein. Ich parkte den Laster an der Bootslände und stieg aus. Die plötzliche Stille ging mir auf die Nerven. Nur das schlappe Geräusch der Wellen, die sanft ans Ufer schlugen, und das nachbebende Dröhnen der Straße in meinem ganzen Körper.

Okay, Alex. Jetzt mußt du gerissen sein. Wenn du die Straße runtergehst, sieht er dich unweigerlich. Es ist eine Sackgasse, also gibt es keine Möglichkeit, von hinten an ihn ranzukommen. Es sei denn …

Das Ufer.

Von der Bootslände aus ging ich weiter auf den Sand und die Felsen. Es war ein mühsamer Marsch, vor allem in der Dunkelheit. Das einzige Licht kam vom halbvollen Mond, der sich hinter Wolken verbarg und, noch schwächer, von den Häusern entlang des Ufers.

Ich kämpfte mich nach Norden vor, hinter der Häuserreihe entlang. Ich wußte, das von Maria war fast ganz am Ende. Das vorletzte, wenn ich das richtig in Erinnerung hatte. Ich mußte mithin den ganzen Weg zurücklegen, fast einen Kilometer.

Ich dachte an Maria am Strand. In ihrem Bademantel.

Ich stolperte über etwas und schlug hart hin. Ich rappelte mich wieder auf und marschierte weiter.

Ich erreichte Marias Haus. Das Haus vom Chief. Wenn der mich jetzt sehen könnte, wie ich mich von hinten ans Haus heranschlich. Mir fiel der Zaun ein, der das ganze Grundstück zur Straßenseite hin umgab. Ich mußte sogar noch ein Stück weiter am Ufer entlang, um sicherzugehen, daß er mich nicht bemerkte, wie ich über das verdammte Ding kletterte. Also ging ich an ihrem Grundstück vorbei bis zum letzten Haus in der Reihe. Ein stabiler Maschendrahtzaun umgab das Grundstück auf drei Seiten; er endete einen Meter vorm Wasser.

Ich griff in die Maschen und holte tief Luft. Was für ein paranoider Arsch zieht um sein gesamtes Gelände solch einen Zaun und läßt es dann zum See hin offen? Offensichtlich zog er eine Invasion vom Wasser aus nicht in Betracht. Das Haus war völlig dunkel. Entweder war niemand zu Hause, oder alle waren früh zu Bett gegangen.

Mir fiel das Ende der Straße wieder ein und der niedrigere Zaun hinter der Planke. Wenn ich um das ganze Grundstück herumginge …

Ich überquerte das dem Mann gehörende Uferstück und wartete auf die Bewegungsmelder, die die Scheinwerfer in Gang setzen würden, und dann auf die heranhetzenden Wachhunde. Nichts geschah. Als ich die andere Seite erreichte, sah ich einen schmalen Streifen Land, der am Zaun entlanglief. Er fiel steil zu der Bucht hin ab, die ich von der Straße aus gesehen hatte.

Ein kleiner Balanceakt war angesagt. Ich hielt mich am Zaun fest, während ich mich mühsam auf dem schmalen Streifen nach oben arbeitete. An einigen Stellen hatte die Erosion das ganze Erdreich unter dem Zaun fortgespült. Über diese Stellen mußte ich hinwegklettern, bis ich wieder gehen konnte. Endlich erreichte ich den Betonrand der Straße und den niedrigen Zaun, der hinter der Absperrplanke verlief. Ein Stück die Straße hinunter konnte ich den verschwommenen Umriß des Cadillac erkennen.

Ich kletterte über den Zaun, möglichst ohne Geräusch, was aber mißlang. Oben auf dem Zaum blieb ich mit der Hose hängen und wäre fast mit dem Kopf nach unten abgestürzt. Eine neuerliche brillante Vorstellung der geschmeidigen Beweglichkeit des ehemaligen Leistungssportlers. Schließlich erreichte ich doch noch den Boden und ging in die Hocke, während ich mir die schmerzende rechte Schulter rieb.

Eine Zeitlang beobachtete ich den Wagen. Es gab kein Anzeichen für irgendwelche Bewegungen. Ich schätzte, daß er vielleicht sechzig Meter entfernt war, und die Strecke bot wenig Sichtschutz. Ich mußte mithin schnell und leise vorgehen.

Der Wind frischte auf und blies mir Sand ins Gesicht. Ich schloß die Augen und wartete auf das Ende der Bö. Dann legte ich los.

Ich ging gebückt, in der Hoffnung, daß er mich so nicht im Rückspiegel sehen würde. Ich malte mir aus, wie er mit geschlossenen Augen dasaß und den Kopfhörern lauschte. Das ist brav, lausch mal schön. Es gibt überhaupt keinen Grund, nach hinten zu blicken. Ein schönes Gefühl, einfach so dazusitzen und den Augen eine Pause zu gönnen …

Das Licht innen in seinem Wagen ging an.

Ich warf mich auf den Boden und rang nach Luft. Hatte er mich gesehen?

Ich sah auf. Ich war noch gut zehn Meter entfernt. Warum war das Licht an?

Ich wartete. Die Tür öffnete sich nicht. Nichts.

Okay, beweg dich wieder. Langsam. Sehr leise. Warum zum Teufel hatte er das Licht angemacht?

Im Grunde kommt mir das zupaß. Mit dem Licht drinnen wird er draußen nicht gut sehen können. Ich erreichte das Heck seines Wagens. Okay, welche Seite jetzt? Fahrer- oder Beifahrerseite?

Auf der Fahrerseite kann ich die Tür öffnen und ihn herausziehen. Wenn die Tür nicht verschlossen ist. Und wenn er mich nicht im Außenspiegel sieht.

Auf der Beifahrerseite kann ich die Tür aufreißen und auf den Sitz neben ihn springen. Wenn die Tür nicht verschlossen ist. Ich schielte auf dieser Seite um die Ecke. Kein Spiegel. Ich dachte, Cadillacs hätten immer Spiegel auf beiden Seiten. Vielleicht ist er mal abgefallen. Vielleicht spielt es auch keine Rolle, und ich sollte tätig werden, bevor die Nacht vorüber ist.

Und weißt du was, Alex? Das wäre eine richtig gute Gelegenheit, um deine Pistole dabeizuhaben. Zu blöd, daß sie in einem Schuhkarton auf dem Boden deines Kleiderschrankes liegt, fünf Stunden von hier auf der Oberen Halbinsel.

Macht nichts. Zur Sache.

Ich wählte die Beifahrerseite. Zentimeter für Zentimeter schob ich mich bis zum hinteren Fenster und wagte einen Blick nach innen. Ein Mann. Er hatte Kopfhörer aufgesetzt, was gut war. Es verringerte die Chance, mich zu hören. Er blickte nach unten auf irgend etwas. Las er vielleicht? Auch gut.

Ist diese Tür offen? Ja. Es war ein älteres Modell, und der Metallstift zur Verriegelung ragte über sechs Zentimeter in die Luft. Gott segne alte Cadillacs.

Jetzt aber los.

Ich riß die Tür auf.

Eine Pistole. Direkt da auf dem Beifahrersitz. Ich packte sie mir, unmittelbar bevor er sie selbst erreichen konnte. Der Mann schrie sich durch etliche Silben durch, bis es endlich wieder zu vollständigen Wörtern langte. »O mein Gott, du Dreckskerl, ich sterbe, um Himmels willen … Was zum Teufel tun Sie hier? Wer sind Sie?«

»Guten Abend«, sagte ich und setzte mich neben ihn. »Sie müssen Miles Whitley sein.«

»Verdammt, verdammt, verdammt«, sagte er und klammerte sich ans Lenkrad. »Ich komme hier um.«

»Beruhigen Sie sich«, sagte ich. »Reißen Sie sich zusammen.«

»Das sagen Sie so leicht, Sie Dreckskerl. O mein Gott.«

Ich betrachtete ihn genauer. Er war groß, wie Maria gesagt hatte. Solide zweieinhalb Zentner, wenn nicht mehr. Er war noch massiger als Leon. Sein Haar war schütter, und er hatte es, in einem aussichtslosen Kampf, die Glatze zu verdecken, quer hinübergekämmt. Sein Gesicht war rund und grau, die Art von Gesicht, die man mit einer Zigarre drin beim Pferderennen sieht. Die Kopfhörer waren ihm von den Ohren geglitten und hingen ihm jetzt um den Hals. Als ich nach unten sah, gewahrte ich den Riesenflecken auf seiner Hose. In seiner linken Hand hielt er ein großes Schraubglas, zur Hälfte gefüllt mit etwas, das nur Urin sein konnte. Ich gab mir jede erdenkliche Mühe, nicht noch mehr zu sehen.

»O Gott, mein Rücken«, stieß er zwischen zusammengebissenen Zähnen hervor. »Mein ganzer Rücken hat sich verkrampft. Verdammt, verdammt. verdammt.«

»Es sieht so aus, als hätte ich Sie bei irgendetwas mittendrin unterbrochen«, sagte ich. »Ich bitte vielmals um Entschuldigung.«

»Verdammt noch mal, wer sind Sie?« Er fand den Deckel des Glases und schraubte ihn fest. Dann begann er mit den Händen zu wedeln wie jemand, der dringend ein Papierhandtuch braucht.

»Mein Name ist Alex McKnight«, sagte ich. »Ich habe Ihnen heute eine Nachricht zukommen lassen.«

»Ja und?« Er versuchte, vorsichtig den Rücken zu krümmen. »Verdammt, verdammt.«

»Sie haben nicht zurückgerufen. Da habe ich mir Sorgen gemacht.«

Er sah mich an, sah mir zum erstenmal richtig in die Augen. »Was soll das? Ist das irgendein Scherz?«

»Von der Art kenne ich Millionen«, sagte ich. Ich betrachtete den ganzen Kram, den er um sich herum angehäuft hatte: Zeitungen, Verpackungen von Schokoladenriegeln. Eine Flasche Vernors Ginger Ale. Ich hob eine der Zeitungen hoch und sah den Ultrahochfrequenz-Empfänger, der am Zigarettenanzünder angeschlossen war. Auf dem Boden war eine Metallkassette mit Schloß, genau wie Leon vorausgesagt hatte. »Sieht ganz so aus, als bezögen Sie alle richtigen Kataloge«, sagte ich. »Haben Sie da nicht die speziellen Überwacherhosen gesehen, die man ordern kann, mit dem kleinen Pißröhrchen drin? Wie die, die Astronauten im Weltall benutzen?«

»Erzählen Sie mir vielleicht mal, was zum Teufel Sie wollen? Jesus, mein Kreuz!«

»Ich will wissen, wo Harwood steckt.«

»Wer ist das?«

»Der Mann, der Sie dafür bezahlt, daß Sie hier sitzen und eine Frau belauschen, die halbtot vor Angst ist«, sagte ich. »Der Mann, der Sie dafür bezahlt hat, in ihr Haus einzubrechen.«

»Ich weiß nicht, wovon Sie sprechen.«

»Ich habe da eine Idee«, sagte ich. Ich öffnete den Revolver und sah die rückwärtigen Enden von sechs Patronen. »Sie sollten lernen, Ihre Waffe zu putzen«, bemerkte ich.

»Und Sie sollten lernen, sich damit in den Arsch zu pusten.«

»Hier wäre meine Idee«, sagte ich. »Neulich hat jemand eine Waffe an mein Knie gehalten und mich gefragt, wie es sich wohl anfühlen würde, wenn er abdrücke. Etwa so.« Ich drückte den Lauf des Revolvers direkt gegen sein rechtes Knie.

Er sah auf die Waffe herunter. Er sagte nichts.

»Natürlich hatte dieser Mann eine Schrotflinte«, sagte ich. »Da können Sie sich wohl denken, was ich dabei empfand. Ein Schuß und mein Knie wäre weg gewesen. Nichts als Kniesuppe überall an den Wänden.«

Ich sah, wie er schluckte.

»Nun, ein kleiner Revolver wie der hier«, erklärte ich, »richtet natürlich längst nicht so viel Schaden an. Andererseits hat man freilich sechs Patronen zur Verfügung.«

»Sie werden niemals auf mich schießen«, sagte er.

»Die erste Patrone würde vermutlich unterhalb der Kniescheibe eindringen. Meinen Sie, sie kommt auf der anderen Seite wieder heraus?«

»Sie werden nicht auf mich schießen«, sagte er wieder.

»Woher wollen Sie das wissen?«

»Weil Sie es nicht fertigbringen.«

»Die zweite Kugel würde vermutlich die Kniescheibe selbst zerschmettern! Ich nehme an, Sie würden dabei wenigstens Ihren schlimmen Rücken vergessen.«

»Ich tue hier bloß meine Arbeit. Sie wissen das. Sie sind doch selbst ein privater Schnüffler. Das sagten Sie doch in Ihrer Nachricht.«

»Privater Schnüffler? Sie nennen das wirklich so?«

»Was wollen Sie?«

»Harwood, den Mann, der Sie engagiert hat«, sagte ich. »Wissen Sie, warum er all die Jahre nach dieser Frau sucht?«

Er blickte auf die Pistole. »Das brauche ich nicht zu wissen.«

»Natürlich nicht. Nicht, wenn er Ihnen genug bezahlt.«

»Ich schlage mich gerade so durch. Sie wissen doch, wie das ist. Es ist ein harter Job.«

»Haben Sie ein Handy bei sich?«

»Unter Ihrem Sitz.«

»Ich hoffe, ich betätige nicht aus Versehen den Abzug«, sagte ich, als ich danach langte. »Da ist es.« Ich klappte es auf und stellte es an. Es suchte zwei Sekunden lang und war dann bereit. »Sie haben ein besseres Gerät als ich, das muß man Ihnen lassen.«

»Wen rufen Sie an?«

»Meine Klientin. Sie wissen doch, wie das ist. Man muß sich dann und wann melden, um den Kunden zufriedenzustellen.«

Maria hob beim ersten Klingeln ab.

»Ich bin's«, sagte ich.

»Alex! Mein Gott! Was ist passiert? Wo sind Sie?«

»Direkt vor Ihrer Tür. Auf der Straße. Ich hänge hier mit Mr. Whitley rum.«

»Dem Mann im Auto? Alex, wieso haben Sie … Ich meine, ich war so besorgt, als Sie vorhin eingehängt haben. Ich hatte Angst, daß Sie …«

»Alles in Ordnung. Sie können sich beruhigen. Mr. Whitley hat ein viel besseres Handy. Er war so freundlich, es mir zu borgen.«

Ich konnte hören, wie sie tief Luft holte. »Gott sei Dank«, sagte sie. »Ich wußte nicht, was ich denken sollte.«

»Klingt ganz so, als hätte ich eine gute Geschichte verpaßt.«

»Allerdings. Zu schade!«

Ich wußte nicht, was ich darauf sagen sollte, und versuchte es deshalb auch gar nicht erst.

»Was werden Sie jetzt machen?« fragte sie. »Wenn Sie direkt vor meiner Türe sind, warum sprechen wir dann übers Telefon miteinander? Soll ich nach draußen kommen?«

»Nein, das wäre zu peinlich für Mr. Whitley, fürchte ich.« Ich nahm die Pistole von seinem Knie und lehnte mich im Sitz zurück. Irgend etwas strich mir über den Kopf. Es war der Stoff vom Autohimmel, der wie in einem Haremszelt herabhing. Der Geruch im Wagen, eine Mischung aus Schweiß und Urin und Gott weiß was sonst noch, schaffte mich allmählich.

Es würde nicht erfreulich werden, aber es war die einzige Möglichkeit. Ich hatte keine Idee, wie lange es dauern würde. Vielleicht dreißig Minuten. Vielleicht die ganze Nacht.

»Sie bleiben hier«, sagte ich. »Wir müssen einen kleinen Ausflug machen.«

»Was meinen Sie damit? Wo fahren Sie hin?«

Ich gab Whitley einen kleinen Wink mit der Waffe. »Sobald er den Reißverschluß an seiner Hose zugemacht hat«, sagte ich, »schauen wir beide mal bei seinem Auftraggeber vorbei.«

Kapitel 19

Whitley überraschte mich. Ich hatte gedacht, er würde den Weg nach Osten einschlagen, zurück zu einer der Autobahnen. Statt dessen fuhr er nach Norden, direkt die M-31 hoch, die kleine zweispurige Straße, die an der gesamten Küste des Lake Michigan entlangführt.

»Wohin fahren wir?« fragte ich schließlich.

»Nach Norden«, sagte er.

»Können Sie vielleicht etwas detaillierter werden?«

»Wollen Sie um Himmels willen nicht das Schießeisen wegnehmen? Warum müssen Sie denn aus der Angelegenheit eine gewaltsame Entführung machen?«

»Ich habe sie ja gar nicht auf Sie gerichtet. Entspannen Sie sich und fahren Sie. Und etwas langsamer bitte, ja? Wenn Sie beabsichtigen, uns die Polizei auf den Hals zu holen, überlegen Sie sich das besser zweimal. Ich bin sicher, die Polizei wäre sehr daran interessiert zu erfahren, was Sie dahinten gemacht haben.«

»Ich hab meine Arbeit gemacht, Freundchen.«

»Sie sind in das Haus eingebrochen und haben eine Wanze angebracht«, sagte ich. »Sie führen einen Lauschangriff.«

»Klingt ganz schön häßlich, wenn Sie es so ausdrücken.«

»Warum haben Sie das überhaupt gemacht?« fragte ich. »Das schnall ich nicht. Ich weiß, Harwood hat nach ihr gesucht, schön, Sie haben sie gefunden. Schön für Sie. Warum sind Sie ihr denn dann noch nachgefahren und haben ihre Gespräche belauscht?«

Er stieß lange die Luft aus und rieb sich dann das Gesicht. »Der Klient will das Objekt verfolgt sehen, also folgen Sie dem Objekt. Sie wissen doch, wie das ist. Er will, daß Sie sie ausspionieren, also spionieren Sie sie aus. Sie sitzen da, hören zu und Sie erzählen ihm dann, was sie sagt. Ich hatte das Telefon immer dabei. Jetzt spricht sie mit ihrem Bruder, jetzt spricht sie mit ihrem Kind. Für mich bedeutete das gar nichts. Sie hat halt gesprochen, wissen Sie. Aber der Klient will diesen Kram wissen. Solange er daran interessiert ist und solange er zahlt, machen Sie halt dabei mit.«

Ich schüttelte den Kopf. Ich wußte nicht, was ich sagen sollte.

»Erzählen Sie mir nicht, Sie machen so 'nen Scheiß nicht«, sagte er. »Was ist das Übelste, was Sie jemals als Privatdetektiv gemacht haben?«

»Ich bin der falsche Mann für solche Fragen.«

»Ich greife jetzt nur nach meinen Pillen. Regen Sie sich nicht auf.« Er griff zwischen seinen Beinen nach unten und hob eine Pillenflasche aus Plastik vom Boden auf. »Hier, machen Sie sie mal auf«, sagte er und warf sie mir zu.

Ich las die Verordnung, als ich das Fläschchen öffnete: Miles Whitley, eine Tablette viermal am Tag, bei Bedarf. Ein roter Aufkleber warnte vor Autofahren und dem Betätigen schwerer Maschinen.

Ich nahm eine der Tabletten heraus. Sie sah vertraut aus. Es war Vicodin, dieselbe Tablette, mit der ich einst ein kleines Problem gehabt hatte. Nachdem ich niedergeschossen worden war, sollte ich sie in schlimmen Nächten nehmen. Damals waren eine ganze Zeitlang alle Nächte schlimme Nächte gewesen.

»Ein teuflischer Job bei einem kaputten Rücken«, brummte er, als er sie von mir nahm und einwarf. »Stundenlang rumsitzen. Und dann gibt es noch Typen, die einem in den Wagen springen, daß man vor lauter Schreck in die Hosen macht.«

Ich überlegte, selbst eine der Pillen zu nehmen. Statt dessen setzte ich den Verschluß wieder auf und warf die Flasche auf den Rücksitz.

»Wie lange sind Sie schon Privatdetektiv?« fragte er.

»Ich bin kein Privatdetektiv.«

»Sie sagten, Sie wären einer. Auf dem Anrufbeantworter.«

»Das habe ich nur vorgetäuscht.«

»Von wegen vorgetäuscht«, sagte er. »Ich mache das schon jede Menge Jahre. Länger, als ich zugeben mag. Das Geschäft hat sich geändert, lassen Sie sich das sagen. Da gibt es jetzt Jungs, die tun nichts als den ganzen Tag auf einen Computer starren. Jesus Christus, es gibt sogar weibliche Privatdetektive. Von uns Oldtimern sind kaum noch welche übrig. Es war ein hartes Geschäft, seinerzeit. Da mußte man schon ein ganz bestimmter Typ von Kerl sein.«

»Um Gottes willen, Whitley …«

»Sind Sie nun Privatdetektiv oder sind Sie keiner? Haben Sie eine Lizenz?«

»Ja«, sagte ich. »Aber das war ein Unfall.«

»Was zum Teufel soll das jetzt wieder heißen? Sie arbeiten doch für diese Dame, oder etwa nicht?«

»Sie hat mich gebeten, ihr zu helfen. Also tue ich das auch.«

»Ein Privatdetektiv aufgrund eines Unfalls«, sagte er und sah aus dem Fenster auf den See. »Und er kriegt Klienten, die genau danach auch aussehen. Während ich meinen Klienten …«

»Harwood«, sagte ich. »Ich weiß, wer Sie engagiert hat.«

»Ich kann die Identität meines Klienten nicht offenlegen.«

»Geben Sie's auf«, sagte ich. »Wir treffen ihn schnell genug. Wie lange müssen wir übrigens noch fahren?«

»Wenig mehr als eine Stunde.«

»Das ist es schon? Wo ist er?«

»In dieser Richtung.«

»Wo in dieser Richtung? Fahren wir zu seinem Haus?«

»Quatsch. Weiß überhaupt nicht, wo er wohnt.«

»Wie, er hält sich hier in dieser Gegend in einem Motel auf? Damit er in ihrer Nähe sein kann?«

»Kein Motel.«

»Nun hören Sie schon auf, mich zu verarschen. Wohin fahren wir?«

»Ihm gehört etwas Land da oben«, sagte er. »Mehr weiß ich nicht.«

»Das Land von der Gesellschaft. Da hält er sich also auf. Wie lange ist er schon da?«

»Nicht lange. Erst seit er herausgekriegt hat, wo sie ist.«

»Sagt Ihnen der Name Randy Wilkins irgend etwas? Oder Ihrem Mr. Harwood?«

»Wer sollte das sein?«

»Das ist der Mann, dem Sie gefolgt sind«, sagte ich. »Vom Haus ihres Bruders aus.«

»Ist das sein Name?«

»Ja«, sagte ich. »Sie sind ihm gefolgt, und jetzt weiß Harwood, wo sie ist.« Es ist hilfreich, wenn man Wut auf denjenigen hat, den man gerade mit vorgehaltener Pistole zu etwas zwingt. Der Gedanke, daß dieser Clown das Haus in Farmington beschattet hatte und dann Randy den ganzen Weg nach hier draußen gefolgt war, so daß er Maria finden konnte – das half mir ganz schön, neue Wut aufzubauen.

»Genau dafür hat er mich bezahlt.«

»Klar, weiß ich. Sie verrichten nur Ihre Arbeit.«

»Hören Sie mal, mich hat nicht irgendein ›Unfall‹ dazu gebracht, mal ein bißchen Detektiv spielen zu wollen. Das ist nicht mein Hobby.«

»Halten Sie den Mund und fahren Sie.«

Er schüttelte den Kopf und beschränkte sich aufs Fahren. Wir blieben auf der M-31 den ganzen Weg bis zum Rand der Sleeping Bear Sand Dunes. Man nannte die ganze Gegend jetzt die »Goldküste« oder die »Riviera Michigans«. Mit all den Badeorten, die hochschossen, war das eine gute Zeit, um hier Land zu besitzen.

Es sei denn, jemand will Sie aus diesem Grund umbringen.

»Was haben Sie denn überhaupt vor?« fragte er. Wir hatten gerade die kleine Stadt Beulah erreicht; dort wandte sich die Landstraße nach Osten und führte mitten hinein in den Staatswald.

»Ich werde mit ihm sprechen«, sagte ich.

»Und dabei eine Pistole gegen seinen Schädel drücken?«

»Hey«, sagte ich. »Ich tue nur meine Arbeit. Genau wie Sie.«

Die Wälder traten zurück, und wir sahen eine Golfflagge inmitten eines Grüns und dann, etwas später, die Lichter eines Skilifts, der nach oben fuhr. Für Michigan-Maßstäbe war das eine lange Abfahrt. Golf im Sommer, Ski im Winter. Im Moment sah es dort nicht gerade überlaufen aus, aber einen Monat später, da war ich mir sicher, würden die Buchungen beeindrukkend sein.

Als wir durch den Ort hindurch waren, hatten wieder Kiefern das Land in Besitz genommen, dicht genug, um die Nacht zur totalen Finsternis werden zu lassen. Whitley verlangsamte den Wagen. Warum, konnte ich nicht erkennen. Nirgends konnte man abbiegen. Nur Bäume, soweit man sehen konnte.

Er fuhr den Wagen in eine Lücke zwischen den Bäumen. Ich hatte sie nicht einmal gesehen, bis die Scheinwerfer plötzlich abschwenkten. Auf beiden Seiten ragten Bäume über uns.

»Ist das die Stelle?«

»Nein. Ich hatte nur plötzlich den Einfall, diesen Wildwechsel langzufahren und zu gucken, wohin er wohl führt.«

»Es gibt keinen Grund dafür, daß irgend jemand zu Schaden kommt, Whitley. Also machen Sie nicht irgendwelchen Quatsch, wenn Sie da ankommen, okay? Versuchen Sie nicht, ihm einen Wink zu geben oder sonstwas. Ich will wirklich bloß mit dem Mann sprechen und dann wieder verschwinden.«

»Und wie wollen Sie wegkommen?«

»Sie fahren mich zurück«, sagte ich. »Es ist ja nicht weit.«

»Jetzt bin ich schon Chauffeur. Meine Stellung im Leben wird von Minute zu Minute großartiger.«

Fast zwei Kilometer lang fuhr er zwischen den Bäumen her. Hier gab es nichts als die zerklüftete Rinde der Kiefern zu beiden Seiten und das Geräusch der Gräser und Kräuter, über die der Boden des Wagens hinwegglitt. Endlich erreichte er eine

Lichtung und fuhr scharf nach rechts. Die Scheinwerfer glitten über etwas Großes, Weißes.

Früher nannte man sie Campingwagen. Mein Vater besaß zwei Jahre lang einen, damals, als er jedes Wochenende auf die Obere Halbinsel fuhr, um an seiner ersten Hütte zu arbeiten. Jetzt heißen sie Freizeitmobile und haben Küchen, Bäder, Farbfernseher, was immer Sie sich wünschen mögen. Die besseren kosten reichlich über 100 000 $. Der einzige Unterschied zwischen einem kleinen Haus und einem Freizeitmobil ist, daß das Freizeitmobil für einen Kilometer knapp einen Liter Sprit braucht.

Als wir ausstiegen, befahl ich Whitley, die Schlüssel stecken zu lassen. »Ich fahre zurück«, sagte ich. »Das ist nur fair.«

»Bin mir nicht sicher, ob Sie das wirklich wollen. Auf dem Sitz ist noch überall Pisse.«

»Lassen Sie die Schlüssel trotzdem stecken.«

»Wie es euch gefällt.« Als er ausgestiegen war, griff er nach unten und zog einen hölzernen Stock aus dem Wagen.

»Wofür ist der gut?«

»Ich bin drauf angewiesen«, sagte er. »Wegen meinem Rükken.« Er zuckte bei jedem Schritt zusammen und kam auf dem unebenen Boden nur langsam voran. Im Innern des Gefährts brannten Lichter und draußen ein so starker Scheinwerfer, daß er die ganze Lichtung erhellte. Ich ging hinter Whitley her und forderte ihn auf, an die Tür zu klopfen. Das tat er.

Keine Reaktion.

»Wo ist er?« fragte ich.

»Er braucht immer lange«, sagte er.

»Wie meinen Sie das?«

»Er kommt schon. Lassen Sie ihm doch die Minute Zeit.«

Ich begann schon das Schlimmste zu befürchten. Harwood hatte mich vom Fenster aus bemerkt, oder es gab irgendeinen geheimen Code zwischen ihnen. Zweimal klopfen heißt, alles ist in Ordnung, dreimal klopfen bedeutet Ärger. Ich malte mir aus, wie er drinnen eine Waffe lud. Womöglich eine weitere Schrotflinte, so wie mein Leben zur Zeit verlief.

»Whitley, was zum Teufel geht hier vor sich?«

Endlich öffnete sich die Tür. Das plötzliche Licht aus dem Inneren blendete mich. Dann sah ich einen Metallrost. Ein Geräusch wie von einem Gewehrschloß brachte mein Herz für einen Moment zum Rasen, bis ich kapierte, was geschah. Das Geräusch kam vom Einschalten eines Motors. Dann schob sich langsam eine Plattform aus dem Flurboden.

Der Mann, der wohl Harwood sein mußte, rollte seinen Rollstuhl auf die Plattform. Das also war der Dämon, vor dem Maria jetzt schon so lange davonlief.

An einem der Rollstuhlarme war ein Schaltbrett montiert. Er drückte auf einen Knopf, und die Plattform senkte sich mit einem elektrischen Summen. Als sie den Boden erreicht hatte, rollte er von ihr herab. Dann wendete er den Rollstuhl, um mich anzusehen. Er schien um die Sechzig zu sein, mit Augen wie Asche. Seine obere Körperhälfte wirkte überentwickelt wie bei Menschen, die sich viele Jahre lang durchs Leben gerollt haben. Seine Unterarme hätten einem Holzfäller gehören können.

»Wer ist Ihr Freund?« fragte er. Er sah mich an, konnte aber nur zu Whitley sprechen.

»Es handelt sich um einen Mr. McKnight«, erläuterte Whitley. »Er ist ebenfalls Privatdetektiv. Jedenfalls so eine Art. Er arbeitet für Ms. Zambelli.«

»Ist das so? Und die Pistole da in seiner Hand?«

»Ist wohl meine«, sagte Whitley. »Voll geladen, fürchte ich.«

»Sehr unglücklich«, bemerkte Harwood.

»Ich will Ihnen nur ein paar Fragen stellen«, sagte ich. »Ich habe nicht das geringste Verlangen, auf jemanden zu schießen.«

»Wie beruhigend.«

»Zunächst einmal: Kennen Sie jemanden namens Randy Wilkins?«

Er dachte über die Frage nach, zumindest gab er sich sehr

den Anschein intensiven Nachdenkens. »Randy Wilkins. Nicht auf Anhieb. Randy Wilkins. Kann sein, daß da irgendwo was klingelt, aber ich kann mich nicht erinnern, wo ich den Namen mal gehört habe.«

»Besteht die Möglichkeit, daß das Glöckchen etwas lauter wird? Er hat in Kalifornien mehrfach Grundstücksschwindel betrieben. Aus heiterem Himmel hat er sich entschlossen, nach Michigan zurückzukehren und nach Maria zu suchen. Die Tatsache, daß Sie auch in gewissem Sinne mit Immobilien handeln und ebenfalls nach Maria suchen, scheint mir etwas mehr als Zufall zu sein.«

»Tut mir leid. Ich kann ihn immer noch nicht einordnen.«

»Schon gut«, sagte ich. »Haben Sie vielleicht Lust, mir zu erzählen, warum Sie das alles machen?«

»Was genau soll ich machen?«

»Versuchen Sie keine Spielchen mit mir, Harwood. Sie haben ihren Mann umgebracht, und Sie haben versucht, sie zu töten. Und Sie hetzen sie jetzt schon – wie lange? Achtzehn Jahre?«

Harwood saß nur da. Whitley stand hinter ihm und wirkte nutzlos. Der Wind frischte auf und rauschte in den Kronen der Bäume, aber das war nur ein Geräusch im Hintergrund. Im Schutze der Lichtung konnten wir ihn nicht einmal spüren. Es war April, deshalb schwärmten noch keine Stechmücken. Im Juli würde hier die Hölle los sein.

»Wollen Sie etwas dazu sagen?« fragte ich.

»Nein. Ich glaube nicht, daß ich das will. Los, erschießen Sie mich, wenn Sie wollen. Erschießen Sie auch Whitley. Er hat es verdient.«

»Das ist nicht lustig«, sagte Whitley.

»Was kann man machen, um Sie zum Aufhören zu bewegen? Daß Sie sie in Ruhe lassen. Sie und ihre ganze Familie.«

»Das ist eine interessante Frage«, sagte er. »Sie haben keine Vorstellung, wie interessant sie ist.«

»Wie wäre es, wenn sie einen Vertrag unterzeichnet, der Ihnen die komplette Kontrolle über das Gesellschaftseigentum und den Anteil von achtzig Prozent gibt, auf den Sie so scharf zu sein scheinen?«

»Hat sie Sie gebeten, mir das vorzuschlagen?«

»Wir haben darüber gesprochen.«

»Sie sind den ganzen Weg bis hierher gekommen, um mir ein Geschäft vorzuschlagen?«

»Sie will, daß es endlich vorbei ist. Das wäre ein Weg, es zu beenden. Was sollte daran falsch sein?«

»Mr. McKnight«, sagte er. »Darf ich Sie etwas fragen? Haben Sie eine Vorstellung davon, wie lächerlich Sie in diesem Moment wirken?«

Ich sagte nichts. Nichts hier verlief wie geplant, weil Harwood die letzte Trumpfkarte hielt. Es gab kein physisches Mittel, ihn einzuschüchtern. Was sollte ich machen? Ihn ins Gesicht schlagen? Seinen Rollstuhl umwerfen? Ihm die Luft aus den Reifen lassen?

»Männer sind erstaunlich«, sagte Harwood. »Habe ich nicht recht, Whitley?«

»Klar«, sagte Whitley. »Wenn Sie es sagen, Männer sind erstaunlich.«

»Ein Mann begeht Verbrechen. Er entführt jemanden; denn das haben Sie getan, Mr. McKnight. Und dann bedroht er einen anderen mit einer Pistole, was man, glaube ich, Nötigung nennt. Noch ein Verbrechen. Und warum? Um einer Frau zu imponieren. Vielleicht, damit sie mit ihm ins Bett geht. Äußerst erstaunlich. Stimmt's, Whitley?«

»Unglaublich«, sagte Whitley. »Obwohl, ich muß zugeben, nachdem ich diese Frau gesehen habe …«

Genau in diesem Moment hätte ich sie alle beide erschießen sollen, bloß damit sie still gewesen wären. »In Ordnung«, sagte ich. »Konzentrieren wir uns auf das Wesentliche. Ich gehe erst dann hier weg, wenn ich definitiv weiß, daß Sie Ihre Belästigungen einstellen werden.«

Harwood sah einen Moment lang zum Himmel empor und dann wieder auf mich. »Was halten Sie von dem Grundstück hier, Mr. McKnight?«

Ich atmete aus. »Es ist dunkel, Harwood. Ich sehe bloß Bäume.«

»Sie müssen den Ferienort gesehen haben. Auf der anderen Seite des Hügels.«

»Den habe ich gesehen.«

»Haben Sie eine Idee, wieviel siebenhundert Morgen Waldland momentan wert sind? Hier oben an der Goldküste?«

»Sie hat so etwas wie zwanzig Millionen erwähnt.«

»Ich habe das Land 1976 gekauft«, sagte er. »Ich meine, Arthur und ich haben es gemeinsam gekauft. Und schon damals habe ich gewußt, daß das eines Tages ein Juwel sein wird.«

»Das war doch der Partner, den Sie umgebracht haben«, bemerkte ich.

Er starrte mich an. Er saß mit dem Rücken zum Licht, deshalb konnte ich sein Gesicht nicht gut sehen.

»Whitley, haben Sie mal ein Stück Papier für mich?«

Whitley steckte eine Hand in die Tasche. Ohne auch nur nachzudenken, richtete ich die Pistole auf ihn.

»Ich will dem Mann ein Stück Papier geben«, sagte Whitley und zog einen Block aus der Tasche. »Privatdetektive brauchen ständig Papier, oder etwa nicht? Selbst Sie haben bestimmt einen Notizblock dabei.«

»Hier«, sagte Harwood, während er den Block in Empfang nahm. »Zeigen Sie das Mr. McKnight. Das wird zur Lösung unserer Probleme beitragen.«

Als Harwood mit Schreiben fertig war, nahm Whitley den Block und kam zu mir herübergehumpelt. Ein Mann im Rollstuhl, ein anderer, der am Stock geht. Und ich mit einer Pistole in der Hand, mitten im Wald in einer kalten Aprilnacht. Seltsamer konnte das Leben nicht mehr spielen.

Doch genau das tat es. Gerade als ich mich fragte, was wohl

auf dem Papier stehen mochte – ein Betrag in Dollar vielleicht, der Vorschlag eines Geschäfts hinsichtlich des Grundstücks –, sah ich, wie sich Harwoods rechte Hand bewegte. Er drückte einen Knopf auf dem Schaltbrett an seinem Rollstuhl.

Whitleys Stock pfiff schon durch die Luft, als die Lichter ausgingen. Auf der Stelle empfand ich einen stechenden Schmerz am rechten Handgelenk, direkt über dem Daumen, wo er mich getroffen hatte. Die Hand wurde gefühllos. Die Pistole fiel auf den Boden. Als ich mich nach ihr bückte, knallte ein Schuß durch die Nacht. Die Kugel mußte knapp über meinen Kopf weggegangen sein. Der Blitz von Harwoods Pistole gab für einen Sekundenbruchteil Licht, genug für mich, um zu erkennen, daß Whitleys Fuß sich mir schnell näherte. Ich riß einen Unterarm hoch, um ihn abzublocken. Dann rollte ich mich auf den Boden, bevor die nächste Kugel mich treffen konnte.

Da bist du nicht wachsam genug gewesen, Alex. Harwood hat ihm schriftlich alles erklärt, unter deinen Augen, auf dem kleinen Detektiv-Notizblock. Wenn ich das Licht ausknipse, zuschlagen. Oder irgend etwas ähnlich Brillantes. Und du bist drauf reingefallen.

Der Stock traf mich wieder, diesmal auf meinem rechten Schulterblatt. Ich schlug mit dem Gesicht auf den Boden und schmeckte Kiefernnadeln.

Das ist es, Alex. Sie bringen dich hier an dieser Stelle um. Dann graben sie im Wald ein Loch und beerdigen dich.

»Nicht schießen!« rief Whitley. »Er ist direkt hier.«

»Ja, dann gehen Sie doch aus dem Weg!« blaffte Harwood.

»Machen Sie doch das Licht an!«

»Verdammtes Ding!« hörte ich Harwood. »Ich sehe die Hand vor Augen nicht!«

Ich richtete mich auf Händen und Knien auf und begann loszukrabbeln. Etwas hielt mich auf. Whitleys Bein. Bevor er mich damit treten konnte, schnappte ich es mir und zog daran. Ich war schon auf den Beinen und lief fort, als ich ihn irgend etwas wegen seines Rückens brüllen hörte. Ich blieb nicht stehen, um ihm zu helfen.

Das Licht ging genau in dem Moment wieder an, als ich fast gegen einen Baum gelaufen wäre. Eine aufmerksame Geste meines Gastgebers. Da traf eine Kugel den Baum und spritzte Rinde in mein Gesicht. So viel zu aufmerksamen Gesten.

Ich lief zum Auto. Zur Hölle mit dem Zickzackkurs oder mit allem, was man sonst tun sollte, wenn jemand auf einen schießt. Ich rannte einfach so schnell, wie ich es vermochte, ein neunundvierzig Jahre alter Ex-Catcher beim Baseball, der nie sonderlich schnell gewesen war. Nicht einmal als Zwanziger.

Ich duckte mich hinter den Wagen. Harwood feuerte zwei weitere Schüsse auf mich ab. Das ist recht so, vergeuden Sie nur Ihre Kugeln. Wie viele hat er noch? Hat er fünfmal geschossen?

Sechsmal? Clint Eastwood fragt den Punk, ob er weiß, daß er Glück gehabt hat. Verrückt, gerade jetzt daran zu denken, aber es war die Wahrheit. Es war an der Zeit, mein Glück auszuprobieren.

Ich öffnete die Tür und stieg ein. Pisse hin, Pisse her, ich würde mir Whitleys Cadillac für einen Ausflug ausleihen. Ich drehte den Zündschlüssel und lauschte auf das Drehen des Anlassers.

Drehen, Drehen – dann sprang er an. Ich schaltete die Scheinwerfer ein und fuhr vorwärts. Mir blieb keine Wahl. Ich konnte den Wagen nicht den ganzen Waldpfad rückwärts fahren lassen. Als ich den Wagen wendete, sah ich Whitley im grellen Licht der Scheinwerfer. Er lag noch immer auf dem Boden, flach auf dem Rücken.

Dann Harwood in seinem Stuhl. Die Pistole direkt auf mich gerichtet. Ich wich scharf nach links aus. Das Fenster am Beifahrersitz explodierte. Die Räder drehten durch, schleuderten Dreck auf, und dann fuhr ich endlich in die richtige Richtung. Ich lenkte das riesige weiße Schiff geradewegs die Allee zwischen den Bäumen entlang und zwang mich zum ruhigen Atmen. Ein, aus. Du bist jetzt in Sicherheit. Entspanne dich, fahre.

Als ich wieder auf der Hauptstraße war, fuhr ich sie nach Westen und dann nach Süden, zurück nach Orcus Beach. Und zu Maria. Die kalte Luft strömte in den Wagen und ließ meine Augen tränen.

Derselbe verdammte Mist war mir auch mal bei meinem Lastwagen passiert. Jemand hatte auf mich geschossen und dabei das Fenster am Beifahrersitz weggepustet. Wie hoch sind wohl die Chancen, daß einem das zweimal im Leben passiert? Was für eine merkwürdige und erschreckende Welt ist das doch, dachte ich – und wie froh bin ich, am Leben zu sein und eine weitere Nacht zu erleben?

Hätte ich nur etwas geahnt. Die Nacht war mit mir noch nicht fertig. Bei weitem nicht.

Kapitel 20

Meine rechte Hand war zu nichts zu gebrauchen. Der geringste Druck mit dem rechten Daumen auf das Lenkrad – verdammt noch mal, tat das weh! Ich wußte, sie würde anschwellen und morgen in allen Farben des Regenbogens schimmern. Ich wußte das, weil mir das früher schon passiert war, wenigstens ein halbes Dutzend Male. Als Catcher beim Baseball versucht man die rechte Hand zu schützen, entweder indem man sie auf den Rücken legt, wie ich es machte, oder indem man sie unters rechte Bein steckt. Aber früher oder später erwischt einen doch ein fehlgeschlagener Ball an der Hand. Oder sogar der Schläger selber. Du kannst von Glück sagen, wenn du dann am nächsten Tag überhaupt noch einen Baseball anfassen kannst.

Ich fuhr trotzdem weiter. Ich brauchte Eis, einen Druckverband und einen Drink. Und ich mußte aus diesem dreckigen, stinkenden, trostlosen Kabuff von Auto raus, intensiv duschen und eventuell meine Kleider verbrennen. Dann, mit verbundener Hand, einem Schnaps und einem Bier und vier Schmerztabletten würde ich ein neuer Mensch sein.

Genaugenommen fühlte sich mein Rücken auch nicht so toll an. Whitleys zweiter Schlag hatte meine Muskeln an einem Punkt stark anschwellen lassen. Eine Rückenmassage wäre dann noch das einzige, was ich mir sonst noch vom Leben wünschen würde. Ich stellte mir vor, wie Maria das machte. Diesmal verbot ich mir nicht, in solchen Zusammenhängen an sie zu denken. Ich ließ den Film in meinem Kopf ablaufen und stellte mir vor, was als nächstes passieren würde. Und auch noch das danach.

Als ich wieder in Orcus Beach war, ließ ich den Cadillac an der Bootslände stehen. Ich grabschte mir seinen Ultrahochfrequenzempfänger und sein Handy. Dann warf ich die Schlüssel auf den Sand am Ufer, soweit, wie ich konnte – und bereute es auf der Stelle. Nicht daß der Einfall falsch gewesen wäre, aber ich hätte die andere Hand dazu nehmen sollen.

Ich ließ meinen Laster an und fuhr die Straße hoch zu Marias Haus. Die Uhr zeigte 11.15. Es war schwer sich vorzustellen, daß an diesem Abend schon so viel passiert war, und es war noch nicht einmal Mitternacht.

Ich ging zur Tür und klopfte. Hier hatte Randy gestanden, als sie ihn versehentlich niedergeschossen hatte, dachte ich. »Maria, ich bin es, Alex!« sagte ich. Ich wollte nicht, daß sie denselben Fehler zum zweiten Mal machte. »Machen Sie mir auf! Es ist alles in Ordnung.«

Ich hörte das Quietschen des Sicherheitsriegels, und dann ging die Tür langsam auf. Sie sah mich an. Sie sagte nichts.

»Ist bei Ihnen alles in Ordnung?« fragte ich.

»Ja.«

»Sie haben versucht mich zu töten.«

»Das tut mir leid, Alex.«

»Das braucht Ihnen nicht leid zu tun.« Ich ging an ihr vorbei ins Haus direkt in die Küche. Ich leerte einen Eisbehälter auf ein Küchentuch und wickelte es mir um die Hand. Dann sah ich mich im Hause um, zuerst in der Gegend des Telefons, dann in der Küche. Ich suchte nach einem Stift oder einem Doppelstekker oder was sonst noch im Haus sein mochte, das in Wirklichkeit eine Wanze war. Ich brauchte das Ding jetzt nicht zu finden. Nicht in diesem Augenblick. Aber ich wollte irgend etwas machen. Wollte mich bewegen. Aus irgendeinem Grunde war ich plötzlich ein wenig nervös wegen dem, was passieren könnte, wenn ich aufhörte …

»Sagen Sie etwas«, sagte ich und setzte die Kopfhörer auf. Ein Ohr ließ ich frei. »Das läuft mit seiner Batterie, sehen Sie nach, wo die Wanze ist.«

»Was ist passiert?« fragte sie.

»Er ist oben in der Nähe von Traverse City. Auf eurem Grundstück.«

»Da gibt es doch überhaupt nichts.«

»Er hat ein Freizeitmobil. Wenn man so will, macht er dort Camping.«

Auf einem kleinen Tisch im Flur stand ein Becher mit Stiften. Ich begann ihn zu durchsuchen. »Kommt Ihnen irgendeiner von diesen Stiften unbekannt vor? Oder ist das alles der Kram vom Chief? In diesem Falle können Sie ja nicht wissen, ob etwas nicht stimmt, oder?«

»Wie sah er aus?« fragte sie.

»Ich weiß nicht. Ich meine, es gibt nichts, womit ich ihn vergleichen könnte. Außer, nun ja, wissen Sie, er sitzt im Rollstuhl.«

»Ja.«

»Seit wann sitzt er darin?«

»Schon immer – seit Leopold ihn die Treppe hinuntergeworfen hat.«

Ich hielt im Durchsuchen der Stifte inne. »Leopold hat eine Schwäche für Treppen, was?«

Sie kam näher.

»Er war nicht das, was ich erwartet hatte. Dabei bin ich schon Killern begegnet, das können Sie mir glauben.«

»Aber irgendwann hat er doch versucht Sie umzubringen. Das haben Sie doch selbst gesagt.«

»Da haben Sie allerdings recht.«

»Wo ist er jetzt?« fragte sie. »Ist er auf dem Weg nach hier? Er weiß, wo er mich finden wird.«

»Ich weiß nicht, ob er das will. Machen Sie sich keine Sorgen, ich gehe nirgendwo hin. Und morgen schaffen wir Sie hier weg.«

»Würden Sie die Stelle wiederfinden? Ich meine, wo er jetzt ist?«

»Ich bin sicher, daß er das Reisemobil von dort fortgeschafft hat. Ich habe nicht daran gedacht, mir die Autonummer zu notieren.«

Sie schloß die Augen. »Das hört nie auf.«

»Warten Sie. Ich habe Whitleys Handy.«

»Und wozu soll das gut sein?«

Ich holte das Telefon aus der Tasche und schaltete es ein. »Es muß einen Anrufspeicher haben.« Ich drehte an dem Rad auf der Seite. Eine Nummer erschien. Die Marias. »Jetzt mal halt«, sagte ich. »Das war ich. Vorhin, als ich Sie von seinem Wagen aus angerufen habe.« Ich drehte wieder an dem Rädchen. Eine weitere Nummer erschien. Auch die erkannte ich. »Das ist seine Büronummer. Die wird er angerufen haben, um die Nachrichten für sich abzufragen.«

Eine weitere Drehung. Wieder eine Nummer, mit der Regionalvorwahl 313. Detroit. »Die könnte es sein«, sagte ich. »Da wäre eine Möglichkeit, das rauszukriegen.«

Ich drückte den Sendeknopf. Das Signal begab sich in die Luft, zu einem Turm irgendwo, Kilometer entfernt. Dann runter in die regulären Kabel nach Detroit, wo der Handy-Service es übernahm und auf diversen Kanälen weiterschickte zu einem anderen Turm, der dann nach dem korrespondierenden Signal eines ganz bestimmten Handys Ausschau hielt. Irgendwo im Norden von uns, in einem Reisemobil mitten im Wald oder schon unterwegs auf der Straße, klingelte jetzt fünfmal das Telefon. Dann hob jemand ab.

Schweigen. Endlich: »Wer ist da?«

»Das ist er«, sagte ich.

Marias Gesicht wurde weiß, so als hätte ich den Mann persönlich in ihre Küche geholt.

»Wer ist da?« wiederholte die Stimme.

»Ich wollte nur gute Nacht sagen«, sagte ich. »Wissen Sie, es gehört sich einfach nicht, einen Mann in einem Rollstuhl zu Kleinholz zu schlagen. Das ist irgendwie nicht fair, wissen Sie? Aber beim nächsten Mal werde ich mich überwinden.«

Er hängte ein.

»Besser, wir verschwinden jetzt schon«, sagte ich. »Wir warten gar nicht erst bis morgen.«

»Nein. Ich habe Ihnen doch gesagt, ich laufe nicht mehr davor weg.«

Mir war nicht nach einer Auseinandersetzung in dieser Frage. »Ich tropfe Rudigers Teppich voll«, sagte ich und band mir den Eislappen fester ums Gelenk.

»Was haben Sie mit Ihrer Hand gemacht?«

»Es ist nur eine Prellung.«

»Von wegen. Lassen Sie es mich sehen.«

Ich legte das Tuch mit dem Eis auf den Tisch und zeigte ihr meine Hand. »Das muß ganz schön weh tun«, meinte sie.

»Ein bißchen.«

Sie nahm meine andere Hand und betrachtete sie. Dann wieder meine rechte.

»Ihre Mutter hat das auch gemacht.«

»Sie hat versucht, es mir beizubringen«, sagte sie. Sie war sehr nahe an mich herangekommen. Ein delikater Duft nach etwas lag in ihrem Haar, etwas Exotischem und Uraltem und Zigeunerhaftem. Jetzt mußte sie mich nur noch ansehen und ich war hinüber.

Sie sah mich an. »Hat meine Mutter auch das getan?« fragte sie. Und küßte meine Hand.

»Nein«, sagte ich, »daran kann ich mich nicht erinnern.«

Wieder küßte sie meine Hand, genau dort, wo es am meisten schmerzte. Dann nahm sie meine Hand in die ihre und führte mich die Treppe hoch in ihr Schlafzimmer. Sie setzte mich aufs Bett und begann sich vor mir auszuziehen. Nur zaghaft schien der Mond durch ihr Fenster, aber es genügte, um sie zu sehen. Sie zog mir das Hemd aus und legte mich auf den Rücken. Sie knöpfte meine Hose auf. Als sie sie mir abstreifte, bewegte ich meinen versehrten Rücken in die falsche Richtung und stieß einen kleinen Schrei aus.

»Du bist ja nur noch ein Wrack, du Armer. Du bist ein großer verwundeter Bär.«

Ich sah ihr zu, wie sie auf mich stieg. Sie küßte mich und legte dann ihre Hand auf meine Brust. »Da drin hast du etwas«, sagte sie.

»Das ist eine Kugel.«

»Nein, das meine ich doch nicht. Natürlich sehe ich die Narben.« Sie glitt mit den Fingern über die Nähte auf meiner Brust. »Ich meine in deinem Herzen. Du bist ein guter Mensch. Vielleicht zu gut.«

Sie küßte mich. »Du bist zu gut, Alex. Du bist zu gut.«

»Küß mich noch einmal«, sagte ich. »Dann werden wir sehen, wie gut ich bin.«

Sie tat es. Sie küßte mich und begann dann, sich auf mir zu bewegen, und ihr Haar fiel mir aufs Gesicht und ihr Duft erfüllte mich mehr und mehr, bis ich nicht mehr anders konnte. Ich ließ meine Hände über ihren Körper gleiten, über jeden Zentimeter ihrer Haut, während sie mich küßte und strafte, bis ihre Beine sich weit offen spreizten und ich in sie einzudringen begann.

Da hielt sie inne.

»Alex.«

»Was ist?«

»Sag's mir.«

»Was soll ich sagen, Maria?«

»Sag mir, daß er mich nicht tötet.«

»Das wird er nicht.« Da glitt sie auf mich nieder. Ich war in ihr.

»Sag's noch einmal.«

»Das wird er nicht. Ich dulde es nicht.«

Wieder bewegte sie sich.

»Wie willst du ihn davon abhalten?«

»Maria …«

»Sag's mir, Alex.«

»Ich lasse ihn dich nicht töten, versprochen.«

Sie glitt auf mich herab, und wieder, und wieder.

»Sag's mir. Sag mir, daß du ihn tötest.«

»Maria …«

Sie hörte auf. »Sag's mir.«

Ich sah ihr in die Augen.

»Sag's mir. Sag mir, daß du ihn findest und tötest.«

Ich sah sie unverwandt an. Ich sagte nichts.

Sie glitt von mir herab und setzte sich auf die Bettkante. Lange sah ich sie an und wartete darauf, daß sie etwas sagen würde.

Sie tat es nicht.

Schließlich stand ich auf und zog mich wieder an. Ich wandte mich nach ihr um, als ich den Raum verließ. Sie hatte sich nicht bewegt. Sie saß nur da, nackt und schweigend, und blickte zu Boden.

Ich ging nach unten und holte das Küchentuch. Das Eis war fast völlig verschwunden, verschmolzen zu einer Pfütze auf dem Tisch. Ich holte neues Eis aus dem Gefrierschrank und legte es um meine Hand. Ich ging zum Panoramafenster und starrte lange Zeit auf den See. Dann ging ich zur Hintertür und öffnete sie. Die kalte Luft schlug mir ins Gesicht, aber das war genau das, was ich in diesem Augenblick wollte.

Ich trat nach draußen und ging bis zum Wasser. Der Lake Michigan war in dieser Aprilnacht ruhig. Der Lake Superior hätte anders ausgesehen. Er hätte wilder gewirkt, gewalttätiger. Er hätte sogar anders *geklungen*. Aber dies war eine andere Art Nacht, an einer anderen Küste, und sehr sehr weit von daheim.

Eine ganze Weile stand ich so am Wasser, bis ich zu frösteln begann. Ich ging zurück zum Haus und öffnete die Tür zur Küche.

Maria war da. Sie hatte eine lange schwarze Robe angezogen. Sie stand mit dem Rücken zu mir. Ich sah, wie sich Zigarettenrauch um ihr Haar kräuselte.

»Na, wie fühlt sich das an?« sagte sie. Aber sie sprach nicht mit mir. Sie hatte Whitleys Handy ans Ohr gepreßt. »Du hast versucht ihn umzubringen, und du hast versagt. Wie immer.

Und dann ist er direkt hierher zu mir zurückgekommen, und willste wissen, was ich mit ihm gemacht hab? Willste hören, was ich gemacht hab? Ich hab vor ihm meine Kleider ausgezogen und dann bin ich auf ihn draufgestiegen, auf seinen heilen, perfekten, harten Körper, Charles, und dann hab ich ihn so scharf gefickt, daß er mindestens zwei Tage nicht aufrecht gehen kann. Oh, verzeih, Charles. Wie unsensibel von mir, wenn man bedenkt, daß du nie mehr wirst gehen können. Willste mal hören, wie gut das tut, von einem richtigen Mann gefickt zu werden, der nicht in einem Rollstuhl rumhängt wie ein erbärmlicher kleiner Wurm? Mein Gott, sind meine Nippel wund. Und die Beine zittern mir immer noch. Und ich bin so scharf gekommen, Charles. Selbst als du noch komplett warst, Charles, selbst am besten Tag deines Lebens, hättest du mich niemals halb so gut ficken können, wie Alex das gerade getan hat. Na, wie fühlst du dich jetzt? Wie fühlt man sich, wenn man weiß, daß man niemals wieder eine Frau auch nur anfassen wird, Charles? Für den ganzen Rest deines erbärmlichen kleinen Lebens wirst du als kaputter Krüppel im Rollstuhl hocken und niemals, niemals, niemals wieder fühlen, wie eine Frau deinen Körper berührt. Selbst wenn eine es täte, Charles, selbst wenn's eine täte, würdest du es nicht spüren können. Ich versteh nicht, warum du dich nicht einfach umbringst. Du hast doch nichts mehr, wofür es sich zu leben lohnt. Überhaupt nichts. Aber vielleicht denkst du ja, daß es dir irgendwie besser geht, wenn du es mir heimzahlst. Ich bitte dich, versuch's doch! Vielleicht schicke ich dir noch mal Alex vorbei, damit du noch mal versuchen kannst, ihn alle zu machen. Und wenn es ihm dann wieder gelingt, dich wie einen erbärmlichen kleinen Köter dasitzen zu lassen, dann ficke ich ihn wieder durch und durch. Meinst du, das gefällt dir, Charles? Na, wird's dir gefallen? … Klar, schon in Ordnung, weiter so, erzähl mir, was du alles mit mir anstellen wirst, Gott, hab ich eine Angst! Red nur weiter, Charles. Du weißt, wo du mich finden kannst. Warum kommst du beim nächsten Mal nicht selber? Hast du Angst, mir persönlich gegenüberzutreten? … Klar, schön so. Du bestehst nur aus Gerede. Sonst hast du nichts. Ich leg jetzt auf, du erbärmlicher Wurm. Wünsch dir eine gute Nacht. Versuch nicht von mir zu träumen.«

Sie legte auf. Sie nahm einen weiteren tiefen Zug von ihrer Zigarette. Dann wandte sie sich um.

»Was machst du da?« fragte ich.

»Plaudern, mit einem alten Freund.«

Ich sah sie an. Wäre mir jetzt ein einziges Wort eingefallen, das gepaßt hätte, ich hätte es gesagt.

»Wer bist du?« sagte sie endlich.

»Du weißt, wer ich bin.«

»Eigentlich nicht. Warum bist du hierher gekommen? Du hast Wilkins helfen wollen, mich übers Ohr zu hauen, stimmt's? Du warst an dem miesen Schwindel beteiligt?«

»Ich habe geglaubt, daß er dich sucht. Aus ganz anderen Gründen.«

»Willste was wissen?« sagte sie. »Randy Wilkins? Ich kann mich kaum an ihn erinnern. Weißt du, wie viele Männer wir damals abgezockt haben?«

»Wie abgezockt?«

»Mein Gott, wie dämlich bist du, Alex? Also wirklich! Das war damals unsere Masche. Die von meiner ganzen Familie. Wilkins war dieser Pitcher, stimmt's? Kam aus einer reichen Familie?«

Eine ganze Weile stand ich da und ging die ganze Geschichte noch einmal von Anfang bis Ende durch. Ich sah sie dabei an, wie sie da stand, und sie sah ihrerseits mich an.

»Alles, was du mir je gesagt hast«, sagte ich schließlich, »vom ersten Moment an, wo ich dich getroffen habe, war eine Lüge.«

»Klar Mensch, und ob! Ich hab dich vorgeführt. Ich wollte rauskriegen, welchen Vorteil du dir von mir versprichst.«

»Ich habe mir keinen Vorteil von dir versprochen, Maria.«

»Jeder ist auf seinen Vorteil aus«, sagte sie. »Und solltest du das nicht sein, Mensch«, – sie inhalierte tief den Rauch ihrer Zigarette und blies ihn dann zur Decke – »dann hatte ich recht. Du bist *zu* gut.«

Kapitel 21

Über Frauen hat mein Vater nie viel mit mir gesprochen. Er hatte feste Ansichten, was Baseball betraf und Hockey und jede andere Sportart, die ihm je begegnet war. Er hatte feste Ansichten, wie man ein Auto wartete und wie man Möbel reparierte. Und, bei Gott, er hatte feste Ansichten, was den Bau einer Blockhütte betraf. Über all diese Dinge hatte er seine festen Vorstellungen, weil er der unerschütterlichen Überzeugung war, es gäbe viele falsche Wege, etwas zu tun, aber nur einen richtigen. Bei Frauen gibt es diesen richtigen Weg nicht. Zumindest hat er mir das gesagt. »Versuch die eine Frau zu finden, die dir immer die Wahrheit sagt«, hatte er mir einmal anvertraut, vermutlich das einzige Mal, daß er mir einen Rat hinsichtlich des anderen Geschlechts geben wollte. »Es ist schwer genug, eine Frau richtig einzuschätzen, selbst wenn sie ehrlich zu dir ist. Wenn sie mal mit Lügen anfangen, hilft nicht mal mehr beten.«

Es erschien mir wie ein ziemlich angestaubter Rat, als ich ihn zum erstenmal hörte. Heute bin ich mir da nicht mehr so sicher.

Maria hatte mir vorgelogen, Randy wiedererkannt und sich nach all den Jahren noch an ihn erinnert zu haben. Sie hatte mich hinsichtlich ihrer Vergangenheit belogen und hinsichtlich ihrer Familie. Alles ergab jetzt einen neuen Sinn. Ihre Mutter veranstaltete »kalte Lesungen«, wie sie in der Branche heißen. Im Grunde kein Problem. Man schafft die richtige Atmosphäre, erhöht die Skepsisschwelle so weit wie nur möglich und hält dann nach Schwächen Ausschau. Die hat jeder. Ihre Eltern verstehen Sie nicht. Sie haben große Träume, aber etwas hindert Sie. Sie fürchten sich vor etwas. Wenn man keine Reaktion verspürt, wechselt man schnell das Thema. Trifft man dann wieder etwas, ist es, als ob eine Neonschrift über dem Kopf des armen Opfers aufleuchtet. Ja! Das ist es! Das genau ist mein Problem! Mensch, wie haben Sie das bloß rausgefunden?

Und dann holt man die Angelschnur ein. Hat man einen jungen Mann am Haken und man braucht die Tochter, damit er richtig im Netz zappelt, dann läuft das halt so. So funktioniert das Spiel.

Die Geschichte mit Harwood war noch etwas verwirrend. Wieviel davon gelogen war, wußte ich noch nicht. Klar, sie haßten sich gegenseitig. Aber jetzt wußte ich nicht mehr, wer das Opfer war oder ob es überhaupt ein Opfer gab. Plötzlich schien es aber auch keine Rolle mehr zu spielen. Nicht für mich.

Als ich darüber nachdachte, war ich mir plötzlich ziemlich sicher, wann sie mich geködert hatte, kannte den exakten Moment, in dem sie darauf gekommen war, daß ich ihr verdammt nützlich sein könnte. Als ich in diese Kneipe hereinspaziert war, mich neben sie gesetzt und sie zum erstenmal angesprochen hatte. Hallo, ich bin der Typ, der mit Randy Wilkins unterwegs war. Klar, dem Schwindler. Obwohl ich das zu der Zeit nicht gewußt habe. Mich hat er gefragt, ob ich ihm nicht helfen kann, Sie nach all den Jahren wiederzufinden. *Und ich habe ihm geglaubt.*

In diesem Moment muß sie in mir den perfekten Trottel ausgemacht haben, den man für alles mißbrauchen konnte. Hatte sie recht damit? Kann schon sein. Obwohl sie nicht bekommen hat, was sie wollte. Letztlich nicht. Harwood war noch am Leben. Und ich setzte mit meinem Laster auf ihrer Einfahrt zurück.

Als mein Wagen in die richtige Richtung wies, gab ich Gas. Hätte ich mit quietschenden Reifen starten können, hätte ich das getan. So schleuderte ich nur etwas Kies in die Luft. Gute Nacht, Maria. Und viel Glück.

Einen knappen Kilometer weiter verschlimmerte sich meine Nach ein weiteres Mal. Chief Rudigers Streifenwagen parkte an der Bootslände, der Kerl selber stand neben Whitleys weißem Cadillac und spähte in ihn hinein, dort, wo sich einst das Fenster am Beifahrersitz befunden hatte. Als er meinen Laster bemerkte, trat er mitten auf die Straße. Ihn zu überfahren wäre in diesem Moment ein Hochgenuß für mich gewesen. Doch ich widerstand der Versuchung. Er stand unbeweglich da, bis ich vor ihm hielt; dann trat er an mein Fenster. Ich kurbelte es herunter.

»N'Abend, Mr. McKnight«, begrüßte er mich.

»Was kann ich für Sie tun, Chief?«

»Wissen Sie etwas über dieses Auto?«

»Sieht ganz so aus, als bräuchte es eine neue Scheibe.«

»Wissen Sie zufällig, wo sich der Eigner in diesem Moment befindet?«

»Nein«, sagte ich. Im Grunde stimmte das ja.

»Ich glaube, wir sollten diese Angelegenheit ausführlicher erörtern.«

»Chief«, sagte ich. »Bitte. Ich muß Ihnen mitteilen, daß ich nicht länger für Ms. Zambelli arbeite. Ich interessiere mich von nun an nicht mehr im geringsten für irgend etwas, was in dieser Stadt jemals passiert ist. Oder für irgend etwas, was hier jemals passieren *wird*. In der Tat bin ich in diesem Moment im Begriff, von hier zu verschwinden. Sobald Sie mich lassen, werde ich fort sein und niemals hierher zurückkehren. Niemals. Ich denke, damit habe ich Ihre Nacht gerettet.«

»Ich kann Sie nicht einfach so gehen lassen«, sagte er. Er legte beide Hände aufs Dach des Lasters. »Nicht ohne Sie auf einen Drink eingeladen zu haben.«

»Wie bitte?«

»Fahren Sie hinter mir her zum Rocky's. Alles geht auf meine Rechnung.«

»Chief, wenn es Ihnen nichts ausmacht. Ich hatte diese Nacht schon viel um die Ohren …«

»Sie haben zwei Möglichkeiten«, sagte er. »Entweder wir gehen in mein Büro und erörtern dort, was mit diesem Wagen da geschehen ist, oder wir gehen ins Rocky's und ich gebe Ihnen einen aus. Was sollen wir machen, McKnight?«

»Fahren Sie vor.«

Er stieg in seinen Wagen und fuhr zur Hauptstraße zurück und dann den einen Block bis zum Rocky's. Es war gerade nach zwei, aber der Schuppen hatte noch gut zu tun. Ich stellte den Wagen ab und traf Rudiger an der Tür.

»Das hätte ich mir auch nicht gedacht, daß ich hier einmal willkommen sein würde«, sagte ich.

»Nach Ihnen«, sagte er und hielt die Tür für mich auf.

Ich trat ein und war auf alles vorbereitet. Bestimmt war das eine Falle. Rocky und Harry würden nur darauf warten, auf mich loszugehen. Sie würden mich zusammenschlagen, und wenn ich Glück hatte, würden sie mich hinter der Stadtgrenze aus dem Wagen werfen und mich nicht umbringen.

Niemand ging auf mich los. Niemand schlug mir irgend etwas über den Schädel. Es waren etwa dreißig Leute im Lokal, zumeist Männer, die Late-Night-Truppe. Das Fernsehen lief nicht mehr, aus dem Familienrestaurant war eine Kneipe für ernsthafte Trinker geworden. Rudiger führte mich zu einem Platz an der hufeisenförmigen Theke, auf Marias Seite – in der Tat nur wenige Hocker von der Stelle entfernt, wo sie gesessen hatte, als ich sie das erste Mal sah. Rocky sah zuerst mich an, dann Rudiger. Wenn er überrascht war, uns hier zusammen zu sehen, verbarg er das äußerst geschickt.

»Was darf es ein, McKnight?« fragte Rudiger.

»Ein Bier wäre genau das richtige.«

»Zwei Bier, Rock«, sagte er. »Und stell 'nen Kurzen neben meins.«

Rocky bediente uns, ohne ein Wort zu sagen, und ging dann wieder seinen diversen Beschäftigungen nach.

»Ich wußte nicht, daß man in diesem Staat nach zwei noch Alkohol ausschenken darf«, bemerkte ich.

»Da haben Sie wohl recht«, sagte er. »Wir sollten die Polizei rufen.«

»Lieber nicht.«

Er kippte den Kurzen und stellte dann das Glas hin. Er knallte es nicht auf den Tresen. Er setzte es so sanft nieder, daß man die Berührung mit dem Tresen nicht hören konnte.

»Werden Sie mir jetzt erzählen, warum ich hier bin?« fragte ich.

»Was meinen Sie denn?«

»Ich habe keinen Schimmer. Ich hatte den Eindruck, daß Sie mich nicht sonderlich mögen. Die Chancen, daß Sie mich auf einen Drink einladen, hätte ich auf etwa eins zu zehntausend geschätzt.«

»Das ist ja eine Minimalchance. Und wie steht es mit der Möglichkeit, daß ich mich bei Ihnen entschuldige?«

»Die ist mathematisch nicht mehr darstellbar.«

»Sie sind doch selber mal Polizist gewesen. Haben Sie jemals gehört, daß ein Polizeichef sich bei irgendwem entschuldigt hätte?«

»Nicht, daß ich mich erinnern könnte.«

Er hob einen Finger, um Rockys Aufmerksamkeit zu wecken. Das Schnapsglas wurde wieder gefüllt.

»Darf ich Ihnen eine Frage stellen, McKnight?«

»Nur los!«

»Sind Sie jemals verliebt gewesen?«

Ich trank an meinem Bier. »Chief, warum fragen Sie mich das?«

»Antworten Sie doch einfach.«

»Ja«, sagte ich, »das war ich.«

»Haben Sie jemals etwas Dummes getan, weil Sie in jemanden verliebt waren?«

Ich dachte darüber nach. Weniger über meine Antwort als darüber, warum zum Teufel er mich das wohl fragte. »Auch da muß ich ja sagen.«

»Wie dumm war es?« fragte er. »Was ist das Schlimmste, was Sie jemals gemacht haben, nur weil Sie in jemand verliebt waren?«

»Da müßte ich einen Moment nachdenken.«

Er nickte und kippte seinen zweiten Kurzen.

»Ich wußte, daß dieser Privatdetektiv da hinter ihr herspionierte«, sagte er dann. »Ich hätte ihn jederzeit stoppen können.«

»Sie hatten keinen Beweis dafür, daß er in ihr Haus eingebrochen ist«, sagte ich. »Sie hatten nichts in der Hand, um ihn festzunehmen.«

»Ich hätte ihm das Leben ganz schön zur Hölle machen können.«

»Wie in meinem Fall.«

»Richtig«, sagte er. »Habe ich mich eigentlich dafür entschuldigt, oder habe ich nur mit Ihnen übers Entschuldigen gesprochen? Ich hab's vergessen.« Wieder hob er den Finger. Noch ein Kurzer.

»Sagen wir mal, Sie haben es getan. Warum haben Sie Whitley dann in Ruhe gelassen? Ist das die Dummheit, die Sie aus Liebe begangen haben?«

Er lachte. »Das käme nicht mal unter die ersten zwanzig.«

»Wie lange sind Sie schon in sie verliebt?« fragte ich.

Er trank seinen dritten Kurzen. Der verschwand sogar noch schneller als die ersten beiden. Er stellte das Schnapsglas wieder hin, so sanft wie nur möglich. Er starrte es an.

»Ganz lange schon«, sagte er schließlich. »Ich habe sie kennengelernt, als ich bei der Staatspolizei war. Mein Gott, wann war das? Neunzehnhundertzweiundsiebzig? Ich hatte dieses Riesenkabriolett auf der Autobahn gestoppt, weil der Kerl mehr als hundertdreißig Sachen fuhr. Sie saß bei ihm im Auto. Dieser Mann war dann Harwood, derselbe Dreckskerl, der all die Jahre hinter ihr her ist. Aber das ist lange her, das war noch bevor sie den anderen Typen geheiratet hat, diesen Zambelli.«

Wieder hob er den Finger. Ich hoffte, Rocky würde anfangen, sich wie ein Freund zu verhalten, und die Lieferungen einstellen; aber das war nicht der Fall. Rudiger kippte den vierten Kurzen und fuhr fort.

»Ich überprüfte seinen Führerschein. Und dann auch den von Maria. Damals hieß sie Valenescu. Bei ihr landete ich einen Treffer. Sie wurde wegen einer Vorladung gesucht, in irgend 'ner Sache unten in Detroit. Später habe ich rausgefunden, daß es Anschuldigungen gab, ihre ganze Familie sei in noch immer florierende Betrügereien verwickelt. Die Mutter spielte die Wahrsagerin und fand zunächst einmal raus, ob der Kunde Geld hatte. Wenn das der Fall war, fanden sie Mittel und Wege, die Leute in ihre Krallen zu kriegen. Wenn es eine Frau war, die drauf reinfiel, erzählten sie ihr, ihre Kinder würden ein schlimmes Schicksal erleiden, wenn sie keinen teuren Rat annähme. Oder einen Gegenzauber in Auftrag gab, der die bösen Geister vertrieb. Die Leute glauben so 'nen Scheiß. Wenn es aber ein Mann war ...«

Er brach ab. Er starrte sein leeres Glas an.

»Dann entwickelten sie andere Methoden«, fuhr er fort. »Es gibt immer eine Möglichkeit, besonders, wenn man eine bildschöne Tochter hat. Alles das habe ich damals natürlich nicht gewußt. Ich hatte nur die kurze Nachricht, daß ich Maria Valenescu zwecks Verhör einzuliefern hatte. Der Kerl wollte mich davon abhalten. Dieser Typ von Harwood. Ich hab ihm dann jeden Strafzettel aufgebrummt, der mir nur einfiel. Dann habe ich Maria auf den Rücksitz meines Wagens verfrachtet, um sie auf die Wache zu bringen. Während der Fahrt begann sie zu weinen, erzählte mir, wozu ihre Familie sie alles gezwungen hätte und wie sie von ihnen loskommen wollte. Ich sollte anhalten, damit sie mir alles erklären könnte. Sie hatte schreckliche Angst davor, was alles passieren würde, wenn ich sie auf die Wache brächte.«

Wieder brach er ab.

»Sie haben sie niemals eingeliefert«, sagte ich.

»Ich war verheiratet«, sagte er. »Ich hatte drei Kinder. Ich habe niemals gedacht, daß mir so etwas passieren könnte. Sie war einfach zu ...«

Er beendete den Gedanken nicht. Er schüttelte nur den Kopf.

»Ich habe sie dann immer wieder getroffen. Auch nachdem sie geheiratet hatte. Dieser Typ von Zambelli muß aber auch gar nichts gemerkt haben. Oder er hat alles gewußt und nichts unternommen. Ich halte das durchaus für denkbar. Dann und wann hat sie mich angerufen und mir gesagt, ihre Familie stecke in einer Klemme und bräuchte Hilfe. Zweimal bin ich hingegangen und habe ihren Bruder Leopold aus dem Knast geholt und habe denjenigen, der ihn dort reingesteckt hatte, überredet, die Anklage fallenzulassen und die ganze Geschichte einfach zu vergessen. Das eine Mal war es ein Kollege von der Staatspolizei, das war leicht. Das andere Mal war es ein Deputy vom Oakland County. Direkt nach Zambellis Tod ist Leopold auf Harwood losgegangen und hat ihn irgendwelche Treppen runtergeworfen, glaube ich. In dem Fall mußte ich meine ganze Überredungskunst aufwenden. Gelegentlich kann ich sehr überzeugend sein, McKnight.«

Ich gönnte es ihm. Und trank mein Bier aus.

»Direkt danach war sie verschwunden. Bevor ihr Baby geboren wurde. Ich war wieder ein normaler Ehemann mit drei Kindern. Zwei davon waren damals schon aus dem Haus, das letzte wollte gerade aufs College. Da habe ich dann oft meine Frau angesehen und mir gedacht: Das ist es nun für den Rest deines Lebens. Maria hatte ich total vergessen. Dachte nicht, daß ich je wieder von ihr hören würde. Ich ließ mich bei der Staatspolizei pensionieren und habe den Job hier übernommen. Meine Frau ist gestorben. Ich war ganz allein in dieser Stadt, der Stadt, in der ich aufgewachsen bin. Dachte, ich würde meine letzten zwanzig Jahre hier verbringen, und das wär's dann gewesen. Da tauchte sie auf. Aus dem Nichts. ›Hallo, Howard‹, sagte sie. ›Kennst du mich noch?‹ Ich bin fast tot umgefallen. Natürlich war sie älter geworden, aber mein Gott, McKnight. Ich meine, Sie haben sie doch gesehen. Es ist nicht so, daß sie nicht wie siebenundvierzig aussähe, Sie verstehen, was ich meine. Es ist so, daß sie siebenundvierzig ist und *daß sie genau so aussehen muß*. Sogar besser als mit zwanzig, besser als mit dreißig. Teufel noch mal, ich wette, mit sechzig sieht sie noch besser aus. Ist das nicht verrückt?«

»Nein«, sagte ich. »Keineswegs.«

»Das würden Sie niemals sagen, wenn Sie sie nicht selbst gesehen hätten. Wie dem auch sei, sie sagt mir, daß sie die ganze Zeit an mich gedacht hat. Und daß sie die ganze Zeit vor diesem Harwood davongelaufen ist, demselben Kerl, den ich vor zig Jahren mal auf der Autobahn angehalten habe. Sie wollte, daß ich ihr helfe. So habe ich sie dann in meinem Haus untergebracht.«

Auch in diesem Punkt hatte sie mich belogen. Bei der ganzen Geschichte mit Rudiger. Was für eine Überraschung.

»Ich habe versucht, die Gelegenheit nicht auszunutzen. Obwohl ich schon daran gedacht habe, wie das wäre, wenn ich sie jeden Tag im Haus hätte, sie morgens sehen würde, für sie Frühstück machte. Mir war eingefallen, daß sie es immer sehr geschätzt hat, wenn jemand Frühstück für sie machte. Jedenfalls war sie nicht allzu begeistert von der Idee. Es sei alles zu viel auf einmal, hat sie gesagt. Ich habe gesagt, sie kann mein Haus haben und ich würde mir für die Zeit etwas in der Stadt suchen. Die Idee hat ihr gefallen. Aber sie hat mir gesagt, eines Abends würde sie mich anrufen. Eines Abends würde sie mich anrufen und mich bitten rüberzukommen. Das hat sie gesagt. Ich habe gewartet. Und gewartet. Als dieser Privatdetektiv anfing, sie zu beschatten, dachte ich mir, daß etwas passieren würde. Vielleicht würde ich dann ihr Retter und Ritter in schimmernder Wehr sein.«

Er sah mich an, als hätte er vergessen, daß ich da neben ihm saß. Seine Augen schienen ein Problem damit zu haben, mich zu fixieren. »Und dann *ist* etwas passiert«, sagte er.

»Was ist passiert?«

Er stand auf und stützte sich dabei auf den Barhocker. »Ich zeig's Ihnen.«

»Was meinen Sie damit?«

»Kommen Sie mit mir. Ich will Ihnen etwas zeigen ...«

»Chief, es ist ziemlich spät.«

»McKnight, entweder Sie kommen mit mir, oder ich verhafte Sie. Ich schwöre bei Gott, ich erfinde irgendwas und verhafte Sie. Wir haben hier ein tolles Von-Mann-zu-Mann-Gespräch. Vermasseln Sie das nicht.«

Ich folgte ihm nach draußen. Er stieg in den Streifenwagen und winkte mich auf die andere Seite. »Steigen Sie ein«, sagte er.

»Wohin fahren wir?«

»Steigen Sie einfach ein.« Ich stieg vorne ein. Er ließ den Wagen an und setzte ihn prompt rückwärts gegen einen Laternenpfahl.

»Chief, ich glaube nicht, daß Sie noch fahren sollten.«

»Keine Sorge. Wer sollte mich denn hier erwischen?«

»Deswegen mache ich mir auch keine Sorgen.«

»Es ist nicht weit. In einer Minute sind wir da.«

Er fuhr vom Parkplatz und dann auf der Hauptstraße nach Norden, vorbei an dem kleinen Motel mit der Kanone auf dem Hinweisschild. »Ich habe Ihnen die Geschichte mit der Kanone erzählt«, sagte er.

»Die haben Sie mir erzählt.«

»Ich hab sie erzählt. Das ist gut. Ich habe Ihnen die Geschichte erzählt.«

Die Straße verlief schnurgerade, und so schaffte er es, wenigstens mit zwei Rädern dauernd darauf zu bleiben. Diese vier Kurzen in der Kneipe konnten nicht die ersten an diesem Abend gewesen sein. Als mir auffiel, daß eine leere Flasche zwischen meinen Füßen herumrutschte, war mir alles klar. »Chief, ich bin ernsthaft der Meinung, daß Sie jetzt nicht fahren sollten.«

»Sind fast da«, sagte er. Er bog scharf rechts in eine Nebenstraße ein. Er traf das Stoppschild nicht voll, aber der Mast streifte die Beifahrerseite unseres Wagens mit einem lauten metallischen Scheppern.

»Autsch«, sagte er. »Das hat wehgetan. Das war der Polizeietat.«

»Chief, bitte. Halten Sie an!«

»Sind schon da. In der Heimat fern der Heimat.«

Er fuhr vor einem kleinen Häuschen vor und trat voll auf die Bremse, als er den Briefkasten streifte. Als ich aus dem Wagen gestiegen war, sah ich den langen Kratzer an der Seite des Wagens und, im Licht der Scheinwerfer, den Pfosten des Briefkastens um fünfundvierzig Grad geneigt. Abgesehen davon gab es keine Probleme.

»Los, kommen Sie rein«, sagte er und ging auf die Eingangstür zu. Ich griff noch einmal in den Wagen, schaltete die Scheinwerfer und die Zündung ab und nahm die Schlüssel an mich. Ich wollte ihn nur ins Haus schaffen, dafür sorgen, daß er sich hinlegte, und dann verschwinden. Zu meinem Laster konnte ich dann zu Fuß gehen.

»Wie gefällt es Ihnen«, fragte er, als er das Licht anknipste. Der Raum war keineswegs eindrucksvoll, nur ein winziges Wohnzimmer mit einer Couch und einem Tisch davor. Ein kleiner Fernsehapparat stand auf einem dieser Servierwägelchen aus Metall mit Plastikrädern drunter, wie man sie in den sechziger Jahren öfter sah. Im Eßzimmer stand ein Tisch für zwei Personen mit zwei Metallstühlen mit Plastiksitzen. Wieder aus den Sechzigern. Er machte auch das Licht im Eßraum an und schob einen Stapel Papiere auf den Boden.

»Setzen Sie sich«, forderte er mich auf.

Ich zögerte einen Moment und setzte mich dann. Tu dem Mann seinen Willen, steh auch das noch durch und verschwinde dann aus der verdammten Stadt und komm niemals wieder.

Er kam mit einer Flasche Wild Turkey und zwei Gläsern zurück. »Schütten Sie uns ein«, sagte er. »Ich hole derweil Beweistück eins.«

»Ich glaube nicht, daß einer von uns diese Nacht noch was trinken muß«, sagte ich.

»Schütten Sie schon.« Er ging aus dem Zimmer und verschwand durch eine Tür, die wohl zum Schlafzimmer führen mußte. Ich saß da im billigen Licht der Lampe über uns und wartete auf das, was er vorhaben mochte.

Er kam mit einem Gewehr im Arm zurück ins Zimmer. Exakt das, was ich in diesem Moment dringend brauchte. Eine weitere Schrotflinte.

»Sie wissen, was das hier ist?« fragte er und setzte sich auf den Stuhl mir gegenüber.

Ich sagte nichts. Ich konnte nicht einmal atmen.

»Um Himmels willen, McKnight, ich werde Sie doch nicht erschießen. Seien Sie unbesorgt.«

Er legte das Gewehr auf den Tisch. Es zeigte von mir weg. Ich versuchte wieder zu atmen.

»Ich wette, Sie wissen nicht, was das ist.«

Ich schüttelte den Kopf.

»Das ist das Gewehr, mit dem Maria Wilkins niedergeschossen hat.«

Ich sah es nur an.

»Ich wette, Sie wundern sich, wieso ich das habe.«

Ich nickte mit dem Kopf.

»Nachdem sie ihn niedergeschossen hatte, hat sie mich angerufen. Es war ungefähr neun Uhr abends. Ich dachte: Das ist es. Das ist der Anruf. Sie will, daß ich zu ihr komme.«

Er unterbrach sich: »Ich dachte, ich hätte Sie gebeten, uns einzuschenken.« Er nahm die Flasche und schüttete sich selbst drei Finger hoch ein, dann goß er mir dieselbe Menge ins Glas und stellte es vor mich. Ich rührte es nicht an.

»Sie wollte in der Tat, daß ich jetzt rüberkäme. Sie hatte nämlich soeben auf dem Treppenabsatz vor ihrem Haus einen Mann niedergeschossen und wußte jetzt nicht, was sie tun sollte. Ich fuhr hin, sah mir die Bescherung an und habe ihr gesagt, sie solle so schnell wie möglich ins Auto steigen und zum Rocky's fahren. Tu so, als sei nichts geschehen. Ich habe das

Gewehr genommen, mich ein wenig umgesehen und sichergestellt, daß niemand um die Wege war. Dann war ich weg. Auf dem Revier klingelte schon das Telefon. Irgendwer meldete einen Gewehrschuß. Ich ließ Rocky als ersten zum Tatort fahren. Gleich nach ihm war ich dann da, nachdem ich hier vorbeigefahren war, um das Gewehr zu verstecken.«

Er trank die Hälfte aus seinem Glas und sah mich an. »Haben Sie jemals so was Blödes getan?«

»Chief, Sie haben da einen Fehler gemacht«, sagte ich. »Ich kann auch verstehen, wie das passieren konnte. Warum stellen Sie nicht das Glas weg und gehen ins Bett?«

Er schüttelte den Kopf. »Es kommt noch schlimmer«, sagte er. »Sobald man eine Dummheit begangen hat, muß man schon die nächste begehen und die übernächste. Es überwältigt einen einfach, wissen Sie? Bis das Ganze dir völlig außer Kontrolle gerät.«

»Was haben Sie noch angestellt?«

»Och, im Grunde nicht viel. Außer Veränderung eines Tatorts und Unterdrückung eines Tatwerkzeuges … was habe ich denn sonst noch gemacht?« Er stürzte den Rest des Glases hinunter und lehnte sich nach vorne, um sich erneut einzuschenken. Einiges ging neben das Glas, Whiskey tropfte auf den Gewehrlauf.

»Zum Beispiel hätte ich Sie fast umgebracht«, sagte er. »Als ich Sie wegen nichts eingebuchtet habe. Ich habe Ihnen die Handschellen abgenommen. Ich hatte mir überlegt, daß ich Sie vielleicht genau in diesem Moment erschießen könnte und dann allen erzählen, Sie seien auf mich losgegangen. Dann hätten Sie nicht länger rauskriegen wollen, was mit Wilkins passiert war, und hätten auch nicht …« Er blickte nach rechts, als ob er über die ganze Stadt hinwegsehen könnte. »Sie wären nie mehr in dieses Haus gegangen. Mit Maria.«

»Sie haben es aber nicht getan«, sagte ich. »Es ist nicht passiert.«

»Rocky tauchte auf. Wenn er nicht gekommen wäre, glaube ich, hätte ich es getan. Das glaube ich wirklich, McKnight. Ich hätte Sie getötet. So weit ist es schon gekommen. Ein Fehler, dann der nächste. Bis man sich zum Schluß selbst nicht mehr wiedererkennt.«

»Chief …«

»Wissen Sie noch was?« sagte er. »Ihr Freund Wilkins da, der Meisterschwindler. Ich habe mit dem Arzt gesprochen. Ich weiß, daß sie ihm die Schrotkugel rausoperiert haben. Jede Minute kann er aufwachen, wissen Sie das? Ich sitze hier und überlege mir: Wenn er sich an das erinnert, was passiert ist, bricht hier die Hölle aus. Vielleicht wäre es für alle Beteiligten besser, wenn er nie mehr aufwachte. Dieser Polizist vom County da, der ihn bewacht – ich kann ihn doch nach Hause schikken, denke ich mir. Ich bewache ihn dann selber. Wenn keiner guckt, ziehe ich den Stecker aus dem Atemdings. Das überlege ich mir allen Ernstes, McKnight. So weit ist es mit mir gekommen.«

Ich saß da und hörte ihm zu. Er starrte auf das Gewehr.

»Ich weiß, daß ich Harwood in einer Sekunde umbringen würde«, sagte er. »Da bin ich mir völlig sicher. Ich habe es sogar Maria gesagt. Ich habe ihr gesagt, ihr zuliebe würde ich Harwood töten, wenn sie das verlangte. Sie hat mir nicht geglaubt. Sie hat gesagt, sie wisse, daß ich das niemals fertigbrächte.«

»Chief …«

»Es kommt noch toller. Die Story geht noch weiter. Ich wette, Sie fragen sich, warum ich mich von ihr so lange Zeit am Schwanz herumführen lasse. Tun Sie das nicht? Kommt es Ihnen nicht gelinde gesagt komisch vor, daß ich das alles mache?«

»Ich weiß nicht.«

»Delilah.«

»Was ist mit ihr?«

»Was mit ihr ist? Wollen Sie wissen, was mit ihr ist? Maria hat mir gesagt, daß sie meine Tochter ist.«

Darauf konnte ich nichts mehr sagen.

»Sie hat mir gesagt, daß es nicht ihr Mann gewesen sein kann. Sie hätten es seit Jahren versucht. Ich bin es gewesen, hat sie gesagt. Ich bin Delilahs Vater.«

»Wann hat sie Ihnen das gesagt?«

»Als sie hier in Orcus Beach aufgetaucht ist. Achtzehn Jahre später kommt sie und sagt, ich bin der Vater. Das war alles Teil des Pakets: Wenn wir alles hinter uns haben, wären es nur noch ich und Maria für den Rest unseres Lebens. Und eine Tochter, die uns besuchen kommt.«

Ich stieß die Luft aus und riskierte dann einen verstohlenen Blick auf meine Uhr. Es war fast drei Uhr morgens. In meiner Hand klopfte es. Ich brauchte mehr Eis.

»Ich hab's geschluckt«, sagte er. »Ich habe es mit Haut und Haaren geschluckt.«

»Sie glauben nicht, daß es stimmt?«

»Ich wollte es mit Bestimmtheit wissen. Ich wußte, daß sie unten in Florida geboren wurde, nachdem Maria weggelaufen war. Ich habe das dortige Personenstandsregister angerufen und sie gebeten, Delilahs Geburtsurkunde für mich rauszusuchen. In zwei Minuten hatten sie sie gefunden, und sie haben sie mir am Telefon vorgelesen. Wissen Sie, wie schwer es ist, in Michigan an eine Geburtsurkunde ranzukommen, McKnight? Ich nehme an, dort unten liegen die Dinge anders. Jedenfalls stand da, der Vater sei Arthur Zambelli, verschieden, was natürlich nicht überraschend war. Was hätten sie sonst sagen sollen? Aber da stand auch das Hospital, in dem sie in Tampa geboren wurde. Auch da habe ich angerufen und bin an die medizinischen Unterlagen rangekommen. Diesmal mußte ich ihnen sagen, daß ich Polizeibeamter bin, aber sie wollten nicht mal, daß ich ihnen meinen Briefkopf zufaxe oder sonstwas. Sie haben mir lediglich die Informationen gegeben.«

»Und die waren?«

»Delilahs Blutgruppe war B, und Mama Marias war Null.«

»Und Ihre ist …«

»Ich habe auch Null«, sagte er. »Null und Null ergibt niemals B.«

»Nun gut, dann hat sie Sie angelogen.«

»Wissen Sie, was ich noch getan habe? Nur so zum Spaß?«

»Was denn?«

»Ich habe mir den gerichtsmedizinischen Befund zu Arthur Zambelli kommen lassen. Von damals, als er in den Graben gefallen war und das Genick gebrochen hatte. Es wurde eine Autopsie durchgeführt. Wollen Sie wissen, was seine Blutgruppe war?«

»Sagen Sie's mir.«

»Er hatte A. Und Null und A ergibt genausowenig B.«

»Okay«, sagte ich. »Was soll's? Was spielt das für eine Rolle?«

»Ich glaube, ich weiß, wer Delilahs wirklicher Vater ist.«

»Wer?«

Er sah mich nur an. Er sagte kein Wort.

»Nein«, sagte ich. »Auf gar keinen Fall!«

»Sie sind zusammengewesen«, sagte er. »Die ganze Zeit über, wo sie mit Zambelli verheiratet war. Ich weiß es.«

»Sie müssen mich auf den Arm nehmen.«

»Sie hatten die ganze Zeit über diese völlig perverse Affäre«, sagte er. »Ich sehe es jetzt förmlich. Ich sehe diese ganze …«

»Um Gottes willen!«

»Diese ganze perverse Affäre«, sagte er.

Er griff nach seinem Drink. Er stellte ihn wieder hin, nahm mit einer Hand das Gewehr. Mit der anderen fummelte er in der Tasche seines Hemds herum und zog schließlich ein in der Mitte gefaltetes Stück Papier heraus. »Wollen Sie wissen, was ich heute nachmittag ernsthaft vorhatte? Hier, lesen Sie das.«

Ich nahm es ihm ab und schlug es auf. Es war ein amtlicher

Briefbogen von Orcus Beach, mit dem kleinen Kanonenlogo zuoberst. Darauf stand: »Für Maria und alles, was ich so gern geglaubt hätte.« Das war alles.

Als ich aufsah, hatte er sich den Lauf der Schrotflinte in den Mund gesteckt. Ich hechtete über den Tisch und schlug das Gewehr beiseite. Er packte es wieder. Einen gräßlichen Moment lang war es direkt auf mein Gesicht gerichtet. Wieder schlug ich es beiseite und kippte zugleich den Tisch in seinen Schoß. Er fiel mit dem Stuhl nach hinten, während der Tisch, ich und die Schrotflinte in die verschiedensten Richtungen flogen. Irgendwie landete das Gewehr, ohne loszugehen und einen von uns zu atomisieren. Er lag hilflos auf dem Rücken, und seine Knie hingen noch auf der Stuhlkante. Ich kroch zu ihm und sah ihm ins Gesicht.

»War das denn nötig, McKnight? Ich wollte doch nur ausprobieren, ob ich überhaupt an den Abzug komme. Nur für den Fall, daß ich mal die Courage aufbringen würde.«

»Warum tun Sie mir das an, Chief? Warum haben Sie mich hierher mitgenommen?«

»Sind Sie katholisch?«

»Nein, ich bin nicht katholisch.«

»Dann sind Sie auch nie zur Beichte gegangen?«

»Nein.«

»Vater, vergib mir, denn ich habe gesündigt«, sagte er. »Meine letzte Beichte war vor fünfundvierzig Jahren.«

»Ich gehe. Sie müssen dringend Ihren Rausch ausschlafen.«

»Ich habe gedacht, daß Sie mich vielleicht verstehen, McKnight. Ich habe gedacht, Sie sind der einzige Mensch auf der Welt, der ich das erzählen kann. Ich meine dem. Dem ich das erzählen kann. Und zwar alles.«

Ich stand wieder auf und stellte auch den Tisch wieder richtig hin. Ich wollte das Gewehr schon in seiner Ecke liegen lassen, überlegte es mir dann aber anders. Ich klappte es auf und steckte die Patronen in meine Tasche. Dann legte ich das Gewehr aufgeklappt auf den Tisch. Daneben legte ich seine Autoschlüssel. Den Abschiedsbrief legte ich ebenfalls neben das Gewehr.

»McKnight«, sagte er. Er lag immer noch auf dem Rücken. Die Augen hielt er geschlossen.

»Gute Nacht, Chief.«

»Geben Sie mir das Telefon.«

»Gute Nacht.«

»Ich will sie anrufen«, sagte er. »Geben Sie mir das Telefon. Ich will Maria anrufen.«

»Rufen Sie sie nicht an. Gehen Sie lieber ins Bett.«

»Ich hol es mir selber«, sagte er, ohne sich zu rühren. »Ich werde sie anrufen. Ich werde sie wecken und ihr sagen, daß ich alles weiß. Sie ist nicht meine Tochter.«

»Gute Nacht, Chief.«

»Gehen Sie nicht. Sie können jetzt nicht gehen. Sie müssen mein Zeuge sein. Ich will, daß das einer mithört.«

»Gute Nacht, Chief.«

»Sie können nicht gehen«, wiederholte er. »Sie stehen unter Arrest. Ich befehle Ihnen, hierzubleiben und mein Zeuge zu sein.«

»Gute Nacht, Chief«, sagte ich. Und dann ging ich. Ich ging in die kalte Nachtluft hinaus, vorbei am Streifenwagen und dem schiefen Pfahl mit dem Briefkasten drauf. Ich ging zur Hauptstraße zurück und dann den ganzen Weg bis zu Rocky's Kneipe. Sie schien immer noch auf zu sein, obschon es bereits nach drei Uhr morgens war.

Das war es, was man wohl in Orcus Beach so machte. Man saß rum und trank und dachte über all die Fehler nach, die man jemals begangen hatte.

Ich ließ den Wagen an und machte mich davon. An der Stadtgrenze sah ich im Rückspiegel das Schild WILLKOMMEN IN ORCUS BEACH, in Spiegelschrift, und darunter die Kanone im Sand.

Ich kurbelte mein Fenster herunter und warf die beiden Schrotpatronen nach draußen. Und dann fuhr ich nur noch weiter.

Kapitel 22

Ein Geräusch weckte mich. Ein Vogel zwitscherte mich an und verstummte dann plötzlich. Dann zwitscherte er wieder. Nein, es war ein Telefon. Ich hob den Kopf. Ich hatte noch alle Kleider an und lag auf dem Motelbett in Whitehall. Ich hatte das Bett nicht einmal aufgedeckt, war um halb fünf morgens einfach nur hereinspaziert und hatte mich fallen lassen. Meine rechte Hand war immer noch angeschwollen, ein kleines Andenken für den Fall, daß ich alles nur für einen bösen Traum halten sollte.

Wie spät war es jetzt? Ich konnte keine Uhr sehen, aber im Raum herrschte Tageslicht, greller, als ich es jemals zuvor gesehen hatte.

Wieder klingelte das Telefon. Ich richtete mich auf. Ich hob den Hörer ab. Das Freizeichen.

Ich lehnte mich wieder zurück und starrte zur Decke. Wieder klingelte das Telefon. Das vom Motel war es nicht. Es war mein Handy. Aber das war unmöglich, denn das lag draußen in meinem Wagen.

Das Telefon klingelte wieder. Okay, mein Handy war es nicht. So klingt mein Handy nicht. Mein Handy ist nicht halb so aufdringlich.

Whitleys Handy. Es war noch immer in meiner Jackentasche und offensichtlich noch immer eingeschaltet. Ich stand auf, griff nach meiner Jacke und fischte das Gerät aus der Tasche. Es klingelte noch einmal, bevor ich mich melden konnte.

»Wer ist da?« fragte ich.

»Sind Sie das, McKnight?« Ich kannte die Stimme.

»Was ist los, Harwood? Warum rufen Sie mich an?«

»Sie haben Whitleys Handy gestohlen«, sagte er. »Ganz zu schweigen von seinem Auto. Er ist nicht glücklich darüber.«

»Trotzdem habe ich irgendwie kein so richtig schlechtes Gewissen«, meinte ich. »War das alles, was Sie mir zu sagen hatten?«

»Sie klingen, als hätten Sie eine anstrengende Nacht hinter sich. Ist ja wohl auch so, wenn sie nicht übertrieben hat.«

»Tschüß denn.«

»Warum haben Sie mich nach Randy Wilkins gefragt?«

»Haben Sie nicht gesagt, daß Sie ihn nicht kennen?«

»Das war doch der Pitcher, oder? Für die Tiger. Der Kerl, den sie in bloß einem Spiel fix und alle gemacht haben. Ich hab das Spiel gesehen. Wußten Sie das?«

»Was Sie nicht sagen.«

»Sein Vater hat in Kalifornien in Immobilien gemacht. Wir standen damals vor einem Geschäftsabschluß, aber der hat sich dann zerschlagen. Ich glaube, daß ich deshalb zu dem Spiel gegangen bin. Sein Vater war verhindert, und da habe ich gesagt, ich geh hin. Mein Gott, hat der 'ne Packung gekriegt! Was hat er noch mal verschuldet, acht Runs im ersten Inning?«

»Harwood, ist das wirklich der einzige Kontakt, den Sie jemals mit ihm gehabt haben? Daß Sie zu seinem Spiel gegangen sind?« Ich brachte da keinen Sinn rein. Das war mir zuviel Zufall.

»Ich glaube, ich habe ihn einige Tage später noch mal gesehen. Irgendwo in einem Restaurant. Ich bin zu ihm gegangen, ein Kondolenzbesuch, wissen Sie? Ich wollte ihm sozusagen mein Beileid aussprechen … Und dann – hey, Moment mal.«

»Was gibt es?«

»Jetzt fällt es mir wieder ein«, sagte er. »Es war im Lindell AC, in der Innenstadt von Detroit. Kennen Sie das?«

»Ja.«

»Wir haben zusammen einen getrunken; dachte, daß das wohl das mindeste war, was ich für ihn tun konnte. Ich wollte ja immer noch diesen Deal mit seinem Vater auf die Beine stellen. Und da sollte man doch die Beziehungen zur ganzen Familie pflegen, oder? Und da sitzt der arme Kerl da, der sich soeben vor einem randvollen Stadion total zum Narren gemacht hat.

Und aus heiterem Himmel sagt er zu mir, ich soll doch ein Stück die Straße runtergehen und mir von der Alten da die Zukunft deuten lassen. Maria hat er überhaupt nicht erwähnt, nur Madame Sowieso, jedenfalls den Namen, den sie damals gerade benutzt hat. Direkt danach ist der Deal mit Wilkins' Vater geplatzt. Ich glaube nicht, daß ich den Namen jemals auch nur wieder gehört habe, bis Sie mich letzte Nacht danach gefragt haben.«

»Und so haben Sie dann Maria kennengelernt? Weil Randy Ihnen gesagt hat, Sie sollten sich die Zukunft deuten lassen?«

»Ich denke, so wird es gewesen sein, jetzt, wo ich darüber nachdenke. Verdammt noch mal, das habe ich so noch nie gesehen. Wilkins war der Kerl, der mir geraten hat, zu dieser Wahrsagerin zu gehen. Verdammt noch mal. Obwohl ich nicht glaube, jemals hingegangen zu sein, bis – im nächsten Jahr? Das Spiel war doch 71? Dann muß es die nächste Saison gewesen sein. 72 war ich noch mal bei einem Spiel. Das war doch das Jahr, wo sie bei den Playoffs gegen die A's verloren haben, oder? Ich ging vom Stadion zu meinem Wagen zurück, sah ihr Schild auf der Leverette Street, und da fiel mir ein, daß ich sie mal aufsuchen sollte. Wissen Sie, ich war ganz einfach neugierig. Ich hatte mir noch nie die Zukunft deuten lassen. Also bin ich hingegangen, aus purem Spaß an der Freud'. Ganz offensichtlich der schwerste Fehler, den ich jemals gemacht habe. Mein Gott, haben die mich abgezockt! Ihre süße kleine Freundin war ihr ganzes Leben lang in irgendwelche Gaunereien verstrickt. Ich hoffe, daß Ihnen das klar ist, McKnight. Und ihre gesamte Familie ebenso. Sie haben mich in eine verdammt verfängliche Situation hineinmanövriert und dann die Falle zuschnappen lassen. Fotos haben sie gemacht. In einem Hotelzimmer. Jahrelang haben sie mich erpreßt. Dann hatte sie plötzlich meinen Partner, Arthur Zambelli, am Haken. Er hat nie begriffen, was ihm damals passiert ist. Wie lange waren sie verheiratet, zehn Jahre? Ich habe den Mann warnen wollen. Ich habe ihm erzählt, was sie mir angetan hat. Er hat mir nicht geglaubt.

Aber – wissen Sie was? Wenn ich jetzt daran zurückdenke, meine ich manchmal, er hat mir doch geglaubt, aber es war ihm egal. Er muß geglaubt haben, sie hätte sich geändert oder so was. Er war so 'n Typ.«

»Was haben Sie für eine Blutgruppe?« fragte ich.

»Warum wollen Sie das wissen?«

»Sagen Sie's mir einfach.«

»Das ist doch wegen ihrer Tochter, stimmt's?«

»Zambelli war nicht ihr Vater.«

»Was für eine Neuigkeit«, meinte er. »Was meinen Sie denn, warum sie ihn sonst umgebracht hat?«

Das war ein Volltreffer. »Wovon reden Sie da?«

»Er hatte irgendein physisches Problem. Null Spermatozoen oder so ähnlich. Als sie schwanger wurde, hatte sie drei Möglichkeiten. Ihm alles erzählen mit dem Risiko, auf der Stelle geschaßt zu werden und dadurch richtig viel Geld zu verlieren. Oder eine Abtreibung, was wohl die meisten Frauen getan hätten. Oder ihn einfach umbringen. Zum Teufel, sie kriegt bei dieser Variante sogar ein hübsches Sümmchen von seiner Versicherung. Da brauchte sie nicht lange nachzudenken.«

»Sind Sie Delilahs Vater?«

»Fragen Sie mich was Leichteres.«

»Aber möglich ist es schon?«

»Davon gehe ich aus. Aber was soll's? Wenn sie meine Tochter ist, hat sie mich gehaßt, solange sie denken kann. Vermutlich hat sie jeden Abend, wenn man sie zu Bett gebracht hat, gehört, was für ein böser Mann ich bin.«

»Dann ist es also möglich«, sagte ich. »Sie beide waren also zusammen, sogar damals. Nur aus reiner Neugierde – wie funktioniert so was? Das war doch wohl dieselbe Frau, die Ihnen eine Falle gestellt und Sie erpreßt hatte?«

»Und immer noch erpreßte«, sagte er. »Die ganze Zeit. Zehn Jahre lang. Ich habe mir gedacht, wenn ich sowieso schon zahle, warum dann nicht?«

»Und wieso wollte Maria zu dieser Zeit noch etwas mit Ihnen zu tun haben?«

»Kapieren Sie das wirklich nicht, McKnight? Ich bin der Beste, der sie je zwischengenommen hat. Das macht sie heute noch verrückt.«

»Okay, okay«, sagte ich. »Ersparen Sie mir den Rest. Es tut mir leid, daß ich überhaupt gefragt habe.«

»Wollen Sie wissen, was sie gemacht hat, nachdem sie Zambelli um die Ecke gebracht hat?«

»Sie hat Sie von ihrem Bruder die Treppe runterwerfen lassen«, sagte ich. »Die Geschichte kenne ich.«

»Nein, noch danach. Als sie nach Florida umgezogen ist, hat sie meiner Frau ein kleines Abschiedsgeschenk geschickt. Die Fotos, die sie 1972 von uns gemacht hatten. Es war nicht genug, daß ich ein verdammter Scheißkrüppel war, McKnight. Sie mußte auch noch meine Ehe zerstören.«

»Warum erzählen Sie mir das alles?«

»Ich bin der Meinung, daß Sie die Wahrheit wissen sollten.«

»Und warum haben Sie mir das alles nicht schon letzte Nacht erzählt?« fragte ich. »Richtig, Sie waren zu beschäftigt mit Ihren Versuchen, mich umzunieten.«

Ich hörte etwas im Hintergrund. Es klang wie gedämpfter Verkehrslärm, mit spitzen Schreien dazwischen.

»Ich muß mich für Mr. Whitley entschuldigen«, sagte Harwood. »Soeben haben wir ein Eisenbahngleis überquert. Er liegt flach, damit sein Rücken sich eventuell wieder entspannt. Sie haben da eine ganz schöne Nummer mit ihm abgezogen.«

»Sie fahren?«

»Ja, ich fahre. In dem Gerät hier kann ich alles machen, wonach mir der Sinn steht. Alles ist mit den Händen zu bedienen, und dabei kann ich sogar noch telefonieren.«

»Wie schön für Sie. War das alles, was Sie mir erzählen wollten?«

»Ich hoffe bloß, daß Sie noch einen Rest von Verstand haben. Machen Sie sich auf der Stelle aus dem Staub, solange Sie das noch können.«

»Ihre Fürsorge für mich ist einfach überwältigend. Aber ich habe eine Neuigkeit für Sie. Ich habe mich schon aus dem Staub gemacht. Was jetzt noch passiert, ist mir scheißegal. Ihr zwei seid einander wert. Das einzige, was mir jetzt noch Kummer macht, ist, daß Delilah mitten dazwischenhängt. Sie hat keinen von euch verdient.«

»Ich habe da so ein Gefühl, als ob sich bald alles ändert«, meinte er. »Und ich bin froh, daß Sie nicht zugegen sind, um sich das mitanzusehen. Schließlich ist das nicht Ihr Problem.«

Es entstand eine lange Pause. Ich hörte wieder Verkehrslärm im Hintergrund und dann ein statisches Rauschen.

»Bleiben Sie bloß weg«, sagte er. Die Wörter wurden nahezu unverständlich. »Bleiben Sie weg.« Dann war die Verbindung unterbrochen.

Ich schaltete das Handy für immer ab. Es würde im ersten öffentlichen Abfalleimer landen, der mir an diesem Tag begegnete.

Die Sonne schien, als ich das Motel verließ. Es war einer jener Apriltage in Michigan, an denen die Temperatur auf über zwanzig Grad steigt und man zu denken wagt, der Sommer käme gleich um die Ecke. Am nächsten Tag fällt die Temperatur dann wieder unter Null. Aber man fällt drauf rein, immer wieder.

Nach dem Frühstück machte ich mich auf den Weg und plante ernsthaft, nach Hause zu fahren. Doch dann fiel mir ein: Scheiße, wenn Randy jemals wieder die Augen aufmacht, kann das durchaus heute sein. Jedenfalls hatte das der Arzt gesagt. Statt also stracks nach Norden zu einem kanadischen Bier in Jackies Kneipe zu fahren, fuhr ich in südöstlicher Richtung ins Hospital in Grand Rapids. Noch ein Tag, dachte ich mir. Nur noch ein Tag.

Ich fand den Doktor im Schwesternzimmer. »Er gibt Anlaß zu Hoffnung«, sagte er. »Er reagiert auf Licht und auf körperliche Stimulation. Aber er ist noch nicht bei Bewußtsein, deshalb müssen wir mit möglichen neurologischen Schäden rechnen. Machen Sie sich klar: Im Grunde hat er einen Schlaganfall gehabt. Da weiß man nie, wo man dran ist.«

Ich bedankte mich bei dem Mann und ging weiter zu Randys Zimmer. Derselbe Deputy vom County saß vor der Tür.

»Jetzt sagen Sie bloß, daß Sie die ganze Zeit hier gesessen haben«, begrüßte ich ihn.

Bei der Vorstellung mußte er lachen. »Ich bin gerade erst gekommen. Ich habe die Tagschicht.«

»Deshalb sehne ich mich heute noch manchmal nach meinem früheren Job: wegen der prickelnden Aufregung.«

»Sie sind der einzige, der nach ihm gucken kommt. Hat er denn keine Familie?«

»Im Grunde nicht. Wenigstens nicht mehr. Hätten Sie was dagegen, wenn ich mal den Kopf zur Tür reinstecke?«

»Warum denn nicht? Was sollen dic schon groß machen – mich feuern und jemand anders holen, der sich den ganzen Tag auf den Stuhl hier setzt? Ich habe mir sagen lassen, draußen sind dreiundzwanzig Grad.«

Ich ging ins Zimmer, stand eine Weile einfach nur da und betrachtete ihn. Er sah nicht anders aus als beim letzten Mal, wo ich ihn gesehen hatte. Hals und Schultern waren immer noch verbunden. Dieselben Maschinen überwachten seinen Herzschlag und seine Atmung. Seine Augen wirkten immer noch sehr geschlossen.

»Was hast du vor?« fragte ich ihn. »Wachst du heute auf oder nicht?«

Die Maschinen beepten.

In der Ecke stand ein Stuhl. Ich setzte mich und schloß eine Weile die Augen. Dann stand ich auf, sah aus dem Fenster nach dem wunderschönen Tag draußen und setzte mich wieder.

Ich dachte über Harwoods Anruf nach. Noch immer begriff ich den Zusammenhang nicht, diese Geschichte, Randy habe ihm geraten, sich die Zukunft deuten zu lassen, damals, 1971. Das ergab keinen Sinn. Da mußte mehr hinterstecken.

Etwas anderes beunruhigte mich, etwas Dringenderes. Wie er geklungen hatte, als er sagte, bald würde sich alles ändern.

Vergiß es, Alex. Es geht dich nichts an. Jetzt nicht mehr.

Ich verließ das Zimmer und ging eine Weile im Krankenhaus spazieren. Das verlor rasch seinen Reiz, also ging ich nach draußen und ließ mich von der Sonne bescheinen. Eine Stunde schlug ich damit tot, daß ich draußen rumspazierte und mir eine Zeitung kaufte; dann ging ich ins Zimmer zurück. Der Doktor leuchtete gerade mit einer Lampe in Randys Augen. »Immer noch nichts«, sagte er. »Ich komme später wieder.«

Eine weitere Stunde saß ich im Zimmer und las die Zeitung. Die Tigers waren schon wieder feste dabei, sich aus der Saison herauszupitchen, die Red Wings bereiteten sich auf einen neuen Versuch vor, den Stanley Cup zu gewinnen. Die Pistons würden die Play-offs erreichen, aber niemand glaubte ernsthaft daran, daß sie die erste Runde überlebten.

Ich sagte dem Deputy, daß ich ihm etwas zum Lunch besorgen würde, ging nach draußen und spazierte zu derselben Kneipe, in der ich schon beim ersten Mal gewesen war. Der Mann hinter der Theke erkannte mich auf der Stelle wieder. Aber sein Laden war auch nicht gerade überlaufen. Die Frau, die sich bei meinem ersten Besuch die Seifenoper angesehen hatte, war nur durch einen Mann ersetzt, der sich SportsCenter reinzog.

»Na, sind Sie jemals bis Orcus Beach gekommen?« begrüßte mich der Kneipier.

»Ich habe mal vorbeigeschaut.«

»Was habe ich Ihnen gesagt? Ziemlich langweilige Ecke, wie?«

Ich konnte mich nicht erinnern, daß er das gesagt hatte, hatte aber keine Lust, ihn zu korrigieren. Ich ließ mir von ihm ein Stroh und das Sandwich des Tages servieren, irgendwas mit Käse und Pastrami. Ich bestellte ein zweites zum Mitnehmen für den Deputy. Während ich dasaß und aß, ging mir ständig Harwoods Anruf durch den Kopf, und ich wunderte mich, warum mir dabei unwohl war. Ständig stellte ich mir Maria vor, ob ich das nun wollte oder nicht, so, wie sie ausgesehen hatte, als sie mich in ihr Schlafzimmer mitgenommen hatte.

Vergiß das Ganze, Alex. Vergiß es einfach.

Ich ging zurück und brachte dem Deputy sein Sandwich. Dann setzte ich mich in Randys Zimmer und wartete. Ich unternahm einen weiteren Spaziergang. Die Sonne schien den ganzen Nachmittag.

Bevor der Deputy seinen Dienst für den Tag beendete, sagte er noch dem Kollegen von der Nachtschicht, er solle mich doch weiter die Extra-Sicherheitskontrollen passieren lassen. Beim Weggehen winkte er mir zu und bedankte sich noch einmal für das Sandwich. Ich dachte mir, daß ich von Anfang an einen günstigen Eindruck auf den neuen Deputy machen würde, wenn ich verspräche, ihm sein Dinner mitzubringen. Ihm gefiel der Vorschlag, und ich ging wieder in dieselbe Kneipe. Derselbe Mann stand hinter der Theke, und derselbe Mann saß auf dem Barhocker und sah fern. Es war die Art Kneipe, wo sich nie etwas ändert, weder zum Guten noch zum Schlechten, und als ich mich niederließ, schossen mir dieselben Gedanken durch den Kopf. Maria. Ihr Gesicht. Ihr Körper. Ihre Lügen.

Dann mußte ich an den Rest ihrer Familie denken. Ihre Mutter, ihren Bruder. Ihre Tochter. Vielleicht ja auch Harwoods Tochter. Es hatte sich nicht so angehört, als ob ihm das etwas bedeute.

Delilah, in der Haustür, in ihrem Softballdreß.

Bald werde sich alles ändern, hatte Harwood gesagt. Ich bin froh, daß Sie nicht zugegen sind, um sich das anzusehen.

Er fuhr sein Freizeitmobil. Im Hintergrund hatte man Verkehr gehört.

Sehr viel Verkehr.

Mit einem Schlag war alles klar. Er fuhr zu ihrem Haus in Farmington. Ich wußte es.

Deshalb hatte er mich angerufen. Um zu überprüfen, wo ich war. Um sicherzugehen, daß ich nicht dort sein würde. Bleiben Sie bloß weg, hatte er gesagt. Bleiben Sie weg.

Verdammte Hacke, dachte ich. Das würde er niemals machen.

Und ob er das machen würde.

Ich stand auf und ging zum Münzfernsprecher. Derselbe Holzstuhl stand immer noch in dem kleinen Flur. Dasselbe Telefon hatte ich benutzt, um Randys Frau anzurufen und seine drei Kinder. Jetzt würde ich jemanden anrufen, von dem ich niemals gedacht hätte, daß ich diesen Jemand jemals wieder anrufen würde.

Beim dritten Läuten nahm sie ab.

»Maria«, sagte ich, »hör jetzt gut zu.«

»Alex! Wie schön, daß du anrufst.«

»Wie bitte?« Ich starrte auf den Hörer in meiner Hand. »Maria, Harwood hat mich heute morgen angerufen. Er hat da was gesagt, was mich nachdenklich gemacht hat. Das ist der alleinige Grund, warum ich anrufe.«

»Leopold ist hier. Er läßt dich grüßen. Ich soll dich von allen hier grüßen, Alex.«

»Von allen? Sind denn alle da?«

»Ich habe sie letzte Nacht angerufen. Nachdem du gegangen warst. Auch wenn dich die ganze Welt im Stich läßt, deine Familie ist immer für dich da.«

Ich ließ das unkommentiert. »Na schön«, sagte ich. »Dann ist ja alles okay.«

»Als erster ist Chief Rudiger gekommen«, sagte sie. »Ich habe ihn angerufen und ihn gebeten rüberzukommen. Er war bei mir, bis die anderen eintrafen.«

»Du hast den Chief angerufen?«

»Ich weiß, daß es schon sehr spät war«, sagte sie. »Er ist trotzdem auf der Stelle gekommen. So ein Mensch ist er eben.«

Auch dies ließ ich unkommentiert. »Wie sah er aus?«

»Völlig normal. Vielleicht etwas müde, denke ich. Aber warum fragst du?«

»Ist schon gut.« Noch mehr Lügen, exakt das, was ich jetzt brauchte. »Es spielt keine Rolle. Weißt du, es tut mir leid, daß ich angerufen habe.«

»Das braucht es wirklich nicht«, sagte sie. »Mir tut es leid, wie alles gelaufen ist. Ich hätte dich gar nicht erst bitten sollen, mir zu helfen. Aber jetzt ist alles gut, weil ich jetzt meine ganze Familie hier habe. Wir haben am Strand gefrühstückt, Alex. Es war ein so herrlicher Morgen. Leopold hat Pfannkuchen gebakken. Und der Chief hat gesagt, daß er sich um alles kümmert. Jetzt geht es mir richtig gut.«

Leopold hat Pfannkuchen gebacken. Was zum Teufel sollte ich denn mit dieser Information anfangen? »Okay«, sagte ich. »Ich hänge jetzt auf.«

»Mach's gut, Alex. Ich hoffe, du denkst noch manchmal an mich.«

»Das werde ich wohl, Maria. Mach's gut.«

Ich ging zurück in die Kneipe. Was für eine wundervolle Idee war das gewesen, sie anzurufen. Ich stecke so voller wundervoller Ideen.

»Leopold hat Pfannkuchen gebacken«, erzählte ich dem Mann am Tresen. »Geben Sie mir noch ein Bier.«

Er schob mir eins hin.

»Und der Chief will sich um alles kümmern«, sagte ich. Der Chief, der angeblich zu ihr rübergekommen war, um auf sie aufzupassen, bis ihre Familie gekommen war. Derselbe Chief, den ich mit einer Flasche Wild Turkey auf der Brust auf dem Boden hatte liegen lassen.

Ich erstarrte, mit der Bierflasche auf dem halben Weg zu meinem Mund. »O nein«, sagte ich.

Ich stellte das Bier wieder hin.

»Großer Gott.«

Kapitel 23

Eine Entschuldigung habe ich. Nichts Tolles, aber immerhin.

Haben Sie schon einmal einen Baseball in der Hand gehabt? Haben Sie jemals gefühlt, wie hart er ist? Ein guter Pitcher wirft ihn mit einer Geschwindigkeit, die durchaus hundertsechzig Kilometer in der Stunde erreichen kann. Bisweilen schwingt der Batter den Schläger nach dem Ball und berührt ihn kaum. In diesem Fall vermindert der Ball seine Geschwindigkeit nicht und ändert seine Richtung höchstens um etliche Zentimeter. Aber diese Zentimeter reichen aus, daß der Catcher den Ball völlig verfehlt. Deshalb trägt ein Catcher eine Maske.

Wenn Sie mal eine alte Catchermaske getragen haben, wissen Sie, daß es im Grunde nur ein Metallkäfig ist, den man an den Rändern ein wenig gepolstert hat. Wenn dich ein Foultip mitten im Gesicht erwischt, soll die Maske sicherstellen, daß du nicht die Hälfte deiner Zähne verlierst oder dir die Nase brichst. Wenn aber so ein Fastball dir mitten auf die Maske knallt und dann zu Boden fällt, ist das Problem, daß die ganze Energie *irgendwo* bleiben muß. Es spielt überhaupt keine Rolle, wie gut das Ding gepolstert ist. Es ist immer dein Kopf, der die Energie absorbiert.

Heutzutage haben sie diese Catchermasken, die eher wie der Gesichtsschutz eines Eishockeytorwarts aussehen. Sie sind stromlinienförmig, so daß jeder Treffer, wo auch immer, sogleich abprallt. Ein Catcher braucht nicht mehr die volle Wucht eines zentralen Fastballs mit dem Kopf aufzufangen. Die gab es natürlich noch nicht, als ich gespielt habe. Wieviel von diesen Fastballs direkt an den Kopf hatte ich wohl abbekommen? Zweitausend? Dreitausend? Ich konnte sie nicht mal schätzen. Aber ich wußte, wie es sich anfühlte, wenn ich zwei richtig gute im selben Inning abbekam. Ich ging dann zur Bank zurück, wie ein angeschlagener Boxer in seine Ecke wankt.

Vielleicht hatte man mir ja zu viele davon vor die Maske geknallt. Das ist meine Entschuldigung. Vielleicht bin ich aber auch so auf die Welt gekommen. Wie dem auch sei, ich tue jedenfalls gelegentlich Dinge, ohne nachzudenken. Normalerweise muß ich am Ende dafür bezahlen.

Ich fuhr nach Osten, quer durch den Staat in Richtung der Vorstädte Dublins. Die Strecke war mir wohlbekannt, war ich sie doch in den letzten Tagen schon zweimal gefahren. Ich glaubte nicht, noch irgend etwas ändern zu können. Es war nahezu sechs Uhr abends. Was auch immer geschehen sein mochte, war vor etlichen Stunden geschehen. Mich trieb jetzt die reine Neugier. Neugier und ein krankhaftes Gefühl der Angst und auch so etwas wie Faszination. Ich konnte nicht glauben, daß sie es wirklich getan hatten. Aber ich war sicher, sie hatten. Und das wollte ich mit eigenen Augen sehen.

Dieser ganze Quatsch, daß ihre Familie den ganzen Tag dagewesen sei, das Frühstück am Strand, Leopold hat Pfannkuchen gebacken, und Chief Rudiger hat versprochen, sich um alles zu kümmern. All das hatte sie mir mit Absicht erzählt. Sie hatte nicht gewußt, daß ich in der vorigen Nacht beim Sheriff gewesen war, und sie konnte nicht wissen, daß ich das alles auf der Stelle durchschauen würde.

Das war es, was mir so auf dem ganzen Weg auf der I-96 und dann auf der I-275 nach Farmington durch den Kopf ging. Ich fand das Viertel sofort. Auf der Corriedale Street zur Romney Street. Sobald ich um die Ecke bog, sah ich die beiden Wagen auf der Einfahrt.

Der Streifenwagen des Chief stand zur Garage hin, der frische Kratzer auf der Beifahrerseite war nicht zu übersehen. Harwoods Freizeitmobil stand direkt dahinter. Andere Wagen waren auf der Einfahrt nicht zu sehen, schließlich waren sie ja alle zur Zeit in Orcus Beach.

Ich fuhr am Haus vorbei, wendete und parkte auf der Straße. Ich blieb im Wagen und beobachtete das Haus eine Weile. Niemand kam oder ging. Nichts geschah. Wie ich da saß, fiel mir plötzlich ein, daß Whitley genau das gleiche getan, vielleicht sogar exakt an derselben Stelle gesessen und das Haus beobachtet hatte.

Eine Stunde saß ich so da. Zwei Kinder fuhren auf ihren Rädern die Straße entlang. Einige Autos kamen vorbei. Irgendwo bellte ein Hund. Ansonsten war es ein ruhiger milder Abend in der Vorstadt. Bewegungslos standen die beiden Wagen auf der Einfahrt. Ich starrte auf den Kratzer an Chief Rudigers Wagen; der Anblick hypnotisierte mich regelrecht. Man brauchte keine Wahrsagerin, um zu wissen, daß drinnen im Haus etwas fürchterlich verkehrt war.

Jetzt hätte ich wegfahren sollen. Das hätte ich tun sollen.

Ich habe es nicht getan.

Ich stieg aus dem Auto und ging zum Haus hin. Der wunderschöne Apriltag war fast vorüber, die Wärme der Sonne schon lange verschwunden. Es waren keine Nachbarn draußen, die mir zusahen, wie ich die Einfahrt entlang zur Haustür ging. Als ich dort war, sah ich, daß sie einen Spalt offen stand. Ich stieß sie auf und ging nach drinnen.

Stille.

Ich ging durchs Wohnzimmer, dann weiter ins Eßzimmer.

Kein Lebenszeichen. Nichts.

Die Treppe. Ich kannte diese Treppe. Ich trat näher und spähte um die Ecke nach unten.

Ein Rad.

Das hätte mir genügen sollen. Ein Rad. Das war alles, was ich zu sehen brauchte. Aber ich ging weiter. Eine Stufe nach unten. Die Stiege knarrte. Ich blieb stehen. Noch eine Stufe. Wieder knarrte es. Mit jeder Stufe sah ich mehr vom Rollstuhl. Er lag umgestürzt auf der Seite.

Er war leer.

Ich ging weiter, Stufe für Stufe. Ich sah ein Bein, dann noch eins. Und dann das Blut.

Zwei Männer vor der Wand, jeder mit einem Arm in Handschellen. Die Handschellen waren an einem Metallring an der Wand festgemacht. Derselbe Ring in der Wand, dieselben Handschellen. Zwei Männer. Whitley und Harwood. Was von ihnen übrig war. Jeder von ihnen von einer Schrotflinte zerfetzt. So sieht das dann aus. Überall Blut. Der Geruch von Tod und Blut. Dieser zutiefst böse Anblick in all seiner Nacktheit.

Die Hülsen von Schrotpatronen auf dem Boden. In den Blutlachen.

Schau nach rechts. Da ist noch mehr. Chief Rudiger, der Mann, den ich – wieviel? – Stunden zuvor noch gesehen hatte. Der Kopf zerschmettert. Weggeblasen. Alles auf dem Spiegel hinter ihm, rosa und rot. Er liegt auf der Stemmbank. Die Schrotflinte hängt von seinem Körper zu Boden, ein toter Finger hat sich am Abzug verhakt.

Auf dem Boden ein Stück Papier. Eine Ecke saugt sich voll mit Blut.

Der Chief wollte sie anrufen. Das waren seine letzten Worte mir gegenüber gewesen. Er wollte vom Fußboden hochkommen und Maria anrufen. Wenn er es geschafft hatte, sich vom Boden hochzuarbeiten und sie anzurufen, was war dann als nächstes passiert? Wie lange hatte sie wohl gebraucht, um ihre Chance zu erkennen? Zu sehen, wie alles für sie fertig dalag? Alles wasserdicht. Sie ruft Leopold an. Er weckt die Familie. Sie beladen Leopolds Kleinlaster, Delilahs Wagen, Anthonys Wagen. Die ganze Familie fährt nach Orcus Beach, mitten in der Nacht, genau wie Maria gesagt hat. Ist der Chief schon in Marias Haus, als ihre Familie eintrifft? Vielleicht ist er da. Vielleicht hat Maria ihn gebeten zu kommen, und er hat sich irgendwie zusammengerissen und ist rübergefahren. Vielleicht mußten ihn Leopold und Anthony aber auch holen. In beiden Fällen hat er das Stück Papier dabei. Eigenhändig beschrieben. Er hatte es mitgebracht, oder es hatte auf dem Tisch gelegen, als sie ihn abgeholt haben. Und die Schrotflinte. Vergiß die Schrotflinte nicht. Sie verfrachten ihn auf den Hintersitz seines Streifenwagens, fahren ihn nach Farmington. Zwei Autos. Anthony fährt hinter Leopold her, der im Streifenwagen sitzt. Jetzt ist es fünf Uhr morgens. Oder sechs. Leopold trägt den Hut des Chief, nur für den Fall, daß ihn jemand im Wagen sieht. Aber es ist so früh, daß nicht viele Wagen auf der Straße sind. Als sie zum Haus in Farmington kommen, warten sie. Natürlich parkt Anthony seinen Wagen ein Stück die Straße runter. Nur den Streifenwagen darf man in der Auffahrt sehen. Maria ruft Harwood an. Sie hat jetzt seine Nummer. Sie ruft ihn an und sagt ihm, er solle nach Farmington kommen. Es sei an der Zeit für ein Abkommen. Es sei an der Zeit, die Sache ein für allemal zu erledigen.

Und genau das tun sie auch.

Nachdem dies geschehen ist, fahren Leopold und Anthony nach Orcus Beach zurück. Natürlich wird die Polizei sie dort ausfindig machen. Drei tote Männer im Hobbykeller, da muß man schon mit ihnen sprechen. Offensichtlich ein Doppelmord und dann ein Selbstmord; der Finger des Chief steckt noch im Abzugsbügel. Wird der Gerichtsmediziner irgend etwas finden, das nicht zu der Geschichte paßt? Was *kann* man finden, wenn es sich um Schrotschüsse aus nächster Nähe handelt? Wie genau werden sie einen solchen Fall überhaupt untersuchen?

Natürlich kommen sie zu ihr. Zur ganzen Familie. Sie müssen mit ihnen reden.

Großer Gott, wird sie sagen. Das kann doch gar nicht sein. Der Chief war ein solch guter Mensch. Er hat gesagt, er will mir helfen. Er hat gesagt, er läßt es nicht zu, daß diese Männer mir weh tun. Aber, großer Gott, Officer, ich hatte doch keine Ahnung.

Du hast der Polizei deine eigene Geschichte zu erzählen, Alex. Deine eigene kleine Theorie, ohne jeden Beweis. Und mit dir unübersehbar mitten drin. Erst hast du Whitley und Harwood mit gezückter Pistole bedroht; dann bist du in Marias Bett gelandet. Dann hast du mit dem Chief einen Schlummertrunk genommen, erst in der Kneipe und dann bei ihm zu Hause, wo du ihm ganz nebenbei eine Schrotflinte aus der Hand geschlagen hast. Dann hast du die Patronen rausgenommen. Soweit du im Bilde bist, sind deine Fingerabdrücke noch überall auf dem Gewehr. Es sei denn, du nimmst es von der Brust des Chief runter und wischst es ab.

Denk dran, Alex, welches Blatt du in der Hand hast. Das sind deine Karten, falls du versuchst, doch noch einen anderen Ausgang herbeizuführen.

Ich zwang mich dazu, mich umzudrehen und die Treppe wieder hochzugehen. Den Zettel auf dem Boden brauchte ich nicht zu lesen. Ich wußte, was darauf stand. Die Worte unter dem offiziellen Wappen, dem mit der Kanone im Sand.

»Für Maria und alles, was ich so gern geglaubt hätte.«

Kapitel 24

»Alex.«

Ich öffnete die Augen.

»Alex.«

Ich richtete mich in dem harten Holzstuhl auf und spürte, wie ein plötzlicher Schmerz mir vom Nacken in den Rücken schoß.

»Alex.« Seine Stimme war leise, fast ein Flüstern.

Ich sah zu ihm hinüber. Randys Augen waren offen.

»Soll ich den Arzt rufen?« fragte ich. Ich sah auf meine Uhr. Es war nach elf Uhr abends. Um neun war ich zurückgekommen, gerade rechtzeitig, um den Doktor noch anzutreffen, der im Schwesternzimmer Krankenblätter ausfüllte. Randy war wieder zu Bewußtsein gekommen, kurz nachdem ich am Nachmittag gegangen war, sagte mir der Arzt. Er hatte noch lokal begrenzte Ausfälle auf der linken Körperseite, aber abgesehen davon ging es ihm erstaunlich gut. Sie hatten den Schlauch aus der Luftröhre entfernt und ihn an einen Tropf mit einer äußerst schwachen Morphinlösung gehängt. Sie hatten ihm erzählt, er sei angeschossen worden und vor seiner Tür säße ein Deputy vom County. Er war dann einige Stunden lang wach gewesen, aber als ich kam, war er schon wieder eingeschlafen. Ich hatte mich in den Stuhl gesetzt und dasselbe getan. Nun war er wieder wach, und ich wußte nicht, was ich ihn zuerst fragen sollte.

»Sie haben mir gesagt, was passiert ist«, sagte er. Er war immer noch in seine Verbände eingewickelt, aber ohne den Schlauch in der Luftröhre sah er wieder menschlich aus.

»Ich weiß. Ich habe mit dem Arzt gesprochen.«

Er sah zum Fenster. »Wie spät ist es?«

»Kurz nach elf.«

»Warst du die ganze Zeit hier?«

»Nein, ich war rauf nach Orcus Beach.«

Er sah mich an und schloß die Augen.

»Das letzte, woran ich mich erinnern kann«, sagte er, »ist, daß ich auf ihre Tür zugegangen bin.«

»Ihre Tochter hat dir gesagt, wo sie wohnt.«

Er schlug die Augen wieder auf. »Ja.«

»Maria hat mir gesagt, sie hat dich für Harwood gehalten. Oder für jemanden, den er geschickt hat.«

»Du hast sie gesehen.«

»Ja, ich habe sie gesehen.«

»Was hat sie sonst noch gesagt?«

»Sie hat 'ne ganze Menge gesagt. Natürlich war alles ausnahmslos gelogen.«

»Ich könnte was zu trinken gebrauchen.«

»Sie ist eine ausgezeichnete Lügnerin, nicht wahr? Ganz ähnlich wie du.«

»Der Arzt hat gesagt, ich soll nicht zuviel reden.«

»Kann sein, daß du einen bleibenden Schaden an den Stimmbändern hast. Da wirst du unter Umständen in Zukunft deine Technik etwas verändern müssen.«

»Alex …«

»Ich kenne die ganze Geschichte. Dein Strafregister in Kalifornien, der Haftbefehl, der da auf dich wartet, wenn du zurückkommst. Dieser Deputy sitzt nicht umsonst die ganze Zeit vor deiner Tür.«

»Du hättest nach Hause fahren sollen.«

»Ich habe deine Familie angerufen. Ich war der Meinung, daß sie das wissen müßten.«

»Laß mich mal raten«, sagte er. »Sie waren nicht gerade übertrieben besorgt um mich.«

»Dein jüngster Sohn war schon nahe dran«, sagte ich. »Ihm schienst du etwas leid zu tun.«

Randy schloß wieder die Augen.

»Tu dir keinen Zwang an und erzähl mir ruhig, warum du das alles gemacht hast«, sagte ich. »Jederzeit. Ich bin ganz Ohr.«

»Dich habe ich nicht angelogen.«

»Wie bitte?«

»Du hast mich schon richtig verstanden. Ich habe dich nicht belogen.«

»Adieu«, sagte ich und wandte mich zur Tür. »Ich bin dann weg.«

»Alex, warte.«

Ich blieb stehen.

»Ich habe nicht gelogen«, sagte er. »Nicht eigentlich. Ich habe dir nur nicht alles erzählt.«

Ich rieb mir die Stirn. »Großer Gott, geht das schon wieder los? Du solltest Politiker werden, weißt du das?«

»Laß es dir erklären.«

Ich kam zurück. Ich stand über ihm, die Arme über der Brust verschränkt. »Gib dir alle Mühe. Bei der ersten Lüge bin ich zur Tür raus. Und ich werde sie erkennen, glaub mir das.«

Er holte tief Luft und legte den Kopf auf das Kissen. Einen Moment lang war nur der Herzmonitor zu hören, an den er noch angeschlossen war. Dann begann er.

»Alles, was man dir über mich erzählt hat, ist wahr. Alles und noch einiges mehr. Dafür gibt es keine Entschuldigung, Alex. Ich will gar nicht erst versuchen, mich zu verteidigen. Ich kann nur sagen, es hat mal eine Zeit gegeben, verdammt lange her, da war alles anders. Du hast mich damals gekannt. Du hast gewußt, wie gern ich Baseball gespielt habe. Im Grunde war das das einzige, was ich je tun wollte. Als ich meine große Chance bekam und total versagt habe, wußte ich, daß alles für immer gelaufen war. In einem Spiel, *in einem Inning*, war alles gelaufen. Das habe ich sofort gewußt. Ich habe gewußt, daß ich nie wieder eine Chance kriegen würde. Auch wenn ich schließlich noch sechs Jahre in den unteren Ligen herumgestoßen wurde, wußte ich tief drinnen, daß es hoffnungslos war. Ich würde nie mehr eine Chance kriegen.«

Er hielt inne, um Luft zu holen.

»Als ich nach Detroit geholt wurde, war das der beste Monat

in meinem Leben. Und als ich Maria getroffen habe, wurde es sogar noch besser. Ich malte mir aus, das sei das Mädchen, mit dem ich den Rest meines Lebens verbringen würde. Zwanzig Jahre lang würde ich als Pitcher in den Großen Ligen spielen, und eines Tages würde ich für die Ruhmeshalle des Baseball nominiert, und sie wäre in Cooperstown dabei und säße neben mir in der ersten Reihe. Mit unseren drei Kindern. Ich konnte förmlich sehen, wie sich mein ganzes Leben vor mir auftat. Ich sah das wirklich. Als ich dann aus dem Spiel förmlich rauskatapultiert wurde, bin ich ins Clubhaus gegangen und habe einfach nur dagesessen, Alex. Ich habe nicht geweint. Ich habe mir auch keinen Schläger genommen und einen Fernseher zerschlagen oder sonstwas. Ich habe nur dagesessen und gedacht: So ist das Leben wirklich. Träume werden nicht wahr. Die Dinge geschehen nicht, bloß weil man es so will. Nichts ist fair. Nichts ist wirklich *gut*. Kannst du mir folgen, Alex?«

»Mach weiter.«

»Was ich bloß sagen will, ist, daß ich in diesem exakten Augenblick die Dinge so gesehen habe, wie sie wirklich waren. Das Mädchen, mit dem ich so viel Zeit verbrachte, diese wunderbare schöne Maria – sie liebte mich nicht wirklich. Sie benutzte mich nur. Es war ein einziger Riesenschwindel.«

»Daß du sieben Runs verschuldet hast, hat dich zu der Einsicht gebracht?«

»Es war die Nacht vor dem Spiel«, sagte er. »Sie hat mir von diesen Schulden erzählt, die ihr Vater hatte, urlange schon, noch aus der alten Heimat her. Er konnte sie nicht zurückzahlen. Wie sehr sie ihn auch bekniete, der Mann war so altmodisch, daß er seine ganze Familie nach Europa zurückschaffen wollte, nur damit sie als Diener bei 'nem Typen im Haus die Schulden bei dem abarbeiten könnten. Ich habe ihr gesagt, ich würde ihr helfen, die Sache in Ordnung zu bringen. Sie war so glücklich. Dann habe ich nicht weiter daran gedacht, weil ich viel zu beschäftigt mit dem Spiel war. Und als ich da so im Umkleideraum saß und zusah, wie mein ganzes Leben den Bach runterging, habe ich auch darüber wieder nachgedacht, über die ganze Geschichte. Schulden aus der alten Heimat. Sie brauchten dringend Geld. Mein Gott, Alex. Kannst du dir das vorstellen? Ich wäre fast drauf reingefallen. Der ganze Quatsch. Die ganze Zeit, die wir miteinander verbracht hatten. Alles paßte jetzt zusammen. An diesem Tag, nach dem, was mir da passiert war, habe ich endlich alles durchschaut.«

»Okay, du hast also rausgefunden, daß sie eine Schwindlerin war«, sagte ich. »Und du hast Schluß gemacht. Warum dann jetzt noch zurückkommen? Reichlich spät, um Rache zu nehmen.«

»Rache genommen hatte ich schon lange. So sieht es jetzt jedenfalls aus. Da war dieser Mann namens Harwood in Detroit. Der wollte irgendein Geschäft mit meinem Vater abschließen. Von unserer ersten Begegnung an habe ich ihn gehaßt. Bist du auch mal so jemandem begegnet?«

»Ja. Erst letzte Nacht.«

»Er war so was von hohl. Alles, was er tat, alles, was er sagte, alles war Schmierentheater. Er war der arroganteste, aufgeblasenste Idiot, dem ich in meinem ganzen Leben begegnet bin. Und da stand er nun und war scheißfreundlich zu mir, bloß weil er von meinem Vater was wollte. Ich kriegte eine Gänsehaut. Er ist zu dem Spiel gekommen. Hast du das gewußt? Er war da. Ich habe ihn ein paar Tage später im Lindell getroffen. Ich wollte mich betrinken. Wieder einmal. Und Maria war ein paar Blocks weiter, mit ihrer Schwindlersippe, und vielleicht waren sie gerade in diesem Moment dabei, sich einen neuen gutgläubigen Idioten wie mich zu angeln. Und da kommt Harwood hereinspaziert, exakt der Typ, der mir gerade noch gefehlt hat. Und sofort erzählt er mir, wie leid es ihm tut, daß ich aus dem Spiel geflogen bin, wie peinlich das für mich gewesen sein muß und diesen ganzen Scheiß. Ich spürte förmlich, wie er sich daran weidete. Wenn er nicht immer noch was von meinem Vater gewollt hätte, wäre er glatt dagestanden und hätte mich ausgelacht. Und da habe ich ihm dann gesagt, er müsse unbedingt Madame Valeska ein Stück die Straße runter aufsuchen und sich die Zukunft deuten lassen. Es würde eine einschneidende Erfahrung für ihn sein, und er würde wirklich etwas davon haben. Ich habe so gehofft, daß er hingeht. Das habe ich wirklich gehofft. Ich wußte, daß die ihn in die Mangel nehmen würden. Er war so ein Schubiack. In Gelddingen war er gewieft, aber ich wußte, daß er bei Maria den Verstand verlieren würde. Und Maria würde Zeit mit ihm verbringen müssen. Sogar ... ihm nahe kommen. Letzten Endes würden beide bekommen, was sie verdienten.«

Er brach ab. Er starrte aus dem Fenster, in nichts als Dunkelheit.

»Und deshalb bist du zurückgekommen? Um dir anzusehen, was sie in all den Jahren miteinander angestellt haben?«

»Nein«, sagte er. »Kapierst du nicht? Ich hatte doch keinen Schimmer. Ich wußte doch nicht mal, ob Harwood sie jemals aufgesucht hatte. Da war ich doch schon lange weg. Ich hatte sie völlig aus den Augen verloren.«

»Du hattest keinen Schimmer?«

»Als wir schließlich doch noch das Haus ihrer Familie gefunden haben, haben sie uns doch von Harwood erzählt und daß sie uns für seine Leute gehalten haben? Das war das erste Mal in knapp dreißig Jahren, daß ich seinen Namen gehört habe. Es war das erste Mal, daß ich überhaupt wieder an ihn *gedacht* habe. Das war ein kurzes alkoholisiertes Impromptu, als ich ihn zuletzt in Detroit gesehen habe. Ein kleines Abschiedsgeschenk an die beiden. Ich hätte mir doch nicht träumen lassen, daß da so was draus würde. Das war alles meine Schuld, Alex. Ich habe das arrangiert. An diesem Punkt wollte ich dich nicht weiter in die Sache reinziehen, deshalb habe ich dich nach Hause geschickt. Ich wollte sehen, ob ich ... ich weiß es nicht. Vermutlich habe ich gedacht, ich könnte die Dinge irgendwie wieder einrenken. Ich wollte versuchen, ihr zu helfen.«

»Warum wolltest du dir das antun? Nach dem, was sie mit dir angestellt hat?«

»Ich kann mich so gut daran erinnern«, sagte er. »Wie ich mich gefühlt habe. Damals, 1971, als mir klar wurde, daß sie mich nur ausnehmen wollte. Was sie mir alles gesagt hat. Alle diese Lügen. Sie waren so leicht zu glauben, weil ich wollte, daß alles das wahr wäre. Ich wollte es zu sehr. Als ich schlußendlich mit dem Baseball richtig fertig war, als ich endgültig nach Hause zurückging, war mir klar, daß ich mich langsam wie ein wirklich Erwachsener benehmen müßte. Das Geschäft meines Vaters lief gut. Jeder ging davon aus, daß ich es eines Tages übernehmen würde. Ich wollte es auch alles richtig machen, Alex. Ich habe versucht, hart zu arbeiten, genau wie mein Vater es getan hatte. Aber dann brach der Grundstücksmarkt da unten zusammen ... ich hatte Angst, alles zu verlieren. Wieder mal. Dasselbe Gefühl, alles ginge den Bach runter. Und da gab es diese Frau, eine unserer Kundinnen. Sie war sehr reich. Sie mochte mich. Ich konnte sie zu allem überreden. Es war so leicht, Alex. Es war so leicht.«

»Okay«, sagte ich. »Ein Gauner war geboren. Den Rest kann ich mir denken. Aber du hast mir immer noch nicht erzählt, warum du überhaupt hierhin zurückgekommen bist. Bevor du irgendwas von Harwood gehört hast, als du allein dastandest und dich entschlossen hast, nach all den Jahren hierhin zurückzukommen. Du hättest ja auch die Sache mit deiner Familie ins reine bringen können. Es zumindest versuchen. Warum bist du hierhin zurückgekommen?«

»Denk mal drüber nach«, sagte er. Er brachte ein mattes Lächeln zustande. »Wann war das letzte Mal, daß alles gut war, Alex? Wann war das letzte Mal, daß ich King war?«

»Wann, Randy?«

»Als ich für Toledo Pitcher spielte und Alex McKnight hinterm Plate war – das war das letzte Mal, daß einfach alles stimmte. Das war das letzte Mal, daß ich das Gefühl hatte, mir müsse einfach alles gelingen, was ich mir vornähme. Danach ging alles abwärts. Und zwar auf Rollschuhen. Bevor mit mir alles zu Ende war, mußte ich einfach noch einmal hierhin zurück. Nur um herauszufinden, ob ich noch einmal der Mensch von damals sein könnte.«

Ich schüttelte nur den Kopf.

»Und Maria. Das ist schon ganz schön verrückt, aber vielleicht bin ich jetzt der einzige Mensch auf der Welt, der sie versteht. Nach allem, was ich getan habe, weißt du was? Man kann jemanden lieben, Alex. Man kann jemanden wirklich lieben, obwohl man *weiß*, daß man ihn benutzt.«

»Randy, das ist das Perverseste, was ich je gehört habe.«

»Es ist aber wahr. Ich bin dagewesen. Meine Familie wird mir niemals vergeben, Alex. Und ich kann es ihnen nicht verargen. Die Leute, die ich verletzt habe, die Leute, denen ich Geld abgeknöpft habe. Sie werden mir niemals vergeben.«

»Sie konnte sich kaum an dich erinnern«, sagte ich.

»Sie erinnert sich an mich.«

»Nein.«

»Das hat sie dir erzählt. Ich weiß, daß sie sich erinnert.«

»Aha, du weißt das?«

»Ja.«

»Und woher weißt du das?«

»Weil wir gleich sind. Daher weiß ich das. Zwischen uns gibt es immer eine Verbindung.«

»Eine Verbindung. Das ist gut. Das ist wirklich gut. Wie wäre es denn statt dessen damit? Du kennst sie so gut, daß du dir ausrechnen kannst, daß sie nach all den Jahren ein ganz hübsches Sümmchen beisammen haben muß. Stimmt's?«

Er sagte kein Wort.

»Du kannst dich nirgendwo mehr blicken lassen. Du weißt, daß du völlig am Ende bist, und da denkst du dir: Warum nicht? Du kommst zurück und schaust, ob du sie nicht doch noch mal anbaggern kannst. Nach all den Jahren.«

»Nein.«

»Es ist alles sehr lange her. Groß sind deine Chancen nicht. Aber du weißt, daß sie auch jetzt *irgendwas* am Laufen hat. Da hängst du dich dann rein. Oder du drohst ihr, sagst ihr, daß du ihr Opfer warnen willst, oder Gott weiß was. Irgend etwas wird dir schon einfallen. Wird es schon wärmer?«

»Nein.«

»Das war deine letzte Chance. Irgendwie Geld aus ihr rausholen. Das Geld nehmen und abhauen. Wohin wolltest du dich übrigens verziehen?«

»Du bist auf dem falschen Dampfer.«

»Nenne mir einen Grund, warum ich dir glauben sollte.«

»Weil ich dich noch nie anlügen konnte.«

»Du hast noch jeden belügen können. Du könntest Gott ins Auge sehen und ihm erzählen, der Himmel sei grün.«

»Aber nicht dich. Dich konnte ich nie belügen.«

»Und warum zum Teufel nicht?«

»Weil du mein Catcher bist.«

»Mach mal halblang, Randy. Das reicht jetzt. Immerhin ist das dreißig Scheißjahre her.«

»Das spielt keine Rolle«, sagte er. »Ich sage dir die Wahrheit, und du *weißt* das auch. Es gibt überhaupt keinen Grund, warum ich dich jetzt belügen sollte. Tief in dir drin weißt du das auch. Du mußt mir einfach vertrauen.«

Ich lachte. Ich konnte nicht anders.

»Du glaubst mir doch, oder?«

»Ich weiß nicht, was ich überhaupt noch glauben soll.«

»Sag, du glaubst mir. Ich muß das aus deinem Mund hören.«

»Randy …«

»Sag es, Alex. Sag, daß du mir glaubst.«

»Laß mich drüber nachdenken. Ich werde nervös, wenn Leute mir erzählen, ich müßte etwas sagen.«

»Ist da wirklich ein Cop vor der Tür?« fragte er. »Jetzt in diesem Moment?«

»Mich wundert nur, warum er noch nicht reingekommen ist. Er hat uns bestimmt reden hören.«

»Vielleicht schläft er. Meinst du, wir wecken ihn auf, wenn wir uns rausschleichen?«

»Ich meine, er wacht auf, doch.«

»Wir könnten die Bettücher zusammenknoten«, sagte er. »Uns aus dem Fenster abseilen.«

»Ich hoffe, das ist nicht dein Ernst.«

»Mir ist nie etwas ernst«, sagte er. Einen Moment lang rieb er sich über die Verbände an seinem Hals. »Ist sie in Sicherheit?« sagte er schließlich. »Sag mir wenigstens so viel.«

»Sie ist in Sicherheit. Harwood ist tot.«

»Hast du ihn umgebracht?«

»Nein.«

Er dachte darüber nach. Weitere Fragen stellte er mir nicht.

»Soll ich jetzt den Arzt holen?« fragte ich.

»Ja. Ich brauche etwas Wasser.«

»Du solltest deine Familie anrufen.«

»Das hat doch keinen Zweck. Du weißt das doch. Du hast doch mit ihnen gesprochen.«

»Ruf deinen Sohn an«, sagte ich. »Terry, den Catcher. Er will wissen, wie es dir geht.«

»Okay. Das werde ich machen.«

Viel mehr gab es nicht zu sagen. Als ich ihm schließlich Adieu sagte, war ich mir nicht sicher, wie sehr ich ihn hassen sollte. In gewisser Weise war er noch genau der Mensch, den ich 1971 gekannt hatte. Jetzt, fast dreißig Jahre später, nach all dem Ärger, den er mir gemacht hatte, konnte ich mich noch immer nicht dazu bringen, Randy Wilkins zu hassen. Wie sehr ich es auch versuchte.

Dabei wußte ich noch immer nicht, ob ich ihm glaubte.

Ich fuhr heim, viereinhalb Stunden stracks nach Norden, mitten in der Nacht. Die Sonne ging gerade auf, als ich über die

Mackinac Bridge fuhr. Auf der Oberen Halbinsel lag noch Schnee. Wie immer wirkte sie wie eine andere Welt. Vielleicht bin ich deshalb damals hierhin gekommen. Und deshalb so lange hier geblieben.

Ich ging in meine Hütte und schlief ein paar Stunden. Als ich aufstand, kramte ich meinen alten Catcher-Handschuh hervor und packte ihn in einen Pappkarton. Ich adressierte ihn an Terry Wilkins, c/o University of California-Santa Barbara Athletic Department. Dann machte ich gründlich Toilette und brachte das Paket zur Post.

Und dann ging ich natürlich ins Glasgow Inn zum Mittagessen. Wo hätte ich denn sonst hingehen sollen? Jackie erwartete mich schon mit einem kalten Kanadischen. Er fragte mich nach allem, was passiert war. Den Rest des Nachmittags verbrachte ich damit, es ihm zu erzählen.

Um die Abendessenszeit kam plötzlich ein Rollstuhl durch die Eingangstür. Eine gräßliche Sekunde lang dachte ich, Harwoods Geist käme, um mich zu holen. Es war Leon, beide Knöchel noch in Gips; seine Frau schob den Rollstuhl.

Wir aßen alle zusammen, und ich mußte die ganze Geschichte noch einmal erzählen, dieses Mal für Leon. Nach dem Essen bat ich Jackie, mir einen Wodka mit Root Beer zu mixen. »Ein Slinky, kommt sofort«, sagte er. Er war wirklich scheußlich.

Wir tranken auf die Vergangenheit. Auf das Geld und die Lügen. Auf die Jugend. Auf verrückte linkshändige Pitcher.

Wir tranken, bis die Sonne auf einen weiteren Tag niederging, hielten das Feuer im Kamin in Gang und rückten näher an seine Wärme. Auch wenn im Rest der Welt Frühling ist, sind die Nächte noch kalt in Paradise.

Nachwort

Mittlerweile ist es April in Paradise, Michigan, aber immer noch hat man »kalte Tage im Paradies«, wie sie Steve Hamiltons Erstling verhieß (»Ein kalter Tag im Paradies«, DuMonts Kriminal-Bibliothek Bd. 1103). Damals setzte in der Halloween-Nacht auf der vom übrigen Michigan durch den Mackinac-Sund getrennten Oberen Halbinsel gerade der Winter ein, im zweiten war er irgendwann im Januar auf seinem Höhepunkt, zu dem in einer Nacht mehr als ein Meter Schnee fallen kann (»Unter dem Wolfsmond«, DuMonts Kriminal-Bibliothek Bd. 1106), und jetzt geht er trotz angezeigtem Frühjahr immer noch nicht zu Ende: Alex weiß – sobald er den Schneepflug von seinem Kleinlaster – einem der in den USA so beliebten und bei uns nahezu unbekannten Pick-ups – entfernt hat, wird es ein letztes Mal schneien.

Es ist die tote Saison hier im hohen Norden der USA, an den Großen Seen unmittelbar an der kanadischen Grenze: Im Sommer machen hier Familien am Wasser Ferien, im Herbst hat man Jäger zu Gast und im Winter die Wintersportler, vereinzelt Langläufer, aber vor allem die Snowmobilfahrer, die Tag und Nacht lärmend über die Pisten jagen.

Tote Saison auch für Hamiltons Serienhelden Alex McKnight, einen vor vielen Jahren dienstunfähig geschossenen Polizisten, der hier von seiner Pension und vom Vermieten der Blockhütten lebt, die sein Vater einst Sommer für Sommer gebaut hat. Die erste und schlichteste bewohnt er selber, die anderen stehen momentan leer, und Alex verbringt die Tage mehr oder weniger komplett vor dem Kamin im Glasgow Inn bei Jackie, seinem besten Freund und vorzüglichen Koch, der immer ein kaltes Kanadisches für ihn bereithält – Alex hat eine Idiosynkrasie gegen amerikanisches Bier.

Anläßlich seines dritten Buches hat sich Steve Hamilton in

einem Interview zu sich und seiner Schriftstellerkarriere geäußert, die 1998 mit dem dreifach preisgekrönten Sensationserfolg seines ersten Krimis begann. Schon beim Verlassen des College mit den dort angebotenen Schreibkursen hatte er sich geschworen, das Schreiben nicht etwa aufzugeben, sondern es neben seinem Ganztagsjob bei IBM irgendwie fortzusetzen. Lange Jahre blieb es beim Vorsatz, bis er sich schließlich einem Schreibzirkel anschloß, um erst einmal wieder die Hand zu lockern. Und dann las er vom alljährlichen Wettbewerb, den die Vereinigung der »Private Eye Writers of America«, also der Schriftsteller auf dem Gebiet des Privatdetektivs in der Hammett-Chandler-Tradition, zusammen mit dem renommierten Krimi-Verlag St. Martin's Press um den besten Erstling auf diesem Gebiet durchführt. Ein den amerikanischen Gepflogenheiten entsprechender kurzer Jahresurlaub sollte der Verwirklichung gewidmet sein: der harte Bursche, der im schäbigen Büro auf die Klientin (Blondine) wartet bzw. auf den Klienten, für den er die Blondine suchen soll, wartete auf seinen x-ten Wiederauftritt.

Oder doch nicht? Am Ende des Urlaubs war das Blatt immer noch leer, bis auf die Wörter: Kapitel eins. Als er am Abend nach dem ersten Arbeitstag den Computer rein gewohnheitsmäßig wieder anstellte, begann ein – sein? – Charakter plötzlich zu reden, und zwar genauso frustriert und übellaunig wie er selber. Wie das – was machte den Mann so schlecht gelaunt – war er zornig? Oder einsam? Hatte er Angst? Schreibend kam Steve Hamilton, wenn wir ihm Glauben schenken wollen, der Sache auf den Grund – sein Detektiv wollte keiner sein, hat sich aber überreden lassen und ist es nun widerwillig. Mit anderen Worten – auf dem reich bestellten Feld der Variationsgattung Detektivroman, Unterabteilung amerikanischer Privatdetektiv, war es Hamilton gelungen, unter den Hunderten von Private Eyes, von denen Amerika von Boston bis San Diego überlaufen ist, seine höchstpersönliche Variante zu finden – den Privatdetektiv wider Willen. Und es war genau diese Variante, die nicht nur den Preis der Vereinigung und des Verlags gewann, sondern auch gleich zwei Preise, Edgar Award und Shamus Award, für die beste Erstveröffentlichung des Genres.

Seitdem hat er insgesamt drei Romane vorgelegt, der vierte erscheint in diesen Tagen in den USA. Entstanden sind sie neben der Vollzeitarbeit für IBM in den Nachtstunden, wenn die Ehefrau, die kleine Tochter und zuletzt der sechsjährige Sohn im Bett sind. Sein Arbeitgeber kommt ihm mit – spät beginnender – Gleitzeit entgegen.

Eine fundamentale Schwierigkeit birgt der neue Heldentyp in sich, und sein Autor ist sich dieses Problems voll bewußt: Sein Detektiv geht nicht aus, »um den Ärger zu suchen«, wie das englische Idiom wörtlich übersetzt lauten würde; er sucht keine Abenteuer, nicht einmal Aufträge. So muß der »Ärger« nach ihm suchen – und daß er ihn überhaupt finden kann, dafür sorgt sein Partner Leon Prudell. Nachdem er im Debutroman Alex noch bitter gram ist, weil er ihn um seinen Job gebracht haben soll, rettet er ihm im zweiten Roman nicht nur das Leben, sondern hilft ihm generell so aufopfernd, daß Alex widerstrebend in die Partnerschaft einwilligt. Seitdem gibt es nicht nur eine gemeinsame Geschäftskarte, sondern auch eine Adresse im Internet – und über sie findet ihn der neueste »Ärger«, den er ja selbst nicht sucht.

Plötzlich steht Randy Wilkins in der Tür des Glasgow Inn, vor dreißig Jahren sein Partner beim Baseball. Wenn Randy *Pitcher* spielte, also den Ball mit bis zu hundertsechzig Stundenkilometern durch die *Strike zone* am gegnerischen *Batter* vorbei zu werfen hatte, war Alex McKnight sein bevorzugter *Catcher*. In den kleinen Ligen waren sie ein gutes Team, aber Alex war im Feld nicht gut genug, und so schaffte es nur Randy in die großen Ligen, deren Spieler fast jeder Amerikaner kennt, besser als wir die Helden der Fußball-Bundesliga – die Detroit Tigers bieten ihm einen Vertrag an, denn er ist »Der Linkshänder«, und linkshändige Pitcher können für rechtshändige Batter der Tod sein. Sein Schicksal in den Großen Ligen ist so dramatisch, daß wir es ihn lieber im Buch – mehrfach – selbst erzählen lassen.

Im übrigen gelten in der Folklore des Baseball linkshändige Pitcher für ein wenig – gelinde gesagt – verrückt, mehr noch als bei unserem Fußball der Torwart. Und Randy ist in so hohem Maße exzentrisch bis verrückt, daß keiner aus der Mannschaft mit ihm das Zimmer teilen wollte – bis auf Alex, der seinen nächtelangen Phantastereien geduldig lauschte. Randy ist dabei zugleich von so gewinnender Liebenswürdigkeit, von so mitreißendem Charme, daß ihn jeder auf Anhieb zu mögen scheint und ihm jeden Wunsch erfüllen möchte.

Und dieser Randy steht plötzlich in der Tür von Alex' Stammkneipe – man könnte auch sagen: seines Wohnzimmers – und will nicht mehr und nicht weniger suchen als seine verlorene Zukunft, wie er nach längerem Zögern gesteht. Vor allem will er seine erste Liebe wiederfinden, die er eine Woche lang, als ihm die Welt noch zu Füßen lag, geliebt und dann nie wiedergesehen hat.

Alex sucht sich seine Fälle nicht – die Fälle suchen ihn, und wenn er auch kein Detektiv sein will, so leidet er doch offensichtlich am Helfer-Syndrom. Wie Jackie vom Glasgow Inn wohl zu Recht meint, würde er jederzeit zu kleinen grünen Männchen ins Raumschiff steigen, wenn die ihn nur dringend genug um Hilfe bäten. Wie er im letzten Roman plötzlich in das Schicksal einer vom rechten Weg abgekommenen Indianerin verwickelt ist, so findet er sich im dritten Buch plötzlich mit Randy in seiner Heimatstadt Detroit wieder, um eine Frau zu suchen, von der sie nicht viel mehr wissen als den Vornamen Maria und ihren Nachnamen und ihre Adresse vor dreißig Jahren – herzlich wenig im mobilen Amerika ohne Einwohnermeldeämter.

So wie eine wichtige Unterart des Detektivromans der Polizeikrimi mit dem Schwergewicht auf avancierter wissenschaftlicher Polizeiarbeit – das *police procedural* – ist, so erleben wir hier ein höchst gelungenes *P. I. procedural* mit: Wie kann ein Private Investigator ohne öffentliche Legitimation, ohne Hilfe des Behördenapparates eine Spur wiederaufnehmen, die dreißig Jahre alt ist? Wieder und wieder bewährt sich Leon Prudell als Watson und *armchair detective* im Wortsinne: Mit zwei gebrochenen Fußgelenken, die er dem Versuch verdankt, seine Dachrinne zu enteisen, liegt er im Bett und spielt Detektiv. Er hält sich alle einschlägigen Fachzeitschriften, studiert Handbücher für den erfolgreichen Privatdetektiv, und im Zusammenspiel zwischen dem agierenden Duo Alex und Randy und dem kontemplativen Leon gelingt es tatsächlich, die Spur wieder aufzunehmen.

Sie führt – so viel darf hier verraten werden – in einen geheimnisvollen Ort namens Orcus Beach, das »Ufer des Hades«, wie man den Namen übersetzen könnte. Er ist auf keiner Karte zu finden – aber nicht etwa so, wie im Krimi oder generell bei fiktionalen Orten üblich: Im Roman selbst steht er auf keiner Karte, nur seine Nachbarorte werden genannt, sonst existiert er nur für den, der dort hinkommt, und auf der Faustskizze eines Kneipenwirts aus der weiteren Umgegend.

Steve Hamilton hat seinen dritten Roman als »etwas ehrgeiziger« als seine beiden Vorgänger bezeichnet, und so tut sich in Orcus Beach tatsächlich eine Unterwelt eigener Art auf. Neben dem Detektiv wider Willen ist Hamiltons Eigenart die Doppelbödigkeit seiner Schlüsse: Nach der scheinbaren Lösung des Falles – der einzigen, die die Öffentlichkeit je erfahren wird – kippt der Fall auf den letzten Seiten plötzlich ein weiteres Mal um und offenbart Abgründe, in die keine Lösung herabreicht. Die wahren Täter überleben jeweils, was im Detektivroman auch der amerikanischen Schule unüblich ist. Hamilton selbst spricht von »losen Enden«, die noch der Verknüpfung bedürften und auf die er deshalb wohl gelegentlich zurückkommen wolle. Wir dürfen gespannt sein.

Volker Neuhaus

DuMonts Kriminal-Bibliothek

»Immer mal wieder wird der Detektiv totgesagt. Alles Gerüchte. Endlos wäre die Liste von Helden und Heldinnen, die man gegen die Behauptung vom Detektivtod anführen könnte. Stattdessen sei mit deutlich erhobenem Zeigefinger auf einen vorzüglich gepflegten Kleingarten verwiesen, in dem die Detektivliteratur nur so sprießt: **DuMonts Kriminal-Bibliothek**.« *DIE ZEIT*

Band 1002	John Dickson Carr	**Tod im Hexenwinkel**
Band 1006	S. S. van Dine	**Der Mordfall Bischof**
Band 1011	Mary Roberts Rinehart	**Der große Fehler**
Band 1016	Anne Perry	**Der Würger von der Cater Street**
Band 1022	Charlotte MacLeod	**Der Rauchsalon**
Band 1025	Anne Perry	**Callander Square**
Band 1026	Josephine Tey	**Die verfolgte Unschuld** (Juli 02)
Band 1033	Anne Perry	**Nachts am Paragon Walk**
Band 1035	Charlotte MacLeod	**Madam Wilkins' Palazzo**
Band 1040	Ellery Queen	**Der Sarg des Griechen**
Band 1050	Anne Perry	**Tod in Devil's Acre**
Band 1052	Charlotte MacLeod	**Ein schlichter alter Mann**
Band 1063	Charlotte MacLeod	**Wenn der Wetterhahn kräht**
Band 1070	John Dickson Carr	**Mord aus Tausendundeiner Nacht**
Band 1071	Lee Martin	**Tödlicher Ausflug**
Band 1072	Charlotte MacLeod	**Teeblätter und Taschendiebe**
Band 1073	Phoebe Atwood Taylor	**Schlag nach bei Shakespeare**
Band 1074	Timothy Holme	**Venezianisches Begräbnis**
Band 1075	John Ball	**Das Jadezimmer**
Band 1076	Ellery Queen	**Die Katze tötet lautlos**
Band 1077	Anne Perry	**Viktorianische Morde** (3 Romane)
Band 1078	Charlotte MacLeod	**Miss Rondels Lupinen**
Band 1079	Michael Innes	**Klagelied auf einen Dichter**
Band 1080	Edmund Crispin	**Mord vor der Premiere**
Band 1081	John Ball	**Die Augen des Buddha**
Band 1082	Lee Martin	**Keine Milch für Cameron**
Band 1083	William L. DeAndrea	**Schneeblind**
Band 1084	Charlotte MacLeod	**Rolls Royce und Bienenstich**

Band 1085	Ellery Queen	**... und raus bist du!**
Band 1086	Phoebe Atwood Taylor	**Kalt erwischt**
Band 1087	Conor Daly	**Mord an Loch acht**
Band 1088	Lee Martin	**Saubere Sachen**
Band 1089	S. S. van Dine	**Der Mordfall Benson**
Band 1090	Charlotte MacLeod	**Aus für den Milchmann**
Band 1091	William L. DeAndrea	**Im Netz der Quoten**
Band 1092	Charlotte MacLeod	**Jodeln und Juwelen**
Band 1093	John Dickson Carr	**Die Tür im Schott**
Band 1094	Ellery Queen	**Am zehnten Tage**
Band 1095	Michael Innes	**Appleby's End**
Band 1096	Conor Daly	**Tod eines Caddie**
Band 1097	Charlotte MacLeod	**Arbalests Atelier**
Band 1098	William L. DeAndrea	**Mord live**
Band 1099	Lee Martin	**Hacker**
Band 1100	**Jubiläumsband**	**Mord als schöne Kunst betrachtet – Noch mehr Morde**
Band 1101	Phoebe Atwood Taylor	**Zu den Akten**
Band 1102	Leslie Thomas	**Dangerous Davies und die einsamen Herzen**
Band 1103	Steve Hamilton	**Ein kalter Tag im Paradies**
Band 1104	Charlotte MacLeod	**Mona Lisas Hutnadeln**
Band 1105	Edmund Crispin	**Heiliger Bimbam**
Band 1106	Steve Hamilton	**Unter dem Wolfsmond**
Band 1107	Conor Daly	**Schwarzes Loch siebzehn**
Band 1108	S. S. van Dine	**Der Mordfall Skarabäus**
Band 1109	Ellery Queen	**Blut im Schuh**
Band 1110	Charlotte MacLeod	**Der Mann im Ballon**
Band 1111	Steve Hamilton	**Der Linkshänder**
Band 1112	Phoebe Atwood Tayor	**Todernst** (Juli 02)
Band 1113	Lee Martin	**Der Tag, als Dusty starb** (Juli 02)
Band 2001	Lee Martin	**Neun mörderische Monate** (3 Romane)
Band 2002	Charlotte MacLeod	**Mord in stiller Nacht** (Sonder-Doppelband)
Band 2005	Anne Perry	**Mehr viktorianische Morde** (2 Romane)

Band 1103

Steve Hamilton

Ein kalter Tag im Paradies

Alex McKnight ist nicht entzückt, als ihm der Mörder seines Polizeikollegen eine Rose schickt. Und zwei Morde in seiner Nachbarschaft tragen unverkennbar die Handschrift dieses Psychopathen. Dabei ist der nie aus dem Gefängnis entlassen worden.

Ausgezeichnet mit dem Edgar Award für das beste Krimidebüt.

Band 1106
Steve Hamilton
Unter dem Wolfsmond

Alex McKnight hat keine Ruhe: Eine Indianerin sucht in seiner Waldhütte Unterschlupf und Hilfe. Doch am nächsten Morgen ist sie verschwunden. Der Ex-Polizist McKnight ist überzeugt, dass ihr ehemaliger Freund sie entführt hat.

Band 1107
Conor Daly
Schwarzes Loch siebzehn

Endlich ist Kieran Lenahan ist am Ziel seiner Träume: Er spielt in der Profi-Golftour. Doch am siebzehnten Loch wird sein Glück mit einem Schlag auf den Kopf beendet. Als er erwacht, liegt neben ihm die Leiche einer Frau. Lenahan kann sich beim besten Willen nicht erinnern, was geschehen ist. Kein Wunder, dass er zum Hauptverdächtigen wird.

Band 1108

S. S. van Dine

Der Mordfall Skarabäus

Als ein berühmter Kunstmäzen ermordet in seinem Privatmuseum aufgefunden wird, schaltet die Polizei Philo Vance ein. Dank seiner einzigartigen psychologischen Methoden und seiner Kenntnis ägyptischer Geschichte deckt Vance die Zusammenhänge zwischen einem Lapislazuli-Skarabäus und dem schaurigen Verbrechen auf.

»Van Dines beste Detektivgeschichte.« *New York Herald Tribune*

Band 1109

Ellery Queen

Blut im Schuh

Als der Knall des Schusses im Riverside Drive verklungen ist, geht Ellery Queen auf, dass er Zeuge eines Mordes geworden ist. Robert Potts liegt tot am Boden. Doch keiner der Anwesenden ahnt, wer dahinter steckt. Ein Fall beginnt, in dem sich die schlimmsten Verbrechen hinter unschuldigen Kinderversen tarnen.

Band 1110

Charlotte MacLeod

Der Mann im Ballon

Das Hochzeitsfest könnte so schön sein. Aber als Max Bittersohns Neffe heiratet, läuft alles schief. Unter den Hochzeitsgeschenken finden sich die verschwundenen Rubine aus dem Familienerbe. Bei der Suche nach Hinweisen stößt Max auf eine vermeintliche Leiche, die auf einmal wieder quicklebendig ist und ihn niederschlägt. Dann landet auch noch ein Heißluftballon auf dem Hochzeitszelt. Unter den Resten des Zeltes findet sich eine Leiche. Und diese rührt sich tatsächlich nicht mehr.

Band 2002

Charlotte MacLeod

Mord in stiller Nacht

Zwei ihrer überaus beliebten Kriminalromane hat Charlotte MacLeod in der Weihnachtszeit angesiedelt. Gleich der erste und erfolgreichste, *»Schlaf in himmlischer Ruh'«*, führt Peter Shandy, den Helden der Balaclava-Serie, unerwartet in seine Rolle als unfreiwilliger Detektiv, als er unter dem Weihnachtsbaum die Leiche seiner Nachbarin findet. Und mit *Kabeljau und Kaviar* werden auch die manchmal nicht ganz feinen Weihnachtssitten der Bostoner Gesellschaft vorgeführt.

Band 2005

Anne Perry

Mehr Viktorianische Morde

Zwei Krimis von Anne Perry zu einem mörderisch günstigen Preis: Ein vermeintlicher Selbstmord schockiert die Bewohner von *Rutland Place*. Selbst Charlotte Pitts Mutter ist in die Vorfälle verwickelt. Und London fürchtet sich vor *Tod in Devil's Acre*.